明朝大将
马芳传奇

刘慧敏　薛博文◎著

中国言实出版社

图书在版编目（CIP）数据

明朝大将马芳传奇 / 刘慧敏, 薛博文著. -- 北京：
中国言实出版社，2023.6
ISBN 978-7-5171-4504-2

Ⅰ.①明… Ⅱ.①刘… ②薛… Ⅲ.①长篇历史小说
—中国—当代 Ⅳ.①I247.5

中国国家版本馆CIP数据核字（2023）第105997号

明朝大将马芳传奇

责任编辑：张国旗
责任校对：宫媛媛

出版发行　中国言实出版社
　　地　　址：北京市朝阳区北苑路180号加利大厦5号楼105室
　　邮　　编：100101
　　编辑部：北京市海淀区花园路6号院B座6层
　　邮　　编：100088
　　电　　话：010-64924853（总编室）　010-64924716（发行部）
　　网　　址：www.zgyscbs.cn　电子邮箱：zgyscbs@263.net

经　　销：新华书店
印　　刷：北京温林源印刷有限公司
版　　次：2023年9月第1版　　2023年9月第1次印刷
规　　格：710毫米×1000毫米　　1/16　　19.25印张
字　　数：301千字

定　　价：68.00元
书　　号：ISBN 978-7-5171-4504-2

不世将军

铁血战神

从奴隶到将军

创造了边防神话

目 录

一　被掠离家

对于鞑靼①人来说，他们做梦都不会想到，夹杂在人畜中的那个瘦弱的小男孩，会在未来变成他们的劲敌，在漫长的岁月里，成为他们实现野心的最大障碍，将会强劲地扼制他们的理想与追求。这个小男孩就是历史上大名鼎鼎、极富传奇色彩的边防名将马芳。

明嘉靖六年（1527 年），鞑靼又出动骑兵数十万，对宣府、大同边镇展开了大规模侵扰，明朝边军一触即溃，明朝被破城十余座，掳走人口数万。鞑靼军的铁骑轰隆地敲打着干旱的土地，泛黄的草丛尘起似烟，鸟儿惊散飞逃四际。鞑靼军打着旋儿，嘴里发出怪异的呼叫声，圈羊似的赶着抓来的奴隶与抢来的牛羊，走在去往草原的路上。被掳来的男女老少哭哭啼啼，频频回头，用泪眼遥望远去的村庄，家园狼烟滚滚、鸡鸣狗叫。他们似乎看到老幼病残的亲人们，在狼藉的巷子里撕心裂肺地哭泣着。

在马芳的记忆中，自打他记事以来，鞑靼军已经多次到家乡抢劫，把家畜与钱财卷走，把年富力强的壮丁抓走，把年轻女人掳去，留下的是街道上斑驳的血迹与撕心裂肺的哭声，留下的是人世间的生离死别与最深切的痛苦。这一次，当鞑靼军的铁骑声低沉如闷雷般滚来时，村里传出尖厉的叫声："鞑

①"鞑靼"的称呼在不同历史时期所指各有不同，在明代是中原人对成吉思汗嫡系北元政权及其统治下蒙古高原东部各部落的统称，包括察哈尔部、土默特部、科尔沁部、鄂尔多斯部、永谢布部、阿苏特部等。与蒙古高原西部的瓦剌（卫拉特）对立。其人仍自称蒙古，瓦剌人称其为达延。与欧洲人所称的"鞑靼"无关。鞑靼、蒙古概念在明代有所交叉，有时可混用。

鞑人来了，鞑人来了……"这声音立刻划破村子里的宁静，像炸了窝似的，大家四散而逃。有人背着粮食，有人背着猪崽，有人赶着牛羊。在逃亡中，马芳与父母被冲散了，他高声喊着自己的亲人，就在迟疑中被鞑靼兵抓住了。

鞑靼军之所以这么疯狂地侵略中原，与明朝第十一位皇帝嘉靖帝朱厚熜有关。他在1521年登基时还踌躇满志，有所作为，推行大赦、蠲免、减贡、赈灾等措施，扭转了自正统（明英宗朱祁镇的年号）以来形成的内监擅权局面，曾下令清理庄田，即便是皇亲国戚，霸占的百姓田产也要归还。遗憾的是善政没有维持多久他便开始懈怠，导致国防不力，本来就对中原虎视眈眈的鞑靼，更加频繁地侵扰边境，让生活在边境的人民日子过得非常艰难。

马芳在人群中穿梭着，眼睛扫着那些熟悉的脸，寻找着他的父母，但没有看到他们的踪影。突然，马芳看到了邻居家的男人，便跑了过去。这是位四十多岁的汉子，他曾机智地逃过鞑靼军的几次洗劫，这次未能幸免，是因为他的老母亲病了，他不得不背着母亲逃离。可是，背着母亲的他，哪跑得过骑马的鞑靼兵呢？他的老母亲被鞑靼兵给杀死了，他被鞑靼兵抓来，从此将与妻儿永别了。因为历次被抓去的人很少有能回来的，他满脸沮丧和哀伤，不时回头张望家乡，眼里蓄满泪水和仇恨。

马芳挪到他的身边，吸了吸鼻子，低声问："叔，你看到俺爹娘了吗？"

汉子看着眼前这个瘦弱的孩子，痛苦地摇了摇头，伸手抹了抹眼睛说："刚出村时还看到他们来着，后来就被冲散了。"他拉着马芳的小手跟着人群走。

鞑靼兵挥动着手中的马鞭，叭叭的就像放鞭炮，落在那些走得慢的人身上。他们就像赶牛羊似的，甩着鞭子，吆喝着。事实上，被抓来的人真还不如那些牛羊，牧人赶牛羊时也不会下狠手，但是鞑靼兵用鞭子抽人时，是可着劲儿着实地抽。汉子将马芳护在怀里，对鞑靼兵喊道："哎，他还是个孩子，又不能干活儿，你们就把他放了吧。"鞑靼兵挥起鞭子一声哨响抽在汉子脸上，凶狠地叫道："再废话就宰了你！"汉子的脸上立刻就出现了一道血红的鞭痕。

马芳喊道："俺要去找俺娘，俺要去找俺娘！"

鞑靼兵叫道："去你娘的！"说着挥鞭向马芳抽去。马芳灵巧地躲开，拔腿就往回跑。鞑靼兵从背上取下弓来搭上箭，吱呀拉成满月。

那汉子叫道："别射别射，我去把他追回来。"说着拔腿向马芳赶去，边赶边喊："娃啊，站住，快站住，再不站住就没命了。"他追上马芳，把他死死地拉住，大声说："娃啊，不要跑了，再跑你就没命了，没了命你就真的见不到你的爹娘了，赶紧跟我回去。"

马芳哭着喊道："俺要去找俺娘，俺要和俺娘在一起。"

汉子回头看看骑兵，突然叫道："快跑！"

两人拔腿就跑，没命地跑，但是，当他们跑出十多步远，汉子嗵地扑倒在地，翻了几个滚儿。马芳停下来去拉他，才发现汉子的背上嵌着一支箭，还在支棱支棱抖动着。汉子痛苦地说："娃啊，别，别跑了，回去，要，要活着，一定要活着，报，报仇。"说着闭上了眼睛。

马芳抽抽鼻子，回头看看射箭的鞑靼兵，眼里喷着怒火。鞑靼兵叫道："小孩，把箭给我拔出来。"马芳梗着脖子站在那里。鞑靼兵把弓拉开喊道："听到没有，我让你把箭拔出来。"

马芳伸手去拔汉子身上的箭，但那箭扎得太深了，根本就拔不出来，最后折断了。鞑靼兵骑马围着马芳转着圈，在他身上抽着鞭子，喝道："快走！"

马芳低着头回到人群里，边走边回头，死去的汉子卧在那里，黑乎乎的，就像草里趴着的青山羊。远处的山坡上，有几匹狼在那里游走，矫健的身影就像剪影镶在山冈的脊线上，叫声就像忧伤的人吹的埙那样呜咽着。

马芳依旧在人群里穿梭着，蹦跳着，大声喊着娘。他凄厉的声音在这悲壮的队伍里越发显得悲惨。他的声音仿佛是用冰水泡过的柳条抽在大家的心上。马芳让被抓的人想到了家里的孩子，除了悲伤，除了流泪，他们没有任何办法。

有位六十多岁的老头叫住马芳，问道："孩子，你到底怎么了？"

马芳眼里噙着泪说："爷爷，俺跟俺爹娘一块跑，最后跑散了，俺找不到他们了。"

老人深深地叹了口气，摸着马芳的头说："孩子，不要着急，你应该高兴才是。你找不到你的父母，说明他们没有被抓来，这是好事啊。"

马芳愣了愣，舔舔咸咸的嘴唇，回头看看被山挡住的家乡，突然意识到：对啊，找不到他们说明他们没有被抓，这确实应该高兴啊。这么想着，他脸

3

上就真的泛出一丝笑容，对老人点点头说："爷爷，俺不找了，俺不找了。"当马芳想通这个道理后，他平静下来，不再去找了，只是默默地跟着那个老头走着。

老人满头白发，皱纹满面，手上的骨节就像套着犁般，布满硬茧。他用那只枯瘦的、骨节硕大的手摸着马芳的头，问道："孩子，你几岁了？"

马芳抽抽鼻子说："爷爷，俺十岁①了。"

老头又叹了口气说："唉！你说，连这么小的孩子都抓，真是伤天害理啊！"

马芳扭头看看在马背上洋洋得意的鞑靼兵，又回头问老人："爷爷，他们为啥要欺负咱们哩？"

老头吧唧了几下嘴，满脸的痛苦，他深深地呼了一口气，看着马芳疑惑的眼睛，说："是，是因为咱们打不过他们。"眼神中满是无奈。

马芳歪着头，眨眨眼睛，定定地问："爷爷，为什么打不过他们？你瞧，咱们人这么多哩。"

老头想了想，摸着马芳的头，说："孩子，咱们没人带这个头啊。再说，咱们都是种地的百姓，也不会用箭用刀的，更不会杀人啊。"

马芳实在是想不通这个问题，他感到问得老人太痛苦了，就不再问了，低着头继续跟人群走着。

大旱之年，地上点缀着零星的黄兮兮的杂草。回头望去，家乡已经消失，他们走过的地方，被人群与马群踏过的路泛白得就像长长的河滩。马芳夹在人群里，不时扭头恨恨地看那些骄横的鞑靼兵，心里在想，如果俺有奶奶说的那种神箭就好了，就可以从这儿把乡亲们救回去了。

去年鞑靼兵进村时，年迈的奶奶跟随着大家逃离，由于腿脚不利索，她对马芳的父母说："你们带着孩子们逃吧，反正俺年纪也不小了，死也就死了，不能拖累你们。"结果，鞑靼兵们骑着马像黑色的山洪淹过奶奶后，奶奶就趴在那块石头上死了。在奶奶生前，她曾给马芳讲过一个非常动听的故事，她说："很久很久以前，小五台山上住着一位英俊的小伙子，在山上打柴时看到

---

①本书人物按照古代通行的虚岁计龄，古人出生时计为一岁，此后每到一个春节便增一岁。《明史》记载马芳"十岁为北寇所掠"，本书以此为依据。

有只大鸟受伤，便把那只大鸟带回家细心地给它包扎好。大鸟懂得感恩，把小伙子引到一个千年老洞里，英俊的小伙子看到一套金光闪闪的弓箭。这套弓箭非常有威力，每当鞑靼军入侵祸害百姓时，小伙子就会射出一箭，那箭立时就化成千箭万箭，射向敌人。"

马芳曾无数次地梦着自己找到了那套弓箭，但每次都是在欣喜中醒来，随之却是失望。

由于鞑靼军赶得有些急，被抓来的人多有年老体弱，他们在后面拖着队伍就像个大尾巴，让整个队伍的行进速度快不了。鞑靼兵头看看后面那二十多人，训斥手下的兵，埋怨他们净抓些吃饭不能干活儿的人。有个兵委屈地说："我们也想抓些年富力强的，可他们跑得快，抓不到。再说了，这地方的青壮年都被抓得差不多了，只剩这些老弱病残了。要不是您说抓不够数就用鞭子抽我们，我们也不会用这些老人小孩充数的。"

鞑靼兵头吧唧几下嘴，没再说什么。但他感到那些老弱病残越来越慢，心中暗暗着急。有时候，鞑靼兵不得不停下来等那些老弱病残，便感到有些烦了。他对手下咆哮道："我们把他们抓来干什么？难道用他们的尸体养草吗？难道用他们杀肉吃吗？我们把他们抓来养他们的老吗？"

有个兵说："那，我们不用管他们了，把他们放了得了。"

鞑靼兵头皱着眉，摇头说："不行，放他们回去，难道让他们宣扬对我们的仇恨？难道让他们去咒骂我们早死？"

那个兵又说："是啊，还真不能放！"

兵头曝了曝牙花子，喝道："你们去把他们解决掉。"

几个兵愣了愣，随即明白了头目的意思，于是他们策马围成一圈，把老弱病残给围在当中，然后抽出弯刀，开始挥刀砍人。领着马芳走的老人看懂了鞑靼兵的意图，慌忙对马芳说："孩子，快跑，跑到前面那些人中去。"马芳还没明白咋回事儿，有个鞑靼兵冲进人群一侧身，一刀砍到老人的脖子上，血流如注。马芳终于明白，自己在后面这个队伍是危险的，于是拔腿就跑，跑到前面的人群里，回头张望，只见几个鞑靼兵转着圈儿在砍那些老人。有的人想逃，可没有跑几步，就被弓箭射死了。

一阵风刮来，马芳闻到一股浓烈的血腥气息。这样的场面，这样的情景，已经深深地印到了马芳的脑海里，将来都会化为动力，让他更加坚定地、勇猛地与鞑靼兵奋战，最终将体现他的价值，载入青史。现在的马芳，只能用力握着拳头，紧紧地抿着嘴唇，想着自己要是有奶奶讲的神弓就好了，但在现实中却真的没有。

有位三十岁左右的妇人，见马芳脸上溅了几滴血，便掏出一条斑驳的手绢来，擦拭马芳脸上的血迹。由于血迹的边缘干了，擦不掉，她伸出舌头舔了舔手绢，然后细心地擦拭着。马芳从她的身上感受到母亲的慈爱与温柔，在接下来的路上，马芳始终跟在她的后面。因为在她身边，他的心里还有丝丝的安宁与归属感。

后来马芳才听同村的妇人讲，那妇人是与丈夫一同被抓来的。在鞑靼兵闯进村时，他们背着五岁的儿子逃跑，跑出村，听到身后的孩子一声惨叫，这才发现有支箭插在孩子的背后。他们把孩子放下时，发现已经断了气。他们没有再跑，抱着孩子仰天大哭。鞑靼兵过来把他们手里的孩子夺过去，把他们给抓了起来。他们看到马芳后，不由想到了自己的儿子，他们把对孩子的疼爱，都寄托到了马芳的身上。

当鞑靼兵赶着抓来的人经过河流时，鞑靼兵头下令大家在这里休息。鞑靼兵有的看守，有的去饮马，还有几个人在那里扎帐篷。这是一种简易的小帐篷，上面绣着些青白的图腾，狰狞刺眼。被抓来的人全都趴在河边喝水。妇人与马芳来到河边，她把手帕在水里浸了浸，拧干了，一边在马芳的脸上细细地擦着，一边还小声叨叨说："这些恶人，雷也不劈他们，电也不闪他们，真是没天理了。动不动就抓人，连小孩子都不放过。"妇人把手帕在水里搓几把，又在自己的脸上擦了几下。妇人长着双俊美的眼睛，应该是个很好看的媳妇。只是现在她的眼睛红肿着，脸色有些苍白，丧子之痛让她显得特别憔悴。

马芳俯下身子，喝了满肚子水。他看到水里有几条小鱼在游来游去。他记得在家时，每年到发水时，他和小伙伴们都会去河里抓鱼，用草串起来，提回家里，娘会用油炸着吃，可香了。这么想着，他不由得舔了下嘴唇。大家喝了些水，坐在一边吃些东西。没有来得及带吃食的人，便从河边捞些水草往嘴里塞着，艰难地吞咽着。妇人从怀里掏出一块饼递给马芳，用手抚摸着他的头说："孩子，吃吧，吃了快快长，长大了好回家。"

鞑靼兵头背着手在人群中来回走着。他身材高大，眼睛被肉挤成两条缝儿，满脸的络腮胡子。当他来到马芳跟前时，马芳闻到一股浓烈的羊圈里的味道。他抬头看到那长得肥头大耳的鞑靼兵头正斜着眼睛盯着妇人。妇人抬头恶狠狠地瞪了他一眼，朝地上啐口唾沫。那鞑靼兵头伸手揉揉鼻头，晃啊晃地走开了，还不时回头打量妇人。

天色渐渐地晚了，晚霞染成血红，抹在西方。鞑靼军队决定就在这里过夜。之所以选择在这里，是由于有条大河挡着，容易看守抓来的人。妇人与男人拥着马芳来到个低洼处，撕些草铺在下面，拥着马芳，用手轻轻地拍着他说："孩子，睡会儿吧。"马芳在妇人轻轻的拍打下，进入了梦乡。他又梦到奶奶讲的那把神弓，他拿着神弓，杀了不少鞑靼兵。突然，他被惊醒了，听到两个鞑靼兵站在面前，正跟妇人说："你，起来，跟我们走。"

妇人装作没有听见，把头埋在膝盖上。

那大兵叫道："你他妈的听到没有，我们头儿让你去伺候他。"说着伸手就把她提起来。

男人与马芳死死地拉住妇人，喊道："干什么？！你们干什么？！"

那兵冷笑道："干什么？让她去伺候我们头儿。"说着，抽出刀来恶狠狠地砍到男人的手腕上。男人的手还拉在妇人的衣服上，断臂血喷如注。那兵举刀要砍马芳的手，被另一个兵挡开了，叫道："行了，本来人就不够，你还杀。"说完，一脚把马芳给踢开，提着哇哇叫的妇人向帐篷走去。

帐篷挡住了里面残忍的场面，但挡不住妇人凄厉的叫声。马芳用手捂着男人的断臂，血从他的指缝里往外喷着。帐篷里女人的叫声越来越尖厉，就像刀子般划在大家的心里。有的人低着头，有的人在抹眼泪，有的人在压抑着哭声，有的人抖得像怕冷似的。马芳恨恨地盯着那个有些颤抖的帐篷，突然从地上拾起块石头，用力扔过去，石头落在帐篷上发出嘭的一声，几个守在帐篷前的兵，四处张望着。男人用那只完好的手把马芳拉住，愤愤地说："孩子，记住，你要活着，长大了，报仇。"

马芳用力点点头，咬着嘴唇说："报仇。"

男人说完这句话，眼睛里的光渐渐消失了。

男人的同乡，跟别人小声说着这男人与妇人的故事，马芳静静地听着，默默地流着泪，为被拉进帐篷的妇人担心着。

半夜里，有人跳河逃跑，被鞑靼兵们发现了，开始往河里放箭，箭射在水里啾啾作响。马芳一直拉着男人的手，感到他的手越来越凉了，就像摸着块冰。早晨，太阳像往常那样从东方升起来。马芳醒来，发现男人已经没有气了，他脸色惨白，身边的血已经变黑。妇人披头散发地从帐篷里出来，来到马芳跟前，静静地盯着男人那张苍白的脸，她的嘴角上泛着丝微笑，但那微笑却是冰冷的，就像刀子泛出的光。她用鼻子哼了声，拉起马芳，跟随着大家往前走。马芳不时抬头看她的脸，她脸上的表情是僵硬的，目光是冰冷的。马芳被她的表情吓着了，把手从她的手里悄悄地抽出来。

女人就像木偶似的，机械地走着，嘴里小声嘟哝着什么，马芳并没有听清。

马芳感受到她身上有股凉飕飕的气，闻到一股浓烈的腥膻味道。

到了晚上休息时，兵头又把妇人拉进帐篷里，妇人再也没有大呼小叫过。每当她出来时都会拿着些肉干、奶酪。当她把这些东西递给马芳时，马芳摇头说："不要，俺不吃他们的东西。"

女人叹口气说："孩子，一定要吃，吃了才能长大，长大了才能报仇。"马芳点点头，机械地咀嚼着，艰难地吞咽着，眼里噙着泪水。他已经懂了这些东西里是夹杂了多少耻辱、多少悲哀、多少无助和仇恨。他机械地吞着那些耻辱的食物，妇人还用手轻轻地拍着他。

山区变成一望无际的草原，毡房在山坳处攒着就像一笼笼窝头。在休息的时候，妇人又被带进小帐篷里，大家听到妇人欢快的叫声，这声音是那么刺耳，那么让人愤怒。有个妇人朝地上啐了口痰说："自家男人刚死了就跟鞑靼人过得这么火热，还这么大声地浪叫，真不要脸。"马芳听懂了这人的话，为那妇人感到羞愧，低下头，用手指头轻轻地划拉地。

夜色从四际里淹过来，大家都偎在地上迷糊。有人在低声抽泣着，有人的眼里亮着光，半天也不眨一下。没有风、没有树的草原有些静，远处传来的狼嗥声，呜咽如埙。突然一声惊天动地的嗥叫声传来，大家呼啦爬起来，目光聚焦在那个扭动的帐篷上，发现从里面蹿出个人来，她浑身雪白，仰起头来哈哈大笑。有两个兵钻进帐篷，再出来时，对妇人挥动着沾着月光的弯刀，妇人倒下了，她堆在地上就像卧着的一只雨后的白绵羊。马芳靠过去，闻到一股浓烈的血腥味。女人微弱的声音说："记住，报仇，报仇……"

马芳伸手去拉她，被鞑靼兵一脚踢倒，喝道："滚开！"

由于发生了这个变故，天还没有亮他们就开始动身走了。路上，通过大人们小声的议论，马芳才知道那位像母亲样的妇人是假装顺从，然后夜里把那头儿的脖子生生地给咬断了一半，由于流血不止，那兵头死了。马芳回想一路上妇人对他的呵护，并没有流泪，因为他的眼泪已经流没了，在他幼小的心里只有一个信念——报仇，报仇……

二　少年奴隶

鞑靼军把汉人抓来后，会以极低的价格卖给牧主，就跟卖牲口没什么区别，要说有区别的话，那就是他们的价格还不如一只大个儿的羊。牧主买了男人用来放牧备草，买来女人用来挤奶做家务。那些年纪大的、身体弱的很不值钱，一只羊能换两个。有时候买个青壮年会搭个年老体弱的。像马芳这种十来岁的孩子是抢手货，因为容易调教，利用的时间长，价格自然也会高很多。

马芳被一名叫阿布尔的族长给买到了。阿布尔的弟弟阿布蒙跟随可汗打仗争夺地盘，因此他的家族非常有威望。他家的牧场面积非常大，家里的牛、马、羊不计其数。在马芳来到之前，家里已经有十多个汉人了。几个老弱的负责放羊，青壮劳力负责放牛放马。这些人每天少言寡语，就知道干活儿，见着主人都会深鞠躬表示敬意。马芳被安排跟着放牧马群，他热情地跟那些人打招呼套近乎，想问他们来自哪儿，是否有蔚州人，但是没有人肯搭理他。当时，马芳感到他们就像聋了哑了，表情冷漠，显得非常不近人情，后来他才知道，这是规矩。主人会严禁奴隶们私自交流与接触，主要是防止他们密谋对主人不利的事情，或者商量私逃。

如果谁被主人发现敢私自交流，便会遭到严厉的处罚，轻则挨鞭子，重则被砍掉双腿，扔到草原上喂狼。鞑靼奴隶主之所以这么忌讳奴隶们相互交流，是有前车之鉴的。据说有户富人家买来十多个奴隶，由于对奴隶太苛刻，结果奴隶串通起来造反，把他们全家七口人都杀了，把积蓄的草料全部放火烧了，此事震惊了整个草原。从此之后，奴隶主们对奴隶私自交流非常反感，会严厉禁止，一旦发现，绝不姑息。

一般奴隶进家后，奴隶主会对他们进行相应的培训，让他们懂得草原上的规矩。马芳进家后，专门有人教他这些，让他学习最常用的蒙古语，教他骑马，以备放牧之需。负责教马芳的人名叫乌恩其，四十岁左右，细长的身材，脸瘦得就像用刀剔过的羊头。他会说流利纯正的汉语与蒙古语，在这个家里，有着相当高的地位。据说他本身就是汉人，而且还是个秀才。在中原时，由于妻子貌美且温善，被县衙的班头给强暴后悬梁自尽，他申诉无门，于是利用自己学到的知识和智慧，设计把那个班头用毒药毒死了。为躲避缉拿，他跑到了山上躲着，当鞑靼来中原抢人时，他主动要求跟他们离开家乡。他逃到草原，一待就是十年，还在草原娶了个死掉丈夫的本地女人为妻，从此他就把自己当成蒙古人了。正因为他身负人命案，来草原是为了避难，又娶了个蒙古女人为妻，所以他的地位要比普通的奴隶相对高很多，并受到了主人阿布尔的看重，让他负责看管其他奴隶。

乌恩其对马芳非常残酷，让他一天之内就要学会一百个蒙古语常用句子，如果不会就用鞭子抽他。马芳第一天只记住三十个，挨了十多鞭子，屁股都被抽开了花。在鞭子下，马芳的潜力被激发出来，此后他每天都能牢记二百句蒙古语，没过几天，马芳就能用蒙古语交谈了，这让乌恩其非常高兴，不住地点头说："孺子可教，有过目耳闻不忘之能，如在汉地，功名唾手可得矣……"

负责教马芳骑术的是阿布尔的儿子，名叫塔拉，年仅十二岁，比马芳大两岁。虽然只有十二岁，但身体彪悍，看上去能顶马芳两个的样子。第一天，塔拉把马芳引到一匹高头大马前，非常耐心地把他扶上去，然后嘴角上挑起一丝邪笑，突然他照着马屁股就狠狠地抽了一鞭，那马受惊后嘶鸣着狂奔，把马芳给甩了下来，马芳被摔得哇哇大哭，而塔拉却在那里放声大笑，笑得眼泪都出来了。塔拉不教马芳骑术，每天就是逼着他不停地上马，然后看着他摔下来，并以此为乐。被摔怕的马芳，拖着伤痛的身子，前去请教乌恩其。马芳说："先生，俺想向您请教骑术。"

乌恩其冷着脸子说："滚开！"

马芳吃惊道："先生，您，您怎么了？"

乌恩其瞪眼道："听到没有，马上滚出去。"

马芳没有想到乌恩其会是这种态度。前几天他还耐心地教他蒙古语，还说孺子可教，还摸了摸他的头，说他有前途呢。如今，他竟然变成陌生人了，甚至就像以前他们有仇似的。马芳从乌恩其的住处出来，委屈地哭了，他搞不懂这里的人都怎么了，他们为什么那么反常与冷漠。回想在村里，走到巷子里，大家见面都会相互打招呼，嘘寒问暖，如果手里正拿着好吃的，也会请你尝尝的。可是在这里，你每天看到的是冰冷的面孔，还有阴鸷的白眼。

事实上，乌恩其因有汉人的底子，生怕鞑靼人瞧不起他，怕主子怀疑他，他时刻都在让自己更像草原人。为表达忠诚，他会对抓来的汉人更加苛刻、更加狠毒。如果汉人做错了事情，他会主动去惩罚，并且下手狠毒，借以表现自己对主人的忠诚。

一个能在未来成为著名将领的人，肯定是天资聪明的。当请教乌恩其骑术失败后，他为了防止被马甩下，开始总结经验，进行刻苦的训练。一次一次的摔落，让他知道了不摔落的技巧。几天过后，马芳的两胯皮都磨破了，走路不得不叉着腿，就像大猩猩一样，非常难看。

在这种没有人性的强化训练下，马芳终于在较短的时间里掌握了骑术，而且娴熟得就像骑过几年马似的。他的这种进步速度让鞑靼人都感到惊讶，认为这太不可思议了。没办法，有些技术，当与生命关联起来，就极有可能会训练成本能。马芳就是这样，为了不挨摔，为了活命，他必须克服困难。这些训练，在当时来看，也许并没有什么，但是对于他后来实现人生价值，有着非常重要的影响。

从此马芳每天骑着马，赶着乌云似的马群在草原上放牧。与他共同管理这群马的还有两个奴隶。虽然他们一同出去、一同回来，共同管理，但他们从没有说过话。刚开始的时候马芳还主动跟他们打招呼，但他们冷着脸子不哼不响。有一天，马芳实在气愤不过，对那两个奴隶喊："你们是聋子还是哑巴，没听到俺跟你们说话吗？"两个奴隶翻翻白眼，并没有理会马芳。后来，有个人向乌恩其举报，马芳常跟他们没话找话。

乌恩其的脸拉得老长，说："可恶！"

乌恩其提着鞭子来到马芳的住处，严厉地说："跪下！"

马芳看着乌恩其，梗着脖子，满脸的倔强。

乌恩其看着马芳的样子，然后一字一句地说："你想在草原上生存，必须先要学会跪，只有跪，才会站。"乌恩其的话就像钉子一样落地就深深钉入地里。

马芳依然梗着脖子，呼呼地喘着粗气。

乌恩其上去抓住马芳的头发，把他甩到地上，用鞭子狠狠地抽，抽得马芳在地上直打滚，但他没有哼一声。

平时，马芳他们这些奴隶，把马赶到牧场后，就要割草，备冬天的马料。其间少爷塔拉会骑着马前来巡视。一天，马芳正撅着屁股在那里割草，看到草丛里有朵花儿，从没有见过，于是就趴在那儿看。塔拉骑马来了，见马芳不割草在那里趴着，用鞭子抽在马芳的背上。马芳回身怒视着他，吼道："你干啥？"

塔拉骑着马围着马芳转着圈，得意地说："让你割草，你躲着偷懒。"

马芳继续吼叫道："你没长眼睛啊，没看俺割了这么多了吗？"

塔拉被马芳惊到了，这么个小奴隶，敢和自己顶嘴，哼道："你还敢跟我顶嘴！"说着，又把鞭子甩得炸响，落在马芳身上。

马芳梗着脖子叫道："有种你把俺给抽死。"

塔拉连着抽了马芳几鞭子，摇晃摇晃脑袋说："我想抽死你就抽死你，不过我不这么做，我还要让你给我们家放牧呢。"等塔拉走后，马芳把自己的衣裳掀开，发现被抽过的地方出现条条红蛇似的痕迹。他怒视着塔拉，心里在想：如果俺有奶奶讲的那种神箭，俺一定先把塔拉给射死。

在这样的生活中，就在鞭子的抽打下，马芳终于明白，自己在这里不是人，他就是塔拉家的财产，他不如一匹马，马如果病了，主人会请兽医来治，会给它喂些精饲料。他们这些奴隶病了，没有人管他们的死活，只要他们还能动，就得为主人家干活儿；如果病倒了，爬不起来，就会被扔到草原上喂狼。

那天，马芳与另外两个奴隶把马群赶回去，他回到马栏旁边那个破旧的毡房里，躺在那堆草上，望着天上透出来的光，想象着家乡。这些想象是马芳在草原最奢侈的享受，也是唯一能令他高兴的事。马芳的毡房是主人家换下来的旧毡房，已经破烂不堪，上面有几个洞能看到天，刮风的时候，风呼呼啦啦地撕咬着破洞，让他无法入睡。

草原上的夜，亮得是那么清晰，星星似乎也多了许多，月亮也特别透亮，这些看上去好像都要比自己的家乡蔚州大而多，让他的心事都无法隐藏。马芳甚至怀疑，这里的月亮和星星，一定不是家乡的月亮和星星。家乡夜空的月亮和星星是那种极致的好看，它们可以和你分享心事，嫦娥抱着玉兔可以和你说悄悄话，而草原的月亮，是没有嫦娥也没有玉兔的。马芳枕着双手，躺在那里，回想在老家蔚州时的生活，不禁泪流满面。不远处传来狼的嗥叫声，时强时弱，如哭如咽，悠扬而绵长……不知道什么时候马芳睡着了，他在梦里走进了奶奶讲的故事里，拿到那张神弓对着鞑靼人放箭，箭如大雨，鞑靼人落荒而逃……

早晨马芳醒来后，还在痴痴地回味着这个美好的梦。但他双手撑起来，看看身边，却没有梦里的那张神弓。这时候的马芳不会想到，将来他真的会拥有这样的能力，把鞑靼军杀得人仰马翻！那当然是后话了，眼前他需要生存下去，但生存却是那么艰难。

生活对于马芳来说，每天都是一成不变的。早晨把马赶出去，然后蹲在地上割草，下午把马赶回栏里，往肚子里塞些东西，然后蜷缩在草窝里睡觉。他是孤独的，他压抑着少年的天性。由于这样的压抑，他小小年纪脸上已经泛出了和他年龄不相符的深沉和忧郁，甚至还有些苍老。

一天，马芳把马群圈进栏里后，刚要钻进那顶破旧的毡房里休息，抬头发现塔拉与一帮子少年正在摔跤，实在忍不住就凑过去看。原来，塔拉他们在比赛赢一只绵羊。这只羊是族长阿布尔提供的，借以激发部族的少年们从小英勇顽强、喜战好胜的习性。

鞑靼人是尚武的，他们从小就培养少年们摔跤、射箭，并创造机会让他们搏斗，借以提高他们的战斗能力。正是在这样的环境与条件下，他们个个都非常彪悍，非常野蛮，甚至残忍。塔拉虽然身材高大，看上去挺胖挺壮，却摔不过一个瘦弱的少年。那瘦弱的少年十分灵巧，在躲闪中用腿把塔拉绊倒了，因此获得了那只羊。他把羊举起来，嘴里发出了怪异的叫声。这让塔拉恼羞成怒，实在又找不到地儿发火，扭头看到马芳，扑上去抱起他来，猛地摔到地上，对他又踢又打。马芳只能抱着头，在地上滚动着、躲闪着。塔拉的妹妹萨仁赶过来指着哥哥边笑边说："哎，塔拉，你这算什么英雄啊？"

塔拉恶狠狠地说："去，你少管闲事。"

萨仁依然指着塔拉笑道："有本事你去把羊牵回来，欺负个奴隶算什么本事，你就会欺负他们。"

塔拉又恶狠狠地踢了马芳一脚，瞪了萨仁一眼，用手抹一把鼻子，然后扬长而去。

萨仁见塔拉走了，便蹲在马芳跟前问："嗨，你没事吧？"马芳从地上爬起来，没有说什么，用手蹭去鼻子里流出的血，径自向那顶破旧的毡房走去。萨仁追上去把他拉住，轻声问："我跟你说话呢，你听到没有？"

马芳看着远方，面无表情回道："听到了主子，您有什么吩咐吗？"

萨仁看着马芳爱搭不理的样子，说："没事就不能跟你说说话吗？"

萨仁与马芳同龄，但她看上去比马芳要壮实很多。她长着大大的眼睛，长长的睫毛，浓黑的眉，高高的鼻梁，嘴唇厚而圆润，模样跟她的哥哥塔拉很不像。据说她与塔拉是同父异母的兄妹。萨仁的母亲是阿布尔的小老婆。在萨仁五岁时，她的母亲看到一个快饿死的奴隶，偷偷给了他一些吃的，这事被传成私会，阿布尔十分恼怒，就把萨仁的母亲给处死了。萨仁母亲背负着与汉人私会的名声，因此萨仁也被本族人歧视，没有人愿意跟她玩。所以她在这里是孤独的，是被鄙视的。

马芳来到毡房前，发现萨仁还跟在后面，便问："主人有什么吩咐吗？"

萨仁想了想说："有。"

马芳鞠躬道："主子，请您吩咐。"

萨仁用手捋了下耷拉在胸前的粗辫子，说："听我们先辈说，你们中原人都是野兽，会吃人。还说你们是最凶狠的野兽。我从来都没有去过那里，你能不能给我讲讲你们那儿的事儿？你们是怎么吃人的？"

马芳一下子被激怒了，你们分明是野兽，是吃人的怪物，咋颠倒是非呢？便对着萨仁大声喝道："他们这是在造谣，这都是胡说，我们从来都不吃人。"

萨仁并未因马芳的粗口而恼怒，反而觉得这个瘦弱的汉人小子挺有意思，继续歪着头问："就算是他们瞎说的，那你们不放牧，你们吃什么呢？"

马芳见萨仁没有恶意，也就没了脾气。再怎么说，人家是主子，也不能对她发火，这要是换成塔拉，自己早就成一块饼子了。于是，马芳就把家乡的那些美好，以及男耕女织、邻里乡亲们的互敬互爱，细细地说给萨仁听。然后，又把草原骑兵到达中原后的劣行说了。萨仁终于恼了，喝道："你胡说，你骗人，我们蒙古人不是这样的。"萨仁一怒之下口不择言。

马芳也急了，睁大眼睛看着她。

萨仁哼了声转身走去，边走边用脚踢，嘴里嘟囔着什么。

马芳盯着萨仁两条乌油油的大辫子甩得就像鞭子似的，心想，这次得罪了小姐，肯定要吃鞭子了。他跑进毡房里，从睡觉的草窝上抓了把草塞进裤子里，以备承受鞭子。因为主人家打奴隶一般都是打屁股，不会乱打，打别的地方影响干活儿，他们就亏了。马芳用手托着屁股上垫的草，等了会儿没见萨仁带人来，就进了毡房，躺在草上，盯着毡房上那几个窟窿发呆。这顶破旧的毡房，一到下雨下雪天，外面下里边也下。马芳可以顺着顶上的破洞，看到不时有飞鹰掠过。马芳看到它们自由地飞翔着，感到自己都不如那些鸟儿，如果自己有它们的翅膀该多好，那么他可以飞到天上去，然后把屎拉在阿布尔头上，然后叼着石子扔到塔拉的头上，把他的头上给砸满疙瘩。

但是，马芳最想要的还是奶奶讲过的那张神弓，于是他轻轻地闭上眼睛，开始想象自己拥有神弓的样子，想象中的情景化成他脸上的喜悦。正在这时，他听到萨仁在外面叫道："哎，你出来。"马芳打个激灵，觉得马上就要挨打了，于是又抓把草塞到屁股下面，捂着屁股走出毡房，看到外面只有萨仁，手里拖着个包。

马芳趴在地上把屁股撅起来。

萨仁看着马芳的举动，有些不解，问："你这是干什么？"

马芳趴在那儿，说："你不是来打俺的吗？你打吧。"

萨仁吃惊道："打你？我为什么要打你？"

马芳依旧趴着，说："刚才俺顶撞你了。"

萨仁听马芳这么说，不由得嘿嘿笑了："好啊，那我先给你记着。"说着坐到马芳身边，把手里的包递给马芳。马芳疑惑地拉过来，发现是几块奶酪与几块牛羊肉干，便连连摇头不肯要。萨仁瞪眼道："本小姐让你拿着你就拿着。"

马芳吃惊道："为啥？"

萨仁吧唧几下嘴，说："我回去想了想你说的话，感到你说得对，你是人，不是畜生，也不是野兽，是我不对。"

马芳还没明白，问："为啥？"

萨仁看看马芳，得意地说："我突然想到，野兽是不会讲故事的，可是你会啊。"说着，转身就走，走几步回过头又说，"可别跟别人说我给你拿吃的啊。"

马芳用力点点头，一下子感到心里热乎乎的。

他盯着萨仁那两条活泼的大辫子，目送她到远处，这才回到毡房里，开始狼吞虎咽地吃起来。自来到草原，马芳还从来没吃过牛羊肉，也没吃过奶酪，他们奴隶平常吃喝的都是死马肉和奶渣。主人把病死的马腌制起来，专门给他们这些奴隶吃。马肉有些酸，还有些柴，腌过后不只咸，嚼上去就像嚼木头渣子似的。马芳吃着肉干，想到家乡每到过年就会做很多好吃的，会做些肉菜，那种味道真是太香了。可是现在家乡是那么遥远，也不知道父母怎么样了，他们现在还好吗？他们现在正干啥呢？

马芳平时吃的都是粗食，突然吃了顿肥美的餐食，他的肚子竟然承受不了，夜里开始拉稀了。他蹲在马圈旁，痛苦地嗯啊着，突然看到几个宝石般的光亮慢慢地向马群靠近。他知道是狼，于是提上裤子大声喊道："狼，有狼，狼来了，快撵狼，快撵狼啊……"

狼与牧民一直打着游击战，它们常常会在夜里偷袭。狼在野兽中是最聪明的，它们会记仇，会团队合作，会运用计谋。以前有个牧民出去打猎时把狼崽子抱回家里，结果当天晚上，家里两百多只羊全部被咬死了。

草原上有关于狼的故事，跟家乡是不同的。马芳曾听母亲讲过狼报恩的故事，说有匹狼腿受伤了，便给它包扎好，以后每天早晨起来，都会看到门前有只野兔子或者野鸡什么的。在草原，狼始终是凶恶的。就像在中原，鞑靼骑兵永远都是凶恶的一样。

马芳半夜里拉肚子及时发现了狼，避免了损失，这件事让主人阿布尔非常高兴，赏给了他一些美食，还赏给他一双靴子，鼓励他好好干，将来会给他做主找个姑娘，在这里安家，就像乌恩其那样，享受到尊重。阿布尔通过乌恩其，获得了巨大的利益，他在马芳身上看到了乌恩其接班人的苗头。但他不会想到，这个马芳以后将给他带来无限的麻烦，让他颜面扫地，让他整个家族蒙受耻辱。

那天，马芳独自待在那顶破旧的毡房里，看着毡房顶上漏出来的那几个不规则的窟窿透出的亮斑发愣。那双靴子就放在他的旁边，与破衣烂衫的马芳对比下显得非常不协调。马芳回想到阿布尔对他说过的话，心里感到无限的悲哀，难道他真的不能回中原了吗？再也见不到自己的父母、见不到乡亲们了吗？真的就一生留在这里，像乌恩其那样至死都当阿布尔家的狗吗？想到这里，他感到有些绝望了。

草原的早晨是清冷的，马芳总感到太阳出来得有些别扭。在老家，太阳是从山里出来的；在草原，由于山较远，总感到太阳是从雾里冷不丁地就冒出来了，出来得有些突兀。马芳与两个奴隶把马赶到牧场，他割了会儿草，直起腰来，看到有个奴隶坐在不远处抽着烟，好像在说着什么。马芳感到吃惊，自己来到这个家里，他们始终都没有跟自己说过话，现在他们竟然在那里私自交谈。于是，马芳凑过去想加入他们，但他还没有走近，他们骑上马就离开了。马芳追到一个奴隶跟前，叫道："哎，你们是哪儿的人？"

那个奴隶翻翻白眼，把眼皮耷拉下去，不理会马芳。

马芳骑着马围着那人转了一整圈，气愤地说："俺在问你话呢，你是聋了还是哑了？"

那个奴隶摇了摇头，离开了马芳。

马芳感到有些恼火、有些失望，他从马上跳下来，像个大字般地躺在草地上，望着天空，啊啊地大叫着，发泄着心里的郁闷。这时，他听到马蹄声，抬起头来，看到有位陌生人骑着马过来，便爬起来。那人把马勒住，回头看看马芳说："哎，小孩儿，躺在草原上你就变成块肉了，小心老鹰会冲下来抓你。就算没有老鹰来抓你，也会被过往的马把你的腿给踩断，那样你就不能放牧了。你不能放牧，就会被主人扔到草原上喂狼，你还是块肉。所以千万别躺着，要站起来，要不停地走动，这样你才能活下去。"

马芳从地上爬起来，恼恼地瞅了那人一眼。

那人策马走了十多步，突然停下来，回头问："哎，小孩，你是汉人？"

马芳点点头，大声回道："是。"

那人折回来，从马上跳下来，又问："你是哪儿的人？"

马芳说："俺是蔚州人。"

那人点点头说："我是张家口人。"

马芳不由感到惊喜。这位五十多岁的老人名叫恩和，他二十岁时被抓到草原，已经在这里生活了几十年了。由于他尽心尽力，主人赏给了他一个抢来的汉人女子，在这里成了家，如今他的儿子女儿也都在为主人家服务。马芳知道，这个恩和就像第二个乌恩其。马芳问："你们就不想家吗？"

恩和回头看看家的方向，叹口气说："想啊，咋会不想哩！"

马芳又问："想，那你们咋不逃回去哩？"

恩和苦着脸说："现在，我已经在这里有了家，拖家带口的没法回啊。"

马芳还想问很多事情，恩和说："阿布尔的儿子塔拉来了，他要是过来问你，如果指责你跟我讲话，你就告诉他你是在提醒我，这是你们的牧场。"然后策马去了。马芳回头看看飞奔而来的塔拉，感到遗憾，因为他还有很多话想跟恩和说，有很多事想问恩和，可是塔拉来了。

几乎每天，塔拉都会骑着马来监视他们家的几个牧群，看看奴隶有没有偷懒。塔拉来到马芳跟前，手里握着鞭子，瞪着眼问："小子，你在跟谁说话？"

马芳眼皮也没抬，回道："少爷，是邻家的牧人。"

塔拉把鞭子举起来，叫道："你难道不懂得规矩吗？"

马芳又回道："俺当然懂得规矩，所以俺要告诉他们不要越界，这边是咱们家的牧场。"

塔拉的鞭子还是抽向了马芳，打得马芳在地上跳个高，背上麻辣辣的。塔拉哼道："什么咱们家的，应该说是我家的。"

马芳点头说："以后俺会跟他们说这是我家的牧场，不能到这边放牧。"

塔拉点点头，随后摇摇头，又抽了马芳一鞭子，叫道："什么？你家的？连你都是我家的，你敢说是你家的？"

马芳被打急了，大声说："以后俺就说这是阿布尔老爷家的牧场。"

塔拉想了想点头说："以后就这么说。"说完策马奔往其他奴隶所在去了。

马芳摸着被抽的地方，疼得直吸溜嘴。他恨恨地瞪着塔拉的背影，心里在想：如果有神箭，俺一定要先把他给射死。遗憾的是，他什么都没有，只有满身的鞭痕，只有心中的恨。

平时，马芳在放牧的时候，恩和常过来跟马芳聊天。恩和在这一带的奴隶中资格老，且在草原娶妻生子，全家都在为主子服务，因此受到主人家的信任，让他负责监视别的奴隶放牧。平时他对自家的奴隶也是非常苛刻，从不跟他们多话，生怕遭到主人的怀疑。但是他内心深处还是非常想家的，也想找个人聊聊，于是就选择了马芳。因为马芳是小孩，又是别的家族的奴隶，这样不会引起别人的注意。他之所以选择马芳聊天还有个原因，就是离开家乡这么多年了，他想通过马芳打听些消息知道家乡的情况。

马芳通过恩和知道了很多关于草原的事情，并知道了在草原生存的很多法则。因为知道了这些法则，马芳提前规避了许多风险。马芳自信地认为与恩和已经成了忘年交。一天，他向恩和提出了个严肃的问题，他极其认真地说："恩和叔，俺咋样才能逃回老家？"

恩和愣了愣，表情变得严肃起来，眼皮耷拉下，黑着脸说："你想也别想这个问题了。这里离家乡遥远，就算不会被逮回来杀掉，也会被狼群给祸害了。老实在这里待着，只要你尽心尽力地对待主子，主子也会对你好。将来你也可以在这里娶妻生子，过上好的生活。当然，如果娶个当地人就更好了，这样更有利于在草原生存。"

马芳神情失落，沮丧地说："可是，可是俺想回家，俺想爹娘。"

恩和瞪眼道："这是绝对不行的。"

从此之后恩和再也没有来跟马芳聊过天。也许恩和认为马芳有了逃离之心，倘若事情发生，让阿布尔误以为是他出的主意，自己会遭殃。因为阿布尔的弟弟阿布蒙是可汗手下的将领，他们的家族非常强大，足够决定他这个汉人的命运。马芳并不知道这种利害关系。一次，恩和跟随主人找阿布尔协商牧场边界问题，马芳看到他后喊道："哎，恩和叔？"

恩和回过头来恶狠狠地问："你这小孩儿，咋认识我的？我们认识吗？"

马芳着急地说："你不认得俺了？"

恩和用鼻子哼了声："滚，谁认得你。"

马芳惊得半张着嘴，愣了半天。回想那个跟他聊得亲热的恩和，那个与他共同回忆了家乡的月亮、家乡的小河，还有家乡的山山水水的恩和，与现在这个凶神恶煞般的恩和实在无法联系起来。马芳难以接受这样的变化，他感到郁闷、沮丧，便独自耷拉着头回去了，当他来到毡房里，不由得哭了起来。

孤独无助的马芳在阿布尔家，只有萨仁对他好，但这样的好并不是真正的好。因为母亲的事情，萨仁受到了族人的冷落，因此她的地位变得很低，族人都瞧不起她，孩子们都不愿意跟她玩，基本被孤立了，她跟马芳同样是孤独的，因此有些同病相怜。

一天，萨仁带了些吃的来到马芳的毡房里，两个人坐在草铺里边吃边聊着，不料塔拉随后跟进来，手里执着鞭子对着马芳就抽。萨仁上去抱住他的腰死死地拉着鞭子，叫道："你凭什么打他？"塔拉扭过去把萨仁摁到地上，拉住鞭子拖着她前行。马芳的拳头握紧，眼里开始喷火。萨仁对他摆摆手，示意不要冲动。塔拉就像疯了似的抽着马芳，萨仁拔腿就跑。

原来，塔拉与别家的孩子比赛摔跤赢了后，正在得意，那个输了的孩子怀恨在心，对他说："塔拉，你喊你父亲爷爷还是父亲？"这让塔拉恼羞成怒，上去跟人家干架，结果被几个孩子群起给打了个花瓜，他实在没地方撒气了，就来拿马芳撒气，没想到碰到萨仁与马芳躲在毡房里，他就更来劲了。事实上，塔拉的母亲原是阿布尔的儿媳妇。塔拉的母亲刚结婚不久，丈夫去打猎被老虎咬死了，他的母亲便成了阿布尔的妻子，并生下塔拉。说白了，塔拉是阿布尔与儿媳妇生的孩子，也许是塔拉的母亲在未跟阿布尔时就有了塔拉。所以塔拉对别人提起这件事非常敏感。

阿布尔娶了自己的儿媳妇，这如果在中原是非常伤风败俗的，是不可饶恕的，是要按家族规定处死的。但古代在有些游牧民族中，他们的传统是"父死则妻其后母，兄死则妻其嫂"。至于公公娶儿媳也没有人对其诟病。虽然如此，但对于塔拉来说，也不愿意别人提起这件事，毕竟这不是什么光彩的事情。正当塔拉用鞭子给马芳"文身"时，萨仁带着管家乌恩其来了。

乌恩其赶紧拉住塔拉，说："少爷，少爷，快住手，这是为何？他怎么得罪你了？"

塔拉恶狠狠地说："他，他，他竟敢勾引我们蒙古女人。"

乌恩其笑着说："少爷，他这么大点的年纪，还不到勾引女人的年龄啊。"

塔拉倔强地说："我明明看到他勾引了。"

乌恩其依旧拉着塔拉，说："别打了，别打了，老爷叫他去问话呢，你打坏他，怎么向老爷交代呢？"

塔拉依旧不依不饶，说："我今天非杀了他不可。"

乌恩其一下子严肃起来，面无表情地说："少爷，把他打坏了影响放牧就不好了。再者，老爷让我来把他带去问话，你让我怎么向他老人家回话？"

塔拉朝地上啐了口痰，狠狠地说："把这条狗带走吧，回头我再好好收拾他。"

乌恩其的眉毛挑了下，脸上泛出不易觉察的痛苦表情。因为他也是汉人，虽然在草原生活了这么多年，但内心深处的自卑让他听到塔拉说的话还是有些不舒服。乌恩其带着萨仁与马芳往前面那个大毡房走去。路上，乌恩其对萨仁与马芳说："我知道，马芳是想跟着主子学蒙古语，以后便于更好地为主子服务。"

萨仁急忙点头，说："是的是的，我是去教他蒙古语的。"

乌恩其转头问马芳："马芳，是吗？"

马芳也急忙点头说："是，是哩。"

阿布尔住在一个直径三丈有余的毡房里，四周挂着织画，地上铺着厚实的地毯，毡房里摆设也是特别讲究，显得非常奢华。围绕着这个大毡房还有几个小的毡房，是他的妻妾与孩子们的住所。乌恩其把马芳与萨仁带到大毡房前，乌恩其让马芳在外面等着，随后跟萨仁进去。阿布尔已经六十岁了，但他身材高大、强悍。据说他在年轻时曾是草原的摔跤王，受到过可汗的奖励，要不是战争中受到箭伤，腿有些瘸，他可能比弟弟阿布蒙有出息。阿布尔的长相非常凶悍。他的眼睛就像放着两把牛刀，硕大的鼻子就像挂了个小葫芦似的。他用那双刀子般的眼睛盯着谁，谁就会感到一阵冷风袭来。他用冰冷的声音说："萨仁，你为一个下人顶撞兄长，还擅闯进来向我求情，你知道你是在做什么吗？"

在草原，他们把抓来的奴隶当牲口，绝对不允许族人与奴隶亲近，如果女人与奴隶有染是要杀头的。乌恩其忙说："老爷，小姐是教授马芳蒙古语的。因为马芳说，要终生为老爷您效劳，一定要学一口流利的蒙古语，小姐感到这是好事，就好心地去教他了。总之，小姐的初衷是好的，不应该受到责备。"

阿布尔并未抬起眼皮，依旧冷冷地问："萨仁，是吗？"

萨仁点头说："是的父亲，是我主动教他的。"

阿布尔把眼皮抬起来，轻轻地点点头，说："马芳想学蒙古语为我族效忠，这是好事。可是你身为我族小姐，不能频繁与奴隶交往，看在你年幼无知，这次就不惩罚你了，以后要注意。好了，退下去吧。"说着轻轻地挥了挥手。

立在毡房外的马芳不知道将要受到什么样的惩罚，他就像木桩似的站在毡房前，心里在想：如果我有把神箭，我要把他们全杀光。

乌恩其出来对他说："马芳，回去吧。"

马芳惊到，问："没事了？"

乌恩其瞪眼道："你还想再挨鞭子吗？"

马芳回到那个破旧的毡房里，天已经黑透了。月光透过顶上的破洞就像几把利剑插下来。他全身疼痛难忍，根本无法入睡。他来到毡房外面，坐在草地上，望着家的方向默默地流着眼泪。马芳已经下定决心，找机会挑匹最快的马逃回家乡。他绝不会像乌恩其那样自愿终生在这里当条看家护院的狗，他是人，他不是狗。在这里，没有他想要的生活。他要回到中原，跟父母团聚，去过人的生活，去过幸福的生活。

三 逃离后果

自打马芳有了逃离之心，他便开始留意马群中最壮的几匹马，并开始与它们接触，对它们精心呵护，想挑匹最快的马像箭一样离开草原，回到母亲的怀抱。马芳经过观察与研究，最终选中一匹高大威武、肌肉健硕、四蹄修长、毛发狐红的马。他以放牧的所闻所见，知道这是一匹好马。

一天，马芳正给这匹狐红的马梳理鬃毛，想跟它熟悉熟悉，突听后面传来脚步声，吓得他打了个激灵，忙躲到旁边去。好在来人是萨仁，马芳忙说真是匹好马。

萨仁点点头说："你的眼光不错，这匹马确实是匹好马，据说这是一匹整个草原上都挑不出第二匹的汗血宝马。我叔曾经交代过，这匹千里马要留着献给可汗。"

马芳故作吃惊道："它真是千里马吗？真的能一天跑一千里吗？"

萨仁笑了笑说："说日行千里只是说它跑得比别的马快，事实上是跑不出来的。"

马芳点点头，走过去拍了拍马屁股，没想到被这狐红马一脚踢出老远，趴在地上疼得直嘬牙花子。萨仁把他拉起来，拍拍他身上的土问："没事吧，有没有踢坏啊？"

马芳苦着脸，摇摇头说："它，它怎么不声不响就踢人？"

萨仁看着马芳欲哭不敢的表情，笑道："你呀你，它是匹还没有驯服的马，自然不会听话了，也不让骑。听说，邻家牧场里曾有匹好马，他儿子争强好胜，要驯服它，结果那马腾空起来，后蹄打到他的脸上，把鼻子都给踢扁了，最后家人气愤不已，把马给杀了。你猜怎么着，射了它三十多箭，它都没有倒，最后是站着死的。可汗听说后，让他们家将马埋掉并树个碑，还封它为气节宝马。"

马芳听到这里，摸了摸自己的鼻子，问："那，那你知道怎么才能把它驯服吗？"

萨仁收起笑，对还苦着脸的马芳说："这个有专门的驯马师傅，咱们可驯不了。"

马芳听到这里，不由感到为难。他想：如果驯服不了这匹好马，自己的计划就落空了。从此，他开始刻意地与这匹马接触，一有空闲就凑到这匹马跟前，给它梳理鬃毛，跟它亲近。慢慢地，马芳开始小心地拍拍马儿的屁股。刚开始拍的时候，它会乱蹦，慢慢地等它适应了，就开始拍它的腰。马芳感到可以把马鞍搭上去试试了，结果他把马鞍刚搭上去，马的前蹄就腾空起来，把马鞍掀掉连踢带蹦地跑了。

这段时间，马芳刻意地对主人格外恭敬，也格外勤快。放牧回去，就主动找活儿干。之所以这么做，他是想让大家对他放心，不会想到他会逃离。只有这样，他才有机会把马驯好，然后骑着它箭一般飞奔回家乡蔚州。

每天，马芳把马群赶到牧场后，就找到那匹狐红的马，给它挠痒痒，再薅些草喂它，并不时用手拍拍它的背，和它聊天说话，马芳深信马儿是能听懂他说的话的，他一天天地和狐红马亲近，就像兄弟一样，他想让狐红马慢慢地对自己放心，和自己亲近。他试着把马鞍搭到狐红马背上，它也不再抗拒了。马芳觉得可以试着骑骑它。但是，马芳怕那两个奴隶会向主人汇报，不敢轻易地骑到那匹马上，他一直等待着时机。

马芳终于等到了机会。一天，有个奴隶生病，没能出来放牧。马芳与另一个奴隶隔着马群几乎看不到对方。于是，他把马鞍搭到狐红马的背上，轻轻地拍了拍它，并与它贴了贴脸，然后猛地翻身上去。狐红马不干了，一声嘶鸣，如同龙吟虎啸一般，紧接着尥起蹶子，把马芳结结实实重重甩到地上，疼得他半天没能爬起来。

马芳仍然不死心，不断与狐红马亲近，无数次地进行尝试，狐红马终于被驯服了，再骑上去也不会狂蹦乱跳了。马芳试着驾驭它，它也就慢慢地接受了。

这天，他骑着狐红马围着牧场跑了一圈，感到这马确实不同凡响，那速度就像箭一般，绝对不是普通马所能匹敌的。等马站定，马芳看到两个奴隶在愣愣地看他，便跳下马跑到他们跟前，分别对他们说："这匹马是老爷准备献给可汗的，嘱咐俺要好好地照顾它。"他之所以这么说，是怕两个奴隶去打小报告，让他受罚，并有可能毁了他的计划。马芳又翻身上马，轻轻喝了一声，狐红马便向马群跑去。他回头发现两个奴隶凑在了一起，担心他们会举报自己，到了地方便忙把马鞍换到自己的坐骑上。

提心吊胆的马芳等了三天没有见主人责备自己，他终于放心了。接下来的日子，马芳开始积攒食品，准备瞅个有风的天气，骑着那匹狐红色的马，像缕火焰似的飘回家乡。因为有风的天气不太会引起大家的注意，马蹄的声音也不会太明显，是容易逃离的。马芳在暗里计算着骑着这匹马能用多少时间到家。来的时候他们步行走走停停，也记不清楚走了多少天才到这里。他相信骑着这匹快马用不了几天就能回到家乡，甚至有可能用更短的时间。这么想着，马芳脸上浮现出即将见到父母的喜悦。马芳在积攒粮食时，由于分给他的食品本来就吃不饱，是省不下多少的，这让他感到为难。马芳想到萨仁，想通过她弄点肉干与奶酪，备着逃离时吃。

萨仁自从受到父亲的批评后，不敢轻易来跟马芳说话，因为她发现，离马芳太近，是会让马芳受伤的。不过，她还是抽空给马芳带些吃的，想尽办法跟马芳聊会儿天。跟马芳接触，几乎成了她生活的全部意义。马芳一改之前对她的态度，表现得对她极为亲切，还赞美她，说她是草原最好的女孩。女孩天生就喜欢别人说她漂亮，哪怕她并不漂亮。但是，萨仁对他的这种殷勤感到有些不适应，她瞪着大眼睛说："马芳，你的嘴巴突然变得这么甜，这不像你了。"

马芳愣了愣，忙摇头说："是，俺说的是实话啊。"

萨仁看着马芳难为情的样子，抿嘴笑了笑说："你记住，只有我们俩在一起时，你没必要说这些话。"

马芳红着脸点点头说："好，俺知道了小姐。"

萨仁怕别人遇见，匆匆地离开了。马芳盯着她身后两条活泼的、乌油油的大辫子，心里在想：如果俺有神箭可以杀敌的话，一定要留着萨仁，因为她是好人，她是草原上我唯一的朋友。

在马芳的耐心等待下，机会终于来了。这天，天暗沉着，不一会儿工夫便狂风大作，根本就无法去放牧。马芳待在那破旧的毡房里，盯着那块呼扇的破布，祈祷着风不要停止，这样他在晚上就可以骑上那匹狐红马飞奔而去，而且不会引起别人的警觉。这风还真顺人意，一直刮到晚上，刮到深夜。马芳把自己平时藏的那些吃的拿出来，背在肩上，悄悄地来到马圈，轻轻吹了声口哨。由于他已经与那匹狐红马建立了感情，那马就来到了他的身边。他伸出手来，轻轻地拍着狐红马："你别叫啊，乖乖地听话，俺带你回家。"说着就想把它牵出马圈。

就在这时，他听到有人喊："有人跑了，有人跑了。"马芳打个激灵，忙退回到毡房前，把身上系着的那个装着食品的包解下来，埋在了草下面，然后钻进毡房里装睡觉，心就像打鼓似的。

几声马嘶，一阵混乱之后，又平息下来。他并没有等到来拿他的人，便感到有些奇怪。他来到马圈旁，见有人打着风灯正在那里议论着什么。马芳凑了过去，听到管家乌恩其正跟几个人说话。马芳看到萨仁后，凑到她的身边问发生什么事了。萨仁小声说："跟你一起放牧的两个奴隶跑了。"

马芳感到有些吃惊，睁大眼睛问："他们，他们跑了？跑得了吗？"

萨仁压低声音说："族人去追了，还不知道什么情况呢。"

乌恩其回头见马芳与萨仁在那里嘀咕，便走过来说："马芳，你去巡视一下马圈。"马芳点点头，骑上自己的坐骑围着偌大的马圈巡视。不远处有几匹狼在那里游走着，虎视眈眈地盯着马圈。马芳心里感到非常的懊恼，因为不论那两个人跑得了跑不了，都会引起主人的警觉，他再想逃走就不那么容易了。

天渐渐地亮了。由于两个奴隶跑了，塔拉暂时接替他们的位置去放牧。他们把马群赶到草地上，塔拉来到一棵树前，对着树开始练箭，他把整袋箭全部射完后，对马芳招招手。马芳骑马过来，跳下马来鞠躬道："少爷，您有啥吩咐？"

塔拉指指像刺猬似的树干说："去把箭都给我收回来。"

马芳跑到树下拔箭。塔拉拉着空弦，对着树嘴里还发出唰唰的声音。当马芳把箭都捡回来时，塔拉嘴角上突然泛出邪笑，说："马芳，你去树跟前站着，看看我的箭准不准。"

马芳知道，这样会要自己的命，他说："少爷，如果射不准怎么办？"

塔拉哈哈笑几声："射不准，就射到你身上呗。"

马芳知道塔拉这人没有人性，是不会在乎他的死活的，如果真站到树前让他射，自己的命就真没了。他苦着脸说："少爷，他们都去追逃跑的人了，现在人手不够，你把俺给射死了谁放牧？要射以后再射，今天就算了吧，咱先记着，你看行不？"

塔拉想了想说："说得也是，那就以后吧。"

那天，塔拉疯狂地乱射箭让马芳去捡，把马芳给累得精疲力竭。中午的时候，有人前来给塔拉送信，说已经把奴隶抓回来了，明天要用奴隶举办个比赛。马芳通过他们的对话得知，阿布尔要用两个奴隶当靶子，进行一场射箭比赛，并命他负责的这片区域的各家族带着奴隶们前来观看这场比赛，让奴隶们都知道，逃跑的后果就是这样的。

下午回去后，马芳把马赶回马圈，见两个奴隶被捆在离牧场不远处的空场里。这个场子平时是用来开会、练武、驯马的。由于阿布尔是附近五个家族牧场的主事，每当有大的活动，都会在这个场地里进行。马芳想去看看那两个几年来都没有跟他说过一句话的奴隶，可随后他便打消了这个念头。如果不是两个奴隶逃跑，今天捆在这里的也许就是他了。他回头看看马群，还能看到那匹狐红的马，就像马群里的一缕火焰。

这时，萨仁向他跑来，他便停下来等她，因为他想通过萨仁知道些事情。萨仁来到他的跟前，回头看看四下没人，便拉着马芳来到了毡房后面。两人坐在草地上，倚着毡房。萨仁抱着双腿，眯着眼睛看着前方。马芳放眼看去，发现有些牧民赶着羊群在回家，就像天上的朵朵白云。马芳问："听说那两个奴隶逃跑被抓回来了，要把他们当靶子，是真的吗？"

萨仁并没有回答马芳的问题，突然问："马芳，你不会逃跑吧？"

马芳心里一惊，忙摇头：“俺，俺不会跑，这里就是俺的家了，俺能往哪儿跑呀？”

萨仁问：“你父母呢？”

马芳摇摇头说：“他们可能已经不在这个世上了。”现在，马芳突然感到，有必要对家里的事情进行隐瞒，让主人知道他在中原无牵无挂，会以草原为家。

萨仁对马芳认真地说：“你千万别逃跑，抓回来就没命了。你是逃不掉的，不是被抓回来，就是被狼群给吃了。以前，有家人买了个奴隶，那奴隶挑了匹快马逃离，主人带人去追，当追上时，发现马与人全部被狼给吃得只剩下骨头了。一个人想逃出草原，这是根本做不到的。”

听到这里，马芳感到有些冷，他把腿抱得紧紧的，把下巴抵到膝盖上。想想萨仁的话，他感到有些绝望，难道必须要在这里过一辈子，再也见不着父母与乡亲们了吗？这时，他们听到了脚步声，忙从地上爬起来，扒着毡房看去，发现乌恩其带着只猎犬走来。乌恩其领的这只猎犬，是只老猎犬，它已经没有能力去狩猎了，乌恩其就把它当宠物养着。马芳早就听萨仁说过，乌恩其常跟那只老猎犬说话，也不知道说的是什么。其实，马芳知道，乌恩其跟真正的鞑靼人说话很少，跟奴隶也不能聊天，他只有跟狗去叨叨。跟狗说话，是没有任何危险的，所以乌恩其宁愿跟狗说话，也不会对奴隶多说半句。

乌恩其发现萨仁在这里，便板着脸说：“小姐，你以后尽量不要跟马芳说话，要是让老爷知道，肯定会惩罚你的，说不定也会连累马芳受到惩罚。”

萨仁翻白眼道：“真是的，说说话都不行了！”说完，噘着嘴走了。

乌恩其眯着眼睛，盯着远处绑在柱子上的两个奴隶，叹口气说：“马芳，你看到没有，这就是逃跑的后果。你最近这段时间，忙忙活活，表面上很勤快，嘴皮子也甜，是不是你也想逃跑啊？你可千万别有这样的想法，这是要不得的。”

马芳连忙摇头说：“俺不逃，俺要向您学习，以草原为家。”

乌恩其冷笑了几声，说：“跟我来。”他把马芳引进到一个毡房里，指着案子上的肉与酒，说：“你把这些端过去，让他们吃，反正明天他们就没命了，让他们吃点好的。”

马芳点点头，提起食盒。

乌恩其冷冷地说："记住，不要给他们解开绳索，你负责喂他们吃。还有，不要跟他们说话，说话对你没有好处。"

马芳点点头，提着酒肉向那两个被捆的人走去，不时回头看看，发现乌恩其就站在那里，细长的脖子伸着，一副若有所思的样子。马芳来到木桩前把酒肉放下，那个瘦高个的奴隶说："马芳，你过来。"马芳听到他跟自己说话，不由大吃一惊，因为他来阿布尔家几年了，这两个奴隶从来都没跟他说过话，每次跟他们打招呼，他们都像没有看见、没有听见，今天竟然喊他马芳。瘦高个看到马芳吃惊的样子，似乎知道他的想法，便苦笑说："马芳，你可能奇怪我们平时不跟你说话，其实，平时我们说话是有风险的，如果我们相互说话，他们会对咱们不放心，会派人暗中盯着你，你从此就更不自由了。"

马芳点点头："现在俺明白了。"

瘦高个叹口气说："知道我们为什么落到这种地步吗？"

马芳摇了摇头说："不知道。"

那个矮些的奴隶气愤道："我们都准备了几年了，想找个最佳时间逃离，结果我们发现你每天去亲近那匹狐红马，还把它给驯服了，又见你突然变得勤快了，嘴甜了，就知道你想逃跑。我们怕你提前行动，无论你成不成功，都会影响我们的计划，所以我们就提前了一步，没想到最终还是被他们给抓到了！唉，这是命啊。"

马芳问："难道你们挑的马慢，他们的马快？"

瘦高个说："倒不是我们的马慢，而是我们骑马的技术不好；再者，我们半路上遇到狼群，又手无寸铁，在逃离狼群时耽搁了时间，才被他们追上的。"

马芳苦着脸说："这么说，咱们是永远都不会逃脱了？"

瘦高个沮丧地说："我们是没有机会了，你还年轻，你肯定有机会的。不过，你可千万别贸然行动。平时你要多练马术，要学会弄刀射箭，要学一身的本事，等到可汗来到此地，在阿布尔这儿落脚时，那时候逃跑最好了。因为可汗在这里，主人就算知道你逃了，他为了顾全面子，也不会大张旗鼓地去追你。我们就等着可汗能够过来，可是这几年他没有露面，一直没有好机会。你还年轻，有得是机会，如果有一天你真的回去了，麻烦你跟我家里说一声。我的名字叫刘八斤，家住蔚州南安寺塔附近。你到附近问问刘八斤家，大家就会知道。你告诉我的家人，我已经去世了，不要再等了。还有，跟我的家人说给我立个牌位，把我的魂给招回去，不要让我做了这里的游魂野鬼。"

马芳用力点点头，说："如果可以逃回去，一定，一定带到。"

瘦高个扭头看看矮个的逃伴，问："你有什么话要留给家人吗？"

矮个子哼道："在我来之前，妻子与孩子都被他们杀了，我现在后悔，早知道跑不掉，我应该杀他们几个人，就算杀不了人也要杀他们几匹马，现在是没有机会了。我想回去，主要是想回家看看，我娘还在没在，想喝一口家乡的水。我就不需要捎话了，他们不知道我已经死了，心里还有个念想，心里也会好受些。"

马芳给他们喂了酒肉，瘦高个舔了舔嘴唇说："马芳，赶紧回去，要是耽搁久了他们会怀疑你，对你不利。一定要记住我说的话，要把马术练好，要把刀术练好，要把箭术练好，要长得壮壮的，只有这样你才有机会逃走。还有，逃离草原也不是一天两天的事情，不要急于求成，我们策划了几年最终还是失败了。你心里要装着逃离的想法，要做出不想逃的样子，平时要学会委曲求全，取得他们的信任。如果他们信任你了，把你当自己人了，认为让你走你都不会走了，你的机会才多。再者，还有个办法最保险，就是你练武练好了，如果可汗征兵时你能参军，将来他们进攻中原可能带着你，那时你想逃离就容易得多了。"

矮个子摇头说："这不可能，他们是不会让汉人当兵去打汉人的。"

瘦高个说："知道乌恩其为什么受重视吗？就因为他身上背负着命案，他是主动跟着鞑靼兵来草原的，他这种情况，你让他回去他都不回去，所以阿布尔就放心他。"

矮个子说："马芳，如果你将来能找个鞑靼老婆，他们也会对你放心的。"

马芳摇头："俺才不要呢。"

瘦高个说："别说了。马芳，回去吧，记住我的话，要有耐心。"

马芳用力点点头："等俺回去，一定帮着照顾你的家人。"说完，提着食盒往回走，走几步回头看看。想想他们明天就会变成靶子，他心里难受极了。回到专门做饭的毡房里，他把手里的提盒放下。乌恩其跟进来，耷拉着眼皮问：

"马芳，他们跟你说什么了没有？"

马芳赶忙点点头说："说了。"

乌恩其猛地把眼睁开，问："都说了什么？"

马芳回道："他们对俺说千万别想逃跑，是逃不掉的，要好好在这里干，要向您学习，把草原当家，在这里娶妻生子，永远忠于主人，不要学他们。"

乌恩其冷笑了一声，奋拉下眼皮说："回去歇着吧，没有我的命令不要跟他们接触，如果出了事，你自己的小命都难保。"

马芳点点头，默默地回去了。走在路上，他回头看去，几个少年正围着两个捆在木桩上的奴隶在那里嬉闹着。他走进破旧的毡房，把自己藏起来的食品找出来吃了个肚儿撑。现在他已经放弃了逃跑的念头，至少现在是暂时放弃了。他心里在想：一定要练好骑术、箭术、刀术，等自己有本事后再逃，如果别人追他，他可以用箭射他们。但马芳知道，想练武是不可能的，因为主人是不会让奴隶练这个的，怕对他们构成威胁。

天刚蒙蒙亮，各家族族长都带着家里的奴隶来到靶场。阿布尔坐在装饰豪华的马车上，左右是虎背熊腰的侍从。他站在马车上给大家讲话："啊，这两个奴隶吃我的喝我的，不思感恩，竟背叛主子，私自逃跑，罪不可赦，应五马分尸。可是，为让我族少年有个锻炼的机会，本族长决定，以他们为靶子进行比赛，也以此告诫尔等奴隶，如果谁敢叛逃，就是如此下场。好了，现在开始吧！"

乌恩其宣布道："各家少年听着，你们分组进行摔跤比赛，赢者再进行赛马，最后剩下的人参加射箭大赛，谁能百步之外一箭让他们毙命，奖励这匹马。"说着，指了指身旁那匹青灰色的高头大马。乌恩其继续说："也希望奴隶们看清楚了，千万别有逃离的想法，谁要是敢逃，就是这样的下场。我劝你们要守住本分，好好地为主人效劳。相信如果你们诚心诚意、勤勤恳恳，主人自然不会亏待你们的。你们应该知道，就是一条猎犬逮住了猎物，主人都会分出一些来鼓励它。你们也是这样的，你们如果能干，主人也会对你们好。"

阿布尔说："乌恩其，可以开始了。"

乌恩其毕恭毕敬地向阿布尔点点头，转身后面无表情地挥手喊道："好了，现在开始分组。"

塔拉高声说："这匹马今天属于本少爷。"

其他几位少年也梗着脖子，不服塔拉的自大。

马芳混杂在奴隶群中，四下里瞅瞅，他们都很麻木，面无表情，坐在那里就像木头人似的，一个个就像老家庙里的雕像，一动也不动。他抻着脖子抬了一下头，瞅了瞅绑在木桩上的两个人，心里就像咽下一大口烧红的火炭，有一种深深的灼痛感，他极力控制着自己，那种难受到了极点却不敢表露出来的压抑让他快要窒息了。两个奴隶似乎已经知道今日必死无疑，他们已经没有了畏惧，开始破口大骂，大骂阿布尔杀戮汉人必遭天谴，大骂乌恩其是蒙古人的一条狗。

阿布尔皱了皱眉头，对身旁的侍从低语几句。

两个侍从跑到两个奴隶跟前，用弯刀撬开奴隶的嘴，用剔骨肉的小刀把他们的舌头给剜了出来，扔到地上，血顺着他们的嘴流到胸前。两个奴隶只能用鼻子嗯嗯，发出了牛一样的声音。看到这一幕，马芳感到全身冷飕飕的，把脖子缩了缩，呼呼地喘着气。此时的他好想世上真的有那么一把神弓，更想自己有一把神弓，把阿布尔等人全部射死，把这两个人救下来，可是现实中他什么也没有，什么也为他们做不了。

比赛开始了，马芳并没去看那帮少年折腾，他只是静静地看着两个被剜掉舌头的奴隶，回味他们说过的话，就是怎么取得鞑靼人的信任，学会骑术，学会用刀，学会射箭，让自己强大起来。

鞑靼是尚武的部族，他们每年都会举办赛马，赛马里程是五十至七十里。骑手不穿靴袜，只穿华丽的彩衣，头上束着红、绿绸飘带，显得既轻便又英武。当骏马疾驰的时候，赛马人骑在马上如腾空一般，表现出各种娴熟的骑术。他们几乎每天都进行摔跤比赛，任何的奖赏以及分派事务都要以摔跤决定，这就像汉人的抓阄似的。蒙古式的摔跤是轮着摔，一上来就互相抓握，膝盖以上任何部位着地都为失败。摔跤人数是八、十六、三十二、六十四等双数，总数不能出现单数。摔跤手的服饰比较讲究，下身穿肥大的白裤子，外面再套一条绣有各种动物和花卉图案的套裤，上衣是牛皮制作，上边钉满银钉或铜钉，背后中间有圆形银镜或"吉祥"之类的字，腰间系有红、蓝、黄三色绸子做的腰带，脚蹬蒙古靴或马靴。优胜者脖子上常套着五颜六色的布条项圈——"姜嘎"。

经过几轮比赛，最后只剩下四个少年，其中就有塔拉，还有塔拉叔叔阿布蒙的儿子塔雷。另外两个青年，其中一个是恩和的主人乌力罕的儿子乌尔特。乌尔特比塔拉小一岁，长得并没有塔拉高大，但他身体灵活，一直是塔拉最有力的竞争者。

四个少年开始了骑马抢羊。在百步开外放只小羊，由两个人同时骑马去抢，先把羊抓到者为胜。塔拉是很幸运的。如果他与乌尔特分到一组，必输无疑。幸运的是，他在这次的抢羊中占到了先机。而乌尔特战胜了塔雷。最终的决赛是由塔拉与乌尔特进行的。他们每人对着一个奴隶射箭，能射中心脏者为胜。

因为两个奴隶胖瘦高矮不同，所以分配时塔拉与乌尔特进行了抽签。乌恩其找了个干燥的羊屎蛋握在手中，由他们两人去猜，最后，塔拉猜胜了，他挑了那个矮个的奴隶，自然，乌尔特就射那个瘦高的奴隶。塔拉与乌尔特对奴隶开始瞄着，几乎同时射出了箭。塔拉发现自己的箭在那人的胳膊上，而乌尔特的正中瘦高奴隶的胸，知道自己输了，于是又抽支箭射去，这一支箭射中了奴隶的腹部。

阿布尔皱着眉头说："塔拉，你要懂得赛规。"

塔拉朝地上啐口唾沫，把弓收了。

乌恩其叫马芳去收箭，进行第二次射击。马芳木讷地走向那两个人，发现瘦高个已经被乌尔特的箭射中心脏，没有气了。那个矮个的奴隶还在那里扭动，脸上泛着痛苦的表情。由于舌头没有了，他用鼻子发出了嗯嗯的声音。马芳哆嗦着手，去拔瘦高个身上的箭，双手慢慢地伸过去，猛地握住箭羽，心里说：将来俺要为你报仇，说着猛地往外拔，没想到拔不出来，手打滑后，坐到地上。顿时引得那些比赛的人哈哈大笑。

马芳坐在地上哭了。乌恩其跑过来，用力拔箭，也没有拔出来，就把箭折断了。马芳见他拔矮个奴隶身上的箭时，随着箭出来，肉都翻开了，鲜血直往外喷。乌恩其拉起马芳，回到了原处。

经过三轮的比赛，最终乌尔特取得了胜利，他举起自己的弓，他们的族人顿时欢呼。然后，他们牵着那匹青灰色的马凯旋而去。塔拉黑着脸站在那里，对着已经死去的两个奴隶练习，让马芳替他收回箭来，然后再射。马芳摇摇头，不肯去拔箭。塔拉就把箭对准他，吼道："马上去。"

萨仁站出来，护着马芳，叫道："你有本事把那匹马赢回来。"

塔拉上去就要打萨仁，马芳说："别打，俺去拔。"

马芳没有办法，就去帮他从奴隶身上拔箭，箭射得很深，很不容易拔出来。马芳就这样来回帮着塔拉拔箭，每拔一次，他心里的恨就会多一分。这些恨，在他将来面对鞑靼军时，丝毫没有留情过。

塔拉折腾了半天，还是不解气，在回来的时候，对着马芳拳打脚踢。萨仁撇嘴道："你打他算什么本事，你把那匹马赢回来才会让人佩服。"塔拉听到这里，上去揪住萨仁的辫子，猛地把她摔到地上。萨仁的性子也烈，抱住塔拉的腿，用牙硬生生地咬了一口，把塔拉痛得哇哇大叫。看到兄妹两人在地上滚着，马芳不知道如何是好，他倒是想去帮萨仁打塔拉，但是打了他自己的日子就非常难过，没有办法，他只得喊："老爷来了，老爷来了。"

兄妹两人惊慌地从地上爬起来，四周看看，发现父亲并没有来。于是，塔拉开始追着马芳打。萨仁喊道："马芳，快跑。"马芳拔腿就跑，塔拉在后面追。萨仁跑去跟乌恩其汇报，最终乌恩其出面才把塔拉劝回去。下午，鼻青脸肿的马芳赶着马群去放牧，他把马赶到牧场，自己站在一棵树前望着马群，心里却像万马奔腾。通过今天的比赛，他明白想逃跑是危险的，至少现在逃跑是危险的。他应该先学得像鞑靼人那样，学得骑术精湛、武艺高强再谋划逃跑。假如有一天自己逃跑，就算逃不掉，宁肯自杀也不会回来受这罪。

四 智学武艺

一心想学武艺的马芳却不知道怎么学，这让他苦闷不已。他是奴隶，主人有明确规定，不让他们接触刀箭等武器，让他们骑马也仅仅是为了方便放牧。无论你表现得多么忠诚、多么努力，他们始终会提防你，始终认为你有反叛之心，是绝对不允许你练箭练刀的。马芳明白，在这种情况下想得到一把弓，那是比登天还难的。

他偷偷地用马尾编成细长的绳子，绷在弯树枝上，每天偷着练。他把自制的弓箭藏在牧场的树上，每天来到牧场，抓紧割些草，然后就爬到树上把弓取下来，对着树开始练习。为了练臂力，他找了块石头搬进自己住的破毡房里，每天晚上要抱着它练习力气。每当他感到累了，想偷懒放弃了，就会想想家乡，想想父母，想想路上对他照顾的那个妇人，想想自来到草原受的苦难，想想塔拉，他就不再懈怠了。

当马芳听管家乌恩其说，这几天让他多操心马群的事，等乌恩其去奴隶市场买来新的奴隶再派过去，马芳忙说："不需要派人了，俺自己就行。"

乌恩其看着他，说："你自己可照看不过来，如果出了事你会受到惩罚的。"

马芳赶忙说："您放心吧，俺骑着快马多转转，不会有问题的。"

乌恩其点头说："好，你只要尽心尽力把事情做好，我会向主人汇报，对你进行奖赏的。"

马芳心中暗喜，因为只有他一个人放牧这些马，所以他就可以尽情地练箭、练骑术了。如果再找来奴隶，万一自己练箭的事传到主人耳朵里，那肯定会受到责罚。据说，乌力罕家有个奴隶练箭，结果被主人把右手的中指给砍掉了，失去中指后，就算练成，也不会成为好的弓箭手。因为剩下的手指，用不上力。

马芳满心装着家乡的温馨，有着归心似箭的迫切感，他每天反复拉那把简易的弓。由于木棍僵硬，根本拉不开，他只得不断地反复练习。一天，他用力过猛，竟把那根弯木拉断了，便重新砍了有韧性的粗荆条，做了新的弓开始练习。就这样，他用来做弓的木棍越来越粗，他也越来越有力量了。那天，他正对着树练箭，突听有人喊："马芳，马芳。"马芳吓得一哆嗦，手中的弓箭掉在地上，回头发现是萨仁。萨仁脸上泛着笑容，两腮就像两抹红云似的。原来阿布尔对乌恩其说，只有马芳一个人去放牧这群马实在不让人放心，要尽快去买个奴隶。萨仁便要求说："阿爸，反正我也没事，让我去帮着照看吧。"

阿布尔想了想说："好吧，你先暂时帮他照看，等阿爸买到合适的奴隶再替换你。"

萨仁就高高兴兴地来了。萨仁看到马芳愣在那里，便奇怪地问："你怎么了，看到我不高兴吗?"

马芳心里咚咚直跳，结巴道："没，没什么。"

萨仁跑过去把弓捡起来，说："你在练箭?"

马芳嗑几下牙花子，怯怯地看着萨仁，说："经常有狼围着马群转，俺把它们赶走之后，没多大会儿它们又回来了。俺想如果俺练好箭就可以把它们射死，把它们的皮剥下来给你当褥子铺。因为没有弓箭，俺就弄弯木棍做了把弓，只是用来吓唬狼的，这个根本算不得弓，也没法射箭。"

萨仁弯腰捡起地上那把弓，仔细端详了一阵，又伸手拉了拉，皱了皱眉，然后说："这个哪能用，这样吧，我给你找套真的弓箭来练。"

马芳连连摇头摆手说："不行不行，奴隶是不让练箭的，要是让老爷知道那就麻烦了。"

萨仁看着马芳又摆手又摇头的样子，极力克制自己不笑出声，说："看把你吓得，你放心吧，我不会告诉他们。其实就算他们知道也没什么，你练箭不是为了打仗，也不是为了造反，是为了保护马群。再说咱们都是小孩子，也没能力造反不是？"马芳心里有些激动，他与萨仁骑着马，围着马群转。萨仁不停地跟马芳叨叨着，马芳静静地听着、应和着，但心里却想着一把真的弓。萨仁给马芳说了很多家族的事情，发了很多牢骚。她甚至愤愤不平地说："塔拉的母亲嫁给我父亲，她嫁给自己的公公，她比得了我的母亲？我母亲是被冤枉的，他们有什么资格瞧不起我！"

有的时候最好的交流不是倾诉，而是善于倾听。马芳耐心地听着萨仁的发泄，萨仁发泄完了，见马芳一直默默地听她唠叨，对他产生了极大的感激。因为她从没有如此痛痛快快地发泄过，这么让自己完全地放松过。次日，萨仁再来的时候，真的就给马芳带来了一把旧弓，还有一袋子箭。她对马芳说："马芳，你瞧，我没骗你，真给你带弓箭了，虽然这弓有些旧，但是用材是极好的，弓也比较硬实。"说着，取箭搭在弓上，对着一株小树瞄着。由于这弓太硬，她只能拉个半月，箭还没有接近树，就落了下来。她耐心地给马芳讲解着射箭的要领，让他把拉弦的手尽量贴到下颌角，把弦对着自己的嘴角，然后仰起头，箭的上端与眼睛呈平行状态，这样射出去的箭，经过在中途的落差，就可以正中目标。萨仁说："马芳，来，你试试真的弓和木棍有什么区别。"

这是马芳第一次摸真弓真箭，心情是很复杂的。家乡的多少人都被弓箭给射中丧了命，说不定这把弓就曾射死过很多人，很多父老乡亲。马芳接过弓来，在萨仁的指导下，搭上箭，猛地用力拉开，但只拉到个月牙，连半圆都不够。他射出去的箭，只有几步远。萨仁鼓励他说："别着急，这没关系的，你先练拉弓，等你把弓拉满了就成功一半了。"

那天，马芳为感激萨仁，到草丛里采了很多花，然后扎成一束送给萨仁。萨仁把花缠成了花环戴在头上，跟马芳跳舞。马芳不会跳，只是随着萨仁转圈，但萨仁还是高兴地笑着。两个十多岁的孩子，他们只有在这牧场里，在没别人的情况下，才像朋友那样无拘无束地欢悦着。但是回去后，他们又变成了主子与下人，保持着一定的距离。因为怕塔拉反对他们，马芳与萨仁约定，在别人面前，要对他凶点。萨仁问："那，我要是打你耳光呢？"

马芳说："那你最好能在塔拉面前打俺耳光，这样，他就不会再反对我们在一起放马玩耍了。"

　　一天清早，塔拉让马芳去给他清洗马鞍，萨仁过来看着马芳清洗，她转着圈，然后说："这是怎么洗的，一点都不干净。"

　　塔拉摸起鞭子来对马芳凶道："你，过来，趴下。"

　　萨仁瞧着塔拉，说："哥，把鞭子给我。"说着，拉过鞭子，狠狠地打在马芳的屁股上。马芳虽然感到疼得钻心，但却很欣慰，因为这是他们的约定，因为只有萨仁打他，塔拉才不会反对他们来往，他们才可以在一起，这样他就可以放心地练箭了。其实，塔拉没有反对萨仁去跟马芳放牧，主要是他自己不想去，并不是因为别的。

　　然而，马芳与萨仁在一起的日子遗憾地结束了。因为乌恩其从奴隶市场上买了个奴隶把萨仁给替换下来了。虽然马芳与萨仁相处的时间较短，但少年的他们已经建立了一种纯洁的友谊，也许是一种懵懂的依恋，这些情感的积累，在日后必将会发展成一段悲伤的故事，因为萨仁是草原上的蒙古人，而马芳是来自中原的汉人，且是个不想留在草原过一辈子的汉人。

　　新来的奴隶名叫阿木古郎，十七岁，比马芳大三岁。阿木古郎本来是汉人，十岁时被抓到草原，被主人买下后给他取了这个名字。"阿木古郎"的意思是平安。主人希望他能给家里带来平安，但这个阿木古郎非常爱制造矛盾，并且擅于挑拨离间。有一天，他对主人家里的一个青年说："我看到你哥哥跟你的未婚妻单独在一起了。"结果导致亲兄弟俩进行了决斗，一方受了重伤。主人感到他爱惹是生非，就把他拉到奴隶市场上卖了。卖的时候自然不说阿木古郎的缺点，而是说他勤劳能干、对主人忠诚，之所以卖他，是因为家里有几个青壮奴隶，用不了这么多人。

　　阿木古郎是个非常会见风使舵的人，初次见到马芳时显得对他特别尊重，并且喊他大哥。虽然论年龄他比马芳大三岁，但他还是喊马芳哥，对马芳就像长辈似的尊重。阿木古郎如果见着塔拉、萨仁，以及乌恩其都是跪下问安。这让马芳感到很反感，动不动就跪下，这人的膝盖也太软了吧。虽然阿木古郎表面上对马芳很好，但只是表面。当他看到马芳偷着练箭后，便暗里跟塔拉进行了汇报，说马芳这么用功练箭可能是造反的迹象。塔拉听说后来到牧场，把马芳给捆了起来，连同弓箭都带上，去向乌恩其汇报，要求按族规惩罚马芳。

　　他们的族规规定，如果奴隶私自练箭蓄意谋反，砍下双手扔到草原喂狼。

塔拉随后跟父亲举报，箭是萨仁给马芳的。阿布尔听到后皱了皱眉头，让人把萨仁传来，严厉地问："你为什么给马芳弓箭？你不知道奴隶练箭后会谋反吗？这叫养虎为患你懂不懂？你明知道族规却屡次触犯，不怕重罚吗？"

萨仁望着父亲的脸，一点都不害怕，回道："父亲，造反或逃跑跟练不练箭没什么关系。之前两个奴隶从来都没有练过箭，不照样逃离吗？再说了，马芳练箭并不是为了造反，而是为了吓狼。因为狼经常侵扰马群，马芳弄个木棍当箭用来吓狼，女儿见他一心为咱们家的财产着想，就给他找了把旧弓让他学着射狼。他还说，要射几匹狼把狼皮献给您呢。"

塔拉听妹妹这么说，急忙逼问："你敢保证他不会造反吗？"

萨仁瞪着眼反问塔拉："那你说，他跟我一样大的小孩，能造什么反？你都比我大，你能造反吗？"

塔拉被萨仁这么一反问，支吾着说："那，那你能保证他长大了不造反吗？"

萨仁看着哥哥狡辩的样子，一字一句地说："未来的事情谁知道呢？未来说不定你还会造反呢！"

阿布尔见两兄妹在打嘴仗，喝道："好了，不要吵了。"由于萨仁与马芳的初衷都是为了保护家族的财产，再者马芳小小年纪，说他有造反之心也是牵强。还有就是，阿布尔认为汉人柔弱力气小，就算让他练也不会有多大出息。但族规是不能违背的，便让乌恩其把马芳的弓箭没收了。

塔拉有些不服，问道："父亲，难道就这么算了？"

阿布尔说："乌恩其，马芳有错还是要罚的。你罚他两鞭子，让他记住。但也不要往要害处打，现在人手本来不够，别妨碍干活儿。"

塔拉一听，忙抢着说："那，我来执行。"

阿布尔耷拉下眼皮不耐烦地说："好了，这件事你就不用掺和了。"

那天马芳挨了两鞭子，屁股上麻辣辣地回到牧场。阿木古郎马上凑上去问："马芳，怎么了？"

马芳无精打采地说："主人忌惮俺练箭，怕俺造反。其实，俺练箭也只是想着吓狼的。"

阿木古郎气愤道："真是可气，练箭为了看守他们家的财产，还被责罚，等咱们以后长大了，有能力了，就把他们都杀掉，赶着他们的马群回家乡去。"可是没过几天，萨仁偷偷告诉马芳，他练箭的事其实就是阿木古郎举报的。马芳非常气愤，想要找他去算账，但随后他就把自己劝下了。阿木古郎比自己年长体壮，自己未必是他的对手。再者，因为他举报而起了纷争，将来主人肯定还会责罚自己。于是他就把这笔账给记在心里，不让阿木古郎看出来。

被缴了弓箭的马芳心情非常沮丧，每天放牧时都无精打采。阿木古郎凑到他身边问："马芳，是不是不舒服？"

看着阿木古郎假惺惺的样子，马芳摇头说："没有。对了古郎，你难道不知道主人的规定吗？是不允许咱们私自交谈的，这要让主人知道，咱们都会受到责罚的。"

阿木古郎嘴角一撇，说："咱们不说他们哪里会知道，整天不让人说话，不闷死才怪呢。"

马芳很想说："那俺练箭的事情主人是怎么知道的？"但是他忍住没有说，因为他知道，这么说只会让阿木古郎更恨他，以后会加倍对付他。因为马芳想在出其不意时，要重重地打击阿木古郎，让他付出割舌头的代价。

一天，马芳正独自在那里待着，恩和骑马过来。马芳赌气地把头扭过去，不理他。恩和从马上跳下来，走到马芳的身边说："我知道你还在生气。可是马芳你知道吗？如果让别人知道我们聊天的事我们都会受罚的。你要明白我也是汉人，跟你同样都是主人的奴隶，所以那天你喊我时我才骂了你，是让主人看的。"

马芳这才转过头，说："恩和叔，俺明白了。"

恩和和蔼地说："其实，在我心里，你依旧是我的小老乡，是我的忘年交朋友。"

马芳点点头说："恩和叔，俺懂了。"

恩和继续说："前些时，看你在练箭，现在为什么不练了？"

马芳摇摇头，满脸惆怅地说："主人不让练了，说是怕俺造反。"

恩和声音温和，怜爱地看着马芳，他说："他们就怕奴隶对他们不利，所以都不让奴隶练箭。不过，如果你真想练，并不是没有办法。你们的少爷塔拉争强好胜，你可以用办法激他。你就说你只要练半个月的箭就能超过他，他肯定不服，说不定就让你练半个月跟你比赛，这样循序渐进，或许就达到目的了。"

马芳的眼睛一亮，高兴地说："恩和叔，真的能行吗？"

恩和点点头，肯定地说："真的。不过你要记住，无论发生什么事都不要说我们曾经谈过这件事，这样我才能放心地帮你，否则你发生什么事会牵连到我。毕竟我在这里有儿有女，如果我出了事，儿女们也会跟着遭殃，你懂吗？"

马芳连连点头："恩和叔，俺懂的，俺对天发誓，无论发生什么都不会牵连您和您的家人的。"

恩和这才点了点头，从自己的挎包里掏出块牛肉干递给马芳。

谁都没想到，就在当天下午，阿木古郎就把马芳与恩和交谈的事情告诉了塔拉。吃饭的时候，塔拉怒气冲冲地将马芳的饭打到地上，对他吼道："你还有脸吃我家的饭，去找恩和吃饭去吧。"

塔拉虽然经常对马芳不是打就是骂，可今天这样吼让他有些摸不着头脑："俺是为老爷家放马，俺就应该吃老爷家的饭呀，为啥要去找恩和吃？"

塔拉见他顶嘴，照着他的脸就抽了一巴掌。马芳知道再说什么，还要挨打，就默默地走开。乌恩其走过来问塔拉："少爷，马芳怎么了？"

塔拉没好气地说："听阿木古郎说，马芳放牧时去跟恩和聊天了。"

乌恩其笑了笑点头说："就为这事啊？这件事我知道，马芳是去告诉恩和不要让他们家的牛羊越界。"

塔拉瞪着眼、梗着脖子道："那也不能跟恩和说话。"

乌恩其说："咱们与他们本来就有隔阂，就是咱想跟他们说，人家也不会跟咱说呀。"

原来，萨仁的母亲就是乌力罕的女儿，自从阿布尔把萨仁的母亲处死后，两家就断绝了来往，但由于阿布尔是这片区域的主事，有些公共的事情，他们不得不照面。虽然如此，但他们两家却绷着股劲儿，明争暗斗。

因为阿木古郎会讨好塔拉，会拍马屁，因此塔拉把他当成了自己人，处处为难马芳。过了一段时间，阿木古郎也不管马芳叫哥了，而是昂着头指派他做这做那的。有一天，阿木古郎自己躺在草地上歇着，让马芳去巡视马群，并把应该由他割的草，也让马芳去割。

马芳梗着脖子对他说："凭啥？你休想。"

阿木古郎看到他梗着脖子的样子，上去就揪住他的头发摁在地上，照着马芳的屁股捶了十多下。阿木古郎知道打别的地方，会让别人看出来。马芳的屁股被捶后，骑马的时候感到疼痛难忍，连着几天都是翘着屁股骑的。

萨仁悄悄地去看马芳，结果又被阿木古郎汇报给塔拉，马芳自然又挨了顿鞭子。阿木古郎与马芳住在一起，他霸占了马芳的草窝不说，还让马芳帮他捏肩捶背。阿木古郎得意地对马芳说："如果你不乖乖听话，我就和少爷说你想跟萨仁好，你想想结果吧。"

塔拉经常出去打猎，自从他和阿木古郎搅到一块后，就经常一起去，为了让阿木古郎给他背着箭袋捡箭，自然放马这事就只有马芳独自去了。那天，塔拉又带着阿木古郎去打猎了，恩和骑着马过来找马芳，马芳便把阿木古郎告密的事情告诉了恩和。恩和想了想对马芳说："这样吧马芳，你明天拖病不要来了，其他的由我来帮你。"

马芳眨巴着眼睛，表情很是疑惑，问："叔，怎么帮？"

恩和摸着他的头说："你是我的小老乡，我把你当忘年交的朋友，当成我的孩子，相信我，一定会帮你的。"马芳并不知道恩和怎么帮他，更不知道能不能帮到，但他还是想试试。回去的时候，他专门拔了些有催泻功能的野菜偷着吃下。这是一种特殊的野菜，马如果吃多了这些菜，也会拉稀的，他来了这么久，慢慢地对一些野菜牧草都基本了解了。他吃了这些野菜后，回去就开始肚子痛腹泻，整个晚上，他不住地出来进去。阿木古郎被出出进进的马芳搅和得也睡不好，烦得他骂骂咧咧，最后干脆不让马芳回毡房了。

早晨，马芳已经拉得脸色苍白，走路直打晃，不能去放牧了。乌恩其知道后，过来给了他一些药，让他吃。其实也不是什么药，只是些干巴巴的黄土。但这黄土并非普通的黄土，而是从盐碱地里挖来的，能够去火消炎。

因为马芳不能放牧，阿木古郎对乌恩其说自己看不了这么大一群马。乌恩其却拉着脸说："在你没来之前，也就是这一群马，都是马芳自己去放的，怎么，他能行你就不行了？"

阿木古郎眨着眼说:"不对吧,听说是萨仁跟他去的。"

乌恩其看着阿木古郎,气就不打一处来,说:"如果少爷与小姐放牧,要你们干什么?萨仁小姐也只是为了监督马芳偶尔去,你以为她是去放牧的?"

阿木古郎没办法,只得自己赶着马群去牧场了。到了牧场以后,他去了就躺在草地上,嘴里叼着根草,跷着二郎腿,悠闲地哼着小调,那种惬意,仿佛他是这些马的主人,是这草原的主宰者。这时,恩和骑着马过来,望着阿木古郎,对他说:"哎,听马芳说,你是新来的?"

阿木古郎斜眼看看马上的恩和,爱搭不理地说:"怎么了?虽然我是新来的,但资格比马芳要老,也比马芳受重视。"

恩和点了点头:"那当然了,一看你就比马芳聪明。对了,你今年多大了?"

阿木古郎说:"我今年十七岁了,怎么了?这也归你管呀!"

恩和笑道:"那倒不是,看着你挺机灵的,要不要我给你介绍个女人呢?"

阿木古郎依然抖动着二郎腿说:"成啊,不过汉人我可不要。"

恩和笑着说:"你还挺机灵。不过,我给你介绍的可是个蒙古女人。"

阿木古郎一下子坐起来,紧着问:"是真的吗?真是蒙古女人?"

恩和点点头说:"是啊,不过她比你大,差不多三十多岁,还带着两个孩子。"

阿木古郎站起来凑到恩和马前说:"年龄大小没关系,只要是蒙古女人就行。"

恩和说:"那好,你明天不要让马芳出来放牧,你自己来,我把那女人领过来你看看。"

阿木古郎用力点头:"好,好。"

阿木古郎之所以不管女人的年龄大小也要娶个蒙古女人做自己的老婆,是因为他是个奴隶,如果娶个蒙古女人,这是无比荣耀的,以后在这里,地位也会提高。在他知道的几个娶了蒙古女人的汉人中,他们都非常受主人家的信任,都过着不错的生活。

晚上,阿木古郎对马芳说:"明天你再歇一天吧,不要去放牧,我替你。"

马芳有些疑惑,因为这不是阿木古郎的做派,便问:"为什么?"

阿木古郎不耐烦地答道："你管那么多干吗？明天我去给你向乌恩其请假，说你肚子疼，明天还去不了。然后你就可以再在这里歇一天了，咋，不好吗？"

马芳依然困惑地点头说："好，那好吧。"

阿木古郎斜楞着眼对马芳说："只要你好好跟着我干，听我的，将来我当了管家，就照顾你。"

马芳更是不解，问："现在乌恩其不是管家吗？"

阿木古郎冷笑道："瞧他那样，就像干草棍，说不定哪天就死了。"

马芳没有再说什么，如果说多了，到时阿木古郎又会打他的小报告，要是说他马芳想当管家，那乌恩其肯定会想办法整他。

早晨，阿木古郎去向乌恩其报告，说马芳肚子疼得厉害，今天依然不能去放牧，由他自己去就行了。乌恩其找来块黑乎乎的东西，来到毡房，见马芳正躺在草铺里痛苦地呻吟，便让他把黑乎乎的东西吃了，并对他说："马芳，在这里是不能得病的，一旦你病倒，或者你老是病，主人家就会把你给卖掉，当你再也不能干时，你就会被扔掉，那么狼肚子就会变成你的坟墓。"

马芳连连点头说："俺知道，俺一会儿就不疼了。"

乌恩其又说："我这儿有种药，镇疼效果好，但不能常用。"

马芳收下，说："俺明天就去放牧。"

乌恩其看看马芳，说："小病小灾的不要歇着，不疼了去帮助清除马粪吧。"

每天，把马群赶出去后，会有几个汉人女奴隶，把马圈里的马粪清理了，然后晒起来留着冬天烤火用。马芳与几个妇人在那里收拾马粪，问她们是哪儿的，但她们显得很是惊慌，都不敢吱声。她们都是家里老奴隶的妻子，她们生下的孩子也是奴隶，都是主人家的财产，是可以随便被卖掉的。如果主人发现有什么不对，就会把她们卖掉。她们甚至会被单个卖掉，不得不离开自己的丈夫与孩子，然后新的主人又任意地把她们分配给别的奴隶。有的妇人，已经被转卖过多次，并给几个奴隶当过妻子了。离别之痛，早已让她们麻木了，她们只是机械地活着，就连她们妇人之间，也不用语言来表达了。

第二天早上，乌恩其老早就来到毡房里，说要到集市上买些东西，让阿木古郎帮他去拿，今天由马芳一个人去放牧。阿木古郎得意地说："马芳，你今天该好了吧，要是再敢说肚子疼，小心把你给卖掉。"当阿木古郎兴高采烈地跟着乌恩其走后，马芳感到很是失意，因为他吃了催泻的野菜，在家里待了两天，好像恩和并没有苛待阿木古郎。

马芳把马群赶到了牧场，然后去割了些草，躺在草丛里望着天上的雄鹰，他的眼神中充满羡慕。他好想成为一只翱翔在天空的雄鹰，那样他就可以飞回到家乡，飞回到父母身边了。马芳正想得出神，这时，他看到萨仁骑着马来了，就忙站起来。萨仁来到跟前，从马上跳下来。马芳问："小姐，你怎么来了？"

萨仁来到马芳跟前，跳下马，满脸兴奋地说："马芳，听乌恩其说，你不舒服，自己来放牧了，要找个人去帮你，我就跟他说我来就行了。对了，告诉你一个好消息，那个坏透了的阿木古郎被拉到市场上去卖了。"

马芳吃惊道："为什么？"

萨仁高兴地说："咱们不知道，原来他是这片最恶劣的奴隶，已经被卖过好几家了。"

过了几天，当马芳再次见到恩和后，恩和才告诉马芳，他去和阿布尔说阿木古郎要卖给他几匹马，还和一个女人私会。为了防止以后马匹丢失，怨到他们头上，来提前跟他说一声。阿布尔听说阿木古郎要卖马，问乌恩其马芳有没有参与，乌恩其说马芳拉稀拉得厉害，两天没去放牧了。

恩和又说："据我了解，这个阿木古郎之所以被前主人卖掉，是因为他挑拨离间，让一对亲兄弟决斗，结果其中有个差点丧命。"阿布尔便决定，让乌恩其把阿木古郎卖掉，重新再买一个。

阿木古郎被卖掉后，一时也没有买到合适的奴隶，平时只有马芳赶着马群去放，间而塔拉或者萨仁过来帮他。一天，塔拉来跟马芳放牧，他对着一棵小树练箭，让马芳帮他来回捡，把马芳累得上气不接下气。马芳突然对塔拉说："少爷，你射箭的技术真太差了，俺要是练上半个月就能比过你。"

塔拉回头瞪着马芳叫道："什么什么，你说什么？你再说一遍。"

马芳心想，这下完了，肯定又要挨鞭子了。但他还是硬着头皮说："俺说你射得不准，俺只要能够练上半个月，肯定就能比过你，不信咱就打个赌。"

　　塔拉听完，笑了起来，差点没笑岔了气，他指着马芳，叫道："就你？就你？别说你练半个月，就是你练半年，也不是我的对手。"

　　马芳见塔拉这么说，装出一副不屑的样子，撇嘴道："你知道俺没法练箭，随你咋说都是。"

　　塔拉被马芳轻巧的语言激起了火，止住笑，叫道："你说，赢什么？"

　　马芳叹了一口气，说："俺什么都没有，还能赢什么？这样吧，谁输了谁挨十鞭子。"停顿了一下又说，"算了算了，如果你输了俺又不敢打你，俺赢了也是白赢。"

　　塔拉又哈哈大笑道："问题是你根本赢不了。"

　　马芳看着塔拉说："俺不练当然赢不了。"

　　塔拉依然笑，他指指马芳，说："好好好，既然你想挨十鞭子那我就成全你。"

　　他们回去后，塔拉找来弓箭扔给马芳说："半个月后我们比赛，如果我输了随你抽十鞭子，如果你输了那我就抽你十鞭子。"

　　马芳连忙摇头："不是俺不想跟你比，要是到时候你说俺练箭是想造反，俺不又得挨打？算了吧，反正俺赢了你也是白赢。"马芳这种漫不经心的话，激起了塔拉好斗的脾气。

　　塔拉说："你放心，这是本少爷让你练的，别人管不着，你开始练吧。"

　　马芳满脸的为难，怯怯地说："那，那好吧，咱们半个月后比赛。"

　　马芳心中窃喜，感到恩和是他的贵人，不只帮他把阿木古郎给弄走了，还帮他想了练箭的办法。他在放牧时，偷着去见恩和，马芳跪在恩和面前，给他深深地磕了个头。

　　其实，恩和帮助马芳是有私心的。恩和虽然是乌力罕家的管家，但他明白自己就是个高级一点的奴隶，就是乌力罕家一群看家狗中领头的那个。在草原，无论他怎么努力，都不能改变他是奴隶的本质。最让他感到痛心的是，不只自己摆脱不了这样的命运，将来他的子子孙孙也是这样的命运。他现在有个儿子与女儿，都跟马芳差不多大。他通过马芳的努力，在这个孩子身上看到了前所未有的希望，看到了逃回中原的希望。可以说他无时无刻不想着逃回中原，结束他们奴隶的命运。否则，如果一件事不能令主人满意，他可能就会被卖掉，妻子与儿女可能会被卖到不同的人家，这是他最担心的事情。

这天，恩和领着自己的儿子恩中、女儿恩芝来找马芳，他想让这几个孩子认识，让他们有个玩伴。

恩和在那里为孩子们望着风，任三个孩子在草地上玩。三个孩子无拘无束，高兴地说着笑着，你追我赶尽情地撒着欢，望着孩子们快乐的景象，不由热泪盈眶，这才是孩子们该有的样子。可是，自己的孩子自从生下来，他们就在主人家严格的约束下，从来不敢大声说话，更别说这样玩耍了，他都没看到孩子们笑过。恩和想：为了每天都能过得自由，让孩子欢乐地生活，是有必要让孩子们冒这个险的。如果一旦回到中原，回到老家，就能过上有尊严的日子，至少是以人的形式活着，而不是别人的财产。

他们玩累了休息的时候，恩和对马芳说："马芳，记住，比赛的时候，你千万不要赢塔拉，要不停地刺激他，偶尔地赶超他，这样才可以利用塔拉的好胜心，刺激他的斗志，允许你继续练习。你不只要掌握骑术、箭术、刀术，还要学会他们的摔跤，最重要的是还要想尽办法学习文化，要把鞑靼人会的那些东西，还有他们不会的，全部都要学会、学精，学得要比他们更好，你才有可能逃出去。"

马芳认真地问："叔，难道真的就没有人逃离过草原吗？"

恩和想了想说："有，很少。据说，在十年前，我的主人乌力罕家就有个奴隶逃走了，并成功地逃出草原。那人逃走的那天早晨，乌力罕派两个弟弟去追，第二天都没有回来，又派人前去，这才发现两个弟弟被射死了。乌力罕气愤之极，把家里的几个奴隶全部都杀了，就留下了我。之所以留下我，是因为我已经娶妻生子，他料想我是不会逃离的。三年后，乌力罕才去集市上买来了新的奴隶。"

马芳握紧拳头，皱着眉头，说："叔，放心吧，俺跟恩中、恩芝一定会逃出去的。"

恩和语重心长地对马芳说："你不要太过着急，这本就不是一天两天能做到的事情，要把它作为一个生存下去的理由、一个希望。你在没有十足把握的情况下，千万别贸然行动。记住，想要逃离草原，首先，你得要先活着。"

由于马芳与塔拉定下了比箭的约定，他每天都可以拿出时间来练箭。萨仁知道马芳跟塔拉的约定后，她咬牙切齿地和马芳说："马芳，你可要争气呢，一定要把塔拉给赢了，抽他十鞭子，也替我解解心中的气。我恨死他了，他无时无刻不在打击我、羞辱我，我都想让他永远地消失在我的视线之中。"

乌恩其知道马芳又开始练箭后，便找到他，对他说："马芳，听说你跟塔拉定了个约定，要比射箭，他才允许你练箭，你认为你能够比过他吗？"

马芳认真地说："只要俺好好练，肯用功，俺一定可以赢他的。"

乌恩其看着马芳认真的样子，语气变得平缓且严肃，说："马芳啊，如果你真的把他打败了，那，你也就失败了。你要学会藏住自己的锋芒，你才会赢。塔拉少爷骄傲自大，如果你把他胜了，他会恼羞成怒，会利用各种各样的办法惩治你，那么你就有可能被卖掉。这些问题，你要考虑好了。"

马芳用力点了点头："俺知道。"

乌恩其继续说："有些事情不是一天两天就能做到的，做不到的事情要藏在心里，越想做的事情越是不能显露出来，要做到任何人都看不出来，只有这样才会成功。"

马芳似乎明白了乌恩其的意思，并知道了他虽然平时对自己显得厉害，但还是保护自己的，心中不由得感动。

马芳刻苦练了半个月射箭后，到了比赛的时间，塔拉叫着一帮子少年一块去看他们的射箭比赛。塔拉把马鞭子抽出来，在空中甩了甩，便发出清脆的响声，好像在和马芳示威，然后撇着嘴笑着对马芳说："马芳，一会儿你就会遍体开花了。"语气十分傲慢。马芳没说话，只是看了看他。

比赛开始了，每人射十箭，谁中的靶心多谁赢，如果都射不中靶心，谁离靶心近谁赢。塔拉趾高气扬地说："马芳，本少爷让你先来。"马芳没接茬，他拉开弓，对着靶心瞄了瞄，犹豫着是否往准里射，想想塔拉对他的羞辱，他往准里瞄着，箭发出去，一下射中靶心。身后变得鸦雀无声了。马芳回过头来，看到一帮子蒙古少年都愣住了。塔拉半张着嘴，举着的鞭子耷拉下来，说:"你,你是碰巧了。"

马芳轻巧地说:"那你来。"

塔拉吧唧几下嘴,握弓的手有些抖,但事情到了这种地步了也没有办法,只得拉弓去瞄靶子,瞄了几次都没射出去。萨仁得意地催促着:"塔拉,是不是害怕了?你还要瞄多久啊?"塔拉又把弓拉开,对着靶子射去,结果,这箭只射中了靶边。他的脸立刻成了一张红纸,恨恨地站到旁边。萨仁高兴地叫道:"塔拉,你干脆别比了,你是输不起的,输了你也不会让马芳打你的。"

几个少年在那里起哄道:"愿赌服输啊,塔拉,要是说话不算话那可就丢大人了。"

塔拉的脸涨成了血红色,他抽抽鼻子叫道:"马芳,你,你再射。"

马芳知道,如果自己再射中靶心,塔拉可能就会爆发,可能会恼羞成怒,找理由中止这场比赛,那么自己的练习计划将会被终止。于是在第二箭时,马芳故意没射到靶子上。塔拉见箭连靶子都没有射中,不由松了口气,心想他马芳才练了这几天,他能够射中靶心,纯属蒙上的。第二箭时,塔拉由于心里安定些了,射得比较接近靶心。当射到第五箭时,萨仁有些替马芳担心了,因为除了第一箭,马芳都没有射过塔拉。塔拉已经知道自己赢了,显得特别张扬,眉飞色舞,最后两箭,是闭着眼睛射上去的。

马芳在最后那支箭,又射中了靶心。

塔拉说:"你这支箭虽然射中靶心,但也没什么用,赶紧趴在地上。"

马芳苦着脸不情愿地说:"你练了多少年了,俺才练了半个月,你敢再给俺一个月的时间练吗?一个月后咱再比试比试。"

塔拉毫不犹豫地说:"成啊,我可以让你再练一个月,但你现在必须趴在地上挨鞭子。"

萨仁急忙说:"慢着,你要是下狠手把他给打坏了,谁放牧?"

塔拉对着萨仁吼道:"滚开,不用你多嘴,我知道打哪儿不影响放牧。"

马芳趴在地上,对萨仁说:"小姐,你别管了,既然俺输了,就得挨鞭子,男子汉,说话算话。"

塔拉把鞭子甩得叭叭响,突然抽在马芳的屁股上,疼得马芳浑身打了个冷战，但他没有叫出来。当十鞭叫着哨响落到马芳的屁股上，他的屁股已经开花了，血都洇了出来。马芳艰难地从地上爬起来，说："一个月后，俺要赢回来，让你的屁股开花。"

塔拉哈哈大笑，用马鞭指着马芳说："那好吧，那咱们就一个月后再比，到时候看看是谁的屁股开花。"然后领着那帮少年欢呼去了。

虽然马芳皮开肉绽，屁股都被血给糊住了，但是他心里却是欣慰的，毕竟以后他还可以练箭，只要能练箭，那么他逃离成功的可能性就会高些。为了自己与家人的团聚，为了过人的生活，受这点罪是没什么的。马芳平时不只练箭，还自己练习摔跤。虽然没有练的对手，他每天抱着树干和马匹扭来扭去，还拧木棍来练腕力。草原上那棵孤零零的树，被马芳给拧得树皮光滑泛光。

他不停地刺激着塔拉，赢得练箭的机会，一方面他又尽心尽力地去放牧，把每件事情都做得非常到位，受到了大家的喜爱。这天，他放牧时看到两匹狼在靠近马群。他从背上取下弓箭，搭箭上弦，一箭射中了狼，那狼跑了十多步歪倒在地上。另一匹正跑的狼突然停住，围着受伤的狼悲哀地嗥叫着。马芳又搭箭射向那狼，那狼歪倒在先前那匹狼的身边。马芳从马上跳下来，来到狼跟前，谁想到最后被箭射中的狼是假死，突然蹿起来向他扑去，冷不丁把他扑倒在地。马芳只得双手掐住它的脖子，在那里对峙。马芳平时练习扳树、拧木棍时练就的力道终于发生了作用。他双手用力掐着狼的脖子，狼嘴里流出的涎水滴在他脸上。马芳被狼的爪子给抓得剧烈疼痛，他抬起脚来，去顶着狼身上的箭，渐渐地，那狼终于停止了挣扎。马芳把两匹狼搭在马背上，带着回去向阿布尔进献。

带着两匹狼的马芳显得特别引人注目，很多人都对他指指点点。马芳把狼拖到了大毡房前，对守在门口的乌恩其说："总管，俺打了两匹狼献给老爷。"

乌恩其吃惊道："什么什么，这狼是你打的？"

马芳点头说："是的，是俺打的。"

乌恩其跑进毡房，再出来时说："老爷让你带着狼进去。"

马芳拖着两匹狼来到大毡房里，里面的所有人都吃惊地站起来。马芳胸部的衣裳已经被狼抓成布条了，胸上全是血。他身边的两匹狼，体型、块头都非常大，比马芳还要重。阿布尔不住地点头，当即赏了马芳酒与新衣裳。当阿布尔知道马芳射狼的箭术是塔拉跟他比箭才练的，当即决定以后他可以带箭放牧，可以跟蒙古少年共同比箭，以此激发蒙古少年们的斗志。

五 情窦初开

马芳的骑术、箭术不断提高，大大地刺激了族中青少年的练武热情，他们都不敢怠慢了，不再偷懒，抽空就练习武艺，并进行各种比赛。马芳在恩和的指导下，少赢多输，不断地把握着塔拉等人的情绪，保持着自己可以习武的自由。阿布尔对马芳能起到刺激族中青少年习武锻炼热情的作用感到非常高兴，常对塔拉等人说："你们身为马背民族，从小就练习骑术、射箭、摔跤等，如果你们要是输给一个没有骑马、射箭经验的汉人，你们可丢了我们部族的脸。"阿布尔还从马芳身上看到长远的利用价值，并把他当作乌恩其的接班人对待。

时间一天天过着。这天，阿布尔跟乌恩其商量说："再过两年我们就给马芳找个女人让他成个家，让他安定下来。"

一个奴隶一旦娶妻生子，那么他就会产生责任感，那种对妻子、儿女、家庭的责任感，让其不敢有任何的妄念，他往往比其他奴隶更加忠诚、更加肯吃苦、更加任劳任怨。因为他的所作所为直接影响到妻子与孩子的生存，所以他就有了后顾之忧，更不敢轻易背叛。因为他知道，如果他不忠诚、不努力，主人就会把他们卖掉，还会让他妻离子散，所以这些人往往比那些没有家庭的奴隶更忠诚。再者，从历来的经验看，娶妻生子的奴隶是不会逃离的，因为这关系到全家人的生命安危。

马芳为了练武，并没有再要求派个人来与他牧马，他自己掌管着偌大的马群，自由自在。他在巡视马群时会顺便练习骑术，在马背上做着不同的动作，无数次地摔下来，再接着练，常常摔得伤痕累累，疼痛难忍，但他心里有着回家的信念，从不感觉到这样很苦。在练过马术后，他练箭、练刀、练摔跤。因为没有对练的人，他就抱着树摔，搂着马脖子摔，仿照着蒙古摔跤的样子扭动着。平时，恩和会派儿子恩中放牧，让两个少年有更多的机会接触，并让他们之间配合练习武艺。

恩芝借着父亲恩和的掩护，常常跑来跟马芳一起玩。每当马芳练武的时候，她就会托着腮，坐在那里静静地看马芳练习，有时候也帮着他圈圈马。每当马芳休息时，她会凑过去给他擦汗，喂马芳喝水。她还偷着给马芳绣了手帕，偷偷地掖到他的手里，随后羞得满脸通红，低头不敢看马芳。恩和也并不反对他们的交往，甚至支持女儿与马芳来往。他甚至想象过，到时候让马芳、恩中、恩芝共同逃离草原，回到家乡，马芳与恩芝结为夫妇，这样他们就可以相互照顾，过有尊严的生活。因此，每当主人乌力罕的儿子乌尔特来找恩芝时，他都会安排恩芝去干些什么。

乌尔特非常喜欢恩芝，她比草原的少女多了温婉、体贴和细心。他曾跟父亲说过，要娶恩芝，但乌力罕坚决反对，并对他说："乌尔特，如果你敢娶一个奴隶为妻，那么你将会失去尊严，以后将不可能再接任族长一职，并且你将被草原上的人耻笑。"但是正处于青春年少的乌尔特，却压抑不住心中生出的爱慕，并想尽一切办法与恩芝接触，几乎每天找机会靠近恩芝。这样的接触，让恩和非常担心，如果乌尔特迷恋恩芝太深，乌力罕极有可能会把恩芝卖掉，或者随便给她指定个人嫁了，那么她将永远都是奴隶，她生出的孩子永远也是奴隶，这不是恩和想要的结果，他想让自己的孩子过有尊严的生活。

一天，恩芝又来到两家牧场的结界处，看马芳练武。在马芳休息的时候，她掏出手帕给马芳擦了擦汗，马芳有些害羞，把手帕接了过来。恩芝低声说："我们家的少爷整天缠着我，让我好烦。我父亲说，让我少跟他交往。我从没有想跟他交往，我看着他就烦，可是他是少爷，老来找我，我有什么办法。有一次，他还对我动手动脚的，被我父亲撞见，去向乌力罕老爷汇报了，乌力罕责罚了乌尔特，但他还是一点也没改。"

马芳看到她眼里蓄着泪水，轻声说："俺会尽快练好武，俺要带着你回中原。"

恩芝用力点点头，嗯了一声，并把头靠在了马芳的肩上，闭上眼睛，脸上泛出了幸福的表情。就在这时，马芳看到萨仁骑马赶来，忙对恩芝说："你快离开，萨仁来了。"恩芝慌忙爬起来，骑上马走了，边走边不时回头。

马芳骑上马，朝着萨仁奔去。萨仁歪着头，看看远去的恩芝，问："马芳，离开的那个女的是谁？她来干什么？"

马芳说："噢，是乌力罕家的下人，来问我看没看到他们家放牧的，俺说他们赶着马群去那儿了，她就走了。"

萨仁跳下马来，与马芳并肩走着，吸了吸鼻子，说："你身上这么香？"

马芳惊道："是吗？俺身上香吗？"

萨仁说："是啊，一股香草的味道。"

马芳回道："哦，刚才俺是不是坐在香草上去了。"

萨仁转换了话题："马芳，我是来跟你说个好消息的，我父亲吃饭时说，要好好培养你，将来要让你代替乌恩其，当管家。这样，咱们就可以天天见面了。"

马芳问道："那怎么可以？将来你不得出嫁吗？"

萨仁听到这里，不由沮丧起来。她突然想到，自己是要出嫁的，并且父亲是不会允许她与马芳好的。萨仁随后叹口气说："唉！你说，你咋就不是我们部族的人呢？"

马芳苦笑道："小姐，你永远是主人，俺永远是奴隶。说白了俺就是你们家的财产，是随便可以被转卖的。俺在你们家，不能生病，不能偷懒，不能做任何不合规矩的事情，所有的时间都是你们家的。所以你最好不要跟俺走得太近了。走太近了，你父亲可能会把俺给卖到别处。"

萨仁梗着脖子说："我不管，我就喜欢你，喜欢和你在一起。"

马芳连连摇头说："小姐，想想你母亲的遭遇吧。你难道忘了吗？"

萨仁说："以前我老是恨我母亲，她为什么会关心一个奴隶，现在我终于理解了我母亲的做法，其实，就算我母亲和那个汉人接近是出于喜欢，但我觉得她也是没有错的。"

马芳严肃地说："萨仁小姐，你可别喜欢俺，你喜欢俺，不只对俺不好，对你自己也不好。因为俺和你说到底不是同类人，在你们这里，俺不是人，俺只是你们家的财产，你以后最好别来找俺了。”

萨仁噘着嘴说：“我不管，我就喜欢你。”说着，跳上马，骑着马飞奔而去，边走边喊：“我就喜欢你。”马芳看着她远去的背影，心里感到很难过。从心里讲，他从十岁来到这个家里，如今七年过去了，在这七年的时间里，唯有萨仁不把他当奴隶，处处关心着他，处处护着他。他们已经建立了深厚的感情，他们以前虽然没有表明过，但是他们心里是有的。只是，马芳知道跟萨仁走得近了，是非常危险的。有时候，他会把萨仁与家乡、父母、乡亲相比，最终，他还是要选择家乡和父母。

当马芳再见到恩和时，跟他说了萨仁的想法与冲动。恩和听后，感到这事情非常严重。他说：“马芳，无论萨仁多么冲动，你都不要冲动，一冲动后果是很严重的。说到底，咱们跟萨仁不是同一种人，就算是萨仁的错，将来受责罚的还是你。如果你与萨仁走得太近，阿布尔为了家族的脸面，无论你多么能干、多么器重你，都会把你卖掉。”

马芳说：“俺知道，可是俺没法不让她来找俺。”

恩和叹了口气说：“本来，我想到明年再策划让你们离开，看来，我们必须要提前了。否则，怕是你们就没有机会了。”

马芳抓住恩和的手说：“恩和叔，你跟俺们一起去吗？”

恩和摇摇头说：“如果我走了，那么目标太大，一旦乌力罕找不到我，可能就麻烦了。到时，你来放牧，我把恩中、恩芝打发过来，并让他们带些吃的，你们就从这里开始逃。这样，当他们知道你们逃走后，你们已经逃出去大半天了，他们想追也会麻烦。”恩和攥着马芳的手说：“马芳，如果计划成功，以后恩中与恩芝，叔就交给你了，回去后你要多照顾他们，尤其是恩芝，你要一辈子照顾她。”

马芳用力点着头，说：“恩和叔您放心，回去俺就让他们住在俺家，俺们就是亲兄弟姊妹。”

恩和看着马芳说：“马芳，你能看出来吗？恩芝对你很好。”

马芳羞涩地点头，脸一下子红了，他低声说：“俺知道，俺明白，俺也非常喜欢恩芝。”

萨仁有事没事就去找马芳，这让乌恩其非常担心。他通过萨仁的举动，看到了她母亲的影子。他找到马芳，对他说："马芳，通过这几年的观察，我看得出你是个与众不同的孩子。你从始至终，都没有当过奴隶，你所受的委屈，都是为了尊重。这一点，我很佩服你。但是，有件事情，我想告诉你，让你引以为戒。"

马芳望着乌恩其，有些不解："恩其叔，您说。"

于是，乌恩其就把萨仁母亲的事告诉了马芳。

乌恩其回忆道："当时，我受主人委托，去集市上给家里买奴隶，我在人群中看到有个人很是文文静静，就上去跟他聊了聊，原来是个书生。我以前也是个书生，苦读寒窗，想要追求功名。如今看到这个书生后，竟然对他很有好感，并不怕他柔弱，便把他买来了。

"书生非常聪明，来到家里后，用了不长的时间就把蒙古语学会了，并且能用蒙古文写文章。萨仁的母亲，对这个书生非常关照，常以主人的身份，让他去做事。她也常以主人的身份，到奴隶住的毡房里去找书生，还向他学习汉语。当时，我曾劝过书生，对他说，千万不要与夫人走得太近了，如果太近了，不只害了他自己，还可能害了夫人。书生是个奴隶，夫人来找他，他也没有办法；再者，他确实也喜欢和夫人在一起，因为他感到了关怀和温暖。

"当族里有人看到夫人与书生有点交往过于频繁时，怕他们出事，于是就商量要把书生卖掉。那天晚上，夫人就着急地来跟书生说了这事，让书生逃跑。夫人把给他带来的盘缠和食物，一起打到包裹里，为书生引路送他出逃。族人发现夫人与书生不见了，马上派人马去追，天还不亮就追回来了。书生半路上被杀，夫人被带回来后，阿布尔为了家族的声誉，本来不想张扬这件事情，但是夫人竭力辩护，她亲眼看到自己关心的人被杀后，觉得是自己害死了书生，精神有些恍惚，时不时地叫着书生的名字，闹得大家都知道了，阿布尔为了家族声誉，就把她处死了，并因此与乌力罕结下了仇，两家除了公务上的事，至今没有私下来往过。"

听完乌恩其讲的事，马芳深有感触地说："叔，俺也知道与萨仁交往很危险，可是俺没权力管她啊，没有办法不让她来啊。"

乌恩其叹口气说："是啊，这个我明白。这样吧，我抽空跟萨仁聊聊。"

当乌恩其抽时机，把萨仁母亲的真相告诉了萨仁，萨仁听后感动地说："以前，我只知道母亲为了那个奴隶把我扔下，我一直痛恨她。现在，我突然感到她很勇敢。她是善良的，只是想和自己喜欢的人在一起，想帮他离开这里。虽然她付出了生命的代价，但是，这是值得的。我知道你想通过我母亲的事情告诉我，让我不要跟马芳走得太近了。但是我想了，我母亲没做到的事情，我萨仁要做到，我要跟马芳在一起，就算死也要跟他一起。"

乌恩其非常为难，问道："萨仁小姐，你喜欢马芳吗？"

萨仁梗着脖子回道："是的，我愿意跟他离开这个家，不管去哪里都愿意跟着他，哪怕是去过流浪的生活。"

乌恩其又说："问题是，你们无法逃走。"

萨仁说："马芳跟那书生不同，那书生手无缚鸡之力，但是马芳现在不比我们的族人差，甚至要超过他们很多。我知道，平时马芳就是让着他们，每次比赛都故意输给他们。要是真比起来，马芳肯定能赢过他们。"

乌恩其看萨仁这种执拗的表情，听萨仁这么说，心里有些急，他说："小姐，你喜欢马芳，就要为他着想。你跟他走得近了，他可能会被老爷卖掉，以后你就见不着了。就算你真的喜欢，也不要表露出来。只有这样，你们才有机会逃离这里啊。"

萨仁听后点头说："你这么说我明白了，我会注意的。"

乌恩其继而说："小姐，咱们说的这些话，打死都不能说给别人，要是说出去，小的就倒霉了。"

萨仁点头说："你放心吧，你为我好，我哪能出卖你呢？"

送走萨仁后，乌恩其独自坐在那里待了很久。乌恩其脸上慢慢地泛出了不易觉察的微笑。因为他感到，应该尽早帮萨仁与马芳逃离草原，让他们去过美好的生活。他仿佛看到马芳与萨仁走后，阿布尔沮丧的样子。

虽然乌恩其每天都兢兢业业，恪尽职守，显得顺从。但是他并不是没有尊严的人，不是没有锋芒的人，他只是为了生存把锋芒给掩盖了起来。他感到，帮助萨仁和马芳成功地逃离，不仅仅是马芳与萨仁的成功，同时也是他的成功，是足以消解自来到这个地方以及这个家里，所受的种种屈辱和不平。

自从萨仁听了乌恩其的指导后，她就真的在有人的时候不跟马芳说话，还常常当着父亲与哥哥的面呵斥马芳，故意挑说马芳不好。阿布尔还纠正她，说："马芳在我们家有七年了，他平时一个人干两个人的活。这么多年来，他独自放着这群马，而且丢失的马还少于其他马群。"

塔拉说："父亲，我怀疑马芳并不是汉人，可能是父母早亡，被汉人收养后，又被抓来卖掉的。要不他怎么这么像咱们蒙古人呢？不但骑射、摔跤越来越好，还为了不让狼偷袭马群，学着头狼报警的声音叫，他一叫，那些想要来偷袭马群的狼，就不敢靠近了。"

萨仁听到他们这么说，心里甭提有多高兴了。

背地里，萨仁常偷偷去找马芳，一天不见就魂不守舍的。由于马芳故意躲着她，她常常见不上，这让她更加有那种想见到马芳的念想。这天晚上，萨仁又偷偷跑去马芳的毡房里，从背后紧紧地搂住了他。马芳听到是萨仁，感到非常吃惊，说："小姐，俺求求你了，要是让别人看到，非得把俺处死不可。"

萨仁依旧抱着马芳，说："反正没有人看到。"

马芳用手使劲掰萨仁的手，摇着头说："不行，不行的，要是不小心让人看到，可就麻烦了。"

萨仁说："那，那你抱抱我，要不我就不回去。"

马芳无奈地说："那，那你撒开手。"萨仁撒开手，马芳转过身轻轻地抱了抱萨仁，拍了拍她，萨仁对着马芳没鼻子没脸地亲了几个，然后跑了。马芳心里乱得再也睡不着了，他独自走出毡房，望着天上的月亮呆呆地出神。今天是十五了吧，天上的月亮好大好亮啊，能够清晰地看到里面的斑纹，他仔细地看着，想看看有没有传说中的嫦娥和玉兔，眼睛都酸了，也没看到。他又围着马圈转着，心里在想，萨仁咋这么冲动呢？大晚上竟然跑出来找他，这样太危险了。凭心里讲，他对于萨仁的感情，远远要超过恩芝。因为他与萨仁，是从十岁开始认识的，在一起生活了七年，并在这七年里相互安慰和关心着。

马芳明白，如果一旦被人发现，不只会害了萨仁，还会害了他。

第二天去放牧时，马芳盼着恩和能来，跟他商量商量尽快离开草原的事情。让马芳意外的是，连续几天都没有遇到恩和，这让他隐隐感到有些不好。又过了两天，马芳遇到新的放牧的，便过去问他，恩和为什么没来，这才知道出事了。

原来，乌尔特夜里把恩芝给强暴了，恩芝因此上吊死了。乌力罕考虑到出了这种事情，恩和是不会再一心一意对待自己，于是就把他们全家拉到集市上卖掉了。马芳听到这个消息后，就像疯了似的大声号叫，他独自在空旷的草原上狂奔，最后累得瘫在地上。

想想这几年以来，恩和指导着他，让他学习武艺，教给他很多做人的道理，给他讲了很多故事，让他懂得了很多事情。他们马上就要策划逃离了，现在却出了这种事情。马芳趴在草地上，泪流满面。想想娇小的恩芝，身上始终泛着股淡淡的香草气，靠在他的肩上，对未来充满了美好的想象，如今，她却死了，永远回不来了。

想想恩和在乌力罕家当了这么多年的管家，为他们家没日没夜地劳作，乌力罕最终却不念及旧情，把他们全家都卖了，而且又不可能同时被一家买去，这太悲惨了。马芳闭着眼睛，他又开始想象奶奶讲的那把神弓。如果有神弓该多么好，那么他就可以天下无敌，把所有的奴隶都给救出去。

那天，马芳哭够了，独自坐在那里，像傻了一般，就连萨仁骑着马来到跟前，他都没有抬头。萨仁从马上跳下来，歪着头问："马芳，你怎么了？"马芳慢慢地抬起头来，看了看眼前这个穿戴华丽的小姐，然后把头抵到膝盖上。萨仁来到他身边坐下，说："马芳，我看着你有些怪怪的，你眼睛怎么红肿着，是不是哭过？"

马芳突然把萨仁推倒在地，伸手撕拽萨仁的衣裳。萨仁被马芳的举动惊呆了，傻傻地任由马芳撕扯她的衣裳。马芳把萨仁的衣领拉开，看到萨仁洁白的肌肤，在阳光下泛着光泽，他突然停住了，趴在草地上痛哭起来。

萨仁怯怯地整理好衣领，把马芳搂在怀里，说："马芳，我知道，我知道你是喜欢我的，但是我们这种主仆关系，让你作难了。不过我想好了，马芳，我们逃走，就算被他们抓回来打死，我也没有遗憾。我们能跑到哪儿就跑到哪儿，就算是要饭，我也跟着你走。"

乌恩其的痨病最近老是犯，咳得非常厉害。阿布尔感到从现在起，该是培养马芳接他班的时候了，于是让马芳跟着乌恩其去集市上买东西，买奴隶，要他熟悉一个管家所应该做的事情。乌恩其明白，如果马芳有一天真的接替了他，那么他就会被扔掉。因为他作为奴隶，主人是不会给他养老的，更不会给他吃的东西，他们会让人蒙住他的脸，用马车拉到荒野，把他放下，让狼把他吃掉。他的家人将还是像他一样，一直操劳一辈子，最终被这样处理掉。

路上，乌恩其说："马芳，我是看着你长大的，你想做的事情我是知道的。"

马芳对乌恩其说："多谢恩其叔，俺只身来到草原，没有亲人，但在我的心里，您就是我的亲人，还像父亲那样呵护着俺。要不，俺怕是撑不到现在的。"

乌恩其听马芳这么说便说道："这么多年来，主人家里来来往往，走过很多奴隶了，但我发现，你是与众不同的。你不只聪明，还有尊严，并且有远大的理想。"

马芳稍微迟疑了一下，然后对乌恩其说："恩其叔，跟您说实话，其实俺时时刻刻都想逃离这里，只是一直没有合适的机会。"

乌恩其点点头："我知道，我也相信，你能够做到。你必须要做到，你做到了，就会成为所有奴隶的希望，所以你必须要做到。我想好了，既然萨仁这么喜欢你，我要帮助你们逃离。我听说，过段时间可汗要来这里选兵。我提前把东西准备好，到可汗来时，你与萨仁骑快马走，这样，就算老爷他们发现你们不见了，也不敢大张旗鼓地去追，怕丢了脸面。就算他们派几个人去追，他们也追不上你们。退一万步讲，就算他们追上，以你现在的身手，他们也奈何不了你的。"

马芳很认真地问："叔，俺们真的能跑掉吗？"

乌恩其点点头说："在这一片，唯一成功的就是乌力罕家买的一个奴隶，真名叫刘武。他在被抓来之前，就是带着把式的。他隐藏自己的锋芒，装出很柔弱的样子，找机会骑马逃离了，乌力罕派两个弟弟去追，结果被刘武给杀害了，从此刘武再也没有露面，我估计他是逃走了。"

他们来到集市上卖奴隶的场子。马芳看到，主人把奴隶用绳子系着，就像牵着牛羊似的在卖，有大人、小孩、妇人。卖家在那里喊："无病无灾，勤快肯干，便宜卖了，谁买谁赚。"乌恩其指着那些即将被卖的奴隶对马芳说："你看，有的人家卖不掉，就搭配着牛马卖。还有，你要是买贵一些的马匹呢，就送个奴隶，在这里，咱们都不如牲口，奴隶只是廉价的附属品。"

马芳找专门倒腾奴隶的贩子，查问恩和一家的下落，那贩子说："这里每天交易那么多奴隶，谁知道叫什么。还有，有些卖家为了卖个好价钱，会重新给奴隶起个吉祥的名字。一般主人家买回去，会按着自己的意思，给奴隶起名的，想要找一个卖掉的奴隶，就像你在大草原的草地上找一根羊毛一样。"

乌恩其问马芳为什么问恩和，于是马芳就把恩和的事情和乌恩其说了。乌恩其这才知道，恩和出事后被卖了。他痛苦地说："就像我跟恩和，在草原就算是最成功的奴隶了，但最终还是逃不掉这样的命运。虽说当初在中原时，遇到很多没有天良的官，但是，最起码在那里还算是个人，在这里根本就不是人，就是主人家最便宜的财产。"

他们买了个三十岁的女奴隶往回走。这女人是山西大同人，被抓来后已经被转卖过两家了。她抹着眼泪说，她二十岁被抓来，被主人给欺负了，让她跟个奴隶成了婚，等他们的孩子长到八岁时就把她给卖了。她在新的主人家，又被安排给一个奴隶当老婆，今年他男人放牧时遇到狼群，被狼吃了，主人又把她给卖掉了。

马芳看着眼前这个妇人，问："你家里还有人吗？"

妇人抽泣着说："我跟两个妹妹，还有个哥哥，同时被抓来了。我父亲母亲被他们给杀了。自从来到这里，我从没有见过妹妹与哥哥，也不知道他们现在在哪里，是死是活。"

乌恩其对新买的女子说："你在路上说说行，但到了家里可别跟老爷说，你被转卖过几次。就说家里的女奴隶多，跟贩子换了个男奴隶。"那女子点点头。

马芳不由深深地叹了口气，他感到心像被马鞭狠狠地抽打着一样灼痛，他问乌恩其："为什么咱们汉人，常被他们给抓来！难道咱们中原，就没有军队吗？"

乌恩其叹口气，然后摇了摇头，说："有官府，也养着很多兵，但当官的大多贪生怕死，看到鞑靼军来了就吓得四处躲藏。等鞑靼军走了，他们就又欺负老百姓……"

他们回去后，乌恩其把新买来的奴隶安排去挤奶，然后找到了萨仁，跟她小声商量："小姐，我已经跟马芳商定好了，你们就等老爷接到可汗信的时候一块儿逃走。听说用不了多久，可汗就要经过这里，那时我就安排你们逃离，这段时间你可得注意着点，尽量少跟马芳接触，以防引起别人的注意，要不不但跑不成，还会连累着你们。"

萨仁高兴地跳个高，用力点着头说："放心吧，这段时间我会注意的。"但是，走出毡房后，她还是忍不住要去看看马芳，走到半道上摇摇头，感到这不合适，就回去了。回到自己的住处，萨仁激动得一夜都没有睡觉，双手合十，盼着可汗尽快来，她好跟马芳离开这个讨厌的家，离开父亲、哥哥，以及这个让她伤心的地方，去过一种只属于她与马芳的生活……

六　特种士兵

阿布尔考虑到可汗要经过这里，还要在家里住一夜，他就想着等可汗来了，把那匹狐红马献给他，但是否把马给驯服让他犹豫不决。阿布尔随后又想到，如果可汗听说没有驯服，以为自己勇猛，要亲自去驯狐红马，结果从马上摔下来，那么就起不到送马的作用了。如果可汗认为送给他马是让他出丑的，那自己不就冤死了，说不定还会遭到惩罚。

他经过慎重考虑，感到有必要把马驯服后再献给可汗。阿布尔召集自己家族的人开会，把自己的意思和大家说了，并说想请驯马师来征服这匹马，家族里的几个青年都自告奋勇要驯服这匹马。阿布尔感到非常高兴，无论他们是否能把这匹马给驯服，那是后话，但这种精神就是值得鼓励的。于是，他说："如果你们谁能把狐红马驯服，就让你们在马群里选匹最好的马当坐骑。"

那天，阿布尔带着家族里的长者，都到驯马场上去看驯马。塔拉与一帮子青年，都在摩拳擦掌，要在长者面前一展身手。他们个个都感到自己力大无比，一定可以把狐红马驯服。阿布尔对乌恩其点点头，乌恩其咳了几声说："老爷说了，谁能驯服此马，可以在马群中选匹最好的马奖给他，请各位小英雄，拿出你们的本领，把此马驯服吧。"

传统的驯马，无非就是"捆、绑、打、吊"的驯马方式，再狂妄的野马经过人们五六天的残酷折磨，也会折服的。再就是用追赶的方式，不停地追赶它，让它离群、发泄无奈，而后用一天的时间与马进行交流，再慢慢地为它套上绳索、马鞍，最终野马成为人们的坐骑。但草原上的驯马师，会用绳子把马给套上，然后再给它系上马鞍，骑上去任它跑跳，当它折腾累了，就会老实下来。这样驯马，得需要相当的技巧，一般是经不住野马弹跳、腾空、乱蹦乱跳的。据说，还有种驯马师最神，根本不用鞍子，直接就骑上去，这个一般人是做不到的。

当他们把狐红马套住后，拉到场上，给它配上鞍子，然后把腿上牵着的绳子松开。塔拉猛地跳上去，马猛地竖起来嘶叫一声，塔拉从马上摔下来，被马蹄子给踢到裆部，结果当场昏死过去。这一踢十分致命，后来塔拉娶了两个老婆都没有孩子，因为他被狐红马踢坏了命根子。塔拉被抬走后，阿布尔问还有谁来驯它，几个青年都低着头不敢吭声了。阿布尔说："虽然没有驯服，但精神可嘉。这样吧，乌恩其，还是去请一名驯马师吧。"

这时，马芳从人群中站出来说："老爷，俺平时放它们，跟这匹马比较熟，让俺来试试吧。"

阿布尔摇头说："要是把你也给踢坏了，会影响干活儿。"

萨仁认为马芳毕竟还年轻，便说："父亲，让他试试吧。"

阿布尔说："胡闹，要是摔坏了，怎么放牧？咱家还指着他干活儿呢。"萨仁低着头不敢再吭声了。

家族里几个长老见马芳不知天高地厚地要驯马，便对阿布尔说："那就让他试试，就当玩乐了。"

阿布尔这才说："那好吧。"乌恩其心里有些急，想到毕竟是年轻人，争强好胜是天性。塔拉都没有驯好的马，马芳要来驯，并不是件好事。在这时候，他应尽量低调些，不要显出自己的锋芒。但阿布尔发话了，他也没有办法，只是祈求马芳不要被摔坏了或踢坏了。

马芳在大家的注视下，走到狐红马跟前，用手轻轻地拍了拍它，然后与它贴了贴脸。马是有感情的动物，有些真正好的马，不是谁都可以骑的。马芳曾经跟它相处了几年，自然建立了深厚的感情。马芳把绳子解开，然后腾空跳上马，骑着在场子里转了一圈。大家不由面面相觑，他们没想到这匹马竟突然变得这么温驯。

马芳骑着马转了几圈，然后从马上下来，对大家说："其实，这匹马已经被塔拉少爷驯服了。"

阿布尔听到马芳这么说，心里很高兴，说："马芳，你去选一匹你喜欢的马，当你的坐骑吧。"

马芳说："老爷，俺现在的坐骑很好，不需要再选了。这狐红马是塔拉少爷驯服的，应该让少爷去选马。"

萨仁听到这里撇了撇嘴，刚要说话，见乌恩其对她摇了摇头，就没有说。她本来想说这匹马就是马芳驯服的。萨仁眼里满是爱意，含情脉脉地注视着马芳，心里想到用不了多久，就可以与他离开这里，去过一种属于他们两人的生活。

马芳驯服了狐红马而受到了表扬，他兴冲冲地回到毡房里。现在的马芳，住的条件已经好多了，是塔拉换下来的旧毡房，虽然旧，但不再透风漏雨，再也看不到星空了。马芳的小毡房里还有了几件草原的家用，到处都是草原的特色，再也看不到汉人的一丁点元素了。别说是马芳的用具，就是马芳本人，由于长期生活在这种环境里，顺应着草原的风俗习惯，在饮食结构的滋养下，他看上去越发地像草原小伙了。

马芳坐在自己睡觉的那块兽皮上，手里触摸着那张硬弓，不由又想起奶奶说的那张神弓。现在的马芳已经明白，人间是不会有那样的弓的。弓的神不神不在弓，而在用它的人。现在，他成了草原上最好的射手，能够把阿布尔的族人全部比下去，但是他从没有把他们比下去过，因为他懂得收敛，懂得藏匿自己的锋芒。

外面传来了咳嗽声，马芳听出是萨仁，把弓放下，忙站起来迎出去，对萨仁施礼说："小姐，请进。"

萨仁手里拿着顶帽子进来："马芳，乌恩其跟我说了，我们马上就要离开了。你带着我去哪儿都行，我愿意跟着你，回中原，回你的家乡，哪怕是流浪我都要和你在一起。"

马芳压低声音说："萨仁，恩其叔没跟你说，这几天咱们不要接触吗？"

萨仁仰起头说："是我父亲让我把这顶帽子拿来赏你的，说你今天非常会说话，给他长了面子。"

马芳伸手接过帽子，说："你的任务完成了，回去吧。"

萨仁把手撑开，眼里满是兴奋。马芳上来轻轻地拥抱了她，她才心满意足地去了。马芳想到自杀的恩芝，心里很难受。那个娇小的、美丽的、温顺的姑娘，对未来有着美好的向往，她本来可以回到中原，过上幸福的生活，没想到就这么早早地离开了。

阿布尔的弟弟阿布蒙已经提前派来人，通知阿布尔，两天后可汗启程，要在家里住几天，并说明这次前去主要是征兵，通知附近的家族做好准备。阿布尔马上召集了附近几个家族的族长，让他们前来开会，跟他们说了可汗此行的目的，要每个家族至少出二十名年富力强的小伙子。几个家族的族长听到这里，都愁眉苦脸。他们家族中，之前就被招去不少青年参军，没有剩下多少青壮年了，现在族里的少年们刚步入青年，又来征兵。

但是，他们没有任何办法，因为可汗说征兵，如果你不积极配合，那么就会没收你的牧场，然后把你赶出属地，你根本就无法生存。

乌恩其把萨仁与马芳叫到了自己家的毡房内，对他们说："你们现在开始准备，要把马喂好料，把刀、箭、弓都准备好。我给你们准备路上吃的东西，等可汗来的那天，大家必然忙于接待，萨仁就带着东西直接去找马芳，然后你们从牧场离开。估计他们到晚上才会发现你们不见，说不定会放弃去追赶你们。还有，在路上如果遇到别的蒙古人，就说你们是去边境的兵营送信的。对了，如果你们在边境遇到士兵，就是个麻烦事儿了。"

马芳吃惊道："什么，边境还有士兵？"

乌恩其点点头："可汗常年派兵去中原，极有可能会碰到。"

萨仁说："如果遇到，我就说是我叔叔阿布蒙让我们去办事。"

乌恩其说："也只能这样，你们说阿布蒙派你们出使明朝大同府，有可能蒙混过关。当然了，最好不要碰到，你们也心中有点数。你们在接近边境时，从偏僻的地方通过。还有，马芳，到了中原后，不要说萨仁是蒙古人，如果让官府知道，事情可能会变得更麻烦。"

马芳问："恩其叔，你老家在哪里？用不用我去跟你的家人说一声？"

乌恩其叹口气说："家里没有亲人了，父母早亡，别的亲戚就远了。再者，我也不想让他们知道我现在的情况。"说着，乌恩其眼圈红了。马芳知道，乌恩其在这个牧场边远的林旁，给前妻埋了个坟，有时候会过去烧纸。那个坟前，立了一个简单的木牌，上面写着他前妻的名字。他相信，妻子会领到这纸钱的。马芳没有再接着问下去。

阿布尔先后娶了几个老婆，生了一堆的闺女，只有塔拉是个男子。阿布尔想让儿子将来继承家业，延续香火，他不想让塔拉去当兵。但不让他去，人数根本不够。而其他家族的族长扬言，他阿布尔家出几个兵，他们就出几个。

阿布鲁和阿布尔说："既然您不想让塔拉去当兵，我们的人数就不够，不成年的孩子肯定不行。我们为什么不让马芳代替塔拉呢？"

阿布尔摇头说："让个汉人去当兵，恐怕可汗不会同意。"因为据阿布蒙回信说，可汗的计划是挺进中原，是要打汉人的。让汉人打汉人，这是行不通的，也是不能让人放心的，将来如果出事，我们家可能还会受到连累。

阿布鲁说："我们的猎犬，它们的祖宗不都是狼吗？我们把它们驯化了再去猎狼，这有何不可？再者，马芳无论是长相，还是武艺，都跟我们蒙古人没有太大的区别，我们给他起个蒙古人的名字，就冒充我们家族的人。"

阿布尔依旧摇头说："就算让马芳代替塔拉，也要说明他的身份，可汗如果同意就让他去，如果不同意，只能让塔拉去了。"

当乌恩其听说，要让马芳代替塔拉去参军，感到让萨仁和马芳共同逃离的计划要泡汤。他急着找马芳跟他商量说："老爷让你代替塔拉去当兵，看来我们之前的计划要落空了。"

马芳听到让他代替塔拉去应征，很是惊讶，半晌才说："啊，事情怎么这样？"

乌恩其看着马芳那快被惊掉的下巴，拍拍他的肩说："如果单纯从逃离草原来说，当兵是有便利条件的。据说可汗经常派兵前去大同附近，如果从那儿逃离，就是几步之遥。但是，这样的话，萨仁就无法跟你去了。"

马芳缓了一下，说："如果，如果俺不去当兵呢？"

乌恩其摇摇头："我们是奴隶，我们是自己当不了家的。让你去，你就得去。如果你敢违抗，不仅会受到责罚，还有可能被卖掉。还有，对那些违背主人的奴隶，他们会给你灌上慢性药，卖掉你到新主家，药性发作，无法干活儿，将来还是被卖掉。就这样被卖来卖去，人已经没有卖相了，就会被扔掉。"

马芳赶忙说："那么我现在就与萨仁走吧。"

乌恩其说："现在就走，是没有把握的。"

马芳叹口气，沮丧到了极点："那，那我们该怎么跟萨仁说呢？"

乌恩其看着马芳的样子，心里也很不是滋味，说道："你放心，抽空我与萨仁聊聊吧。"

萨仁听说，父亲要让马芳代替塔拉去当兵，不由气愤之极。还没有等乌恩其找她，她就先去找乌恩其了。她求乌恩其想办法，要在可汗来之前，就与马芳逃离，说着说着就哭了。乌恩其叹口气，说："小姐，现在你们逃离，没有任何机会。如果逃离不成功，你们的下场就会像夫人那样。依我看，马芳当兵后，你们就会更有机会。"

萨仁边擦眼泪边问："他都去当兵了，还能有啥机会呢？"

乌恩其顺着毡房的门看去，那里正对着围着木栏的马圈，他说："他当兵后，如果你们再逃离，就方便多了。因为他是士兵，走到哪儿也不会引起别人的怀疑，可以直接迫近边境，那么你们就容易进入中原。"事实上，乌恩其知道，马芳当兵后，他自己逃离中原的可能性就会更大，但是带走萨仁的机会就越来越渺茫了。

部落首领阿勒坦是蒙古土默特部重要首领，是成吉思汗黄金家族后裔，达延汗的孙子。阿勒坦在嘉靖初年崭露头角，配合其长兄衮必里克数征北方的兀良哈和青海的卫拉特（瓦剌）等部。衮必里克死后，阿勒坦势力日强，控制蒙古右翼诸部，将察哈尔宗主汗迫往辽东。他统领的部落初期游牧于今内蒙古呼和浩特一带，后逐渐强盛，控制范围东起宣化、大同以北，西至河套，北抵戈壁沙漠，南临长城。后来他为开辟牧场，又征服青海，甚至一度用兵西藏。

阿勒坦每年都要向各家族征召最优秀的战士，带领他们征战四方，不断扩大疆土。当他来到阿布尔家，阿布尔极尽热情地招待，并送了不菲的礼品。阿勒坦看到那匹狐红的马后，不由大叹是匹千里之马。在谈及征兵时，阿布尔面露难色，说自己家族的优秀男儿都跟随可汗征战去了。本来他儿子已经成人，应该为可汗效劳，只是前些时间受伤，一直在治疗之中。怕是自己家族不够可汗要征召的人数，十分惭愧。

阿勒坦皱了皱眉头，说："你偌大的家族，难道就没有这么几个人吗？"

阿布尔忙说："有个人非常优秀，只是……"

阿勒坦抬眼道："那就把他叫来，看看如何优秀。"

乌恩其把早已候在毡房外的马芳叫进来，阿勒坦看到马芳后不由轻轻地点了点头。他把喝酒的银杯放到身边，说："来，用箭把它射倒。"

阿布尔打个激灵，马上摆手说："可汗，不行不行，这可使不得，纵然他箭法高强，可难免有失手之处，这关系到您的安全呢。"

乌恩其马上站出来说："可汗，小的愿意坐在那儿，这样您更能看清他的箭术。"

阿勒坦点头说："就你这勇气也是值得奖励的，来人，赏。"

随从马上掏出钱来扔到了乌恩其面前，乌恩其捡起来给阿勒坦磕头谢过，然后躬身做出请的姿势。阿布尔忙挽着阿勒坦到旁边，乌恩其坐在他坐的位子上，歪头看看身旁的酒杯，对马芳点点头。阿勒坦的侍从从身上摘下弓箭来递给马芳。马芳接过弓，通过这重量，便知道这是把硬弓。他搭箭上弦，吱呀拉满，并没有怎么瞄准，只听当的一声，酒水溅了乌恩其满脸。乌恩其吓得脸色焦黄，忙到后面找那个银杯，发现箭死死地插在酒杯上，便双手举起来说："请可汗过目。"

阿勒坦点头叫道："好，就是他了。"

阿布尔将阿勒坦挽到座位上坐好，然后小心地说："可汗，但有个问题，小的得提前和您说明，他，并不是咱们蒙古人。"

阿勒坦头也没抬，问道："那他是哪个族的？"

阿布尔的声音越来越小，低下头说："是，汉人。"

阿勒坦当即恼了，瞪眼道："什么？你向本王推荐汉人，你认为他可以帮助我们征服中原吗？你这不是存心奚落本王吗？"

乌恩其连忙拱手说："可汗，请容小的说一句。马芳虽然是汉人，但从小就成长在草原，已经忘记自己是汉人了。再者，马芳来到草原是有原因的，据说他的父母被明朝官员杀害，他是自愿来到我们这里的，是想回去报仇的。"

阿勒坦听乌恩其这么说，便问阿布尔道："是这种情况吗？"

阿布尔早已吓得六神无主了，站在那里一个劲地哆嗦，忙点头："是的是的。"

阿勒坦又问马芳："你愿意为本王效力吗？你愿意跟随本王吗？"

　　马芳忙行礼道："小的誓死为您效劳。小的想跟随您，期待有一天杀回中原，推翻明朝，为俺父母报仇雪恨。"

　　阿勒坦点点头说："既然这样，那就跟着本王吧。"

　　马芳忙磕头谢恩："谢谢可汗。"

　　阿勒坦看看跪着的马芳道："那好，明天就到征兵处报到。"

　　就在这时，萨仁从外面闯进来，跪倒在地，说："可汗不能让马芳当兵。"

　　阿勒坦看看跪在地上的这位美丽的女子，并没有生气，问："这位是？"

　　阿布尔忙说："这是小女，实在失礼了，您别见怪。"转身说，"没有家教的东西，乌恩其，快让她出去。"

　　阿勒坦摆摆手说："慢着，让她说说，为何不能让马芳当兵。"

　　萨仁说："可汗，马芳是个汉人，您想征服中原的汉人，用汉人去打仗，您能放心吗？打仗就是我们蒙古男儿的事情，如果我是男儿，我就去当兵打仗。我哥塔拉，本想为大王效劳，可是我父亲考虑到只有这么一个儿子，怕死在战场上，所以想让奴隶代替。如果开了这样的先例，到时各家都用奴隶糊弄您，那您的军队还怎么打仗？"

　　阿布尔气得脸都红了："乌恩其，马上把她拉出去。"

　　乌恩其拉起萨仁，说："小姐，走吧。"

　　萨仁说："可汗，您可考虑好了啊。"

　　本族的几位长老上来，把萨仁给拉出去。阿勒坦并没有生气，而是点了点头说："这位女子能够在本王面前吐露真言，还看透了本王征战中原之大计，实在难得。"他对侍从招了招手，对他耳语几句，说："本王有些累了，想先休息会儿。"

　　阿布蒙把阿勒坦引到早已布置好的毡房里，吩咐卫士看守好了。阿勒坦的贴身卫士把阿布蒙叫到旁边，说："可汗非常看好刚才的姑娘，想娶她为妾，将军您看这事？"

　　阿布蒙连想也没想，说："这是好事啊。"随后他们找到阿布尔，把阿勒坦的意思说了说。阿布尔惊喜万分，如果萨仁能够嫁给可汗，他们家族将更加荣耀。

　　侍从问："是不是先跟你家小姐说说？"

阿布尔摇头说："这件事由我做主，您跟可汗说，我们同意。"

就这样，阿勒坦向阿布尔下了聘礼，还说择日将迎娶萨仁。乌恩其知道这件事后，并没有告诉马芳与萨仁，因为他知道，如果萨仁与马芳知道此事，他们可能会义无反顾地逃离，在这种情况下，是极难逃出草原的。

送走阿勒坦之后，阿布尔设宴为马芳送行。在宴席上，阿布尔对马芳说："无论你走到哪儿，这里都是你的家，你随时可以回来。"

塔拉却气愤地说："为什么不让我去当兵，为我们家争得一份荣誉？为什么让外人去？而且他还是个汉人，将来如果他叛逃，我们都会受到牵连。"

阿布尔怒道："你懂什么？咱们家族里总共送去三十多个兵了，现在只剩两个还活着，还包括你叔叔阿布蒙，就你这种鲁莽劲儿，你认为你会成为他们两个中的一个吗？叛逃叛逃，要逃他早就逃了，为何非得去当兵再逃？再者，就算是蒙古人当兵，你也不能保证他不叛逃，以后的事情谁说得准？不管怎样，他今天替你去当兵打仗，你都应该感谢他。"

塔拉"哼"了声，气呼呼地走了。

阿布尔叹口气说："不争气的犟马驹，气死我了。"

乌恩其说："老爷，时候不早了，让马芳回去休息吧，明天还要去报到。"

阿布尔点头说："好吧，马芳你去休息。还有，你去选匹最好的马，这对你上战场会有利的。乌恩其，今天去找套最好的弓箭、腰带，让马芳带上。"

马芳回到了自己的毡房，把灯点着，吓了一跳，他发现萨仁躺在他的铺上。萨仁说："马芳，我想为你送行。"

马芳慌忙说："萨仁，这使不得，你快回去吧，别让老爷知道，那样对你不好。"

萨仁使劲摇头说："今天我不回去，我喜欢你，我想要和你在一起，哪怕一天都行。此后，就算萨仁死了，也再无遗憾。"

七　比武大赛

作为汉人士兵的马芳，不只受不到尊重，还常常受到鞑靼兵的奚落。马芳首次走进军营时，大家还主动跟他打招呼，显得很热情，当听说他是汉人，便开始对他冷漠了，说还从没有汉人来当兵呢。有人开始向上级打小报告，说有个汉人在我们队里，我们总感到脊梁骨发冷。队长问："为什么会这样？"

那人说："如果我们去攻打中原，他背后给我们几刀几箭，这个谁受得了？"

队长去找首领反映情况，首领又去找阿勒坦。

阿勒坦想起那个射箭极准的青年，便说："我知道，他的父母被明官杀害，他是带着仇恨来到我们这里的。我见识过他的箭术，在我们本族士兵里都找不出几个。再者，用汉人去打汉人，知己知彼，这是上上之策，有何不可？"

士兵们没能把马芳挤对走，心理极为不平衡。有个叫苏哈的士兵想要羞辱马芳，因听说马芳的箭射得好，于是要跟他比摔跤，并扬言谁输了谁就吃坨马粪。苏哈是队里最高大魁梧之人，在未当兵前是驯马能手，无论是什么野马，他都能把它驯服。据说，他驯马很特别，能用手搂住马的脖子，把马给摔倒，可以说，他是这个队的大力士。

马芳摇着头说："我不想跟他比。"

大家都围上来羞辱马芳，说他是草原上一只病羊，还说汉人本来就没用，根本就不会摔跤。马芳始终是平静的，脸上泛着淡淡的微笑，任大家羞辱。他来草原生活这么多年，天天承受着屈辱与压力，已经习惯了。队长奥尔格英看到他这样，急了，吼道："马芳，你是士兵，你服不服从我的命令？"

马芳站起来说："服从。"

奥尔格英厉声道："我命令你跟苏哈比。"

苏哈得意地晃动着身体，脸上的肉被甩得有些晃荡，撇着嘴说："马芳，你听到没有，这是命令，如果不服从命令，就可以把你军法处置。"

马芳慢慢地站起来，耷拉着眼皮问："队长，谁输了谁真的要吃马粪吗？"

奥尔格英说："那是当然，这是必须的。"

马芳问："马粪在哪儿呢？"

奥尔格英马上打发人去弄马粪。那人料定马芳会输，有意多找了几块马粪合起来，揉成大大的一坨，用个破盆子端来放到帐房外，喊道："马粪弄来了，还是热乎的呢。"大家便开始哄然大笑，拥着马芳与苏哈出来。当大家走出帐房，看到盆子里那坨大大的马粪，便又哄然大笑。有人起哄说："这是什么马拉的，这么大的一坨，马芳你能吃得下去吗？"

马芳看看那盆马粪，问奥尔格英："队长，输了真的要吃掉它吗？"

奥尔格英严肃地说："当然要吃掉，必须吃，不吃我让兄弟们喂他。"

马芳似乎有些为难地说："既然这样，那好吧，我比。"

大家围着马芳与苏哈，嘻嘻哈哈地等着看马芳吃马粪。马芳单薄而硬朗的身子，比起肥硕的苏哈来说，就像一只羊与牛在抵角，实在不是一个级别的。苏哈把两腿叉开，双肩开始晃动，紧紧地盯着马芳，眼球翻出弯刀样的鱼白。马芳站在那里，也没有晃，只是把腰弯下来。苏哈哇哇大叫着奔去抓马芳，马芳用手拉着他的大手，最终还是让他把手给抓住了。苏哈拉住马芳的手用力甩出去，马芳腾空转个身，又稳稳地落到地上，大家顿时傻眼了，开始为苏哈捏把汗。

苏哈并没有想到马芳在空中翻个滚还能稳稳地站住，他舔舔嘴唇，表情显得有些深沉。马芳回头对奥尔格英说："队长，俺看就算俺们是平手吧，谁也不要去吃那坨粪了。"奥尔格英正在犹豫时，苏哈猛地向马芳扑去。马芳并没有回头，等苏哈近了侧身猛闪，用脚勾了下苏哈的小腿，苏哈扑倒在地，砸起一阵尘土。他趴在地上，眨巴着眼睛，不敢相信自己已经输了。奥尔格英唉了声，转身就走。那一伙起哄的士兵看到这里都低下了头。

马芳伸手去拉苏哈，苏哈把他的手拨开。

马芳温和地说："咱们只是练习，没必要吃粪了。"说着只身进了营帐里。

苏哈从地上爬起来，看看地上的那盆粪，慢慢走过去，蹲下来慢慢地伸着手。有个兵忙说："那小子又没看到，别吃了。"说着用脚把那坨马粪给踢了。大家拥着苏哈进营帐，他低头耷脑的，坐在那里不吱声。突然，苏哈扯着脖子叫道："我要跟你比马术，如果你赢了，我一块儿把那马粪吃了。"

马芳转头看着红着脸的苏哈，说："何必要比呢？咱们留着劲儿杀敌人不好吗？"

苏哈梗着脖子叫道："不行，必须要比。"

马芳知道，如果苏哈赢不回这面子，他是不肯罢休的，于是就说："那好吧，你说怎么比。"苏哈要求在二百步外放只小活羊，谁能够最先把羊抢到手里谁就算赢。马芳点头说："好。"苏哈并不知道马芳是怎么练骑术的，要知道的话，打死他也不会跟马芳比。马芳是心里装着回家的信念每天玩命地骑马练习，蒙古人会的那点技术他都会，蒙古人不会的他也会。他骑马都赶上演杂技了，有一次他在马奔跑的时候，搂着它的脖子悠了几个圈又回到马背上的，这一手把塔拉都给惊得半晌没回过神来，从此再也没有跟马芳比过马术。

奥尔格英心里打的算盘是，马芳毕竟是个汉人，骑马肯定骑不过蒙古人。蒙古人从小就学骑马，这是他们主要的交通工具，马几乎都变成他们身体的一部分了。奥尔格英想到这次马芳肯定会输，于是又来劲了，说："好，如果马芳输了，你们谁都不用吃马粪；如果苏哈输了，你必须把两坨粪全都给吃了，一次吃不了，凑两次也得吃了，这是草原汉子的诚信问题。"

苏哈把肥硕的胸脯拍得啪啪响，说："放心吧，我输了我就吃。"

有个士兵手里抓一只小羊，骑马在二百步之外等着，等马芳与苏哈开始跑时，他把手里的小羊放下，然后骑马躲到旁边去。马芳骑在马上扭头看看苏哈，见他紧紧地贴在马背上，不停地往马屁股上抽鞭子，喊着"驾驾驾"。马芳身体比苏哈要轻，这马又是他放牧了几年的坐骑，所以跑得明显比苏哈快，但他稍微放慢了些让苏哈先去抓羊。苏哈由于太紧张了，第一次侧身抓羊没有抓住，马芳侧身抓住羊后跑了几步又扔下。苏哈第二次折回来把羊抓在手里，但他心里是明白的，马芳是存心让给他的。苏哈无精打采地带着羊回到营帐前，奥尔格英与士兵们都欢呼起来。奥尔格英宣布说，由于两人各输一次，比赛成平局，所以就没有必要再吃马粪了。

苏哈低着头没有吱声，脸涨得就像红布似的。

马芳也没有说什么，只是默默地回了营帐。

自从这次比赛后，苏哈对马芳改变了态度，不拿他当外人了。由于苏哈的改变，全队的士兵对马芳的态度都变了。时间不久，马芳在整个队里，没有人把他当汉人了。他们平时有说有笑，有好处共享，有难共当。

马芳真正让人瞩目的是，他在阿勒坦举办的大比武中的表现。阿勒坦为了提高士兵的战斗力，常以各种方式来训练士兵，而练武的主要方式就是比武。这次，阿勒坦拿出的奖品是套软甲，这是种线与金属丝织成的软甲，用刀砍不透，谁能得到这件软甲，在战争中受伤的概率就会小。再者，谁赢得这份礼物，这份荣耀就足以让整个家族感到骄傲。

蒙古人是崇尚武力的，按照往年的惯例，谁赢得了大比武的头名不仅会有奖品，他在军队里的地位也会提高。所以大家都铆着劲想拿到好的名次。苏哈拍拍马芳的肩说："我敢打赌，这次我们队的马芳准能拔得头筹。"

马芳笑着摇了摇头，说："俺就不参加了。"

队长奥尔格英严肃地说："这不是你个人的事情，是我们整个队的荣誉，你必须参加，必须要把头名给我拿回来。"

马芳见无法推掉，点头说："那，那俺尽量吧。"

奥尔格英说："不是尽量，是必须要夺得头魁。"

苏哈又拍拍马芳的肩说："你行的，你一定行的，加油。"

马芳与苏哈自从上次比赛后，两人的关系越来越好，已经成为最要好的朋友。时间长了，苏哈与全队队员都看出了马芳的气节与魄力，便不只对他佩服，还产生了尊重。大家都给马芳鼓劲，并相信他一定会把头魁给拿回来。在开始前的一段时间里，奥尔格英让苏哈等人着重陪着马芳练习。马芳从战友身上，学到了很多以前没学到的东西，他的技艺有了更大的进步。

阿勒坦可汗规定的大比武，主要是以草原上传统的几项比赛为主，摔跤、射箭、骑术，再加上快骑劈草人、快骑射野兔。因为这是大比武，是从打仗的角度考虑的，因此项目的难度比平时娱乐比赛要大很多。静止射箭的靶子放得要远，用不了硬弓你够都够不着。骑射的难度更大，因为要放只乱跑乱跳的兔子，还要快骑射到它，这可不是一般的弓箭手可以做到的。去年的比赛中，由于找的兔子太有劲儿，一放手跑得比箭都快，根本没有人射中。

在比武那天，每个编队都选出五名勇士，进行摔跤与静射比赛，如果赢的就进行下一轮。那天，马芳抽到的对手是个大胖子，比苏哈都胖，看上去足有三百斤。围观的人看到马芳与那胖子都笑着起哄，心想这家伙太倒霉了，竟然抽到了这胖子，都能顶他好几个了。自然，没有抽到大胖子的都很开心，因为如果抽到这位，直接就完了。

苏哈对马芳笑着说："你对付胖子是有经验的，我相信你肯定能把他摔倒。"

马芳挠挠头，笑着说："他可比你高大魁梧多了。"

苏哈憨笑道："用你的顺手牵羊，四两拨千斤。他没有千斤吧，问题不大。"

马芳点头说："好，俺就试试你说的法。"

当马芳与大胖子开始比赛时，大家都目不转睛地盯着他们俩。阿勒坦见大家都呼隆围到一起，以为什么事，马上派人去看，听说是个三百斤的大胖子对个瘦弱的士兵，顿时感兴趣了，于是骑着马赶来。大家见阿勒坦来了，忙让出条通道。阿勒坦发现是阿布尔家送来的那位汉人士兵，要跟三百斤左右、号称"草原肥牛"的胖子比摔跤，心里想，这小子也太倒霉了。

胖子见阿勒坦可汗都来观看了，顿时来了精神。他像相扑手那样，半蹲着，双手扶着膝盖，上身开始晃着，眼睛瞪着马芳，嘴里不时发出啊啊声。马芳猫着腰围着他转，根本就不让他的手碰到。马芳明白，如果被这胖子给抓住，肯定能把他扔出几十步去。大家见马芳根本不敢摔，就开始起哄道："小子，快点，要不就认输。"话音刚落，马芳以迅雷不及掩耳之势冲去，胖子伸手去抓，马芳从他的胳膊下钻过去，伸脚勾到他的腿弯处，大胖子身体晃了晃，差点就歪倒在地。他还没有转过身来，马芳一个箭步过去，伸手勾住了他的脚，大胖子扑通砸到地上，大家感到地上一震，战马都抖了抖耳朵，退了几步。

大胖子队里的人不干了，嚷着马芳不是摔跤，不算。

奥尔格英叫道："摔倒了就算。"

最后大家争来争去，两队差点打起来。阿勒坦让大家安静下来，对马芳道："你这根本就不是摔跤。"

马芳见阿勒坦说话，赶紧见礼："可汗，俺们不是比武招亲，俺们是士兵，俺们面对的是敌人，无论用什么办法把敌人打败，都是胜利。如果到了战场上，俺们不可能要求对方，按着咱们的方式去打。"

阿勒坦点了点头说："说得非常好。"然后对那大胖子说，"你，回家放牧去吧。"

大胖子吃惊道："可汗，为什么？"

阿勒坦耷拉下眼皮说："就你这身量，长途跋涉，马匹也受不了。"

大家顿时笑起来。

大胖子沮丧地低下头，抹着眼泪走了。

接下来的比赛对马芳来说问题不大，虽然他看上去较瘦，但他用的弓是全队最硬的。这没办法，他最开始是用粗木棍练箭的，无论多么硬的弓他都能轻易拉满。弓硬箭的射程就远，由于箭飞得快，落差就小，射靶更准。在骑射野兔时，别人骑马追着兔子去射，他骑上马后根本不跑，等拿着兔子的人把手放开，直接开弓射去，把兔子给射死了，根本就没留给别人任何机会。到了最后，马芳与一位人称神射手的汉子进行终极较量。

神射手是阿勒坦的贴身侍卫，曾跟随阿勒坦立下过汗马功劳。据说他能在百步外射中铜钱的眼儿，能射中天上飞行的大雁。反正他的射箭之术在草原上传成神话了。去年他在大比武中获得第二名，是因为输在了摔跤上。一年以来，他着重练习摔跤，并扬言今年把头名给夺回来。神射手自认为自己的箭术高明，在最后的比赛关头，他提出让一个人在帽尖上插个牛眼，谁射中牛眼算谁赢。这难度太大，人顶着，如果箭射出去人害怕动了，你射得再准也不行。马芳有些担心，问："如果射中人怎么办？"

神射手冷笑道："我是射不到人的，就怕你。如果你自感没有把握，可以主动认输。"

马芳看向阿勒坦，意思是这样行吗？

阿勒坦仰起头来说："既然你们都是神射手，我相信你们。既然这样，谁来顶着牛眼？"大家都低下头不吱声了，阿勒坦皱了皱眉叫道："谁顶着，本王赏他两头牛，并安排人送到他家里。"

此话说完，有个人喊道："可、可汗，小的愿意顶。"

阿勒坦说："你放心就是，如果不小心射中你，或把你给射死了，本王会照顾你的家人，让他们过上好的生活，所以你不要害怕。"

那人说："小的父母早死了，也没有娶妻。"

阿勒坦说："那本王就赐给你个女人，让你成婚。"

那人忙行礼道："谢可汗恩赐。"

等人弄来只牛眼，那人接过来，插在帽子的尖尖上，对马芳行个礼道："神射手，我知道，我对他很放心，但我从没见过你射箭，你得瞄准点，别把我给射死了，我还想娶个媳妇呢。"

马芳点头说："你放心吧，俺尽量射得准点。"

那人吃惊道："什么什么，尽量？"

马芳赶忙又说："你放心，俺宁愿射不准也不会射你的。"

那人嘴里嘟哝着走出百步，站在那里，由于他身体抖得厉害，牛眼掉到了地上，他摸起来重新扎在帽尖上。神射手怕马芳抢了先，他站出来说："我先射。"马芳点头，并没有跟他争。神射手拉满弓，瞄着那人头顶几乎看不到的牛眼，把箭射出去，那箭贴着头皮过去，牛眼掉在地上。他喊道："射中了！射中了！"顶着牛眼的士兵从地上摸起牛眼来，跑到阿勒坦面前，阿勒坦看到牛眼根本就没有被箭碰着，便皱了皱眉头。神射手对马芳说："我至少把它给射下来了，看你的。"那人重新跑回去，又把牛眼顶到帽尖上。

马芳明白，就算是神射手射牛眼，顶的人也会本能地缩缩头，这也许是没射中的原因。自己射，那人害怕的程度会更高，会缩得更多些。可是缩多少他没有把握。如果瞄得太往下，可能射到那人头上。如果瞄着那牛眼，那人稍低头可能会射不到。马芳用空弓对着那人，猛地拉开空放弦，连着做了几次，衡量那人由于害怕可能低头的幅度，最终他感到有些把握了。马芳回头对阿勒坦说："大王，把人射坏了，不让俺赔吧？"

阿勒坦并没有看马芳，笑着道："那是肯定要受到惩罚的。"

马芳点点头，搭上箭，猛地拉圆弓，对着那人的额头射去。那人吓得缩了缩脖子，箭把他的帽子给射掉了。那人在草丛里把牛眼找到，喊道："射破了射破了。"他跑到阿勒坦跟前，阿勒坦看了看，发现确实是箭头划过牛眼，并削去一小半。

阿勒坦做梦都没有想到，这场大比武会被个汉人给赢了，这也太丢脸了。在接下来的发奖中，阿勒坦的脸色很难看，讲了几句，对马芳说："你从现在起说话把'俺'字给本王改掉，如果下次我听到你还说这个字，就惩罚你。"说完又安排了一下就回去了。

马芳得到软甲，在队员的簇拥下回营帐去了。马芳回去后把软甲送给了奥尔格英，并说："自我来到队里，受到您的照顾，在下无以为报，这个就送给您了。"

奥尔格英连忙摆手："这是你赢来的，你留着，我们队因你争得了荣誉，从此再没有人小瞧咱们队了，我已经很高兴了。"但马芳还是硬把软甲给了队长，因为他明白，这关系到自己的计划。想要逃跑，必须要先赢得队长与队员的信任，只有这样，才能出其不意地跑掉。

八　虎鉴英雄

由于神射手最后败于马芳，失去了今年大比武的头魁，他感到很不服气，私下里来找马芳比赛摔跤，想赢回些面子。因为神射手格勒是阿勒坦的贴身侍卫，队长奥尔格英不敢怠慢，便小声叮嘱马芳说："你要把这家伙摔倒，让他彻底死心，别让他以为咱们是侥幸赢的。"

马芳为难地说："队长，如果把他摔倒，他会怀恨在心，不如咱们就让他一点吧。"

奥尔格英说："问题是你让他，他也不知道，到时候如果跟可汗、跟大家宣扬，咱们是侥幸赢了，这样咱们队的威风与脸面何在？"

马芳点头说："队长您放心，我会把握个度的。"

神射手格勒为了把自己的面子争过来，在与马芳比赛摔跤时，找了几个队长前来观阵，想着把失去的颜面给赢过来。在临比赛前，有个队长悄悄地告诉格勒："我们队有个三百斤的大胖子，在跟马芳比赛摔跤时，被马芳轻而易举地就给摔倒了，你可得小心点。"

格勒听到这里寒了寒脸，问："什么，三百多斤还被他摔倒了？"

那队长回道："说白了，他根本不是咱们蒙古人，也不是用的咱们的摔法。"

格勒皱眉道："不用咱们的摔法，这还算数吗？"

那队长又说："这小子会说啊，他说在战场上，你没法要求敌人按着咱们的要求出招。可汗听了这话，就默许了，还把我们队的大胖子给赶回家了。"

格勒咋舌道："你认为我怎么才能取胜？"

那队长沉思一会儿，说："别让他跑到你后面去了，只要面对面地跟他摔，他就没有任何机会。"

格勒本来信心满满的，以为这次肯定能赢，现在听那队长这么说，有些不自信。一个三百多斤的大胖子都被他给摔倒了，这太不可思议了。但是，战书已经发下去了，几个队长也陪着来了，现在又不能打退堂鼓，只得硬着头皮上。

在比赛前，马芳突然提出："咱们比劈草人吧。"

格勒有些莫名其妙，他问："为什么？"

马芳说道："你我体型相仿，摔起来也不分上下。"

格勒感到这办法行，因为他参加过多次战斗，是有实战经验的。马芳来到军队后，还没有参加过任何的战斗。劈草人，是提前插好草人，然后两人骑马奔过去，谁先劈了草人算谁赢。这个主要还是骑术与速度。速度慢赶不上，如果骑术不好，你用的弯刀可能劈不着。格勒当即同意，说："这是你要换的，不是我说的，输了别耍赖。"

马芳点头："放心吧，输了我也就认了。"

士兵们把草人插上，两人骑着马在原地等着，当奥尔格英喊声开始，马芳与格勒策马奔向草人。马芳明显在前了，格勒不由感到大惊，在马的屁股上用刀拍了下，不想用力有些大，马受了惊，四蹄猛地弹跳起来，嘶鸣一声，当马再往前跑时，发现马芳已经躲到马侧，挥刀砍向草人，但一下给砍空了。格勒到后，把草人给砍下，但感到很没面子，因为以马芳当时的姿势，是不会砍偏的。

两个人马达盘旋站定后，马芳说："格勒，你赢了。"

几个队长也都明白，马芳是故意让格勒的，他们都对格勒祝贺，但格勒并不高兴，骑着马走了。从此，他再也没有前来向马芳挑战。

过了几天，格勒来到队里，说可汗想挑各队射箭最好的人去狩猎，让马芳过去。原来，阿勒坦新娶了个妃子，心里非常高兴，想去打猎游玩，格勒就推荐了马芳，说他算得上草原上真正的神射手。

在打猎那天，马芳发现阿勒坦新娶的妃子原来是阿布尔的女儿萨仁，立马就呆住了。

萨仁看到马芳后，眼睛潮湿了，故意问："大王，那个人是谁啊？"

阿勒坦笑道："这就是从你们家征来的那个汉人，你不认得了？"

萨仁点头说："好像看上去变样了。"

阿勒坦说："是的，他刚在前几天的比武大赛获得了头名，自然跟以前不同了。"

原来，当萨仁知道自己已经被父亲许配给了可汗，她死活不同意，全家人都跪在地上求她，她说："我死也不同意。"最后，乌恩其和她说："既然可汗看中了你，这个婚姻是逃不掉的。现在，马芳在可汗手下当兵，你去身为汗妃，可以帮助他逃离草原。"

萨仁满脸的委屈，说："可是，我想跟马芳一块走。"

乌恩其说："你喜欢他，就得为他着想。喜欢一个人，要让他实现自己的愿望，并帮助他实现自己的理想。喜欢一个人不是为了得到他，而是为了让他幸福，你说是不是？"乌恩其说这句话时，咳了十多声。最近他的痨病越来越厉害，已经几乎不能劳作了。乌恩其说着说着，抹了把泪，说："小姐，给马芳捎个信，跟他说，无论做什么，都不能急，没有绝对的把握，是不可以轻率去做的。"第二天，萨仁再去找乌恩其，乌恩其的家人说，乌恩其怕传染大家，已经走了。第三天，萨仁再去找乌恩其，他的家人说在牧场边缘那处树林前，发现乌恩其被狼吃了，只剩下一些破衣服和一些被啃剩的骨头。

萨仁最后决定，同意嫁给阿勒坦，以汗妃的力量帮助马芳，让他实现自己的愿望。当她见到马芳后还是忍不住流泪了。不过，她见马芳比在家里时更强壮了，穿上军服，显得更加英武，心里感到有些欣慰。

阿勒坦见萨仁眼里流泪，问她为什么。

萨仁抬手轻轻擦拭一下眼睛，说："被风吹的。"

阿勒坦看着萨仁娇美的样子，说："如果你不喜欢，咱们可以回去。"

萨仁笑笑说："既然已经来了，就没必要再回去了。"

马芳的心情是复杂的，毕竟他与萨仁是一同长大的，他们是相互了解的，他认为萨仁是不可能同意嫁给阿勒坦的，这里面肯定有原因。同时，马芳考虑到，如果萨仁是为了自己而来到军队的，万一让阿勒坦知道他们以前的关系，两个人都会变得很危险。

那天，他心事重重地跟随狩猎的队伍来到一片水域前。水域挨着片树林。由于有水源，野兽常在这里出没。阿勒坦与萨仁坐在车上，对大家说："谁打的猎物多，重重有赏。"大家开始向树林走去。马芳无精打采地往前走着，他能够感受到萨仁在后面看着他。

马芳没有心情，也不想得到奖赏，他在林边转悠着，在考虑萨仁嫁给阿勒坦的变数。就在这时，传来惊叫声，跑进树林的十多个兵吓得四散躲开，马芳跟着大家退到阿勒坦的马车前，看到一只猛虎从林子里冲出来，直奔阿勒坦的马车冲来，侍从们吓得四散而逃。阿勒坦也给吓得愣了，想跳车逃离。马芳回头看了眼惊愕的萨仁，他并没有躲闪，搭箭拉弓，向那猛虎射去，正中猛虎的眼睛。猛虎在地上滚动几下，头已经触到马芳的脚了，马芳还保持着射箭的动作。

萨仁明白，马芳这一箭是为她射的。

阿勒坦没想到，到了关键时刻，他的贴身护卫吓得四散逃离，而这个汉人士兵却挡在马车前，岿然不动，并成功地把猛虎给射死了。当侍卫们到了面前，阿勒坦对着他们大骂，侍卫们都感到羞愧难当。

在回去的路上，萨仁说："可汗，您应该让那个叫马芳的人服侍在您的左右。"

阿勒坦咋舌道："可他是汉人。"

萨仁说："汉人怎么了，当老虎冲过来时就只有那个汉人救您了。"

阿勒坦点头道："说得也是，那好吧，听你的。"

回到营房后，阿勒坦打发格勒去找奥尔格英，向他说了今天狩猎的险情，并赞扬了马芳的勇敢与冷静，可汗准备把他调到身边当侍卫。奥尔格英听说让马芳去当侍卫，心里非常高兴，自己的人在可汗左右，这对他以后的发展是有好处的，便说马芳真诚、勇敢、义气，不比任何蒙古人差。当格勒跟马芳谈可汗调他去当侍卫时，马芳断然拒绝，因为他不想离萨仁太近，这样会导致两个人都很危险。

格勒回去向阿勒坦汇报后，阿勒坦不由气愤道："什么，他还不想来？"

萨仁见阿勒坦生气，马上说："可汗，您别生气，通过这件事，足以说明马芳的人品。您想过没有，哪个士兵听说当您的贴身侍卫，都会非常高兴。因为离您近，可以获得很多荣誉、很多好处。但马芳不同，他并不看重这些荣耀，就算他当侍卫，也不是为了自己而当。所以这样的人才是最可靠的，也是必须要把他放在身边的。"

阿勒坦派阿布蒙亲自去做工作，马芳这才同意去阿勒坦身边当侍卫。

一天，萨仁趁可汗出去后，让丫鬟把守在帐外的马芳叫进来。她眼泪汪汪地看着马芳，言语悲凄地说："马芳，我告诉你一件事，你可能不知道，乌恩其他，已去世了。"

马芳惊讶地瞪大眼睛，他以为听错了："你说啥？是我听错了吗？怎么会呢？"

萨仁叹口气说："你没听错，是真的。"萨仁缓了缓继续说，"他先是咳嗽，然后吐血，找大夫看了，大夫说他得的是传染病，没法治。乌恩其怕传染别人，自己骑着一匹瘦马走了。在我来的前天找到了他的尸骨，已经被狼啃得只剩骨头了。乌恩其临走前对我父亲说，他再也不能为父亲干活儿了，他也不能留在这里传染别人，他说他去喂狼，如果他的病能传染给狼就更好了，让狼传染狼，让狼都死掉，那样就不会再来祸害人，祸害父亲的牛羊了。"萨仁仰头没让眼里的泪水流下来，停了停又说，"他说他的孩子还未成年，请父亲帮忙照顾。可，可我父亲的心太狠了，不但没有留他，还说你去吧。晚上，乌恩其就骑着那匹瘦马，到了我们家牧场最南端，真的就，就被狼吃了。"

马芳听完，声音低沉地问："那，现在他的老婆孩子怎么办？"

萨仁说："我父亲太狠了，他怕乌恩其的老婆孩子已经被传染了，竟然把他们赶走了。据说，乌恩其的老婆带着两个孩子，到乌恩其死的那儿生活了，真不知道他们现在怎么样了。因为那是个三家牧场交界处，有个小湖，还有片树林，野兽经常出没。"

马芳叹口气说："想想乌恩其，尽心尽力地操劳一辈子，最终却落得这样的下场，实在让人难过。其实，不只是乌恩其，像恩和叔等奴隶，结局都是这样悲惨。"

萨仁说："所以马芳，我能够理解你，想回到中原的想法。"

马芳低声说："萨仁，这件事，你可千万不要跟可汗以及任何人提起啊。"

萨仁说："马芳，我想跟你解释下我为什么会嫁给可汗。"

马芳摇头说："你没必要解释，我能理解。"

萨仁说："马芳，我必须要解释，因为你不了解。上次，可汗去我家里，我父亲已经瞒着我暗自把我许给可汗了，可汗派人去迎娶时我才知道。我知道后，想要一死了之。可是，乌恩其对我说，喜欢一个人并不是一定要和他在一起，而是让他过得幸福，帮助他完成他的心愿。这句话我想了好几天，最后才想通。我想，我可以利用我现在的身份，帮助你离开草原，回到你的家乡。"

马芳听到这里，眼泪流了下来："你，这又是何苦呢？"

萨仁叹口气说："其实，我除了自杀，没有别的办法。我衡量过了，如果我死了，是没有任何意义的，倒不如帮助你完成你的心愿。马芳，不如这样，你对可汗说，自己是从小被乌恩其看大的，就像他的孩子，如今他死了，你想回去祭拜一下，请几天假，然后你直接离开草原去中原吧。我会帮着你说话，争取让你能够回去，只要你回去了我的心愿也就了了。"

马芳听萨仁这么说，有些激动，他说："萨仁，我们还是抽机会一起离开吧。"

萨仁摇摇头，显得更加伤怀，她说："不，我现在的身份，你带着我走，怕是走不脱的。"

第二天，马芳见到阿勒坦，施礼道："可汗，我听说我的义父去世了，我想回去祭拜一下，想请可汗准我几天假。"

阿勒坦摇头说："马芳，现在形势紧迫，过几天吧。"

马芳又说："我十岁来到草原，是义父一手把我带大的，恩同亲生。是他教我要忠诚、要勇敢、要诚信，以身作则教我怎么做人的。他得了传染病后怕传染了主人，骑着一匹老马去喂狼，要把病传染给狼让它们都死掉，从此不再去祸害主人的牛羊，虽然不知道能不能传染给狼，但他的那份心是足够让我学习。所以可汗，在下想回去祭拜一下，要不心里不安，您就答应我吧。"

阿勒坦点头说："如此忠诚，实在可敬。这样吧，我赏给他家人十头牛，给他们划块牧场，让他们过上好日子。至于你去拜祭，现在真不是时候，因为马上就要打仗，等打完仗后，本王多给你放几天假，你回去看看他们。"

萨仁不高兴地说："可汗，马芳是从我们家里出来的，这个面子怎么也得给吧。"

阿勒坦说："并不是本王不让他回去，而是最近形势紧张，本王是怕他在路上有危险。"

萨仁噘着嘴问："能有什么危险？"

阿勒坦看着萨仁，对她说："索布德部落造反，军队就在我们周边埋伏，这时候出去，是很危险的。"

萨仁听说危险，便点点头迎合道："马芳，可汗也是为你好，那就过几天吧。"

在草原上并不是只有阿勒坦所在的一个部落，以前就有很多个部落，都被阿勒坦的祖祖辈辈给征服合并了。但是，还有几个比较强劲的部落，其中最强的一个是由索布德可汗领导的，这让阿勒坦感到很是头疼。他几次征服都没能把索布德领导的部落打败，这几乎成了他的心病。

前段时间，阿勒坦已经把主力派去攻打中原了，现在后方的兵力并不多，最近又听说索布德在周围出现，认为他肯定趁机攻打后营。所以这段时间形势较严峻。阿勒坦虽然做好了防守方案，但是在一天夜里，索布德率军前来攻打大本营，还是没能守住。

因为阿勒坦没想到索布德的军队竟然如此强大，兵力远远超过他们的后方军队，并且英勇异常。面对这么大的冲击，阿勒坦感到实在守不住了。于是，他选择了弃地而逃。但索布德率军紧紧追赶，让他们无法脱身。马芳给阿勒坦出主意，兵分两路逃离，可能把敌军分散开。阿勒坦没有办法，只得把军队分成两队逃离，但是，索布德的主力军队紧紧地追着阿勒坦这队不放。马芳知道，阿勒坦带着家眷，又带着大量的东西，这个速度是逃不掉的，于是对阿勒坦说："可汗，您给我三百人，我在这里拖他们一会儿，可汗去和我们的军队会合。"

萨仁担忧地说："三百人是根本拖不住的。"

阿勒坦说："这样，给你留下五百人。"

阿勒坦留下五百人，然后带着家眷与重臣，火速和另一支队伍会合。马芳率五百兵，埋伏于一个坡上。他看到，敌军有万人之众，感到就算把命搭上，也拖延不了多久。奥尔格英说："马芳，这悬殊太大，我们根本就拖不住他们。"

马芳说："如果我们拖不住他们，那么可汗将无法脱险。"

奥尔格英说："问题是，我们就算拼了命，也不见得能拖多大会儿。"

马芳让大家把箭准备好，等人近了，便开始放箭。但敌军的弓箭手就有上千人，顿时箭如雨下，有很多士兵都中箭了。马芳知道，要想拖住他们，必须要先把指挥的将军给干掉，所谓擒贼先擒王。但是，无论他有多么大的本事，也不可能冒着箭雨，只身闯进军营，把这个所谓的王给拿下来。马芳抽出一支重箭，只身跃到坡上，吱呀把弓拉满，寻找指挥的战车，敌方的箭嗖嗖地落在身边。苏哈赶紧拿了两只盾，蹲在了马芳的身前举着，盾被箭射得当当响。

马芳终于发现敌军的将领，手里拿着令旗，在指挥着大家进攻。他瞄准将领，手松箭出，敌军将领突然晃了几下，从马上摔下来。顿时，敌军一阵纷乱。马芳与苏哈滚到沟里，这才发现沟里已经没有一个士兵了。他们马上骑马狂逃，发现敌军将领被射杀后，他们的军队没有继续追赶。

在路上，马芳心想，可以把苏哈打发回去，自己趁机逃走。相信，现在逃走，阿勒坦是不会怀疑他逃往中原的，可能会认为他战死了。想到这里，马芳对苏哈说："苏哈，你马上去跟可汗会合，我在这里观察敌情，把他们引到别处。"

苏哈想也不想地说："要死一块儿死，要活一块儿活。"马芳知道，自己完全可以把苏哈除掉，只身逃离，但是自己是做不出这种事的。在生死关头，那么多兵只有苏哈不顾生死陪着他，他下不了这个手。

由于马芳与苏哈不顾自身安危，射杀敌军将领，导致敌军混乱，争取到时间，让阿勒坦得以与大军会合，这让阿勒坦大为感动。他当即赐给马芳与苏哈很多财物，并让苏哈代替了奥尔格英的职务。

马芳跟阿勒坦请求，把赏赐的东西送给乌恩其的家眷，但阿勒坦现在正处于危险中，而马芳又如此英勇，他实在不想这时候让马芳离开，就亲自派人带着东西送去。回来的人说，乌恩其的家人住在小湖边，他们每天都得在树上趴着睡觉，于是就帮他们搭建了住所才回来的。马芳甚感欣慰，因为有了住所，他们的生存概率会高很多。

鉴于马芳的勇敢忠诚，阿勒坦许可马芳随便出入自己的指挥帐与住所。有时候，他碰到马芳与萨仁接触，也不会在意，他认为他们出身于一个家族，显得比别人亲近些也是理所当然的。但萨仁与马芳知道，他们接触多了是非常危险的，因此，他们刻意地保持着距离。萨仁甚至想，等马芳逃离草原后，她的夙愿就完成了，至于生死已经不太重要了。

九　部落之争

可以说，马芳后来成为著名的将领，并不是偶然。他饱受人间苦难，小小年纪就学会了卧薪尝胆，从小就发愤图强，克服了种种困难，始终坚守着自己的信念，努力地苦练各种本领。在他跟随阿勒坦的这段过程中，也得到了非常好的历练，可以说是人生中的一次转折。

太阳一如既往地升起落下，马芳一天天地蜕变着。一次，阿勒坦叹口气说："马芳，你知道吗？本王的理想是统一天下，成就大业，可是如今我连索布德这个部落都拿不下来，谈何天下啊。"说完怅然若失。

马芳望着阿勒坦失落的样子，沉思了一下说："可汗，我说一句，您就当听一句闲话。想图那索布德，咱们不可单凭勇力打败，如果用些计谋或许还有可能。"

阿勒坦若有所思，点着头说："马芳，在上次的战斗中，本王就发现，你不只英勇善战，还足智多谋。你不妨说说，本王应如何对付索布德。说错了没关系，就当陪本王闲扯了。"

于是，马芳就把自己的想法告诉了阿勒坦，阿勒坦听得有些疑惑。马芳的意思是：派出一队人马乘夜色掩护，提前埋伏在索布德的驻地外。再派出一队假意叛变投顺索布德，后边派一队人马佯装追赶，只要骗取敌军打开一道防线，我们用极快的速度占领，埋伏的军队趁机攻入，三队人马内外夹击，这样有可能成功。

阿勒坦摇了摇头说："索布德如此狡猾，是很难相信的。"

马芳继续说："我们既然在索布德军队里安插了自己的眼线，自然，咱们的军队中也有索布德的探子。凭空拿出一队人去投敌，索布德自然不会相信。如果，我是说如果，旭日干将军家不是有个闺女吗？好像已经有十七岁了，听说不只长得天姿国色，还知书达礼，可汗何不去提亲呢？"

阿勒坦气愤道："旭日干将军是本王结拜兄弟，他的女儿就是本王的女儿，如今我去提亲，这岂不是陷本王于不仁不义？一个不仁不义的王，还有谁肯跟随于我？此事万万不可。你是不是急昏头了，本王让你谈的是怎么攻打索布德。"

马芳说："可汗，您先别着急，听我说完。就因为您'不仁不义'，所以才会有人'叛变'，索布德才会相信啊。"

阿勒坦想了想，似乎明白了，说："马芳，你就直说吧。"

马芳施礼说："您可散布消息出去，要迎娶旭日干的女儿，您要去提亲，越隆重越好，最好闹得尽人皆知……最后，您和旭日干将军翻脸，将军带着家人逃离，这样索布德才有可能相信。这样或许可以骗开敌军一道防线。旭日干将军带人进入他们的驻地，追赶之人随之进入，我们早已埋伏好的人和里边的人，里应外合，一鼓作气，或许此处可破。"

阿勒坦点着头，继而又摇头说："这，这有损本王的名声，也有损旭日干将军的女儿声誉，不可用，不可用。"

在马芳和阿勒坦谈话期间，旭日干将军就在帐外，听到这里，撩帘而入，哈哈大笑说："大王，这有何不可？反正是计谋，只要能打败敌人就好。"

于是，他们就开始了表演，在军中散布阿勒坦要娶旭日干将军的女儿，还给本部落各家族族长发了喜帖。旭日干将军暗中给索布德写信，信中说：我为阿勒坦卖命这么多年，他竟然要霸占我的小女，这实在是不能让我忍受的，如果我去投靠您，不知可否接纳？索布德接到信后自然要调查，结果发现阿勒坦想娶旭日干将军的女儿是真，便给旭日干将军回信，欢迎他的加入，并提前封他为大将军。当他们做好了充分的准备后，在一个有风的夜晚，旭日干将军带着三十几个亲信，还有两辆拉家眷的马车出发了。后面有五百多骑兵紧追着。

三十几名亲信阻挡着后面追来的兵马，索布德的军士早已接到命令，看见旭日干后边拉开防护掩体，旭日干将军带着两辆拉着家属的马车畅通无阻地进入，亲信们边打边退，也进了索布德的驻地。守卫的军士刚要关门，马车里突然跳出士兵来把守卫悄无声息地就解决了，五百多骑兵趁机攻进占领了大门，清理了弓箭手。当索布德听说旭日干将军是假降，并夺了他们的驻地入口，当即下令把他们统统杀掉。索布德冷笑说："他五百骑兵想来攻我万骑守地，真是可笑，本王让你有来无回。"可是接下来的消息让索布德感到吃惊不小，因为阿勒坦的大军突然从天而降，已经来到驻地外，正往驻地攻。

索布德并没有打大仗的准备，知道这仗打下去也是没有胜算的把握，于是带着他的兵将，仓皇逃离。阿勒坦夺下索布德的驻地，在此驻扎下来，以此地当了自己的大本营。阿勒坦重赏了马芳，并说以后议战时都要马芳列席参加。

事情过去后，到了结婚的那天，各家族的族长带着礼品前来贺喜，这让阿勒坦有些为难。他问马芳："可否与旭日干将军商量，假戏真做？"

马芳望着阿勒坦，此刻的阿勒坦不像一个部落的可汗，倒像一个含羞的少年那样望着他。马芳摇头道："可汗不可，虽然旭日干将军的女儿年轻貌美，但是您有此伟业，何愁没有姣美姑娘。您与旭日干将军是出生入死的兄弟，真的去提亲，就算他答应了，但可汗突然变成将军的晚辈，您认为他舒服吗？再者，咱们事先商量好的，如果假戏真做，就失信于旭日干将军了。"马芳沉思了一会儿又道，"我觉得不如这样，您有几个王子，从中选一个迎娶旭日干将军的女儿，这样将会皆大欢喜。在举行婚礼时，您可假意责备书写婚帖者，说他把名字写错了。"阿勒坦听后，虽有些不太甘心，但还是认为马芳的说法是正确的，他应当以大业为重，不能因为一女子而失德失信。于是他就此事跟旭日干将军商量，旭日干将军非常高兴，将此事告知妻女，妻女听后也感到非常高兴，并为阿勒坦的仁义和诚信叹服。

打败索布德后，旭日干还担心阿勒坦会趁机跟他商量，要娶他的女儿，正为此事犯愁呢，没想到是这个结果，可以说是皆大欢喜了。

在成婚的那天，马芳对阿勒坦提议说："王子成婚，子民们上下欢庆，但是不要掉以轻心，应加强防备，以防索布德趁机举兵。"阿勒坦认为索布德借此攻城的可能性极大，于是专门召开了会议，下达命令，做好一级防备。马芳却说："可汗，小的认为最好的防备不是防，而是攻。"

阿勒坦疑惑地问："马芳，此话怎讲？"

马芳说："可汗，我们把大部队都埋伏在大营外，营内只留参加婚礼的部分人，等索布德出现后，我们可以将其放入大营内，再内外夹击，说不定能一举解决索布德，永绝后患，这叫'半空城之计'。"

阿勒坦问："如果他们不来呢？"

马芳说："不来也很正常，我们只需要把派出去的兵召回来，让他们喝喜酒参加喜宴。"

几个将领听了都笑了，说："好，这'半空城之计'，甚好。"

事情果然让马芳给说着了，索布德得知阿勒坦要给儿子娶亲，便想趁机偷袭，以夺失地之恨。他的军师与几个将领认为现在阿勒坦手下有高人，肯定会在此夜加强守卫，此举恐怕劳而无功。但索布德心中憋着一口气，只想尽快一雪前耻，哪里听得进去，便说："他们如果提前守备，我们就退回来；如果他们没有防备，那么，这是最好的机会，我们可以一举打败他，夺回失地，报仇雪恨。"几人见劝不动索布德，只能同意。于是他们开始整备军队，在半夜时分前去进攻。他们到了城外时，发现城内并无加防，便感到有些不对劲，军师就对索布德提议："大王，看他们如此松懈，大营门还敞开着，肯定有诈，咱们应立即撤退啊。"

索布德摇了摇头说："有可能他们酒喝多了，我们悄悄进去，来个瓮中捉鳖。"索布德说着，大手一挥，大军就悄悄进入大营。正当军队进入多半时，大营外突然冒出无数弓箭手，顿时箭如雨下，索布德的士兵死伤无数。索布德还没回过神来，有人来报，他们后面杀过来无数人马，索布德大惊失色，赶忙命令队伍撤退。

就在这时，大营内喝喜酒的人蜂拥而上，与外面埋伏的军队形成了内外夹击，索布德一败涂地，仓皇而逃，当他逃到安全地带时，发现自己的几万大军现在只剩几千人了，索布德急火攻心，吐出一口鲜血，顿时昏倒在地。索布德遭此重创后，实力已无法与阿勒坦抗衡了，只得带着残兵败将远离阿勒坦，以图长远计划。

阿勒坦大获全胜，缴获了大量的兵器，还俘虏了三千多索兵，他要重重地奖赏马芳，要封他为大将军，被马芳婉言谢绝了，他说："可汗手下有这么多能征善战的将士，不缺马芳一个将军，马芳服侍在可汗跟前，遇到事儿跟您唠叨几句，也许有点用处，但真正要做一个将军，马芳还差得很远呢。"

阿勒坦越来越欣赏眼前这个青年了，他已经忘记了马芳是一个汉人。他点着头对马芳说："有功就要赏，你尽管提。"

这时，在一旁的萨仁笑道："既然马芳如此足智多谋，且忠勇双全，您何不把公主嫁给马芳，这样比给他什么嘉奖都好，马芳成了可汗的乘龙快婿，对您实现霸业，岂不是更有利？"

阿勒坦听萨仁这么说，却突然想到马芳是个汉人，他有些犹豫了，说："这个嘛……"

马芳看了看萨仁，对阿勒坦说："可汗，您别听汗妃戏言，也不必为难，小的已经心有所属。"

阿勒坦抬起头，看着马芳说："那女子是谁？你说出来，本王帮你们举办隆重婚礼。"

马芳微笑着说："现在我还无心成婚，等可汗平定草原之后，在下自然会向您提出来。"

萨仁听马芳这么说，感到有些失望，她知道马芳说的是什么意思，她也明白马芳的心事，自己何尝又不是呢？但是，现在她已经到了这种地步，是不可能再跟马芳在一起了。再者，如果马芳过于念及旧情，将会影响到他回中原的谋划。

十　省亲阴谋

由于马芳以出人意料的办法多次挫败索布德，他成了阿勒坦手下最得力的助手，他走到哪儿都会受到尊重。他现在已不再受歧视，而是备受关注和羡慕。他屡建奇功，身份愈加显赫，但依旧非常低调。每当他得到奖赏，他都会赠给原来待过的队伍的队员，这更受到了大家的尊重。因阿勒坦的贴身侍卫神射手格勒在战争中牺牲，马芳向阿勒坦举荐，调苏哈为贴身侍卫。

阿勒坦想想上次，五百多士兵逃走后，只有马芳与苏哈面对大敌，还设法射死敌军将领，让他们得以逃脱，于是就欣然答应。

马芳之所以把苏哈安排到身边，是考虑到身边还是需要有个信得过的人，如果有什么风声，也会有个通气的人。苏哈从小队长，一下子来到可汗身边，对马芳非常感激，他拍着胸脯对马芳说："兄弟，你今后如果有用得着我苏哈的地方，我将万死不辞。"

马芳拍拍他的肩说："瞧你说的，哪有这么严重，我们是兄弟，就应该相互帮助。"

苏哈突然表情严肃地说："我娘打小就跟我说，有恩不报连狗不如。"

马芳望着苏哈认真的样子，笑着说："那好，我以后有啥事，肯定会让你帮忙的，因为我们是兄弟啊。"

由于马芳日益受宠，阿勒坦手下的大将固日布德心生妒忌，想想自己跟随可汗这么多年，征战南北，立功无数，现在竟然不如个乳臭未干的毛孩子马芳，而且马芳还是个汉人。固日布德好长时间都没能消气，故找到阿勒坦，满脸的不悦，梗着脖子对阿勒坦说："可汗，马芳可是汉人，他如此诡计多端，该不是汉人的探子吧！"

阿勒坦看着固日布德那十万个不服的表情，笑笑说："马芳十岁来到草原，一直在萨仁爱妃家里为奴，一直和汉人没有来往，怎么会是探子呢？你想多了。"

固日布德依旧嘟囔着说："可汗，不管怎么说，他都是汉人。将来我们兵进中原，您认为他可靠吗？反正，反正我觉得他不可靠。"

阿勒坦想了想说："你的担心也对，但可靠不可靠，我们现在并不知道，那是将来的事情。"

马芳听苏哈说，固日布德老是在可汗眼前打击他，说他不可靠，将来攻打中原，可能会叛逃，让马芳多注意固日布德。马芳听到这件事后，认真地想了许久。从那以后，他逢人就说固日布德有多么英勇善战，还到处说：固日布德将军是我马芳最为佩服的人了，并且走到哪儿说到哪儿。于是，大家都认为，马芳的气度比固日布德要大。有一天，阿勒坦听到固日布德又在说马芳的不是，便说："马芳四处宣扬你的勇猛，并说最佩服的将领就是你，你却四处在说他的坏话，你认为这是一个将军该有的气度吗？"

固日布德没想到马芳这么狡猾，狡猾到你越说他的坏处，他就越宣扬你的好处，让大家都认为你度量小。他心中更加愤恨了，于是主动跟侍卫哈尔巴拉套近乎，说："你跟随可汗，征战南北，曾多次为保护可汗而受伤，如今，马芳来了没几年，名声与功劳已经远远超过你了，而且他还是个汉人，你认为这样对你公平吗？"

哈尔巴拉看着固日布德说："马芳确实立了大功。"

固日布德把头往前探了探说："你这么安于现状，不求进取，将来，马芳肯定把你给挤走。再者，马芳小小年纪，为什么会有如此之计谋，难道他真的一直是个奴隶吗？我看这件事恐怕不简单"。

哈尔巴拉本来心里挺平静的，关于可汗奖赏马芳的一切，他认为都是应该的，但让固日布德这么来回煽风点火，心里渐渐地就不平衡了，于是就开始暗中盯马芳的梢，想找到他的突破口，然后借以攻击他。功夫不负有心人，他终于发现，马芳与可汗的爱妃萨仁私交甚密。一天，他听到萨仁说："现在你可以向可汗要求回去看看了，然后你直奔中原，再也不要回来了。"

马芳说："要走，我们一起走。"

萨仁叹了口气说："这是不可能的，你带着我怎么逃得掉？"

哈尔巴拉听到这里，马上跑去跟固日布德汇报马芳与萨仁的对话。固日布德听后，不由得大喜，马上与哈尔巴拉去找阿勒坦汇报。阿勒坦皱了皱眉头说："这件事你们先不要到处宣扬，等本王查明真相后再说，如果在未查清之前，你们四处宣扬，让本王出丑，本王就砍了你们。"

没过几天，马芳向阿勒坦要求，回阿布尔家看看乌恩其的家人，以报以前关照之恩。阿勒坦赏给他很多礼物让他带着，并表扬了他的感恩之心。突然，他对马芳说："萨仁自从嫁给本王离开家，也没有回去看看，这样，这次你顺便保护她一同回去，让她和家人见见。"

萨仁对阿勒坦摇头说："我与父亲的关系本来就不太好，不想回去。"

阿勒坦说："这就是你的不对了，长辈是没有错的，就是有错，你这当小辈的也不可计较。你这次回去，马芳顺便可以保护你，也不用另派人了，岂不是两全其美。"

马芳也说："汗妃，可汗都这么说了，就回去看看吧。"

萨仁就没有再坚持，说："那好吧。"

随后，阿勒坦派了三十几个人，其中安插下自己的亲信，让他们护送马芳及萨仁汗妃一同省亲。早晨，马芳带着三十几人的队伍出发了。他骑着马在前面领路，萨仁坐在马车里。护送的士兵们围在马车周围。

萨仁时不时地掀开帘子偷看马芳，眼里充满爱意、无奈、伤心。这次回来，她突然有了新的期望，那就是与马芳一同逃离。但又想想，自己已经嫁给可汗，实在有负于马芳，因此心里痛苦。她把帘子放下，眼泪不由掉下来，捂着嘴压抑着哭声。

马芳他们在路过一片牧场时，看到前面异常热闹，便派人去打探。去的人回来后，说有个人家要惩罚奴隶，要当众挖他的心。马芳听到这里皱皱眉头，因为他听到"奴隶"两字便想到自己的身份，听到"奴隶"便想到汉人，于是便让车队暂停，带几个人上去，想问明白是怎么回事，如果不是很严重就把他救下来。他来到人群跟前，人群闪开，马芳看到木桩上捆着的人有些面熟，便说："你，把头抬起来。"

那人满脸鲜血，并没有抬头。

有个士兵上前喝道："让你把头抬起来，听到没有？"

那人哭咧咧地说："我的头被打得抬不起来了，救命啊！"

马芳问主人为何，主人说自从买来这个奴隶就倒大霉了，先是牛羊丢失，紧接着儿子把后娘给打了，后来才知道是这个人挑唆的。马芳愣了愣，感到这很像阿木古郎的作为。自从被乌恩其卖掉之后，他再也没有见过阿木古郎。马芳让士兵把奴隶的头抬起来，马芳不由吃惊，此人正是阿木古郎。他从马上跳下来，来到阿木古郎跟前，问："你可还认得我？"

阿木古郎眨巴着充血的眼睛，突然惊喜道："你是马芳，我认得，你是马芳，救救我，看在我们一起放过牧的分儿上，救救我。"

马芳冷笑道："我救了你，你以何为报呢？"

阿木古郎说："我愿意为大哥你去死。"

马芳想了想，把那主人拉到旁边说："像他这样的小人，您杀了他会脏了刀。再者，您杀了这个奴隶，以后你们家的奴隶都会担惊害怕，就无法安心干活儿了，这不是个损失吗？"

那位主人呲嘴道："那，那，不杀他我实在是解不了心中这口气啊，要不我把他的双腿给砸断，扔出去喂狼？"

马芳从怀里掏出些钱来商量道："这样吧，我把他买了，带回去让我的士兵当马凳，这样岂不是更解气？"

那主人把钱抓到手里点头说："好，这样太好了，您带走吧。"

马芳让士兵把阿木古郎解开，对他说："跟我走吧。"

马芳话没说完，赶过来的萨仁叫道："不行。"

马芳回过头来，问："为什么？"

萨仁冷笑道："你难道忘了他是怎么陷害你的了？这样的小人带到哪里都是祸害，不如就在这里把他处理掉。"

马芳示意萨仁到旁边，对她小声说："我把他买下来是有用的，有时候，小人也有小人的用。"

萨仁不明白马芳的用意，眨着眼睛问："你怎么用他，用他你放心吗？"

马芳笑着对萨仁道："我就想用他的不放心。"

萨仁还是有些不解，看着马芳说："啊，这我倒是想听听，那你说说吧。"

马芳小声说："等回去不有得是时间吗？为何非在这大庭广众之下说呢？"

萨仁也笑了，点头说："我也是一时着急，那好，回去你跟我说。"

马芳带上阿木古郎继续前行，阿木古郎小跑着跟在马芳后面，点头哈腰地说："马芳大哥，自我离开老爷家后，天天想您，天天念您，每天求老天保佑您，这不显灵了。您现在都当官了，真威风。"

马芳并未看他，眼望前方，问道："你是如何让你主人家的儿子打他的后娘的？"

阿木古郎吸吸鼻子说："这跟我没关系啊，前几天有人来征兵，要让他儿子去当兵，我就对他儿子说，上了战场可能就再也回不来了，你回不来，你家所有的家产将来都是你那个后娘的。他说没想过这事。我说那如果打仗死了就太亏了，你应该找你后娘说说这事，你可以娶了你后娘带来的那个小妹妹，在你当兵前有个女人，或许能给你留个儿子，这样就算死了也值了。谁想到他真就找他后娘了，还去侮辱他后娘的妹妹，唉，真是猪狗不如。"

马芳问："是什么人来征兵？"

阿木古郎说："是什么人不知道，我听到他们说着索什么。"

马芳愣了愣，心想，这肯定是索布德的手下。看来索布德又想东山再起。他叹了口气问："你主人家的儿子当兵了吗？"

阿木古郎回道："他干了那事被他父亲发现后，那小子就咬定是我让他这么做的，这不我就倒霉了。你说还有天理吗？又不是我去做的，为何要惩治我？"

马芳冷冷地说："我问你，他儿子后来当兵了没？"

阿木古郎说："第二天就去当兵了，我咒他万箭穿心，死无葬身之地。"

一路上，阿木古郎不停地说着，叽叽喳喳地聒人，坐在马车里的萨仁都急了，叫道："你再说话，我就把你的舌头割掉。"

阿木古郎回头连连点头说："小姐小姐，您别跟我生气，我，我不说了。"

萨仁鼻子里哼了一声，道："什么东西！"

阿木古郎忙说："小姐小姐，几年不见您，您现在更漂亮了。"

萨仁大声叫道："你是不是不想活了？"

马芳骑在马上，头也不回地说："阿木古郎，到后面跟着去，如果你敢私自逃跑，我一箭把你穿了。"

阿木古郎紧着说："马大哥您放心，我以后就是您的人了，我的小命也是您的，我是不会跑的。"

马车里的萨仁气得把帘子拉开，叫道："你再说一个字我就让人砍了你。"阿木古郎回头看到萨仁的脸都气红了，便缩缩脖子，嘴里小声嘟囔着，等到车队过去，跟随在后面，跟后面的士兵说："哎，我跟你说，我跟你们头儿是兄弟，当初，我们曾在一块放过牧……"

阿布尔听说马芳与小姐回来了，他带着整个家族百十口人在路口上迎着。塔拉已经结婚，他比以前更胖了。当车队出现后，阿布尔穿着崭新的衣裳，脸上泛出笑容，身体微微躬起，已经做好恭敬的样子。自萨仁嫁给阿勒坦后，他家的地位越来越显赫，他从以前分管五个家族的事务，现在增加到二十个，这让他的虚荣心得到了极大的满足。再者，马芳成为可汗的红人，这也给他长了脸面。平时，阿布尔常对自己家的奴隶说："在我们家做奴隶是有前途的，可汗现在的得力大将马芳就是我们家出去的。"

当阿布尔看到马芳后，首先对他行礼。马芳从马上跳下来，还礼道："老爷，您太客气了。"

阿布尔急忙说："不要称老爷了，以后咱们兄弟相称。"

马芳扭头看看塔拉，说："什么时候结的婚？也不通知我来喝喜酒。"

塔拉沮丧地说："要是当初我去当兵现在也能弄个将军，可我父亲不让去。"

马芳笑笑说："这是老爷疼爱你啊。"

萨仁从车里出来，所有的人都围了上去，众星捧月般。萨仁没有任何的喜悦，脸始终绷着。因为她想到自己在家里时受到的屈辱，那时候整个家族把她当异类，谁都没有给过她个好脸，都对她爱搭不理的，现在她嫁给了可汗，他们又这么谄媚，真是太讨人厌了。阿木古郎从人群里钻出来，扑通跪倒在阿布尔脚下，喊道："小的给老爷您请安。"

阿布尔问："这位是？"

萨仁很不高兴地说："就是当初在咱们家干过活儿的阿木古郎。"

阿布尔努力地想，却怎么也想不起来，便说："请起，请起。"

马芳要去看望乌恩其的家人，阿布尔打发下人挑出几只羊来让马芳带着。马芳带着三十几个士兵，在一个奴隶的带领下赶往乌恩其家。路上马芳才知道，这个三十多岁的奴隶也是从蔚州来的，已经被转卖过好几家了，便不由深深叹了口气。

乌恩其去世后，阿布尔怕他家里人被乌恩其传染得病，就让他们搬到十多里外的地方居住。这是阿布尔家最远的牧场，靠着片小树林，还有个湖。马芳来到乌恩其家，见有个老男人正在那里晒牛粪。原来，乌恩其去世后，阿布尔把他们赶到这里，给了他们十只羊，因为孩子还小，乌恩其的老婆没有办法，只得另嫁了个人来养家。

马芳听说上次阿勒坦赏的东西，他安排人送来，乌恩其的妻子并没有得到，阿布尔只是送来了几只小羊。马芳不由心中气愤。女人叹口气道："无论多么难，都得活着，无论多么难，都得挺过来。现在我们自己家已经有几十只羊了，足够我们生活的了，可是老爷看到我们家羊多了，就打发人来说，每年要上交他们十只羊，我们的日子一直过得艰难。"

听到这里，马芳更加气愤了，乌恩其为这个家辛苦半辈子，死都想着孝敬主人，死后家人却受着这么大的委屈。他想回去跟阿布尔提要求，以后不要再跟乌恩其的家人要羊了，让他们能够吃饱饭。女人打发男人去杀羊，准备招待马芳。这时，萨仁带着两个士兵赶来了。女人看到萨仁后忙跪下磕头。

萨仁伸手扶起她说："起来，起来，磕什么头？"

女人慌忙说："小姐，您快快请坐。"

萨仁看了看女人，微笑着说："你忙你的，我来找马芳有点事。"

马芳笑着问道："你怎么来了？"

萨仁嗔道："怎么，你能来，我就不能来了？"

马芳笑着说："这是你家的地盘，当然你能来。你来得正好，正好有事要让你帮忙。"

萨仁白了一眼马芳说："你现在本事这么大，还用得着我帮忙？"

马芳把乌恩其家的情况和萨仁说了说，希望萨仁回去跟她父亲商量一下，不要每年让乌恩其的家人交羊了，她家养的这些羊就算不交也仅仅够生活的，再交就很难了。萨仁听马芳说完后，气愤地说："我父亲就是个守财奴，见着利就六亲不认。你放心吧，这事我回去跟他说，乌恩其家以后就不用再交任何东西了。"

女人又给萨仁磕头，感激地说："谢谢小姐，谢谢小姐。"

萨仁站起来，弯腰扶起女人说："快起来，跪什么啊，别老是跪。"

女人并没有起来，跪着说："小姐，我有件事相求，希望小姐答应。"

萨仁说："有什么事，你说，只要我能做到的。"

女人说："我儿子今年十五岁了，您能不能跟老爷说说让他去侍候老爷。他跟着我们是没有出息的，跟着老爷干才有前途，才能找上媳妇。"

萨仁笑着点头说："这个好说，你起来吧。"

马芳听了心里很不舒服，乌恩其在阿布尔家干到死，现在他的儿子长大了，还要去服侍人家，并且还求着要去服侍人家，这就是奴隶的奴性。马芳感到这样的理念非常悲哀。马芳要去林边走走，问萨仁方便不方便一块去。萨仁点点头说："我正好也想走走。"

两人从毡房里出来，向湖边走去，负责护送的小队长忙说："你们几个随我来，保护汗妃的安全。"

马芳扭头对小队长说："你们在这里帮着他们干点活，我们就在前面走走，不会有事的。"

小队长忙说："这里靠近水源，野兽出没，我们必须要保证汗妃的安全。"

萨仁怒道："我们又不是走多远，就在湖边走走，用得着你操心吗？再说了，就是遇到危险，有马芳在我身边，有什么不放心的？"

马芳与萨仁来到湖边，马芳说："萨仁，这次我们想办法一块儿逃走吧。"

萨仁看着马芳，心情特别复杂，说："马芳，我不能跟你回去了，我已经不是以前的萨仁了。"

马芳连忙说："对我来说，你还是以前的萨仁，你不是什么汗妃。"

萨仁摇摇头："可是我已经嫁给可汗了，是人家的妻子了。"

马芳听萨仁这么说，有些着急了，他说："萨仁，现在是咱们逃走的最好机会了。"

萨仁依旧摇着头：“马芳，你带着我走，是不容易走掉的。"

就在这时，马芳看到那个小队长领着两个兵凑过来，心里就有些懊恼。马芳多次跟这个小队长说不要打扰他们，他们就在湖边走走，而且没有走出他们的视野，他为什么还会过来？难道有什么事？等他们过来，马芳严肃地问：“有事吗？"

那小队长探头探脑地说：“没事，看到湖挺漂亮的，我们也想过来看看。"

马芳点点头说：“那你在这里看吧，我陪汗妃回去了。"

在回毡房的路上，马芳低声说：“萨仁，我感到有些不对劲儿。"

萨仁有些吃惊，急切地问：“怎么了？"

马芳若有所思地说：“以你我的身份，让小队长不要打扰，按说，他是不敢不听的。"

萨仁说：“是不是大汗让他们负责咱们的安全，他怕咱们出事，马芳，你想多了吧。"

马芳摇了摇头：“这件事恐怕没这么简单。"

下午，他们回到了阿布尔家，萨仁去跟父亲讲，不要再征收乌恩其家羊的事情，还有让乌恩其儿子来家里干活儿的事情。阿布尔笑着说：“放心吧萨仁，从今以后他们不用再交羊了，让他的儿子来吧，等锻炼几年，让他接着当咱们的管家。"

当马芳再次站在自己曾住过的小毡房前时，不由感慨万千。当初，他就独自住在这里，每天就凭着想象着家乡的父母，想象着奶奶讲的那把神弓，支撑自己度过了一年又一年。马芳钻进了毡房里，看到里面的草窝，还有件破旧的衣裳，仿佛看到自己躺在上面，望着破旧的毡房的顶部透过的天空。他深深叹了口气，从毡房里出来，发现那个小队长在不远处站着，马芳感到问题没想象的那么简单。为什么自己走到哪儿，都能见着他的身影？这不是单纯的保护。

马芳突然想到，不会是阿勒坦派人监视他的吧。马芳认为，完全有这个可能。因为无论他有多大的功劳，为阿勒坦做出多大的贡献，都不能改变他是汉人的事实，阿勒坦都会对他有所提防。马芳感到，这次想跟萨仁离开草原，看来是有风险的。

当马芳与萨仁、阿布尔等人吃饭时，他单独把萨仁叫到旁边，说："那个小队长，极有可能是阿勒坦派来监视我们的。"

萨仁吃惊道："什么，你对他做出了这么大的贡献，他还监视你？这，不可能吧？"

马芳说："刚开始我也不相信，可是我发现，无论我走到哪儿都能看到他。饭前，我去看了看我曾住过的那个毡房，扭头还看到他鬼鬼祟祟地跟着，我就感到这不是偶然了。"

萨仁有些急了，问："那，那该怎么办？"

马芳安慰萨仁说："既然是这样，我们先不着急，只能再找机会离开了。"

萨仁咬着牙恨恨地说："这个可恨的阿勒坦。"

马芳接着说："明天早晨，你去跟小队长说，我提前归队了，看看他的反应。"

萨仁点点头，似乎明白了："你是想看看他去不去追你？"

马芳点头道："是。"

早晨，小队长四处都不见马芳，慌忙去问萨仁："马芳去哪儿了？"

萨仁说："噢，马芳说让我在这里住几天，他提前归队了，让你们在这里保护我的安全。"

小队长听到这里慌了，忙说："那您在这里多住几天，我们有急事去办，办完就会回来。"说着，带着三十几人去追马芳了。

小队长带着人走后，马芳从毡房里出来，说："这下好了，没有人打扰我们了。"

萨仁看四下无人，郑重地对马芳说："马芳，现在没有人监视你了，你可以走了吗？"

马芳摇头道："他们追不上我，肯定会马上去向阿勒坦汇报，他们说不定会派更多的人去追我，甚至会通知边防将领，严查边境，所以只能以后再找机会了。"

萨仁有些犯愁了："那你回去怎么和可汗说？"

马芳笑道："等我回去了，就不用说了。但，我必须要制造假逃的事件，让他们紧张，然后让他们相信，我并没有逃走的想法，只有这样，我们才可以逃走。"

萨仁认真地点点头说："我相信你。"

马芳说："这样吧，我陪你去乌恩其家，告诉他们，以后不用再交羊了，并把他的儿子领过来，跟你父亲交代一下，要他好好地待这孩子。人家乌恩其一辈子都在你们家操劳，临死都想传染狼，让狼死掉，不再偷你们家的羊，不管能不能传染狼，但他那份忠诚是真的。这样忠诚的人，不好好对待他的家人，是天理不容的。"

随后，他们骑马来到了乌恩其家，把事情跟女人说了说，女人高兴得差点跳起来。然后，女人跪在地上就磕头，不停地说着感谢的话，让男人去杀羊，并把平时风干的野味泡上。马芳与萨仁来到湖边，由于没有人跟梢，没有人监视，他们觉得周边的景色变得更加漂亮了。萨仁说："马芳，你回到中原后，会想起我吗？"

马芳看着萨仁："为什么我们不一块儿走呢？"

萨仁摇着头："马芳，我现在没资格跟你走了。"

马芳听萨仁这么说，知道她怎么想的，便说："萨仁，你别这么想，自我十岁来到这个家里，只有你把我当人，你用你微薄的力量，处处呵护着我，陪我度过了最艰难的日子。我之所以能够有今天，其中就有你的功劳。我们为什么不一起离开草原，到中原去过新的生活呢？"

萨仁依旧摇头，眼里含着泪水："你把我带回去，他们会瞧不起你的。"

马芳笑了："就为这个啊，说实话吧，我们那儿的人比你们这里的要善良，绝不会像你们对待汉人这样，不拿人当人。他们尊重我，就肯定会尊重你。放心吧，我相信你会赢得大家的尊重；再说了，我也会赢得让别人尊重你的理由。"

萨仁再也忍不住眼里的泪水，眼泪顺着脸颊流下来，她把头轻轻地靠在了马芳肩上。

马芳拉起萨仁，他们两人在草地上尽情奔跑嬉戏，时间过得也快，不自觉中天色见晚，女人来喊他们吃饭了，他们才回去。女人说天太晚了，这里经常有野兽出没，让萨仁和马芳别嫌弃这里不好，就住在这里吧，大家一块儿挤挤，凑合一晚。

十一　王赐美人

阿勒坦听回来的小队长问马芳回来没有，不由得感到吃惊，问为何如此问法。小队长说："前天早晨听说马芳提前归队，为防他逃离，属下带人去追，都快追到边境了也没见着人影，只好回来了。"

固日布德听到这个消息，有些得意。他对阿勒坦说："可汗，我早就和您说过汉人就是不可靠，看看，这不应验了。"边说边瞅着阿勒坦，眼神中流露出一丝不易觉察的蔑视。

阿勒坦的神情变得有些许的凝重，他说："事已至此，你现在就不要说风凉话了，马上派人去通知前线军队，密切关注马芳动向，如果发现其人，马上把他抓住，如果反抗就地处斩。"

那小队长哈着腰、探着头说："可汗，小的还发现马芳跟、跟、跟萨仁汗妃非常亲热。"

阿勒坦瞪着小队长，叫道："滚出去！"

阿勒坦明白，马芳逃离可不是小事儿，这将会破坏他进攻中原的大计。马芳不仅武艺高强，还熟悉他们军队的方方面面；再者，马芳对领兵打仗又极有天分，如果逃去了中原，必将对他进攻中原构成很大的阻力。

就在阿勒坦暴跳如雷时，有人来报，说马芳带着人回来了，他似乎有些不相信。过了一会儿，他召见了马芳，对马芳说："马芳，本王听说你归队，却不见你回来，本王心中甚是着急，怕你遇到索布德的军队，遭遇不测。"

马芳看着阿勒坦，知道他说的并不是这意思，他预测小队长回来后会发生什么，这正是他想要的结果。他说："可汗，不是遇到，而是我主动去寻找他们去了。"

阿勒坦更是惊讶，问："此话怎讲？"

马芳往前探了探身子说："我在去的路上，遇到以前认识的伙伴，听说索布德正在招兵买马，便感到事情严重，于是就带着这兄弟去打探消息了。"

阿勒坦若有所思，点点头问："是这样啊，那么，你打听到他们的消息了吗？"

马芳说："由于时间紧迫，只知道索布德正在各处招兵，属下急匆匆赶回来向您汇报。不过，回来的路上，属下便有了一个想法……"

阿勒坦说："说来听听。"

马芳压低了声音，小声说："可汗，您让属下带几个人，再带些钱冒充索布德的人，以犒赏军队家人为由，这样有可能找到索布德部下的家人，如果能碰上和家里联系的人就会摸清索布德的藏身之地，这样我们就可以在他未发展壮大之前，把他给消灭掉，当然，这个方法也没有十足的把握能成。"

阿勒坦点点头说："本王觉得这个办法非常好，马芳，这件事就由你负责了。"

马芳又压低声音，说："可汗，这件事最好先保密，以防他们的探子听到消息，影响到我们的计划。"

阿勒坦点着头说："放心就是，这事就咱们几个知道。"阿勒坦现在对马芳已经没有任何戒备了。

随后马芳挑了苏哈等人，让他们做好准备，明天早晨出发。晚上，马芳回到住处，见阿木古郎躺在那儿显得很是悠闲。他见马芳回来，忙爬起来，嬉皮笑脸地说："大哥您回来了，您快躺下，小弟给您捏捏肩。"

马芳看着阿木古郎的样子，心里十分反感，但还是点头说："好啊，正好解解乏。"说着趴在铺上。

阿木古郎一边给马芳捏肩，一边说："小弟这才知道，萨仁小姐已经变成可汗的妃子了，其实她应该嫁给您才是。大哥，小的认为，萨仁小姐对您是有感情的，您应该把握机会得到她，要是能得到可汗的女人，那是多么荣耀的事情。"

马芳脸上泛出不易觉察的笑容，说："古郎，你说说我还该干什么？"

阿木古郎见马芳没有反对他说的话，还问自己，很是得意："您现在是可汗的贴身侍卫，贴身侍卫就跟他离得较近，依小弟看，直接把可汗杀了，把他的权夺了，然后整个蒙古由您来掌管，这样也可让咱们汉人扬眉吐气。"

马芳听阿木古郎说完，看着他，半晌才说："古郎，其实我把你救出来，没有其他想法，只是想跟你一起逃离草原，然后回中原，你看怎么样？"

阿木古郎把头摇得跟拨浪鼓一样："您都在这里当官了还逃什么逃，再说逃也逃不掉。我来这里这么多年了，就没听说过有人逃得了，不是被狼吃了就是被抓回来整死了。您就按着小弟说的，把可汗干掉，当上草原的可汗，还用得着逃吗？"

马芳语气中带着无奈地说："可是，我想回中原啊。"

阿木古郎停下手，蹲在马芳跟前说："我说大哥，您可千万别有这种想法，真的是逃不掉的。"

马芳歪头看着阿木古郎："既然你不想走，你就留在这里，如果有人问我哪儿去了，你就说我病了，不要让他们进我的帐房，就说我任何人都不见，这样可以为我争得时间。"

阿木古郎用力点头："既然您已经下定决心要去了，您放心，我一定为您拖延时间。"

黎明前草原的天空，是很美的，它由墨蓝色到深蓝色，再到宝石蓝以及浅蓝，瞬息万变，但每一种蓝色都有它独特的美，这么美的景色难免会使人心情愉快，包括马芳。天刚蒙蒙亮时，马芳与苏哈他们会合，在黎明前，在天空变幻莫测的蓝色中离开了军营。

阿木古郎坐在那里眨巴着眼睛，心想：你以为我傻啊，让我给你拖延时间，你跑了，可汗不得拿我问罪啊。我把你逃跑的消息告诉可汗，肯定会受到奖赏的，并且会得到提拔。要是我当了军官后，我就带兵回去报仇，把那些欺负过我的人全部给解决掉。这么想着，他似乎看到了自己的未来。他拔腿就赶往阿勒坦的住处，要求见可汗。

侍卫伸手拦住他说："你是什么人？胆敢闯可汗大帐！"

阿木古郎着急地说："别拦着我，我有急事禀报可汗。"

侍卫叫道："不行，什么事也得等可汗起床后。"

阿木古郎喊道："这事关系重大，误了时间你可吃不了兜着走。"

侍卫见他说得这么严重，就进去向阿勒坦汇报。侍卫出来让阿木古郎进去，阿木古郎低着头，跟随侍卫走了进去，阿勒坦问："你有何事汇报啊？快快讲来。"

阿木古郎跪在地上，小声说："可汗，马芳今天早晨逃走了，他说要逃回中原。"

阿勒坦打了个激灵，瞪大眼睛说："什么什么，你说什么？"

阿木古郎稍微提高点声音，回道："可汗，马芳是汉人，在阿布尔家时就曾想逃离。昨天夜里他说有个机会要逃走，要我跟他一块去，可小的对可汗您忠诚，就没有跟他去，就来向您汇报了。"

阿勒坦看了眼跪着的阿木古郎，说："马芳如果想逃，早就逃了，为何回来？"

阿木古郎眼珠转动，面带猥琐，往前伸着脖子，他生怕阿勒坦听不到他要说的话："可汗，还有件事小的没告诉您，马芳在阿布尔老爷家时，曾跟萨仁汗妃去看望以前的一个老奴隶，他们整夜未归。小的知道，小的在阿布尔家当奴隶时，就见他们两个不清不白的。就算马芳不逃，留他在身边也很危险，他为了萨仁，极有可能会对您不利。可汗，小的从来都没有想过要逃走，要是让小的当您的侍卫，小的一定会尽心尽力。"

阿勒坦并未相信马芳要逃，但却相信了马芳与萨仁肯定是有感情的。他想了想，说："来人，把这个人先关起来。"

这时，固日布德走了进来，他说："可汗，我马上派兵去追马芳去。"

阿勒坦摆手道："不用，你可以派人去秘密跟随，但不可惊动了他。"

其实，马芳是想利用阿木古郎的这张嘴，再次冲击一下阿勒坦，让阿勒坦知道他不会逃离。马芳太了解阿木古郎了，并能够想象到自己走后阿木古郎会做什么。

马芳带人走了几个牧场，每到一个牧场就说他是索布德的人，给村里当兵的人家发钱来了。这样，有些去索布德军队当兵的人家就来领钱，但每次有人来领钱，马芳都会问："你们领钱可以，可你们知道我们的军队在哪里吗？"有人说孩子去当兵后就再也没有回来，有人说回来过，他们现在在哪里哪里。就这样，马芳了解到了索布德的屯兵之处。

马芳在回去的时候，发现有几十人尾随他们，便跟苏哈商量，把他们干掉。于是，两人兵分两路，杀向那三十几人。那些人喊："别打别打，我们是固日布德将军派来的。"马芳问他们为什么来这里，带兵的小队长这才说出了实情，是怕他逃离。

马芳回到营房，拜见阿勒坦，说："可汗，属下前去侦察索军，可没想到，您会派兵监视属下，属下感到震惊。属下如果想逃离，上次就逃走了，何至于再回来？"

阿勒坦故作惊讶，说："什么什么，还有这事，这件事本王不知道啊。"

马芳看着阿勒坦的样子，假意生气，说："我们还以为是敌军呢，想把他们消灭掉，可是他们却喊是固日布德将军的手下。"

阿勒坦见马芳有些不高兴，说："说实话，你的兄弟阿木古郎来向我汇报，说你想逃离草原，我并不相信。可能固日布德将军为了以防万一，派人去跟了你们，这件事本王一定要罚他。"

马芳惊讶地说："阿木古郎，当初我曾与他共同放过牧，因为他多次挑起事端被阿布尔卖掉。这次我们回去探望的路上，正好遇到有牧民要杀人，就去看了看，发现要被杀的就是阿木古郎，便问什么原因。原来，主人的儿子被索布德招兵，阿木古郎挑唆他打了后娘，因此被抓。我就想把他带回来当活靶子用，给咱们的士兵上堂道德课，没想到他插空又挑事儿。至于阿木古郎的德行您可以问萨主子，她是知道的。"

阿勒坦说："这样的小人，还留着他干吗？来人，去把他给砍了。"

马芳说："可汗，我们应该用他当活靶子，来场比武。"

阿勒坦点头："好，就这么做。"

马芳说："属下给您汇报一下这次侦察的情况。索布德现在大概在五百里外的野狼沟盘踞，正在四处征兵，我们不能等到他又形成气候，然后再来对付咱们。不如，咱们下午热热闹闹地举办一场比武，以此来掩人耳目，然后暗中派兵，晚上突然出击，这样，纵然我军中有索布德的暗探，也来不及发出消息，咱们就会打他个猝不及防。"

阿勒坦点头："好，就按你说的，下午比武。"

阿木古郎被关在牢中，心里还在纳闷，为什么把马芳的消息告诉阿勒坦后，他却把我给关起来？他还想：等马芳跑掉了，就知道我说的是实话了，肯定会重用我。只要我受到可汗的重用，我就带兵去把以前欺负过我的人，全部解决掉。就在这时，苏哈带人来，押着他就走。阿木古郎问："是不是马芳逃走了？"

苏哈点头说："是啊。"

阿木古郎紧跑几步，跟上苏哈，说："是吧。看，我说的没错吧，我早就说过，他会逃跑的。"

苏哈扭头看了看他说："这次可汗要奖励你。"

阿木古郎问："兄弟，可汗会给我个什么官？"

苏哈说："至少，也得让你当个将军吧。"

阿木古郎嘿嘿笑着说："只要我当了将军，绝不会亏待你。"那神情，俨然是一个将军了。

当阿木古郎被押到营帐，看到马芳后，他还问："可汗，你们把马芳抓回来了？"

阿勒坦说："阿木古郎，你造谣生事，挑拨事端，本王今天要让你当活靶子，让本王的部下们知道，造谣惑众是什么样的下场，来人，把他押下去。"

阿木古郎被押到练兵场，捆在柱子上。马芳来到他的跟前，把别人支开，小声说："阿木古郎，实话跟你说，我自打来到草原的那天起，无时无刻不想回到中原去。为了我的计划，我怕别人怀疑我，于是让你来给他们报信，然后再回来，以此让他们相信我马芳是不会逃离的，只有这样，我才能够趁别人不注意时逃离，所以我要谢谢你。"

阿木古郎几乎都哭出来了，他哀求马芳说："马爷爷，求求您救我，我还存了些钱，都是您的。对了，我看到过一个女子，长得比萨仁都好看，我想办法给您弄来。马爷爷，您救了我，我做牛做马都报答您，从今以后我就是您的一条狗，您就当养了一条狗。"

马芳笑了笑说："阿木古郎，你能活这么久，我就感到很吃惊了。"

阿木古郎哭道："马爷爷，救救我吧，您要是放我出去，我到死前都不会把您利用我让大家相信您不逃的事说出去，否则我就乱喊。"

马芳故作吃惊道："这个，这个，看我这嘴，又说漏了。"说着，站起来，来到苏哈跟前，说："这人妖言惑众，为了让大家安静地比赛，把他的舌头割掉。"苏哈点点头，带着两个士兵，把阿木古郎给摁到地上，用弯刀撬开嘴，用小刀把舌头给割了，扔到了地上。

阿木古郎满嘴的鲜血，用鼻子还嗯嗯着，眼睛可怜巴巴地看着马芳。马芳叹口气说："阿木古郎，你成也是你这张嘴，败也是你这张嘴，如有来生，你最好是个哑巴。"

参加比武的士兵都来到了练兵场上，阿勒坦开始对大家讲话，说："这个人背叛主子，挑拨是非，出卖朋友，不忠不义，今天我们就以他为靶子，进行一场比赛。"

阿勒坦还以射中各个部位，设了不同的奖项。

参赛选手站在规划好的地域，开始向阿木古郎射击。有个士兵一箭射去，射中阿木古郎的腿，疼得他就像开水烫着的虫子，剧烈地扭动着。有人上前察看了箭的位置，做出标记，然后由下一位射击，就这样把阿木古郎给射得千疮百孔。轮到马芳时，马芳一箭射去，箭穿门牙，射进阿木古郎那张嘴里……

阿勒坦派去查看索布德营地的探子回来了，发现索布德正在野狼沟里练兵。阿勒坦马上召集部众商量怎么把索布德消灭掉。他说："本王一直想征服中原，实现天下统一，但索布德在我们的大本营，让我们无法安心出征，要想成就大业，我们必须把他彻底铲除，大家畅所欲言，我们要拿出可行的办法来。"

营帐内议论纷纷，但也没有什么可行的意见。

大家知道，野狼沟背靠一座大山，大军虽晚上偷袭，但很难不被索布德发现，如果他们发现大军压到，直接藏进山里，还是徒劳无功。

马芳说："草原都是一马平川，上百里也能一眼看透，就算是夜晚，大军进入，几里外也有所闻，他们完全有机会逃离。不如这样，我们分队出兵，夜里我们派兵埋伏于野狼沟处的山上，第二天夜里，我们从正面挺进，他们并不知道我们有多少人，必然向山里隐藏，正好遭遇我们的伏兵，就形成夹击状，这样，或许能成功。"

阿勒坦认为这个办法还是可行的，索布德之所以选择野狼沟，就是前面视野开阔，背后有大山，能进能退。如果提前偷偷把军队埋伏到山上，等他向山里转移时，正好遇到伏兵，必然会乱了阵脚，这样就可把他彻底打垮。

是夜，阿勒坦派出两队人马，让他们夜晚到达野狼沟后面的山上埋伏起来，不要轻举妄动，等索布德往山里逃亡时，正好迎面打击。

次日夜晚，阿勒坦亲自挂帅，领两万骑兵直奔野狼沟。马芳与苏哈侍在阿勒坦左右。马芳的心情是非常复杂的，他知道，今天把索布德这股势力消灭掉，草原上就再也没有其他势力能与阿勒坦抗衡了，他必然要带兵前去攻打中原。马芳既想阿勒坦带兵前去攻打中原，如此他才会有机会逃离，但是又不想阿勒坦带兵挺进中原祸害中原人。

这是个没有风也没有月的夜晚，天空阴沉沉的。野狼沟后面的高山已经镶在天空里，就像剪影。远处传来狼的嗥叫声，低沉、悠扬，极具穿透力。索布德带着军队与辎重往山上转移。

令索布德做梦也没有想到的是，他们会在此时遭遇伏击，一下乱了阵脚。他们往回走，而阿勒坦带领的军队已追来。两面夹击，一番混战。索布德带着几百精兵，从左侧突破，往中原方向逃去。阿勒坦在清点战俘时，没有看到索布德，不由感到懊恼。马芳说："可汗，索布德就算带着少量的人马逃走，短时间之内也很难成气候了。"

阿勒坦却说："不能斩草除根，以后还是祸害。"他马上派出两队人马，向东、西两个方向追杀索布德，然后收拾索布德营地有用的东西，押着俘虏回营。

由于马芳多次献计成功地打击了索布德，阿勒坦感到马芳是不可多得的将才，如果有他在身边，对实现自己的远大理想是非常有益的。但是，要想长期地留住他，就必须要把他稳住。那么，马芳最在乎的是什么呢？阿勒坦想起阿木古郎说的，马芳与萨仁有情的事情，便想，既然他们有情，何不成全他们？自己身为可汗，美女多得是，为何不用萨仁拴住马芳呢？让马芳变成真正的蒙古人，让他有所牵挂，纵然骨子里有中原情结，为了自己的妻儿，也不敢有什么叛逆之想。这么决定后，他首先要跟萨仁商量。

阿勒坦看着灯光下的萨仁，几次欲言又止。犹豫再三还是开口了，但语气之中满含愧疚，他对萨仁说："萨仁，据本王了解，你与马芳从小一起长大，两小无猜，是有感情的。本王原本并不知道这件事，不过既然本王知道了，想成全你们，你可同意？"

萨仁有些吃惊，她抬头看着阿勒坦，半晌才摇着头说："可汗，您把萨仁当什么人了，既然萨仁已嫁与可汗，就不想再嫁别人。"

阿勒坦拉着萨仁的手说："萨仁，你与马芳的事情，本王已经查清了，之前本王不知道，这怪本王。"

萨仁面无表情地说："可汗，您可以给他找个未婚的女子。"

阿勒坦继续说："如果他真的喜欢你，就不会在乎你是否嫁过人。"

其实，萨仁心里是想要这个结果的，也是日思夜想的，但又是排斥的。她明白阿勒坦的意思，是想用她把马芳拴住，当他们成婚后，马芳就有了牵挂，就没办法义无反顾地逃离了。但是，既然是阿勒坦决定的事情，她是没有能力干涉的，这让她左右为难。

早晨，阿勒坦把几个近臣召集来，说现在才知道，马芳与萨仁早有感情，要把萨仁赏给马芳，成人之美。军师说："可汗此举非常有必要，让马芳在草原成家，那么他就会永远留在草原，对于可汗您的统一大业有百利而无一害。"

固日布德却说："可汗，您随便赏给他个女人就得了，为何要把萨仁贵妃赏他？"

军师又是摆手又是摇头，他说："只有马芳喜欢的女人，才能够起到牵制作用，否则，不如不赏。"

阿勒坦说："本王已经决定了，就这样吧。"

有人把马芳叫入大营内，阿勒坦说："马芳，以前本王并不知道你与萨仁两小无猜，青梅竹马，是有情有义的，现在知道后心中感到很是愧疚。虽然萨仁跟随于我，但本王看得出来，她对你也是有感情的。本王想成人之美，把萨仁嫁给你，不知道你意下如何？"

马芳感到非常惊讶，他慌忙施礼，说："可汗，此事万万不可啊。"

阿勒坦说："马芳，是不是你认为萨仁嫁给了本王，再嫁与你，你有些嫌弃？"

马芳连忙摇头说："可汗，在下不是这个意思。"

阿勒坦说："既然不是这个意思，那本王就当你答应了，就这么决定了，抽个时间本王给你们举办婚礼。"

马芳忙跪倒在地，说："可汗，属下实在不能从命。"

阿勒坦说："你是本王的侍卫，应该服从命令，这事就这么决定了。"

马芳回到住处后，在营帐里来回踱着步子，不知道如何是好。从内心讲，他与萨仁从小一起长大，确实是建立了深厚的感情，但是他明白阿勒坦此举的真实目的，是想让萨仁把他拴住。但萨仁比起家乡来说，家乡对他的呼唤是他无法拒绝的。这么多年了，他无时无刻不在梦想着回家，回家成了他这么多年来生存的动力，成了他的梦想。

夜里，马芳想睡却睡不着，他只身来到帐外。月明星稀，只有远处的狼叫声，如坝般传来，那么低沉而幽怨。马芳心里突然冒出个想法，以自己现在的地位与威信，进出营帐没有任何问题了，为何不逃离草原，回到家乡去？马芳心里那个逃离的想法冒出后一下激发出他这么多年来殷殷的期望，有些不能遏制。马芳折回到帐内，开始想象逃走的整个过程。他要稍带点银两、粮食，带足箭，一路向南。他相信以他今天的身份，就算遇到士兵也可以对他们说，自己是奉大汗的命令出来打探消息的。相信等阿勒坦明白过来时，他已经回到家乡蔚州了。

一夜未睡，马芳第二天到阿勒坦大帐时，几个将军已经在了，他们都对马芳点头微笑，看样子已经知道阿勒坦要把萨仁赏给他的事情了。没多大一会儿，阿勒坦与萨仁从后帐出来。萨仁看马芳，表情是复杂的。阿勒坦笑着说："马芳虽是汉人，但投奔我们草原，对本王忠诚可信，足智多谋，多次献计重创索布德，基本统一了草原，其功不可没。本王决定，把萨仁赏给他，并主持婚礼，帮他们完成大婚。诸位有什么看法，尽可畅所欲言。"

大家纷纷赞同，说阿勒坦王者之风，说马芳理应得此赏。

阿勒坦说："既然大家没有意见，那么咱们在三天后举办婚礼。我要让将士们知道，本王有功必赏，愿意与将士们同甘共苦，本王所拥有的也是大家所拥有的。"

马芳深施一礼，说："可汗，属下感激您的厚爱，不过，我想在可汗统一天下之后再行谈论婚事。"

阿勒坦摇头说："统一天下大业，这是本王的理想，可也不是一年半载就能办到的。你还是与萨仁早日完婚，安定下来，以后时间还长呢。"

话说到这里，马芳无法再推托了，只得说："马芳悉听可汗安排。"

马芳从大帐中低着头走出，心中非常郁闷，就去找苏哈喝酒，并说自己真的不想成婚。苏哈笑道："你是不是感到萨仁已经跟随过可汗了，就不合适再跟你了？其实，这在草原是很正常的，你不必郁闷，以后如果你遇到好的姑娘还是可以娶来，至于萨仁，她仅仅是可汗赏给你的礼品。"

马芳满脸惆怅地摇头说："我倒不是嫌弃萨仁，只是我不想成婚。每天跟随可汗打仗，生死未卜，娶过人家来，也没法对人家负责，反倒成为挂念。"

苏哈点头说："你这话倒是真的，我也有同感。"

在苏哈的诉说下，马芳才知道，苏哈全家都是大户家的下人，帮助人家放牧挤奶赖以生活。在苏哈成年之后，由于他身材英武健壮，娶了个媳妇，媳妇非常貌美。可是，成亲不久他就被征兵了，只有媳妇在家，没想到他走后，主人夜里去苏哈的家想占有他媳妇，媳妇不堪屈辱而自杀。苏哈知道后，潜回家里，为媳妇报了仇，就再也没有回去过。

马芳与苏哈告辞，回到自己的住处，想努力劝自己接受这个现实。他开始想，还不知道老家现在变成什么样了，父母还在不在，官府是不是比以前爱民了，如果自己这么回去，可能一切都得从零开始，远远没有在草原这么如鱼得水，这么受人尊重。他劝了自己半天，但是从十岁被抓来受尽的屈辱总是跳出来对他说：你是汉人，无论你再努力也改变不了你是汉人，阿勒坦在用得着你的时候你是马芳；当你如果做错了事受了伤，你还是奴隶，还会被人看不起。草原永远都变不成你的家，就像狼永远都不会吃草那样，有些东西是改不了的。马芳最终决定，明天夜里离开军营，一路往南，直接奔往家乡。

早晨，马芳起床后，刚走出帐房，发现萨仁站在门口，便吃惊道："你……"

萨仁低下头说："马芳，我昨天晚上梦到你了，我梦到你把我扔在草原上，整个草原就我自己在那里，到处是狼的眼睛，我就吓醒了。马芳，说实话，我是不想跟你成婚的，我知道可汗的意思是想让我牵住你，让你永远留在草原。马芳，我今天是想跟你说我想走，我走了你就可以放心地回去了。"

马芳惊道："萨仁，你这话是啥意思，你要去哪里？"

萨仁伤感地说："不知道，我是来跟你道别的。"

马芳感到萨仁说的走可能是想自杀，于是把她拉住，拉进帐房后，紧紧地把她抱在怀里，说："萨仁，你听我说，就算成婚之后我们一样可以离开草原，你可千万别想不开啊。"

萨仁趴在马芳的怀里哭了，哭得就像个孩子似的。早晨，马芳醒来时，发现萨仁已经走了，什么时候走的他不知道。

十二　因爱逃婚

阿勒坦专门给马芳腾出个大毡房进行装饰，是想用来作为马芳与萨仁的婚房。马芳经过那个毡房时，看到有些士兵正在忙着，心里非常难过。遇到马芳的人都对他表示祝贺，对他非常羡慕。马芳衡量了现在的情况，如果跟萨仁成婚，再逃离势必会连累到萨仁，如果带着萨仁逃离肯定比自己逃离要难。马芳认为应该立刻离开，借着出去采办婚礼用品的由头向家乡奔去，这样虽然有些对不住萨仁，但萨仁也不至于受到连累。

马芳回到自己的住处，带上必备的用品，直奔营门，对守城的士兵说："可汗让我去外面采办些东西，明天大婚用。"守门的兵马上把营门打开，并对他进行祝贺。

马芳牵马走出大营，回头看看大门，然后骑快马奔去。

马芳跑到集市上，发现没有跟梢的，于是就策马一路向南奔去。他一气跑到马累得再也跑不动了，便找了个地方喂了喂马，休息会儿继续赶路。经过一天的快马加鞭，马芳知道再这么跑几天就可以到中原了。可是马芳万万没有想到，会遇到索布德。

索布德因为连续受挫，差点丧命，带着几百人来到边远地区，想着重新壮大队伍，然后再找阿勒坦报仇。索布德的岗哨发现有阿勒坦的人出现，马上前去观察。当人走得近了，发现竟然是马芳，不由恨得牙咬得咯咯响。连续几次受挫，索布德已经通过内线知道，是个叫马芳的汉人给阿勒坦出谋划策，把他给打得一败涂地，如今仇人相见，自然分外眼红。

马芳突然发现前面冒出很多人，仔细观察竟然是索布德的残部，不由感到沮丧。他知道现在马累人倦的，如果想闯过去实在太难了，不但回不了中原，还可能被他们给抓住。现在，只有往回跑，还有生的希望，因为索布德可能怀疑有诈，不会穷追不舍。

马芳掉转马头，开始往回奔，但马太累了，根本就跑不起来。

索布德带兵追赶马芳，发现马芳跑得并不快，心中就有些怀疑了。马芳现在是阿勒坦最宠信的将领，据说把自己的妃子都赏给他了，马芳为何出现在这里，为何跑得这么慢，这其中会不会有诈，想着便放慢了追赶的速度。

马芳倒骑了马，不停地对着追兵放箭，跑着跑着马不肯再跑了，不停地打着响鼻。他把马掉转过来，索性面对着索布德他们。

索布德看到马芳的马突然慢下来，打了个激灵，马上挥手喊道："停下。"

大家不知道怎么回事儿，说："大王，我们马上就要追上了。"

索布德疑惑地摇摇头说："这马芳狡猾至极，为何只身前来，逃离得如此之慢，并且还停下来等我们，这是为何？其中肯定有诈。我们往回撤，以防中了他的奸计。"说着掉转马头，领着部下狂奔回去了。马芳回头看看离去的索布德，抹把脸上的大汗，感到这太惊险了，如果索布德冲动一回，他就真的没命了。

马芳牵着马往回走着，找地方饮了马，然后坐下歇了会儿。他倒不愁回去向阿勒坦交代一整天的时间去哪儿了，他沮丧的是这么好的机会又泡汤了，如果不是遇到索布德，再有几天的路程就到家了。

由于马芳一天未回，萨仁去营房里找了几次都没有见着人，到晚上再去看他还是没回，便隐隐感到不妙。女人的感觉有时候是很准的，她似乎感到马芳已经逃走。但她并没有去向阿勒坦汇报，而是去找苏哈，问他："马芳出营采办东西，咋至今未回？"

苏哈说："哦，我也不知道他啥时候走的，去了多长时间了？"

萨仁看着苏哈，知道肯定问不出个一二来，便说："已经一整天了，不会出什么事吧？"

苏哈放下手里的活儿，对萨仁说："应该没事，这样吧，我带人出去迎迎。"

萨仁点头说:"那好,就麻烦你了。"

苏哈带着十多个随从出营去寻找马芳,没有任何线索。苏哈半夜回到营里,见萨仁还在马芳的门前站着等候,便安慰她说:"马芳武艺高强,足智多谋,不会有事的,可能有什么事耽搁了,再等等吧。"

萨仁点头说:"谢谢你了,你先回去休息吧,我在这里等他。"萨仁走进马芳的毡房,独自坐在那里,呆得就像泥塑似的。她回想着马芳自打到自己家后,两人的点点滴滴往事,泪水不自觉地挂到脸上。她隐隐感到马芳可能逃离了,再也不会回来了。虽然她不相信这个现实,但凭着她的直觉认为马芳面对她与家乡,是非常难以选择的,但分明她与马芳的家乡比起来,家乡对于马芳更有吸引力。萨仁就这么胡乱地想着,任由眼泪打湿衣襟。不过,不知道为什么,她打心里感到欣慰,她希望马芳能够回到自己的家乡。

突然,有人来报,马芳回到了大营。马芳还向阿勒坦提供了关于索布德的详细消息。阿勒坦对于马芳这段时间是在追踪索布德的说法毫不怀疑。

因为马芳提供的消息,阿勒坦成功地捉获了索布德,彻底除去后患,心中异常高兴。他深为马芳的作为感动,感到把萨仁赏给他是英明的决定。马芳在采办婚礼用品时发现敌人还能够不顾个人安危,尾随百里,终于找到索布德的据点,除了他的心病。

阿勒坦对马芳说:"马芳,折腾到现在,你也累了,你先去休息,明天举办婚礼,是双喜的日子。"

夜晚,阿勒坦发现萨仁已经不在大帐了,想到萨仁可能去找马芳了,便苦笑着摇了摇头。不过,他深信,把萨仁赏给马芳,是明智之举。马芳如此年轻勇猛,并且深有计谋,对于他将来的统一大业,是非常有好处的,所以把萨仁给他,是值得的。

早晨,阿勒坦把群臣叫来,要为马芳与萨仁举办婚礼,这时,丫鬟慌慌张张地拿着封信跑进大帐,把信转递给阿勒坦。信是萨仁写给阿勒坦的,她在信里说:"妾昨夜是您的妃子,今日却要嫁与马芳,从心里还接受不了。可汗,您容萨仁独自待些时间,让我静下来好好想想,是否与马芳成婚。"阿勒坦看完信,脸色非常难看,他气愤道:"来人,马上把萨仁给本王找回来。"

马芳急忙说："可汗，萨仁怎么说对您都是有感情的，您让她这么快与属下成婚，估计她一时也没法接受，不如再往后推推吧。"

阿勒坦神色稍稍缓和了一下，点头说："此话也有道理。这样吧，本王给你放几天假，你去找找她，陪陪她。"

马芳点点头说："多谢可汗体恤。"

随后，马芳带着几个人，直接回到了阿布尔家，听说萨仁并没有回来，便知道萨仁极有可能去找乌恩其的老婆去了，于是独自来到乌恩其家，妇人指指湖边。马芳把马拴好，来到萨仁身边，萨仁并未回头，手里拿着一朵小兰花，无精打采地说："马芳，你不该来的。"

马芳挨着萨仁坐下说："我知道你的心意，是怕影响我私自逃离。"

萨仁抬起头望着天上飘动的云朵，喃喃地说："马芳，我已经知足了。"

马芳也抬头望着天空说："萨仁，其实，我们是可以一起走的。"

萨仁叹了口气，摇头道："我们一旦成婚，你就再也走不了啦。"

马芳连忙解释说："机会，总是有的。"

萨仁苦笑着摇摇头，微微低头看了眼肚子。她现在已经有孕了，如果她把怀有身孕这事告诉马芳，再告诉他这个孩子的父亲是谁，那么，马芳从今以后，就真的无法离开草原了。因为她知道马芳的为人，尽管这孩子……他带着一个女人与孩子，想逃离草原太难了。

马芳陪着萨仁住了几天，萨仁对他说："你从这里直接离开草原吧，在这种情况下，相信阿勒坦是不会追你的。"马芳虽然嘴上应着，但他在走的时候，并没有这么做。因为从萨仁这里直接逃走，萨仁与阿布尔家都会受到牵连，他不能就这么走了。

再者，马芳已经知道阿勒坦准备攻打中原，将来大军到了前线，那么他与边境一步之遥，想回到中原，是轻而易举的事情。

马芳回到大营后，直接去向阿勒坦汇报，他说："可汗，我与萨仁商量了，我俩一致决定，等大王征服中原后再成婚。"

阿勒坦摇摇头："马芳，想要征服中原并不像我们想象的那么简单，我们用毕生的精力能做成此事，也将是千古佳话。"说话间有些伤感。

马芳看着阿勒坦那种无奈的神情，心里有种莫名的高兴。不过，他没显现出来，说："既然可汗把萨仁赏给属下，举不举办婚礼，属下都铭记可汗的恩德，并愿为可汗赴汤蹈火。"

阿勒坦也看着马芳，对他说："既然你们决定不举办婚礼，这没有什么，你们已经是夫妻了。萨仁曾跟随本王，留在营中，可能有些难为情，让她住在娘家适应一段时间。再者，她住在娘家，比住在我们营房要安全得多。"

其实，吞并中原不只是阿勒坦的理想，从他先辈起就有这样的追求了，并不懈地实施着。明王朝与蒙古部落之间爆发了漫长的战争。从元至正二十八年（1368年）元顺帝败逃漠北开始，明蒙双方几十万军队以长城为界，展开绵延两百多年的惨烈厮杀，这期间有战有和，有永乐大帝横扫漠北的荣耀，有土木堡惨案痛心疾首的溃败，有北京保卫战"用血肉铸长城"的慷慨悲壮，有庚戌之变"官跑得比兵快，兵跑得比老百姓快"的奇耻大辱，不变的是长城南北的烽火连天，汉蒙边民的流离失所、家破人亡。漫长的战争成就了几代蒙古大汗"雄霸草原"的神话，也打出了无数大明英杰"名将英雄"的威名。

当阿勒坦认为草原基本稳定之后，开始招兵买马、储备粮草，准备进攻中原。在征收粮草期间，马芳曾去过很多地方，也曾到过阿布尔家，他有很多次逃离的机会，但马芳认为，阿勒坦进攻中原时，他逃走的可能性才大，所以他忍着。由于马上就要迎来逃走的机会，想到以后可能再也不回草原，他借着征兵的机会，来到了阿布尔家，想见见萨仁。这才知道，萨仁一直与乌恩其夫妇住在湖边，不肯回家里住。

马芳再次来到湖边，萨仁已经预感到马芳此去可能再也不会回来了。因为她知道，阿勒坦马上就要进入中原，现在正四处征兵，马芳肯定会上前线，那么他离中原只有一步之遥，他是不会错过这个机会的。

当马芳又一次来看望萨仁时，她对马芳说："马芳，前段时间我在路上捡了个婴儿，你能帮着这个孩子起个名字吗？"

马芳吃惊地看着萨仁道："谁家的孩子会丢弃不要，萨仁，难道这孩子？"

萨仁忙摇头："你想到哪儿去了，我感到这小人儿被扔在路上怪可怜的。再者，我感到有些寂寞就把他抱回来了，挺可爱的，你看看。"萨仁把马芳领到自己的毡房里，马芳看到兽皮褥子上躺着个婴儿，正在吃着手。萨仁把孩子抱起来递到马芳手里，说："马芳，你看这孩子多乖，你给他起个名字吧。"

马芳看着怀里这个可爱的婴儿，就真的信了萨仁的话，觉得这孩子怪可怜的，不过幸运的是让萨仁遇到了。他想了想，说："那就叫孟和吧。"

萨仁眨着眼想了想，下意识地点头说："孟和，是永恒的意思吧，很好啊，那就叫孟和了。"

由于马芳是借征兵的机会回来的，他不能在这里待很长时间。在这两天的时间里，他与萨仁几乎是寸步不离。在马芳临走时，萨仁把孩子让乌恩其的女人抱着，她骑着马送马芳，一直送到老远。马芳不时回头看去，萨仁都镶在马上，直到再也看不到她了。马芳不由落下眼泪，因为这也许是最后一次见到萨仁了，从今以后他再也不会回来了。

马芳回到大本营后，参加了阿勒坦召开的军事会议，商量此次进攻的路线。阿勒坦最后决定，要从山西大同这个地方攻入。马芳并不想真正地开战，他说："我们远道而去，在不清楚明军的情况下，不宜直接攻入。我们还是以打猎为名，在大同附近看看，等条件成熟之后，然后出其不意地攻入，效果可能更好。"

阿勒坦点头说："马芳的建议是正确的，如果不知道明军的情况而贸然攻入，可能会中了埋伏。我们以狩猎为名在边界盘旋，以试明军的实力，找到最薄弱的防地，然后一举攻入大同，安营扎寨，步步为营，往纵深里挺进。"随后阿勒坦给各位将士放了几天假，让他们去见见家人。因为，此次战争，有很多人都不会回来了，这次的见面也许是最后一面。马芳把所有的积蓄都带上，来到了萨仁的住处。萨仁本来以为，马芳不会再回来了，见他突然出现，不由惊喜万分。她让马芳抱着孩子去转转，自己亲自去做饭。饭后，她给马芳去洗衣裳，乌恩其的老婆过来，拿萨仁手里的衣服，说："小姐，让我洗吧。"

萨仁轻轻推开乌恩其老婆的手说："不，我来洗就行了。"

乌恩其的老婆委屈地眨巴眨巴眼睛，说："小姐，是不是我洗得不干净？"

萨仁看着女人委屈的样子，摸把手上的水，说："你洗得很干净，但这次我必须给他洗。"

女人不解地问："为什么？"

萨仁边洗衣服边说："他马上就要去战场了，可能永远都不会回来了，也许以后我再也不能为他洗衣了。所以这次的衣裳就让我来洗吧，你去忙你的。"

妇人点点头说："小姐，我懂了。"

萨仁在妇人离开后，搓着衣裳，想想马芳此去是永别，竟然伤心地流下了泪。她知道，自己是能够留住马芳的，只要她跟马芳说，你一定要回来，他就会回来。但是，这么说就太自私了。马芳自从来到草原，他所有的努力，所有的梦想，就是为了回到中原，这是他人生最大的夙愿，如果把他留在草原，会成为他终身的遗憾。

萨仁在这两天的时间里，创造着多种机会，让马芳抱孩子，马芳似乎感觉到，这个孩子并不那么简单，于是就去问乌恩其的老婆，这孩子是不是捡来的。妇人支吾道："这个孩子，怪可怜的。是，是捡来的，那天我亲眼看到她捡的。"

马芳还有些怀疑，说："你要跟我说实话。"

妇人低着头说："我说过了，是捡的。"说完拔腿就跑了。

马芳回到毡房里，见萨仁正给孩子喂奶，便静静地看着萨仁说："萨仁，如果我走了，你怎么过啊？"

萨仁愣了愣，继而笑道："马芳，不要挂念我了。你要这么想，每次去打仗，有多少人会战死疆场，有多少人不能团聚。只要你能够平安无事，只要你能够顺利回到家乡，我就很知足了。这次，你千万不要再错过机会，一定要想办法回到中原。"

马芳看着萨仁，说："可是，你……"

萨仁笑道："可是什么可是，等你安定下来，如果有机会，我们去找你去。"

马芳把她与那个孩子紧紧地搂住，不由落下眼泪。他知道，此去可能再也不能相见了。

在出兵之前，阿勒坦与几个将领，围绕着是否让马芳参战的事商讨。有一部分将领认为，马芳说到底也是汉人，虽然他足智多谋、英勇善战，但真的关系到中原和他的家乡时，不见得下得了手，还有可能会叛逃。而另一部分将领认为，马芳如果想逃离草原，他有无数次机会，以前没有逃，现在逃更没有可能了，因为可汗赏给他萨仁之后，虽说他们没有举办婚礼，但实际上他们已经是夫妻，其间还回去探望多次，相信他不会一走了之的。

还有部分人认为，任谁是马芳都不会离开草原的，马芳现在受到可汗的恩宠，有地位，有前途，又有美妻，拥有了无数蒙古人奋斗一生都得不到的荣誉，他为什么要离开草原？离开草原，去中原，他什么都没有，什么都得从头开始。再说了，他与中原并无联系，贸然往中原跑，说不定让人家用箭射了，或许当奸细给抓起来。他如此聪明，难道不懂得这个道理？

阿勒坦听众人七嘴八舌各说一套，他突然说："该走的，我们是留不住的；不该走的，打也不会走。以本王对马芳的了解，感到他的忠诚并不是假的。本王相信马芳是不会离开的。"

阿勒坦在临走之前，当着马芳的面，赏给了阿布尔和萨仁很多财物，并安排人送去。目的就是让马芳知道，你马芳在草原并不是没有家，没有根。马芳对这次出征，也是犹豫的。虽然他在草原上遭受了很多屈辱，但同时也得到了很多荣誉，还拥有了爱情。他主动向阿勒坦提出，既然有人质疑他是汉人，那他愿意留在后方。

马芳之所以这么说，是因为他心里是犹豫的。家乡的召唤，与在草原所获得的爱情与荣誉，在他的心里发生着激烈的斗争。阿勒坦自然是不了解他的，为了表明自己用人不疑，他说："虽然有些人提出过异议，但本王都把他们给否定了。本王认为，你马芳是忠诚可靠的，是有情有义的。本王相信你。再者，萨仁也会盼着你胜利归来。你放心，只要对本王忠诚，对本王有所贡献，本王是不会亏待他的。本王认为，忠诚与情义，是不分民族的。就算是蒙古人，也有背叛的，也有本王的敌人，比如索布德。"

明嘉靖十六年（1537年），马芳跟随阿勒坦来到明朝大同边界附近安营扎寨，然后以狩猎为名，带兵顺着明朝边境游走，并做出很多挑衅的举动。马芳能够隐约地看到明军守兵，能够看到明朝的乡村与房屋，心情非常激动。

他明白，这是自十岁去草原以后离家乡最近的一次了。马芳心想，无论如何也不能错过这次机会，一定要想办法跨过边界，回到家乡，去看看父母是否还好。

马芳跟随在阿勒坦后面，压抑着心中的激动，恨不得快马加鞭冲到对面去。但他知道，如果现在冲过去，身后可能知道他的动向不会放箭，那么明军可能对他放箭，如果被明军给射死那就太悲哀了。他想到乌恩其交代的，凡事不要操之过急，要有绝对的把握才为之。晚上，阿勒坦召开会议分析白天观察的情况。大家都认为，虽然他们多有挑衅，但明军不动声色，不知道他们到底什么情况。阿勒坦见马芳有些沉默，便问他有何看法。

马芳稍稍愣了一下说："以属下观察，他们的守兵不慌不忙，好像是做好了充分的准备。我们远道而来，贸然挺进，是讨不到什么便宜的。不如这样，让属下带几十个兵前去叫战，看看能否将其引出，以探虚实。"

阿勒坦摆摆手说："那太危险了，我们没必要这么急。如果时机不好，我们可退兵草原，扩大人马，等有十足的把握时再行进攻。再者，我们可以在对方花重金寻找可以利用的人，让其给我们当内线，及时把情况传递过来，然后瞅准机会一举攻入。"

马芳听阿勒坦的意思好像是并不急着打仗，有可能撤回草原，他担心阿勒坦下命令撤回去，那么他将再一次失去机会。马芳心想，绝不能错过这个机会。他忙说："可汗，咱们等了这么多年，这次兴师动众来到这里，应该多在这里待几天，对明军继续挑衅，要看看他们的底线。如果回去了，就功亏一篑了。"

固日布德赞同马芳的这个建议，他说："我们带大军前来，如果只是踩踩边界上的草就回去，那么整个计划都是失败的。我们就算不能攻入大同城，也得把我们此次行军的给养给弄回来，否则，这不只是徒劳无功，还有损我军士气。"

阿勒坦听马芳和固日布德都这么说，他点点头道："这样吧，明天，固日布德将军带部分人马，去冲明军的防线，如果遇到强敌，马上退回来。咱们将以这次出击，试探出大同明军的实力。"

马芳说："可汗，让我与固日布德将军同去吧。"

固日布德摇头说："你的主要任务不是打仗，你与苏哈他们是保护可汗安全的。再者，你足智多谋，可以在可汗跟前，共同策划大计。打仗，有我们这些粗人带兵就行了。"

马芳没有再说什么，如果再要求去，可能会被人家认为自己是有投顺明朝之嫌。马芳想想他们攻入明朝属地之后，可能会烧杀抢掠，十岁前的记忆又浮现在脑中。那些赶着猪、牵着羊，全家老少四处奔逃的样子，让他感到心痛。

固日布德点齐兵马，冲出去侵入明朝防线。明朝士兵纷纷躲避，他们肆无忌惮地冲进村庄，抓了很多青壮年劳力与年轻妇女，还抢了村里人的牲畜。整支军队就像是赶了一次大集那样回来。马芳看到他们抓来了这么多人，心情一下子就变得非常沉痛。让他不明白的是，明朝如此大国，为何无力保护自己的子民，让他们遭此厄运？再说了，鞑靼军长途跋涉，十分劳顿，战斗力应不在最佳状态，这是进攻的大好时机，明军为什么不出兵？

十三 进攻中原

由于固日布德多次去侵扰明朝属地，而明朝的守军不但只守不攻，还每每避其锋芒，放任鞑靼军侵入村庄，阿勒坦认为，明军如此软弱，说明他们的战斗力不强，便召开会议，部署新的战略方案。阿勒坦说："通过这几天的部署，已经看出，明朝的守军不堪一击，我们此次一定要把大同府拿下，然后以此为根据地，再往纵深里进攻，争取把明朝给蚕食掉。"

固日布德站起来，拍着胸脯说："可汗，您给我五千人马，我定能把大同府拿下。"

阿勒坦回头见马芳有些沉默，便问道："马芳，你有什么看法？"

马芳若有所思地说："可汗，属下是这么想的，咱们是否应该考虑，咱们长途跋涉，将士们都还没有歇息过来，而对方却是以逸待劳。如今，我们多次挑衅，对方都没有正面突击，是否有诈？如果对方是诱敌深入，然后再进行打击，那么，我方可能会遭受到重创。"

固日布德说："马芳，你这么分析，说明你对明朝并不了解。这是他们一贯的作风。说白了，他们汉人胆小怕事，不敢应战，所以你的那些顾虑纯属是多余的。"

马芳看着固日布德，说："将军，知己知彼方可获胜，那我们也要查明，总兵是谁，他的作战风格。有的将领，可能勇猛，可能多智，可能胆怯。不同的人，面对敌军都会有不同的策略。反正，我感到直接去打大同府，这有危险。因为我们不能仅凭攻下几个村庄，而断定他们没有守卫与反击能力。"

固日布德瞪了一眼马芳，不屑地说："马芳，你这样前怕狼后怕虎的，我们还打什么仗？我看你骨子里还是有汉人的胆小和懦弱。"

阿勒坦看了看固日布德，脸上露出不悦，说："马芳分析得没错，现在的大同总兵是周尚文。据说，他是西安后卫，是非常有谋略的，并且精于骑射，从十多岁起，就与我们鞑靼军为敌，对于应对我们的进攻是非常有经验的。我们先不忙着直接去打大同，如果中计，我们将损失惨重。我们还是先安营扎寨，继续挑衅，继续试探他们的底线，从而判断出他们的实力。"

固日布德气愤地瞪着马芳问："马芳，你百般阻挠可汗出兵，你是不是不想我们攻打中原啊？"

马芳也有些生气，冲着固日布德问："将军，你这话是什么意思？"

固日布德说："说到底你是汉人，面对我军去攻打汉人，你是不是心里不痛快？"

马芳彻底被激怒了，他站起来厉声道："战场无父子，何况我少小离家，几乎都记不得以前的事了。我之所以提出我的看法，是供大家参考的，如果你执意去攻打，我能拦住你吗？"

阿勒坦也站了起来，他摆摆手，示意两个人坐下，然后说："你们不要吵了。还有，以后任何人不能再以马芳是汉人说坏话。我们应同心协力，同谋划计，共创大业，一统中原。"

散会后，马芳回到自己的帐房，想想被抓来的那些汉人，不由心如刀割。他们被抓到草原，都会变成奴隶，终生都不可能回到家乡。马芳认为，如果去到明军中，以自己对阿勒坦的了解，指导明军防范，足以保证明朝子民的安宁。马芳甚至想指导明军，攻入草原，把草原给彻底征服。但马芳并不知道，明朝的腐败导致了一些官员的懦弱，有些事情跟他想象的完全不同。那当然是后话了，当前，马芳在考虑如何能到明军那边去。

马芳知道，现在不是能不能去的问题，以阿勒坦对他的信任，他跑到明军那儿是不成问题的。他可以编一个理由对鞑靼军说去执行任务，探查敌情。但问题是明军不知道他的意图，极有可能向他放箭。

至此，马芳才知道，虽然这个机会很好，但操作起来并不比平时要容易。

夜里，马芳实在睡不着，走出帐外，望着远处村落里的点点灯光在夜色中闪烁。夜晚宛如一幅唯美的水墨画卷，他凝神远眺，无尽的墨色布满眼际，所有色彩掩映于无边的黑暗之中，和夜色重叠交融。村庄里的点点灯光就像夜空的星星一样亮着。这时，有巡兵过来，向马芳点头示意。马芳从沉思中清醒，他想，白天逃走可能更容易些，不至于让阿勒坦怀疑，但白天会成为对面明军的靶子，所以必须晚上行动，并且必须今天晚上就行动。因为说不定阿勒坦明天就会突然下令进击大同，让黎民百姓置身于战乱的水深火热之中。

马芳回到帐内，穿上盔甲，背上弓箭与箭袋，挂上腰刀，然后坐在那里等着。他想等到凌晨再逃，如果半夜逃走，容易引起别人的注意与怀疑，说不定就跑不掉了。在等待的时间里，马芳回想了在草原的日日夜夜，每次想到萨仁，他的心里就像刀割似的。从此之后，他可能再也见不到萨仁了，真不知道萨仁以后的生活将会如何度过。马芳深深地叹口气，心里说："自古之事，大多不能两全，萨仁，对不起了。"

阿勒坦虽然对马芳很是信任，但从骨子里讲，还是对他的汉人身份有些介怀的。当固日布德向他提出要派人监视马芳以防他叛逃时，他沉思了一会儿，点了点头。因为马芳对他们的军队太熟悉了，如果马芳逃往明军，对他们是极为不利的。

固日布德安排了十多个自己的人守着营口，并专门交代，如果马芳要出营，一定要把他给拦住。值夜的士兵，坐在那里谈论着马芳，说："他马芳一个汉人，受到可汗的如此恩宠，还得了可汗的美人，别说他会逃，赶他都不会走。"

东方刚刚泛白，守门的士兵们听到有马蹄声过来，等马到跟前发现是马芳，立刻把门堵住，说："将军有命，任何人不准出入。"

马芳对那士兵说："我是奉可汗之命，出去察看敌情的。"

守门的兵说："您别为难我们，无论是谁，没有固日布德将军的命令，我们都不能放行。"

马芳叫道："混账，他管得了我吗？"

守兵说："请您不要让我们为难。"

马芳知道，再这么纠缠下去，自己就真的走不了了。再者，说是去察看敌情，糊弄这些小兵还成，要是让将领们知道，自己是无论如何也说不过去的。马芳唰地抽出弯刀来，策马冲向营口大门，把守门的士兵见马芳硬闯，便搭弓放箭，并大声喊叫："有人闯营，有人叛逃。"这声音在寂静的黎明前，格外响亮，顿时整个营房开始躁动起来。

固日布德听说马芳骑马出去了，立马带兵去追，边追边向马芳射箭。

马芳的身体贴于马侧，不停地往回射箭。

最后，固日布德发现马芳冲进了明军的防线内，他让大家停下。

马芳冲到明军的防线，刚松了口气，突然见前方有队明军，开始向他射箭。马芳边用刀抵挡射来的箭，边喊："不要放箭，我是使者，我要面见你们的长官。"但明军士兵根本就不顾他的喊叫，也不懂什么两军交战不杀使者的惯例。马芳知道这样下去，自己非得死在明军手中。他只得故意跌落到地上，然后躺在地上装作中箭。

一队士兵赶过来，用枪指着地上的马芳。有个士兵说："还没死，说着用枪抬起来就刺向马芳的胸前。"

马芳伸手握住枪，说："慢着，我有重要的情况向你们将军汇报。"

几个士兵瞧着马芳，看他不像坏人，便押着他来到指挥帐外，喊道："报告，我们抓了个刺探军情的鞑靼。"

就听帐内传来叫声："这么点屁事还用汇报，砍了。"

马芳心中一惊，忙叫道："报告，我有重要的事情汇报。"

帐内的人又叫道："老子才不听你的胡言乱语，砍了。"

马芳急了，跳着脚喊道："这关系到明军的胜败和存亡，将军，您必须听。"

帐内的人吼道："马上把这个鞑靼兵给砍了。"

马芳也厉声喊道："我是总兵安排的内线。"

过了一会儿，帐内的人说："先把他关起来，天亮之后老子再审他。"

早晨，阿勒坦他们围绕着马芳叛敌之事，召开了会议。阿勒坦还不能相信马芳逃离的事实，他说："本王就想不透了，本王如此器重他，施恩于他，他有何理由叛逃。"

固日布德说："咱们草原有句古话，叫喂不熟的狼。他马芳搞不好就是明朝安插到我军的探子，目的就是要摸清我们的军情，然后再想办法对付我们的。"

军师分析道："说马芳是明军安插进来的内线，这不太可能。马芳十岁被我们的人抓来、贩卖、放牧，由于他天资聪颖，习练武艺，最后被主家顶替本族之人当兵。这些过程，都是完整的，没有偶然性。"

阿勒坦想了想说："会不会是这种情况，马芳立功心切，他假装投顺敌军，其实是去打探敌情。"

军师马上迎合说："可汗的猜测并不是没有道理的，在草原时，马芳能够利用购买大婚用品之际，追随百里之路，刺探索布德去向。如今，他如果利用汉人身份，假装投顺，然后刺探敌情，这也是极有可能的。"众将领也纷纷表示有这可能。

只有固日布德一直摇头，他说："如果他想这么做，为何不提前和可汗沟通商议，而是冒着被我们追兵射杀的危险潜逃。我感到马芳，早有叛逃之心。马芳对我军的情况了若指掌，如果他投奔明军，我们就很危险了。可汗，我们应该立马派兵攻打大同，然后把马芳抓回来，将他五马分尸。"

军师却摆摆手说："我觉得，现在不忙着发兵，我们再等等看。就算是马芳投敌，能够甩掉我们的追兵，怕是很难躲过明军的暗箭。他们发现有敌人冲向他们的营，如果看到人多，肯定会吓得躲避，如果看到只有马芳一个，他们肯定会放箭射杀。"

阿勒坦表情极其复杂，他痛苦地说："如果马芳是真的叛逃，本王真的想不通，他马芳有何理由背离本王。"

军师继续说："马芳想逃离也不是没有可能。如果马芳以汉人的身份，带兵攻打汉人，杀自己的乡亲，这人就是残酷无情的。马芳此人是重情重义的，在小处，他知道感恩，曾帮助可汗您出谋划策，一马当先，清除内患。但往大了考虑，面对民族情结时，他选择自己的民族，也是可以理解的，也不失为一条真正的汉子。"

固日布德对着摇来摇去的军师挥手道："哪有这么多的原因，可汗，您给属下五千兵，属下就能把大同府拿下。"

军师连忙阻止："万万不可，如果马芳投靠明军，肯定会把我军的情况向他们说明，他们会改变策略对付我们，我们没有任何的把握。不如我们派去使者，跟他们谈条件，只要把被他们抓住的马芳还给我方，咱们就退兵。"

阿勒坦看着军师说："这么做，有意义吗？"

军师回道："这样有很大的意义，一是让明军知道马芳是咱们的人；二是明军向来胆小怕事，不想打仗，把马芳还回来也是有可能的。"

阿勒坦点头道："好，就这么办了。"

随后，他们选出前去谈判的使者，打着旗子，去对方军营谈判。

明朝参军正在审问马芳，当马芳说自己是汉人时，那参军就没了耐心，便一脚将五花大绑的马芳给踢倒在地，骂道："你他妈的说假话舌头都不打弯。"

由于马芳在草原生活了十多年，平时很少说汉语，他的汉语说得有些生硬。

马芳躺在地上说："我想见你们这里最大的官。"

那参军怒道："老子就是这里最大的官。"

马芳望着他说："你给我松开绑，容我把鞑靼此次出兵的情况跟你们说说。"

那参军冷笑道："不用说了，老子是不会相信的，来人，押出去砍了。"

马芳大声叫道："我要见你们的首领，我有退鞑靼军之计，你们不能杀了我。"

参军叫道："老子才不会上你的当呢，更不会相信你的鬼话。"

正在这时，有士兵进来汇报，说鞑靼的使者来了。马芳一听，就急着对那参军说："如果我没猜错的话，他们肯定会对你说，如果把我交给他们就会退兵。他们之所以这么说，是因为我掌握着他们的军情，对你们抗击鞑靼军是非常重要的。"

那参军见到蒙古的使者后，发现使者说的跟马芳猜测的基本相同。参军开始犹豫了，他对使者说："容我们考虑考虑再给你们答复。"

他马上和其他人商量，是不是把马芳还回去，让他们退兵，这样就不用打仗了。有人说："鞑靼的话哪能相信，他们既然为这个俘虏退兵，至少说明了这个俘虏的重要性，既然重要我们就更不能放他走。"

也有人说："不就是个俘虏吗，他对咱们没有多大用处，杀掉他还得费劲，还得麻烦擦枪刀，不如把他还回去，鞑靼还能退兵。"

还有人说："跟他们商量什么，直接把俘虏砍了。"

那参军听大家七嘴八舌地议论着，随后说："既然此人如此重要，不如我们向上边汇报，看上边的决定吧。"

被五花大绑的马芳，感到非常沮丧。这个结果他想到过，但没有想到会解释不通。看现在的情况，自己是九死一生了。马芳隐隐有些后悔，早知道这样，为何要回来送死呢？他相信，只要阿勒坦拿出要攻打的架势，明军肯定会同意把他送还给鞑靼，那么自己这么多年所做的一切都白费了。

事情果然如马芳所想，阿勒坦开始大军压境，拿出了要攻打的架势，那参军马上派人去协调，说可以把马芳还给他们。有人说："就算回去也不能就这么送回去，应该把他的舌头给剜出来，这样他就不能说什么了。"

参军回头看看马芳，说："有这个必要。来人，把他的舌头抠了来。"

马芳叫道："你抠我的舌头有用吗？我还会写，你们把我杀掉算了。"

参军摸了摸头盔道："说得也是，那就把手也砍掉。"

马芳愤恨至极，懊恼至极，他大声叫道："我原想着回来为我大明朝效力，没想到你们这些贪生怕死之人，不但保不住老百姓的平安，还贪生怕死，一味地迁就敌人，真是让我感到失望。早知道这样，我宁愿死在草原，也不会前来投奔你们这群小人。"

参军听马芳说得难听，奔过去，一脚把马芳给踢倒，骂道："你他娘的再废话，老子就把你的舌头给剜掉。来人啊，把他交给鞑靼。"

大同总兵周尚文听到鞑靼军已近边境，前来视察指导用兵，见他们正在吵闹，便问怎么回事。那参军马上汇报了马芳的事情。周尚文听说，有个鞑靼穿着高级侍卫的服饰，天不亮偷偷地跑过来，硬说自己是蔚州人士，从小被抓到草原，是偷着逃回来的，便问："你们对他审问了吗？"

那参军回道："是，我们已经审了，发现没有多大的用处，这不鞑靼想把人给要回去，说只要把人交回去，他们就可退兵。"

周尚文问："这么说，这人对鞑靼非常重要了？"

参军又回道："应该是吧，要不他们咋说把人送回去就退兵呢。"

周尚文皱着眉问参军道："你认为他们会退兵吗？"

那参军说："鞑靼向来狡诈，这个，我们也确定不了。"

周尚文怒道："既然不确定，你们就把人送回去？他们让你送你就送啊？你是我大明朝的官员，还是鞑靼的官员？要说你是我大明朝的官员，你为什么要听鞑靼的？你们以前的总兵怎么教你们打仗的？本官不管，既然本官来这里负责，你们就得按着本官的方法去做。坚决不能退让，就算全部牺牲，用尸体也得把他们给绊倒。"

那参军低下头答道："是，是。"

周尚文问："人呢？"

那参军指指前边，周尚文见两个兵正押着马芳，便说："把他给我带过来。"参军去把马芳带到指挥营帐，周尚文看到这个身材健壮的青年，发现长相及各方面都像鞑靼，没有看到中原人的一点特征。便问："说说吧，你为什么逃到我们这边？"

此刻，马芳还在气头上，梗着脖子气呼呼地问："你又是谁？和你说了你会相信吗？"

周尚文看着马芳的样子，笑着说："本官是大同总兵周尚文，你可不可以说呢？"

马芳一听是周尚文，瞪大眼睛上下瞅着，说："你就是官军中大名鼎鼎的周尚文？"

周尚文点头道："正是本官。"

马芳一听是周尚文，悲感交集，声泪俱下，便把自己十岁时被抓走，在草原生活这么多年的事情都说了。然后抬起头咽下眼泪，强止悲声说："这么多年，我想尽办法，这次，好不容易才找到机会回来，怎么又要把我送回去以求蒙古退兵？他们劳师动众赶来岂是送还一个马芳就能退兵的？我本来还想，以我在蒙古多年所了解，又是阿勒坦侍卫，对他们的情况熟悉，想把所知道的情况全都告诉你们，好做到知己知彼，便于防备与打击他们，可是万万没想到啊，你们不辨黑白，不听辩解，就要把我杀了，真是让马芳感到悲哀！"

周尚文看着马芳悲痛的样子，感到有种说不出的滋味。他对马芳说："这也是你一人之言，本官无法确定是否属实。"

马芳叹口气道："是不是属实，也得等你们验证之后才可惩罚我不是，不能黄不说黑不道就要杀要剐的。"

周尚文点头道："如果真如你之所说，不是前来刺探军情，不是前来卧底，本官肯定欢迎。本官也会听你的建议，加强对侵兵的防守与反攻。那么，你说，本官如何才能破敌？"

马芳望着眼前的周尚文，反问道："您知道为什么大明这泱泱大国，这么多年却被一个小小的鞑靼一直侵扰吗？"

周尚文听到这里，一时语塞。这个问题看似简单，其实触及了明朝所存在的致命问题以及民族气节等一系列的问题。他沉思片刻说："在本官来之前负责大同防守期间发生的一些事情，本官没法评议，但本官既然来这里负责防守，就绝不会让鞑靼再踏进半步，侵我领土者，来必诛。"

马芳苦笑道："就在昨天，固日布德还抓了大量的百姓，抢劫了百姓的财物，这让我百思不得其解。一个国家的军队，连老百姓的安全都保护不了，这个国家，它还是国家吗？"

周尚文反过来问马芳："按你所说，这鞑靼既然唯贤是用，对你又如此看重，你将来一定会大有前程。既然如此，为何你不留在草原，而是冒着生死跑回来？现在，你被绑着，是不是后悔了？"

听周尚文这么问，马芳的眼泪不由得又夺眶而出，这么多年的辛酸、委屈、仇恨都涌上心头，他尽量压制自己的情绪："这么多年，我之所以想尽办法要回来，是因为我的父母在中原，我的亲戚朋友乡亲在中原，我眼见鞑靼兵杀害我的乡亲，杀害无辜。所以我从被抓走的那天起，就暗下决心，一定要逃回来。慢慢地看多了，又暗下决心，一定要参军，当一名守兵，看好家门，不让鞑靼军动不动就把中原的人抓去，当成他们的财物到集市上贩卖。说实话，当你们想把我送回去以求和平，我感到非常失望，也非常后悔。这么多年，我忍辱负重，好不容易冒着生死逃回来，如果就这么被自己人杀掉，我马芳死都不会瞑目的。"

周尚文对士兵说："把绳子给他解开。"两个士兵急忙过去为马芳解开捆绑的绳子。周尚文拉马芳坐下，问道："就现在的情况，你来说说，该怎么办？"

马芳活动着胳膊和手腕，稍微停顿了一下道："您看，不如这样，您就对他们说我已被你们重用。这样，他们至少不会立马开战，因为他们会衡量在我透露了他们的计划与他们的兵力后，如何重新调整进攻方案。"

周尚文觉得马芳说得有理，便打发人出去按照马芳说的喊话，结果，鞑靼军真的退回去了。周尚文随后召集部众，安排了防守以及进攻的用兵计划，临走时把马芳带上。周尚文心想，如果马芳确实是被抓过去的，那么此人有极大的利用价值，将来对防守或者打击鞑靼军，有着不可小觑的作用。

周尚文把马芳带到府上，给他找了一身汉人的衣裳，派人看着他，然后按照马芳说的地址，去寻找他的父母，验证他的身份。

自阿勒坦听到明军喊话后，知道明军不可能把马芳还回来了，不由恼羞成怒，破口大骂。他没想到自己的贴身侍卫竟然叛逃明军，想想平时对马芳恩待有嘉，并把自己的爱妃赐给了他，给他的待遇不少于军中的大将，但他最终还是逃离了自己。

现在的问题是，马芳已经把他们的兵力、他们的计划，以及他们蒙古的情况，全部透露给了对方。相信对方肯定会重新布防，甚至会调动其他地方的兵来增援，有针对性地计划对付他们。阿勒坦想着诸多可能，他对此次进攻，完全失去了信心，便带着大部队，沿边界线附近假借打猎之机，偷袭了几个村子，抢了些财物和人后撤兵回草原了。

回到草原后，阿勒坦气愤难消，开始对付与马芳有关系的人。首先对苏哈进行了审讯，问他是否跟马芳是一伙的。苏哈并不相信马芳会逃离，力争马芳此举是刺探敌情，不幸被敌人抓住。阿勒坦见苏哈争得脸红脖子粗，由此看出他是真的不知情，也无法接受马芳叛逃这件事情，就没有怎么着他，只是把他逐出了军队。

由于马芳是阿布尔推荐的，阿勒坦狠狠地训斥并罚没了他很多财物，才肯罢休。

阿布尔被阿勒坦训斥重罚后，就把怒气发在了萨仁身上，从此与她断绝关系并将其赶出家门。萨仁带着孩子，一直住在乌恩其家附近的毡房里，就像个普通的牧民那样,放羊、织毛毯过日子。萨仁显得特别平静,因为她知道马芳已经安全回到他日思夜想的家乡。但同时也明白,马芳,是永远都不可能再回来了。

这天,苏哈来到萨仁家里,安慰萨仁说:"你不要听信阿勒坦他们说的,我相信马芳不可能叛逃。如果他真的想逃的话,什么时候逃不了,为何非要等到现在两军要交战时?在这种时候逃,极有可能被敌军认为是探子抓起来。马芳有可能是去刺探军情被抓了。马芳毕竟是汉人,所以阿勒坦便误以为他是叛逃了。"

萨仁知道实情,知道马芳的一切,所以她平静地对苏哈说:"苏哈,马芳能有你这个朋友很幸运,我替他谢谢你。"苏哈没再说什么,只是帮着萨仁家里干了很多活儿,这才默默离开。苏哈见萨仁的日子过得艰难,此后便常带着东西来看望她,并帮着她干些活儿。

十四　认亲之忧

　　周尚文派去寻找马芳亲人的士兵，经过多方打探，终于到了马芳的家乡蔚州，并按马芳说的地方找到村子，他们先后找到几户人家询问，问他们知不知道本村有个叫马芳的人。几家人都说，村里姓马的倒有，但还真没听说有个叫马芳的人。当士兵们报出马芳父亲的名字后，有人说："是他家那小子啊，小时候就让鞑靼给掠走了。"然后就把他们送到一户人家。

　　马大叔与马大婶听说有人找马芳，不由得老泪纵横。这么多年来，他们天天以泪洗面，每每想到马芳都会失声痛哭，所以他们刻意地不去想这孩子，邻居们尽量也不提马芳。别说提，村里有叫芳的姑娘，马大婶都不敢叫名字，一叫都会伤心。如今，听到有人找上门来，便问他们怎么知道马芳的。几个士兵说："大婶，我们是马芳的朋友。"

　　马大婶不敢相信，她抹着泪说："孩子，你们是不是找错了啊，也许是同名同姓呢？"

　　士兵有些奇怪，问道："不会啊，为啥会错呢？"

　　马大婶听士兵这么问，早已泣不成声："我儿十岁就被鞑靼给抓走了，这么多年过去，一直没有音信，早不知道死活了。"

　　那士兵便说："大婶，有个从鞑靼那边跑过来的人说自己是马芳，不过看那长相，听他说话，都跟鞑靼没两样。我们总兵派我们来，是想请您过去看看，是不是你们的儿子。"

马大叔、马大婶听到这里，含泪的眼里闪出一丝亮光，脸上露出少有的喜悦，他们用力点头说："成成成，我们这就跟你们去。"

士兵雇了辆马车拉着老两口直奔大同。在路上，夫妻俩小声说着话，马大叔悄声说："唉，都十多年了，这可能吗？也许是同名同姓的。老伴儿啊，咱也就是去看看。万一，万一是呢！"

"唉，你说会有万一吗？"马大婶悄声说，眼泪吧嗒吧嗒又落下来。他们这么说是怕将来失望，但内心还是盼着那人就是马芳。马大婶又说："要真是芳儿多好，要是他真回来了，那是菩萨显灵了，说明这么多年，我没有白磕头。"

马大叔拍拍老伴的手："别胡思乱想了，说不定是同名同姓呢。"

他们一行人日夜兼程，赶到大同府，周尚文接待了夫妻俩并询问了他们有关马芳的事情。夫妻俩所说的和那投顺的鞑靼兵说的没什么区别，但他又怕鞑靼人以马芳的身份派来卧底，便对马大婶千叮咛万嘱咐："你们可要看好了啊，千万别认错了。对了，马芳身上有没有什么标记，能够证明他是你们的儿子？"

马大婶流着泪说："这孩子从小就调皮，是我们村的孩子头，领着小伙伴整天不是去戳马蜂窝，就是爬树逮家雀。有一次从树上掉下来，被树枝把腿给划了道很长的口子，差点流血流死了，伤好后留了一道疤在腿上。"自从听到马芳的消息后，马大婶的眼泪就没停止过。

周尚文点点头："那你们要细心看看他的腿，有没有你们说的这疤，这疤是不是跟当初留下的差不多。还有，多问些他小时候的事情，发现有什么不对的，马上和我说，千万别给认错了。他要是鞑靼人派来的卧底，那可就麻烦了。"

马大婶瞪着眼问："啥卧底，卧底又是啥哩？"

周尚文郑重地说："比如，鞑靼军知道你儿子的情况，于是就伪造了身上的伤疤，问了你儿子小时候的情况，然后冒充你儿子前来认亲，借机掌握我们内部的情况，再传到他们的军中，之后再派兵来打咱们，这样可就麻烦了。"

马大婶听到这么严重，脸上直发凉，用力点头说："大人，您放心吧，我自己生的孩子扒了皮我也认得。"

周尚文想到，马大婶可能认子心切，说不定会一激动就给认错了，于是就在附近找了几个与马大婶年龄差不多的妇人，让她们一同与马大婶去见马芳，让马芳认认哪个是他的母亲，如果他能准确地指出来，说明问题不大。如果他认不出自己的母亲，说明是有问题的。虽然过去十多年了，但是母亲的样子，对孩子来说，是记忆深刻的。等把妇人找来，周尚文对马大婶说："一会儿你们一同进去，不要激动，不要流泪，然后我们让他认认。"

马大婶担心地说："十多年了，他，他还认得我吗？"

周尚文道："如果他认不出你来，那你同样也不容易认出他不是？"

马大婶忐忑不安地跟着周尚文和几个妇人来到软禁马芳的房子，让看守的士兵打开屋门，周尚文进屋对马芳说："你说你是马芳，你看看这几个妇人中，有没有你的母亲？"

马芳的眼睛掠过几个妇人，眼睛停在马大婶脸上，然后怔怔地说："这位是我的娘。"话刚出口，泪早已流出，偌大一个汉子，早已哭得像一个孩童一般。

马大婶看到眼前这个男子，鼻子高高的，身体壮硕，口音又怪，愣是没有看出自己儿子的半点影子，便感到有些失望，叹口气说："孩子，你凭啥说我是你娘啊？"

马芳把裤子拉起来，指着腿上的疤说："娘，您看看我腿上的疤，您记不记得？"

马大婶听了周尚文说的话，她特别小心，强忍着泪水说："孩子，先别看疤，疤可以后来整上。你说说你小时候的事情，让我听听。"

于是，马芳便把小时候发生的事情，和着眼泪鼻涕一股脑儿地说出来，马大婶流着眼泪听着，泪水早已打湿了衣襟，她看看周尚文，痛苦地说："大人啊，他说得都对，一点都不错，他是我儿，可是，可是我看着咋不像我儿呢，他咋就是个鞑靼人了啊？要不，还是让他爹过来看看吧，我不敢认。"说到此处，早已泣不成声。

马大叔过来后，看到马芳便一个劲摇头，说："瞧这眼睛、这鼻子、这身形，整个就是个鞑靼人，哪能是我的儿子呢？你看他哪点随我，哪点还像是汉人？"

马芳并没有想到自己的变化，更没想到父母亲认不出他来了，急着喊道："爹，娘，我是马芳，我真是你们的儿马芳啊。"

马大叔说："也可能，可能是重名吧。"

周尚文看到马芳泪流满面，那是亲人之间才有的真情流露，不像是假的。再者，他能当面认出自己的父母来，显然，这不像是一个冒充的人能做到的。还有，马芳把自己小时候的事都说得准确，看来不像是假的。周尚文对马大叔、马大婶说："这样吧，你们再多跟他待几天。"

马大叔说："大人，他，他真不是我儿子。"

周尚文看着一家人以这种形式相见，心里也说不出啥滋味，他说："我们要考虑到这种情况，他十岁就到了草原，在那里生活了十多年，生活习惯也能影响他的长相。至于语音，他接触的都是蒙古人，自然说话就是蒙古口音了。依我推断，他能够一眼认出你们来，并把小时候的事情说得这么详细明确，估计不是假的。"

马大叔低着头，突然说："对了对了，让他说说小时候村里的小伙伴都有谁。"

马大婶也急着说："对了，让他说说他姥姥家是哪个村的。"

由于自己被当成卧底抓起来，亲生父母又不敢认，马芳正在伤心失望，见父母又回来了，便跪倒在地，哭道："爹，娘，你们好好认认，我真的是你们的儿子马芳啊。可能时间太久了，我的样子变了，不是小时候的样子了，但我真的是你们的儿子啊。"

马大婶叹口气说："孩子，不是我们不想认，是你长得太不像我儿马芳了，一点小时候的样子也没有，一点都不随你爹。这样吧，你说说你小时候的伙伴，再说说你姥姥家的事情，让我们再听听。"

于是，马芳把自己所知道的、还记得的，都说了出来。

马大婶流着泪说："你说的都不错，可是你这长相……"

马大叔道："说说跟你一同被抓去的人吧。"

马芳又把那次本村被抓的人说了说。

马大叔和马大婶回去跟周尚文商量，说："大人，他说的都不错，他能够把小时候的玩伴、他姥姥家，还有和他一起被抓去的人都说上来。"

周尚文点头说："那就说明他是你们的儿子。"

马大婶悲喜交集，说："可他这模样太不像了。你看看他爹，再看看他！"

周尚文笑笑说："依本官判断，他确实是你们的孩子。这样吧，我给你们安排房子，你们多在一起待待，相信你们会认出他来的。"让周尚文感到欣慰的是，至少证明了这个马芳的身份。如果马芳真的跟随阿勒坦左右，对于他们抗击鞑靼是非常有用的，因为他知道鞑靼军队的很多事情，比如他们的作战习惯、他们的优势、他们的军机要事，以及他们的弱点。

接下来，周尚文单独和马芳进行了交谈。他见马芳眼睛红红的，满脸痛苦的表情，便叹口气说："马芳，本官相信你是真的马芳，你的父母不敢认，是你多年在草原生活，发生了非常大的变化。现在，你已具有明显的蒙古人的体貌特征，中原人的特点不太明显了。"

马芳沮丧地说："可是，我真的是汉人，身上流的血，依然是汉人的血。"

周尚文笑道："这个本官倒不怀疑。"

马芳望着周尚文，急迫地说："大人，请再给我几天时间，让我跟我父母多待一些时日，相信他们会认出我来的。"

周尚文点点头："我已经给你们安排好房子了，你们可以住在一起。现在，你把你在鞑靼那里所知道的，详细跟本官说说。"

于是，马芳把阿勒坦的所有事情，全部详细地说给周尚文听，并提出了自己的困惑。他说："虽然鞑靼骁勇，但我就感到奇怪了，我们明朝大国为什么会怕他们？为什么我们常被他们侵犯，导致百姓流离失所？"

周尚文叹口气说："有多重原因吧。一是我们的民族太善良了，二是我们不太想打仗。还有个原因，就是朝廷的问题。朝廷的问题，不是我们能够解决的，也不是你我可以说的。现在，我们根据自身的条件，尽到我们的职责，保护好一方百姓，保护好大明的疆土。"

马芳把所有的事情都交代了，周尚文道："你是想跟你父母回老家，还是在这里当兵呢？不过本官可把丑话说在头里，你虽然在阿勒坦那里受到重用，但在本官这里，你还得从头开始，你得从一个普通士兵做起，以后怎么样，本官得根据你的实际表现再定。"

马芳毫不犹豫地说："我愿意从小兵做起。鞑靼肆无忌惮，经常侵犯我们中原，以致很多家庭妻离子散。他们把汉人抓去，就像牛羊那样赶到集市上卖，有的奴隶都不如一只羊值钱。他们在草原，子孙后代还是奴隶，过着非人的生活。我必须利用我对鞑靼的了解，利用我的能力，发挥我的力量，保护我们的乡亲。"

周尚文点头说："你既然有此志向，那便好。"

马芳与父母住了几天，父母终于认了这个儿子，他们跑来跟周尚文说："大人，他是我们的儿子，疤可以造，谎可以撒，但是有些细节的问题，还有生下带来的某些东西，是不可能伪造出来的。"

周尚文笑道："这样就好。"

马大婶急急地问："大人，我们现在可以领着他回家了吗？"

周尚文说："马芳说，他要留在这里当兵，打鞑靼，保护我们的百姓和疆土。"

马大婶又哭了，她说："我们好不容易把他给找到，可不能让他打仗啊，这多危险！"

周尚文笑着说："你们夫妻两人认了好几天才把他认出，就这么领回去，邻居家都以为你们认了个鞑靼为儿子，到时候都指指点点的，这不好。"

马大婶听这话，又点头道："是，是不好。"

周尚文说："你们大可放心，让他在这里啊，先熟悉下咱们汉人的生活，然后再回去怎么样？"

马大婶连忙说："行是行，就是太麻烦您了。"

周尚文说："你们就放心地住在这里吧。"

虽然周尚文相信这个马芳是真的，但对于马芳说的在阿勒坦手下的战绩与他掌握的骑射能力，还抱有怀疑态度。还有个让他担心的问题是，就算这个马芳是真的，但他在草原这么多年，有没有被他们同化，然后利用这个身份前来卧底呢？

当周尚文听说边界几个村子最近常受到鞑靼兵侵扰时，他派出一队人马前去伏击，并让马芳参加行动，目的是想看看他的表现。马芳自然明白，自己初来乍到，必须体现出自己的价值，才能被重用。另外，周尚文所担心的问题，马芳也想到了，所以他必须要拿出实际行动来，证明自己回来的诚意，打消他们的顾虑。

在这次伏击中，马芳和带队的说："我们派出十几个士兵去巡逻，遇到鞑靼军后要逃跑，把他们引到我们的伏击圈里，然后再剿灭。"队长受周尚文示意，留意观察马芳的动向。队长同意了马芳的建议。那天，他们一百多人来到边界附近的沟里埋伏下，然后派出十几个骑兵出去活动。十多个兵在村外游动着，终于引起鞑靼人的注意。二百多鞑靼骑兵和十多骑明军士兵发现了彼此。这十几个明军士兵看到鞑靼骑兵后佯装仓皇逃离，于是鞑靼骑兵开始追击，边追边放箭。

埋伏在坡下的马芳他们看到鞑靼军追来，有二百多骑，于是把弓从背上摘下来。

队长担心地说："对方人马胜过我们这么多，再者，他们擅于骑战，我们还是尽快撤离吧。"

马芳说："鞑靼军并不知道咱们的情况，当他们发现有埋伏，必然不会再追。"

马芳把硬弓拉满搭箭，瞄着追赶的鞑靼军射击，一箭一个，队长都看傻了。因为马芳射出去的箭比他们远了二十多步。果然，鞑靼军见到有伏兵，打个旋就跑了。队长说："他们跑了，我们马上追。"

马芳摇头说："他们退走是因为不知道咱们的人数。要是他们知道咱们只有百骑，他们肯定会反扑过来，那时咱们就很被动了。"

回到营地，队长去向周尚文汇报，说："大人，看到马芳射箭，我终于明白，我们为什么跟鞑靼打仗老赚不到便宜，我们根本就不会射箭。马芳的箭比我们射出去的箭要远二十多步，这个差距太大了。"然后又把情况一一向周尚文汇报。

周尚文点点头说："那么，依你的观察，他是真心帮助咱们打仗吗？"

队长点头说："大人，看样子是真的，他今天杀掉的几个骑兵全是他用箭射死的。"

周尚文说："那好，你还得继续观察，要确定他是真心实意归顺才行。"

等队长走后，周尚文坐在那儿沉默了好一会儿，心想如果马芳是真的，那么可以找队人马，按照鞑靼军的方式，训练出一支骑兵用来对付鞑靼军。他到街上买了些东西，来到马芳父母住的院里。马大婶边泡茶边说："周大人，太谢谢您了，马芳能遇到您这样的人是他的福气。马芳回来就说，一定要利用在草原学到的东西，好好为国家效力呢。"

周尚文看着眼前这对质朴的夫妻，说："马芳能够回来效力，这是好事。不过有个问题呢，我还得跟您二位说明。马芳在草原生活得久了，他在那边是跟着他们的大汗阿勒坦当兵打仗的，享受着非常高的荣誉与待遇。这么说吧，他就相当于跟随鞑靼的皇帝干，是非常有权力、非常受恩宠的。他放弃这么高的地位，来到我这里当个小兵，还要冒着被杀头的危险，我们也不能排除他是利用你们儿子的身份，来刺探我们军情的。"

马大婶寒了寒脸，说："周大人，会这么严重？"

周尚文说："这只是猜测，但我们不能不防。如果马芳真是我想的那样，将来帮着鞑靼祸害咱们的人，那么将来你们也得被亲戚朋友骂不是？所以，你们发现他与外人有来往，要马上和我说。"

马大婶用力点头，痛苦地说："这孩子，可别让鞑靼给教坏了。"

周尚文说："就算是鞑靼派来的，我们也要把他给感化。"

马大婶用力点头："对，我要好好跟他说说。"

不久，鞑靼军又来进犯，周尚文亲自指挥破敌，并带着马芳，让他担任这次的前锋，意在亲自观察马芳的表现。两军对峙，马芳冲锋在前，在马上闪转腾挪，手中那把弯刀所到之处，鲜血四射，杀得鞑靼兵人仰马翻。周尚文看到马芳如此骁勇，不由感叹。看马芳骑射，人与马就像一个整体，可以从不同的方向杀敌。中原的骑兵就不行了，坐在马上翻不了身，刀枪过来也不能灵活地躲避。如果我大明将士都如马芳，何愁外敌侵犯？

这次大获全胜后，周尚文让马芳给大家讲讲马上作战的要领。马芳骑上马，给将士们表演了马上作战的各种动作，大家看得目瞪口呆。周尚文不住地点头说："人才，人才啊。"随后，周尚文召集部下，商量要选出一百骑兵，由马芳训练，专门用来侦察袭击鞑靼军。

有人质疑道："大人，现在我们还不知道马芳的真实意图，组织骑兵队让他带领，会不会有危险？"

还有人说："就是啊，我们不能仅凭杀几个鞑靼兵就断定他忠于咱们。"

周尚文说："连续两次他都一马当先，奋勇杀敌。再者，他父母又在这里。相信他冒着生死回来，不可能是来做卧底的。用人不疑，疑人不用。我们既然要用他，就相信他。话说回来，我们的将士，虽然都是土生土长在中原，不是也有临阵脱逃、临阵叛变的？本官愿意为他打这个包票。"

既然大人都这么说了，大家也没有再说什么。但从内心讲，他们还是对马芳心存戒备的。因为他们看到马芳，一举一动都像是个鞑靼人，根本就没有一点中原人的影子。

十五　暗杀行动

之前，鞑靼军打了几次败仗，找的主要原因是对方人数太多、兵力太强，或者找这样那样的理由说明自己赢不了。自从马芳投奔明朝以来，鞑靼军每次打了败仗，汇报时都说马芳懂得己方战术，擅于马战，实在难以取胜。就算不是马芳把他们打败的，他们也把原因推到马芳身上。阿勒坦气愤难当，他万万没有想到，当初对他忠心耿耿，曾为他平定草原出过汗马功劳的马芳，现在竟然成为他进攻中原的一大障碍。

阿勒坦召集部众，问大家有什么办法把马芳处理掉。固日布德说："可汗，明朝的官员多腐败，我们可以利用这点贿赂他们的上层，把马芳驱逐出军队。"于是，他们拿出很多珍宝，开始贿赂朝中的大臣严嵩。在历次的两方和谈时，他们都专门去拜访过严嵩，因为他位高权重，足以左右朝野。严嵩通过其他官员向大同总兵周尚文施压，转给他一封密信，说鞑靼狡猾，决不能用他们那边投降之人，并说马芳多年生活在草原，是鞑坦忠实的走狗，重用他极有可能会导致全军覆没，应把他驱逐出军队。周尚文接到这封密信后不由得仰天长叹。如果不听从上边的命令，那么他就是抗令不遵，以后的日子也将不好过；如果听从他们，就会失去一个非常得力的抗敌战将。

周尚文衡量过后，感到上边的要求很荒唐，他们从未见过马芳，对他的情况并不了解，却远程干涉。于是他专门写了封信解释马芳本是明朝人士，被鞑靼军抓去，忍辱负重，摸清了鞑靼军的情况，回来想报效国家。在几次的战斗中他英勇杀敌，立下功劳，是不可多得的勇士，最后还以自己的前程为马芳担保。面对这份陈述，严嵩虽然不悦，但也不能再说什么。马芳知道朝中有大臣下文专门要把他赶出军营，既气愤又感动。令他气愤的是，朝中大臣竟然干涉他这个小兵；令他感动的是，周尚文如此信任，能够以自己的身家性命为他担保。马芳暗下决心，一定要建功立业，让那些想赶走自己的人都知道周总兵的眼光是正确的。

马芳专门找到周尚文，向他说明，以往阿勒坦跟明朝谈判时，都会派人带草原上的珍宝献给当朝的严嵩等人，这几个大臣极有通敌嫌疑，应该弹劾他们，否则他们见利妄为，不顾国家大局，会影响到大明的江山社稷。

周尚文听后叹气说："马芳，有些事情并不是本官能解决的。他们都是朝廷重臣，足以左右皇上的决策；再者，本官又不在朝堂之上。所以有些事不要管它，做好自己的事就好。当下，本官能做的是尽自己的全力，守护好我大明的防线，不让任何外寇踏入一步，誓死守卫我大明疆土和百姓，用我们的行动证明我们是问心无愧的。"马芳听后也长叹了一口气，他终于明白，为什么鞑靼敢欺负明朝，是因为明朝的向心力不够，因为明朝腐败。小小的草原部落虽然势单力薄，但他们勇猛无比，有着较强的凝聚力，目标明确，不择手段。

这天，马芳回到家里，见母亲已经把饭做好了。

马大叔见马芳有些不高兴，便问："儿呀，你这是怎么了？遇到啥难事了吗？"

马芳叹口气："唉，我深为大明朝廷担忧啊。"

马大叔劝慰道："想那么多干吗？有些事不是你一个小兵该想的，你就想你所做的一切，都是为了咱亲朋、街坊、老百姓不就行了。"

马芳看着父亲点头说："是的，父亲，我是为了保护和我们一样的老百姓。"

马大婶疼爱地看着儿子，说："儿啊，娘我是个小老百姓，这古话说呢，'不孝有三，无后为大'。儿呀，有件事我们也该办了，你看你也老大不小了，我们也应该为你定门亲事了。"

马芳听到母亲这么说，低头躲闪着说："娘，您看，我刚回来不久，话都还说不好，等再过段时间行吗？"

马大婶看着儿子害羞的样子，笑着说："你看看，都大小伙子了，还害羞哩。咱村里像你这般大的，都有几个孩子了，咱也不能拖得太久了。"

阿勒坦贿赂明朝重臣，没有达到预期的效果，但他并不甘心，决定暗杀马芳，或把他的父母抓来要挟马芳。他们精心策划，找出十多个精兵，冒充商人，带着草原的珍宝、兽皮等物前往大同销售。来到边关时，被守关的人拦住后，他们递上银两，守关的小头目就给他们放行了。十个杀手来到大同街上，边摆摊卖东西，边打听马芳家的住处。

他们的计划是，先控制住马芳的父母，然后在家里等马芳回来一举把他拿下，最后把他们带到草原。经过几天的打探筹划，杀手们来到总兵府周围，向一个在路边摆摊的人问马芳的父母住在哪里。而这人由于长期摆摊，正好认得马大婶。在马大婶出来买菜时，摆摊的人对她说："马大婶，有几个草原过来的商人，问你们家住哪儿呢。"

马大婶听到后心里一惊，她担心马芳还与鞑靼有什么来往，如果这样，可就太对不住人家周总兵了。于是她菜也不买了，赶到马芳所在的军营，说有重要的事找马芳。马芳正准备出发，听母亲找他有急事，于是跟队长说了说就去见母亲了，当他听说有几个蒙古商人打探他家的位置，不由大惊。

马大婶语重心长地说："马芳啊，人家周总兵对咱们这么好，你可得对得住人家啊。"

马芳安慰母亲道："娘，您放心就是了，我已经与鞑靼断绝所有来往了。"

马大婶担心地问："那他们为什么还来找你？"

马芳顾不得和母亲解释，让母亲先回家，他马上去跟周尚文汇报此事。周尚文听后，想了想说："阿勒坦对你回归中原耿耿于怀，不惜重金贿赂朝中重臣，欲把你赶出军队。这件事情没有达到他们的目的，他们必然心有不甘，极有可能会采取别的办法。"

马芳说："大人，我倒没什么，就是怕他们对我爹娘不利。"

周尚文想了想说："这样吧，这几天你不要去巡逻，本官给你派二十几个精兵，埋伏在你家院里，以防发生什么意外。"

夜晚，马芳带二十几人埋伏在家里，并让父母不要作声，该干什么还干什么，不要有什么异样。"如要有人问起我的情况就说我去巡逻了，晚上才能回家。"随后，马芳派几个便衣，尾随着母亲去买菜，并交代如果他们不动手抓人，就不要惊动他们。

这天，马大婶挎着篮子去买菜，走在路上，看着任何人都感到可疑，虽然她努力装着像没事人似的，但心一直提到嗓子眼儿。当她来到市场，突然有个商人模样的人凑过来，说："您是马大婶吧，我是马芳的朋友，给他带了点东西。他现在在家吗？"

马大婶一听这话，就按儿子嘱咐好的说："他白天去巡逻，晚上才能回来。"

那商人拿出个包袱说："东西交给您，如果马芳回去，就说是萨仁捎来的。"

马大婶忍不住问："萨仁是谁？"

那商人笑道："是马芳的好朋友，您一说他就知道。"

马大婶买了些菜匆匆回到家里，把东西交给马芳，并转述那商人的话说是萨仁捎来的。马芳一看竟是两颗宝石，不由吃惊。他明白，阿勒坦此举的目的是多重的，先是试探他，如果时机合适就把他抓去；如果不容易得手就可以诬陷他收取了好处，然后通过明朝朝中重臣来办他。再者，提起萨仁是让他知道，萨仁因为他的逃离日子非常不好过。

马芳想想萨仁，感到确实有些对不起她。虽然他并未与萨仁举办婚礼，但阿勒坦的部从都知道萨仁是他的人了，相信萨仁现在的日子肯定很难过。马芳多次借故推辞母亲去找媒人提亲的提议，其实就是想等有机会把萨仁接到中原来，虽然这是很难做到的事情，但马芳认为，肯定会有这样的机会。

马芳一家人吃过晚饭后，就开始在院墙内设计埋伏。夜色显得特别凝重，月亮隐在云后，生怕惊到这安静的人间。大约子时，在墙头上冒出几个人影来，四下张望，把院里观察了一番，觉得没有什么问题，然后轻盈地落到院里。几个人比画着，猫着身子，高抬腿轻落足，悄悄地向正房摸去。早已躲在暗处的马芳搭箭，把弓拉满，对着前去开正房门的人射去。那箭在静夜里呼啸如风，几个人听到箭风猛地转过身来，离门最近的那个人中箭，发出惨叫声，叫声划破寂静的夜空，让人不由得起鸡皮疙瘩。与此同时，马芳马上下令把他们团团围住。杀手们料想是无法杀出去了，其中一人便喊道："马芳，我们受萨仁之托来找你的。"

马芳没搭话，对身边的人说："把他们捆了。"

那人又叫嚷道："马芳你还有没有道义了，你还算不算人？"

马芳让人把他的嘴堵上，留下几人继续守着院子，以防万一，他和另外几人带着几个鞑靼杀手去拜见周尚文。周尚文听说把杀手拿住了，马上起身来到客厅。周尚文亲自审问这几个杀手，马芳在一旁翻译着。杀手用蒙古语对马芳说："可汗哪点对不起你了？你处处与他为敌，不顾交情，不顾友情，不顾恩情，竟然杀你的老朋友。你一走了之，你想过萨仁的生活吗？你想过你军营中的好友吗？可汗说了，如果你能够回心转意回到草原，他一如既往地重用你，并设法把你的家人接到草原，让他们过上最好的生活。否则我们将不计代价，利用各种办法，让你与你的家人不得安宁。"

马芳把这话一字不差地翻译给周尚文听，周尚文笑道："你们大可放心，马芳全家，在我们这里，同样过着很好的生活，这就不劳你们费心了。"马芳同样把这话翻译给了那个杀手。

那杀手斜眼瞅着周尚文，冷笑道："既然如你所说，那为什么你们的朝中大臣还要把他赶出军队呢？"

周尚文看着眼前这个咄咄逼人的鞑靼杀手，平静地说："那是上边不知道马芳的情况，本官已经上书说明了。"

对于怎么处理这几个杀手，马芳跟周尚文商量："大人，要不咱就将计就计，由我暗里把他们放了，然后让他们带书信回去，就说我在这里实际上是想搞清明朝的内部情况，然后建立联络，以后用假情报来误导他们。如果他们真的上钩，咱们就有可能给他们以致命的打击。"

周尚文考虑之后，感到不可。如果真这么做了，虽然将来会有作用，但要是皇上知道了，极有可能会以此为理由治罪于马芳，这就得不偿失了。最后他下令把几个杀手关进大牢，只放了一人回去，让他告诉阿勒坦，不要再打马芳的主意，马芳在明军中已经受到重用，是不可能再回草原了。

被放的那个杀手回到草原后向阿勒坦一五一十地汇报了情况，阿勒坦不由得暴跳如雷，他拍着桌子咆哮道："本王要不惜一切代价，一定要把马芳碎尸万段。"

诸将见阿勒坦正在气头上，谁也不敢说话。军师见状，上前劝道："可汗，虽说马芳投靠明朝，对咱们的大计有所影响，但也不会影响太大。我们就当马芳死了，该干什么还干什么。难道没有他马芳，我勇敢的草原战士就不行了吗？"

阿勒坦愤恨地说："我们的部众每次攻入明境，都是马芳一马当先，有哪一次不是马芳将我们击败？你说，这难道是小事吗？"

军师继续劝解道："可汗，马芳现在只是个小兵，两军真的要打起来，他们也不可能派马芳，也不可能说是他把咱们派去的军队打败，您现在所说的也只是一种推断。这几次之所以失败，主要是周尚文这个总兵与以前的大不相同。他从十多岁就与我们为敌，积累了丰富的作战经验，并且不畏权贵，擅长用兵，不只是马芳的缘故。"

阿勒坦恨道："不管怎么样，本王绝不能放过马芳。"

马芳在边境巡查时，多次与鞑靼军相遇，他都会一马当先，英勇杀敌，让敌人闻风丧胆，以至于鞑靼军看到马芳所在的巡逻队就会慌忙躲避，不敢与之交锋。周尚文心想，应该对马芳委以重任，让他发挥更大的作用。但是，上来就提拔马芳，可能让大家不服。因为以明朝的官场风气，大多是论资排辈，或者是任人唯亲，或者是花钱买官。如果是个文官，倒也罢了，但马芳是个武将，如果不能让大家信服，就有可能在战争中失去向心力，导致军队散漫，不容易指挥。周尚文决定，要举办一次大比武。

在比武之前，周尚文命令贴出告示，要选择骑兵队长，负责巡逻边境，各队要选出精于骑射之勇士参加。周尚文的几个副手明白，这是针对马芳定的。同时，马芳也明白，这是周尚文想着提拔他，特地安排了这次比武，不由心潮澎湃，浑身充满了力量。

等到比试这天，各队都把最好的士兵派到了练兵场上。周尚文与副总兵、几个参军，在台上主持比武。首先进行的是摔跤，胜者参加第二场武器比赛，赢者再进行骑马比赛，再进行骑射比赛。第一场，马芳轻而易举就赢得了比赛。因为他在草原上曾经练过蒙古传统的摔跤，自己还专门改进过摔跤方式。

第二场是武器比赛，主要是长枪与短刀的比赛。枪头都是木制的，头上包着棉，蘸着朱红，以点中对方胸部为胜，击倒直接取胜。马芳面对的是一员久经沙场的战将，那战将握着木枪，爱搭不理，甚是得意，他对马芳说："摔跤可能没有人比得了你，但在这个环节，我保证让你下去。"然后右手拇指朝下，做了一个动作，场下一片哗然。

马芳并不生气，他点点头说："如果你能胜了，那我就祝贺你。"

两人站在规定的区域，然后开始比刀。刀也是木制的，缠着棉布，上面蘸着朱红。只要砍中对方，对方身上就会留下红。马芳手里握着刀，心想此人的本事我见过，刀术绝不在我之下，如果跟他硬拼，怕是没有胜算，得想点办法才是。当对方一只手握着刀，另一只手扬起来，哇哇叫着向他奔来时，马芳站在那儿没动，等那人逼近时，猛地躺到地上。那人的刀砍去，没有收住脚，差点被马芳给绊倒。马芳就躺在地上，举刀砍向他的裆，那人躲闪不及，挨了一刀，他愣神的工夫，马芳腾空而起，用木刀对着他的脖子、后背，就是几刀。

那人身上已经留下好几道红印，他嚷嚷道："这个鞑靼人不按规矩来，这场不能算。"

周尚文探了一下身子问："马芳，你为什么不按规矩来？"

马芳忙答道："大人，属下认为，战场之上，没有规矩，用最有效的办法杀死敌人，就是正确的。再说了，我也没有违反规则啊，告示上明确写着，首先砍中对方要害者为胜。并没有要求是躺着砍、站着砍，还是从其他地方砍。"

周尚文点点头说："马芳说得不错，我们所谓的规矩，就是两个人面对面站着，亮开架势，然后用手中的武器在那里拨来拨去。这根本就算不得规矩。我们比武不是为了唱戏，是为了在战场上应用的。这一局，马芳胜。"

那员战将嘟哝道："活脱脱就是个鞑靼人。"然后沮丧着低头耷脑地下场去了。

马芳看着那人笑道："你已经死了，死人是不会说话的。"

对于马术，跟他比赛的那个士兵摇头说："我放弃了。"

马芳看着他说："你不比怎么知道你不会赢？"

那士兵摇头说："谁不知道你骑术好？我才不丢这个丑呢。"

马芳还是按要求，进行了马术的展示。其实，他就是为了表演罢了。他骑着马在场子里奔驰着，在马上做着很多动作，边做边挥动马刀。当马芳用单脚钩住马镫，身子几近卧到马腹最下侧，挥动弯刀横砍时，场上发出阵阵欢呼声。马芳的身子借着马势，翻上马背，以三百六十度变换着姿势做出砍杀状，表演着从不同角度杀敌的技能，大家掌声不断，台上周尚文及几个将领看得目瞪口呆。

周尚文看看左右，脸上泛出欣慰的表情。

在进行骑射比赛时，周尚文安排全队箭术最好的赵勇跟马芳比。赵勇是远近非常有名的射手，平时闲着没事，他就带着箭出去，常会射到很多野味给大家改善伙食。当赵勇走上比武场时，大家都嚷道："赵勇赢，赵勇赢。"

周尚文站起来，伸出双手，让大家不要再喊，然后说："你们俩人谁能赢得这场比赛，谁就担任大同骑兵将领之职。"

这时，场内一片寂静，赵勇突然说："大人，我要求加大难度，我们不射靶，不射活物，要射就射铜钱来比赛。"

马芳也说："大人，属下也要求加大难度，我们要在奔跑的马上射铜钱。"

赵勇听马芳这么说，脸色寒了寒。因为他最擅长的是静射，那是百发百中，但是骑射，他就没有多大把握了。他梗了梗脖子又说："大人，那我们就进行静射与骑射两场比赛。"

周尚文点头道："马芳成长在草原，骑射在行；而赵勇生长在中原，静射最拿手。这样吧，你们就进行两场比赛，如果打成平手，然后再进行第三场比赛。"

马芳高声说："我同意赵勇兄弟的提议，不过我要求，要在二百步处静射。"

赵勇听到这里，不由吃惊，二百步不用说射中，就是看到钱都有些困难。他皱眉道："这样吧马芳，你能在二百步外射中，我自愿认输。"马芳没接赵勇的话，只是对着他笑笑。

周尚文让士兵把铜钱悬挂好，画出二百步的距离。马芳把弓摘下来，瞄了瞄远处那个铜钱，已经看不到了。马芳抽出支重箭，吱呀拉开弓，稍作调整，对着前方射去。箭摇头摆尾，越过铜钱，落到地上，并没有射中。

大家顿时嘘声一片，说他吹牛。

赵勇来到马芳站的地方，感到这也太远了，但是他想，也许瞎猫碰到死耗子，能够把铜钱给射下来呢。于是他拉弓搭箭，把箭射出去，那箭离铜钱还有一半的距离就落下了。守在铜钱附近的士兵，跑过去把箭拾起来，喊道："没有射中。"

其实，马芳的意思，只是想着让大家知道他的箭重，要比赵勇的箭射得远。至于射中，确实太难了，因为根本看不到铜钱。马芳转身对赵勇说："这样吧，这次由赵勇兄弟来定距离。"

赵勇说："二百步外射中铜钱，那是吹牛，谁要能射下来，我喊他爹。"最后，赵勇选了他最拿手的一百步的距离。赵勇对这个距离充满了信心，问："是你先来还是我先来？"

马芳笑着说："这次你先来。"

赵勇脸上泛出得意的表情，站在那儿，拉开弓，对着铜钱射去，只见铜钱猛地晃动了几下。守在那边的士兵喊道："射中了，射中了。"赵勇得意地做了个让的手势，说："马芳，请吧。"马芳明白，自己刚来，大家对自己都有看法，这次是周大人给的机会，一定不能丢脸。刚才赵勇仅仅是碰到了铜钱，如果能把铜钱射落，自然会赢。但是，想把铜钱射下来也不能轻心。马芳把箭抽出来，用手把箭给弯了弯，他想让箭有一点弧度，虽然有点偏差，至少也能碰到铜钱。

马芳把箭搭在弓上，伸了伸胳膊，把弓拉开，对着铜钱射去。负责查看的士兵找到马芳射出去的箭，竟然发现，箭正中铜钱的眼儿，不由惊呼道："中了中了，正中钱眼儿。"马芳听到不由笑了笑。

赵勇不相信，他跑到举着箭的士兵跟前，发现箭头镶在了钱眼儿里，不由倒抽一口凉气，垂头丧气地说："马芳，我输了，我输得心服口服。"

士兵把箭拿到了台上，周尚文与几位参军议论，一个参将说："刚才看到马芳还把箭弯了弯，竟然还能正中钱眼儿，要是那箭笔直，那还了得啊！"

周尚文点点头道："我们都看到了，马芳的能力远远超过我们挑选出的这些士兵，这也是为什么我们以前跟鞑靼交战，总是占不到便宜的原因。慢慢地，我们就养成了惧怕心理，见着鞑靼兵就躲。从今以后，本官要让马芳亲自把我们的骑兵队伍训练好，作为打击鞑靼军的利器。"周尚文正要宣布，马芳胜出，从此马芳就是骑射队队长的时候，台下一片哗然。

"大人，他们还没比骑射呢。"

台上的将士也起哄："就是啊，还没有比骑射，我们要看马芳的骑射到底怎么样，别是唬人吧！"

周尚文见群情激昂，便看向马芳。马芳躬身施礼道："大人，请下令，我按说好的，和赵兄弟再比一场骑射。"

赵勇知道自己马上更比不上马芳，但是，他也想看看马芳的骑射，便冲马芳一拱手道："赵某愿意奉陪。"

周尚文看着二人，摆手下令："比赛开始。"

二人飞身上马。只见马芳坐下骏马前蹄腾空，长嘶一声，然后四蹄翻腾，长鬃飞扬，壮美之势犹如蛟龙出海，又如雄鹰俯瞰，仰天长嘶之声响彻上空。这马，长长的鬃毛披散着，跑起来，四只蹄子像不沾地似的。马芳左手抓着缰绳，右手握着长弓，就在马转身前蹄腾空之时，马芳早已放开马缰绳，抽出箭射向空中，马的前蹄落地，马芳搭弓勒住战马，宛若天降神兵一样傲然立于马上。这一系列的操作，所有人都没来得及眨眼就结束了，大家看得目瞪口呆。只有周尚文看得清清楚楚，不由得暗竖拇指，好一员虎将。这时，远处一个士兵高举着箭，边跑边说："射中了，射中了，马芳射中一只老鹰。"赵勇在马上还没回过神来呢！嘴张得老大，眼瞪得溜圆。

周尚文看了看四下，问道："还有没有要比试的？"

这时，队伍站出一个近两百斤的大胖子，他喊道："大人，我想跟马芳摔跤。"

周尚文说："既然想比，那你为何不报名比赛？"

大胖子挠挠头，憨憨地说："我就摔跤还在行。"

周尚文知道，大家对马芳还是不服气，便问马芳："名次已经决定出来，你已经是骑射队的队长了。这样吧马芳，咱们就当表演，看看将士们哪个愿意挑战你，和你比试，你可愿意？"

马芳不假思索道："大人，属下愿意跟各位兄弟切磋武艺，也希望和兄弟们学习。"

其实，马芳对付胖子还是有经验的，他知道胖子活动较慢，下盘不稳，只要瞅准了机会，很容易就把他放倒。当然，原则是你不能被他抓住，抓住你就很难脱身。马芳见那大胖子亮开了架势，不由想到了苏哈，心里有些难过。当初自己把苏哈推荐给阿勒坦当贴身侍卫，如今自己来到明朝，他知道苏哈一定受自己牵连，他的日子也一定不好过。正在这时，大胖子哇哇叫着向他冲来。马芳一分心，被胖子给抓住了，马芳挣了几挣没能挣开，感到大胖子就要把他给提起来了，他双腿猛地缠到胖子的双腿上，双手抓住他的裤角，身子用力收缩。胖子的腿被绷得有些弯了，他拿出吃奶的力气，嗯嗯几声，用力往后撑着。马芳猛地把握着他裤脚的手松开，大胖子扑通趴倒在地，马芳重重地砸在了他的身上，然后翻身爬起来，发现大胖子晕了过去。

几个士兵急忙上去，把大胖子抬到旁边，向他身上泼了桶凉水，大胖子才醒过来，问："谁输了？"

一个士兵回道："是你的后背先着的地。"

大胖子抹了把脸上的水，急道："这局不能算，我还没准备好呢。"

周尚文微笑着问："你已经输了，为何说不算？"

那大胖子说："天下就没有这么摔的。"

马芳看着胖子说："你真的想再摔一次吗？那你来说，想怎么摔？"

大胖子喘着粗气说："咱们要先抓住手再摔，不能用腿盘着对方任何部位。"

马芳突然躺在地上，说："我输了。"

围观的人哈哈大笑起来，大胖子憨憨地说："马芳，你耍赖！"

马芳从地上爬起来道："你真的想再摔一次？"

大胖子认真地点头说："是啊，不过你要是不敢就直说，别躺在地上耍赖。"

马芳回头去看周尚文，见他点了点头，便扭过头来说："那好吧，既然这样，咱们就再摔一次。"

马芳与大胖子握住胳膊，大胖子突然把他给提起来转圈，马芳的腿都被甩起来了。大胖子哇的一声大叫，把马芳扔出去，马芳在空中翻了个身，身子轻得就像燕子一样，那舒展的动作着实好看，然后稳稳地落在了地上。大胖子由于转得太猛，自己坐到了地上，看看站在那儿的马芳，他突然就哭了，用手捶着自己的胸说："丢死人了，我白吃了这么身肉，我不活了。"

周尚文让人把大胖子架出场外，对大家说："这样吧，据说马芳用的弓，是非常硬的，谁能用马芳的弓，把箭射出一百步，本官有赏。"

几个自认为射得不错的弓箭手自告奋勇，可是，他们大多没力气拉开马芳的弓，更不用说能射百步了。倒是有个胖壮的人把弓拉满了，但早已累得全身发抖，射出去的箭，也不知道偏哪里去了，差点把围观的人给射着。赵勇也凑上来，想要试试马芳的弓，他咬紧牙关，猛地把弓拉起来，结果并没有拉满，便对马芳摇了摇头说："马芳，我算彻底心服口也服了。"

周尚文看着大家，高声说："诸将士，本官认为，赵勇的表现也非常不错，本官就由你担任副队长，协同马芳，加强练兵，巡逻边境，打击侵扰村子的鞑靼兵，不让我们的百姓再遭受鞑靼兵的侵害，让他们过上安定的生活。"

至此，周尚文的几个副手，也为马芳的技艺折服了，他们认为，重用马芳是非常正确的，并且是非常有必要的。他们纷纷向周尚文推荐马芳，并对马芳表示祝贺，对他进行鼓励。

马芳带着赵勇，从各队里挑出年轻力壮的，组成百人的巡逻队，对他们进行强化训练。训练的强度让很多士兵吃不消，都有退却的意向。马芳便给他们讲自己在草原时的所见所闻，讲汉人被鞑靼逮去后被如何对待，直听得大家义愤填膺，并自动加大了训练强度。

三个月的集中训练过后，巡逻队就负责顺着边境线巡逻，侦察情况。他还给各村设计响箭，如果发现鞑靼军入侵，放出响箭，他们就会赶过去。马芳的这支骑兵神速、勇敢、快捷，让鞑靼军闻风丧胆。以前他们常常入侵中原，抢物抓人，自从有了马芳的骑兵队，他们再也不敢轻易越雷池半步了。

十六　因爱决绝

鞑靼将领固日布德对马芳所部恨之入骨，他派出去侵扰村庄的军队，每次都被马芳的巡逻队给打败，且多有伤亡。固日布德决定，要把马芳的巡逻队彻底清除。他把军师与几个副将找来，研究对付马芳的办法。

固日布德说："马芳效法我们的方式，成立了骑射队，一旦发现我军情况，就会前来驱逐，这已经成为我们进军中原的最大阻力了，因此，我想把他彻底歼灭掉，请大家都想想办法。"

军师捻着胡须说："马芳的巡逻队不过百骑，我们之所以失败，是派出去的人太少。不如这样，我们提前在村外埋伏重兵，然后派一小队人马前去村里打劫，他们必然要去求救，等马芳带队来后，我们埋伏的兵力对其进行伏击。我相信，凭着我们提前埋伏好的人，一定可以把马芳抓获。如果把明军的巡逻队给消灭掉，会极大地打击明军斗志。再者，如果抓住或杀死马芳，可汗肯定高兴。"

固日布德点头道："好计，我们就这么办。"

次日，他们选定了几个村子作为目标，这里离明军大部队只有五里多路，村外有大沟与树林，便于埋伏，固日布德提前在沟里埋伏了上千名士兵，然后派出二十几个骑兵去村里抢劫。他们相信马芳的百余名骑兵，只要他们进入伏击圈，很快就会把他们解决掉，等明军大部队赶来，他们就提着马芳的人头走了。派出去的二十几名鞑靼兵，到村里乱杀乱砍，村里的百姓放了求救的响箭。

此时，马芳正在三里外巡逻，听到有村庄放响箭，立马召集人马奔去。马芳走到前面的树林，便示意骑兵队绕树林过去。他明白，他们只有百骑，经常参与救援侦察任务，敌人难免会对他们进行伏击，经过那些沟坎与树林是极为危险的。当他们来到村里，发现二十多个鞑靼骑兵仓皇逃离。马芳搭弓上箭把后面那个骑兵射下来。他们一直追到村外，发现那几个骑兵向树林方向逃离便下令不要追了。

埋伏在树林与沟里的鞑靼兵见马芳停在村外，并不上当，便有些失望。军师对固日布德说："我们没必要等他进入伏击圈，现在我们分为三队向他包抄过去，他只能往草原方向逃跑，而那儿有我们的驻兵，同样会对他形成包围。"

固日布德马上下令，分三队呈半包围方式向马芳进攻，只留给他们向草原逃离的线路。马芳见树林里突然冒出士兵，分成三队向他们包围过来，他再仔细一看大叫一声"不好"。马芳从身上抽出三支响箭射向空中。这是他与周尚文提前约定好的，如果射出三只响箭，这说明遇到伏击，事情紧急，大营会马上派兵前来接应。马芳为确保大营会听到箭响，他每次在行动之前，会每相隔一里左右留下士兵负责接力传递。也就是说，当听到前方有情况，他们也会放响箭，经过几次传递，确保大营能够知道情况。

马芳明白就算会有救援，但路程较远，他们面对近千骑兵怕是撑不到援军到来。如果逃跑，回去的路全部堵死了，只有向草原方向逃，但那儿有鞑靼驻军，会对他们形成包围。马芳看准对方将领所在的方位，号令将士快速向他们冲去。本来固日布德以为马芳发现他们的伏兵后，会仓皇逃离，如今发现他不但没有逃，反而向他们的指挥队冲来，顿时有些摸不着头脑了。他下令停止迎击，回头问军师："这是什么情况？"

那军师分析道："看来他有所准备，极有可能大部队就在附近，认为能够撑到大部队赶到，所以才敢冒此大险，否则就是自杀。马芳这么聪明的人是不可能自杀的。"

固日布德叫道："那我们怎么办？"

军师道："我们还是先把军队集合起来向后方转移，以防马芳与后面的明军对我们形成夹击。"固日布德马上下令三队合并，向边境方向转移。马芳带着百名骑兵顺利通过鞑靼军的防线，开始向后方转移。固日布德看此情况，反应过来马芳并无援兵，只是打了个心理战，马上下令追赶，但已经错失良机，因为明军的大部队已经隐约出现了。

固日布德咆哮道："好狡猾的马芳，我一定不会放过你。"

这次围攻失败后，固日布德开会总结教训，认为马芳太精明，竟然能够在一千骑兵的围堵下，利用心理战术骗了他们。他后悔自己过于小心，错失良机。军师又出主意说："我们派出二百名骑兵不停地侵扰他们的村子，这样，每次遇到马芳都可以把他的随从消灭一些，一次不行就两次。这样下去，相信总会把他们全部消灭的。"固日布德面对足智多谋的马芳也没了主意，只能同意军师的想法，于是专门挑出二百名骑兵来，组成与马芳同等规模的队伍不停地侵扰边境村子。顿时，各村纷纷告急。

面对固日布德部众的不断侵扰，周尚文颇感压力，他和部下商量是不是增加马芳巡逻队的编制，让他们足以与鞑靼军袭扰队抗衡。副总兵说："我们的精兵都是一个萝卜一个坑，如果再抽调上百名，怕是会影响防守，更容易被敌军攻破。"

马芳说："既然我们抽调出二百骑精兵会造成防守上的薄弱，那么他们以二百骑兵四处扰乱村子，必然也会造成他们的驻地防守薄弱。我们何不趁机去端他们的老窝？只有这样，既能牵制他们那二百骑精兵，又可以做到一劳永逸，否则就算再给我选派二百骑精兵，敌人还有可能加到三百骑，那么我们还是处于被动。我们不能围绕着他们的用兵而用兵，只有我们变被动为主动，方可有胜算的机会。"

周尚文知道这个办法是可行的，但他明白，明朝软弱，上峰有命令，还是不要主动攻击鞑靼，以防他们发动大规模的进攻，会引发双方大战。马芳叹口气说："他们攻不攻咱们，发不发动战争，并不在于我们偷不偷袭他们的营地。这么多年来，我们也没主动攻打过他们，他们什么时候放弃过进攻中原？说实话，从阿勒坦的祖上就把吞并中原作为目标，他们一直不懈地努力着。我们如果把鞑靼前防驻地的老窝给端了，他们必然有所顾忌，不敢贸然攻入。否则，我们的村子还会常常受到攻击，让百姓对我们更加失望，上峰知道了也会认为是咱们守备不力。"

周尚文皱了皱眉，沉思片刻，点头说："好吧，我们就这么办了，来，大家谈谈，咱们如何袭击敌营。"

马芳说："以往村子受到攻击会放响箭，我们会带队过去救援。不如这样，如果再有箭响鸣起，我们放弃救援，带大部队直奔他们的驻地对他们进行打击。就算不能一举歼灭他们，也能给他们造成巨创。依我判断，只要我们大军攻入敌军阵地，他们肯定会仓皇后退。因为他们并不知道咱们的实力，也不清楚咱们的目的，他们是不敢掉以轻心的。他们后退，导致前沿的二百骑兵孤立无援，我们可掉转头再堵着将其一举歼灭。不过，这样村中的百姓就……"

参军有些担心地说："如果他们不后退，直接与我们对抗，二百名骑兵从后方再咬住咱们，那么我们将会腹背受敌，可能就很危险。"

马芳想了想说："由于我军很少主动出击，这次咱们主动出击，他们会认为我方是做好了准备的，所以他们也不敢轻易迎战。毕竟，他们处在草原边远地带，援军不可能及时到达。"

大家各抒己见，一阵讨论后，周尚文决策说："这次的袭击，由马芳的巡逻队作为前锋，我们随其后，如果发现鞑靼军迎战，马芳马上率巡逻队回来，我们大军随后撤退，这样不至于遭到他们的前后夹击。"

事情决定下来后，他们便把军队集合起来，严阵以待，等着远处的村子放响箭。终于，传来了箭响，马芳带着巡逻队一马当先，周尚文带着大部队在相距一里处，他们浩浩荡荡地向敌营挺进。

固日布德发现大军压境，咧着嘴说："我们终于可以好好打一场了。"

军师说："将军，明朝向来胆小怕事，很少敢于主动出击，这次他们率大军主动出击，直奔咱们驻地，可能来者不善啊。再者，我们远离大本营，救援不会及时。如果与他们开战，被他们牵制住，然后他们再有援军赶到，就会让我们全军覆没。不如我们退兵几十里，以避锋芒，再图长远。"

固日布德几乎跳起来叫道："如果我们退兵，那二百精骑将士岂不是孤立无援？"

军师双手摆动，他说："将军，如果我们不退兵，二百精骑回防，可能遭到他们的伏击，他们也保不住。将军您要知道，现在的大同守军不同以往了，他们是由周尚文与马芳指挥的。周尚文作战经验丰富，他在没有把握的情况下，是不会倾巢而出的。再说了，马芳作为先锋，锐不可当，将军三思啊。"

固日布德虽然很想痛快地打一仗，但想想军师说得不是没有道理，只得忍痛下达命令，全军放弃营地向草原深处撤兵。马芳见鞑靼退兵，立马带领大军掉头，去迎击二百名骑兵。他们往回走了不到十里，正好与二百骑敌兵相遇，明军形成包围，堵住他们返回草原的路，然后迅速地缩小包围圈，二百名骑兵虽然力战，但最终不敌明军的层层包围，死伤过半，其余的人成了俘虏。在这次战斗中，周尚文不由感叹，马芳智勇双全、胆略过人，是将帅之才。相信，假以时日，马芳定是我朝良将，必成大器。

周尚文感到，自马芳加入他们，明军面对鞑靼时已经显出优势，打败了他们的多次侵扰，保护了老百姓的生命财产，现在老百姓也不像以前那样，称明军为无用之兵，说明军只知道欺负老百姓，见着鞑靼兵跑得比兔子都快，背地里骂他们比鞑靼兵还要可恨。现在，老百姓见着他们也尊重了，并主动拿出东西来拥军，百姓们纷纷为马芳邀功。

由于鞑靼老实了很多，边镇没有了压力，周尚文去拜访马芳的父母，问他们马芳有没有定亲，想给他介绍个姑娘。马大婶听到后激动得跪倒在地想磕头，被周尚文给拉起来。马大婶说："我多次跟马芳说起此事，并托媒人给他介绍，但他说大敌当前，不谈儿女私情，我们是干着急啊。"

周尚文听后笑道："只要没有订婚就好办。"随后周尚文找到马芳，跟他谈起婚事。马芳神情黯然，向周尚文说起在草原发生的那段恋情，感到自己一直欠萨仁的，现在不想成婚。周尚文听完马芳的爱情故事也深为感动，说："既然这样，我们为何不把萨仁接过来？"

马芳苦笑道："这谈何容易啊。"

周尚文说："虽然朝廷下文禁止蒙汉通商，但本官考虑到，两地可以互通有无，方便老百姓，并没有完全禁止，允许部分商人进入。当然，我们对这些商人是有严格要求的，还对他们进行了登记造册。其中，有几个我认识的商人，据说他们在草原把生意做得挺大，也挺有威望。如果让他们帮忙，顺便把萨仁接过来，你们成婚，岂不是一段佳话？"

马芳摇头说："本来您起用我就受到上边的质疑，压力很大了，如果我再娶个鞑靼女子为妻，您承受的压力就更大了。儿女私情暂且先不要提了。"

周尚文笑道："抗击鞑靼军侵犯，这可不是一朝一夕的事情，几百年来都如此。再者，咱们把萨仁接过来，为什么要说她是鞑靼女人呢？直接就说是从当地找的姑娘，是由本官做媒的，别人也没法说什么。这样吧，我找个可信的商人，秘密去联系萨仁，把她给接过来。"

自从马芳离开草原后，萨仁带着个孩子，日子一直过得很艰难。阿布尔由于受到马芳叛逃事件的牵连，家族日益衰落，并受到了阿勒坦的多次处罚，加大了对他们家的征税额。阿布尔把所有的怨恨都发泄到萨仁身上，与她断绝了父女关系。

乌恩其的家人重新得到了阿布尔的重用，他们一家都搬到阿布尔家住了。萨仁带着个孩子，独自住在那片树林旁。她每天领着孩子放羊，晚上回去就开始织毛毯，拿到集市上换回些日用品。由于他们住在湖边，又紧邻树林，野兽经常出没，他们不敢住在毡房里，只得搬进了木屋里，并对木屋进行了加固。

一天夜里，萨仁听到有狼的嗥叫声，扒着木屋的小窗看去，发现有几匹狼在门前转悠着。她顺着小窗射了几箭，发现那几匹狼退到远处，却不肯离开。萨仁心想，天亮它们就会走的。萨仁搂着孩子，再也没有睡着。她在回忆，自马芳来到家里，两人的点点滴滴，笑容常会泛在脸上，但想着想着，泪水也会不自觉地流出来，她会紧紧地搂住孩子，吻吻他的额头。

早晨，萨仁刚把门打开，几匹狼突然蹿来，忙把门关住，把门插上。她把箭拿来，顺着小窗射了几箭，但狼又跑到不远处蹲着。萨仁知道这下麻烦了，可能乌恩其家的人全部搬走之后，这里让狼盯上了。狼是非常聪明的猎手，它们有自己的语言，有自己的思想，最可怕的是有集体观念，善于协调狩猎。

萨仁把小木屋的天窗打开，伸出头去看了看，发现四周竟然有十几匹狼，都在虎视眈眈地盯着小木屋，看这样子，出去就没命了。萨仁在房顶上射了几箭，根本就起不到任何作用。她知道，狼已经盯上她了，并判断出她孤立无援，它们是不会轻易走的。萨仁从房顶上下来，儿子孟和说："娘，我想出去尿尿。"

萨仁忙说："儿子，在房里吧。"

孟和摇头说："娘，我不在房里。"

萨仁摸着儿子的头说："听话，外面有狼，不能出去。"

孟和说："那我等到狼走了再出去。"

萨仁知道这下麻烦了，这里又没有过往的人，也没有人来探望。就算乌恩其的老婆回来看她，怕是直接就会被狼群给啃了。萨仁感到后悔，自己没有早先做好防范。但是，她在这里靠着水源，水源是所有动物的命脉，它们必定会来这里喝水与狩猎的。当狼发现他们只有两人出入，便找到他们的规律了。

萨仁查看了房里储备的粮食与水，发现吃的东西倒是能坚持半个月，但水只能坚持两天。萨仁给孩子弄了点饭，在想着对策，但她没有任何对策可用。一天的煎熬，萨仁试着开了几次门，狼都突然冒出来扑向她。萨仁在中午的时候，把门打开，发现并没有狼，于是试着走出去，刚走了几步，狼突然蹿过来。她拔腿就向房里跑，刚跑进门，狼把她的裤脚给撕得哧的一声。她猛地把门关住，挤住了一匹狼的一只前爪，狼发出了哀嚎声，顿时十多匹狼都拥到门口。萨仁把那只狼爪子踢回去，把门闭上，插上门，呼呼地喘着粗气。她回头看到儿子手里拿了把刀，问："你干吗？"

孟和说："娘，我去杀狼。"

萨仁过去把刀夺过来，说："老实待着。"

接下来，萨仁实在无计可施了，看来狼是想把他们困死在房里。萨仁看看孩子，不由伤心欲绝，她只能盼着打猎的能够经过，但是她知道，这个时候不是狩猎的季节，怕是很久都不会有人来的。晚上，萨仁把刀放在枕边，却不敢睡觉。突然，她听到木屋外传来了异样的声音，于是凑过去听了听，听出是狼在挖土的声音，不由大惊。狼不会是想挖个洞钻进来吧？萨仁把灯点着，用刀敲了敲木墙，挖土的声音停止了。可过了没多大会儿，又传来了挖土的声音，她再敲就没有用了。

萨仁拿着刀，趴到地上听了听，感到马上就要挖通了。当她感到脚下有震动时，就举着刀等着。突然，脚前的土开始往里塌陷，有个狼头伸出来，她猛地用刀劈去，震得她虎口都流血了，传来了狼的吱吱叫声。萨仁把个箱子塞到了那个洞里，用脚踩了踩。

两天的时间，萨仁一刻也没有敢合眼。

他们虽然尽量省着喝水，但到了第三天，还是没有水了。孟和渴得直哭，他说："娘，我渴了，我渴了。"萨仁不由热泪盈眶，她知道今天是在劫难逃了。孩子渴得又哭又闹，最后渐渐地虚弱，有些昏迷发烧。萨仁把孩子抱进个大木箱里，用刀剜出几个透气的孔，把箱子锁上，准备冒险出去试试。她腰里挂上箭，握着弓，慢慢地把门打开，看到狼向她奔来，便射了几箭，但狼还是咆哮着向她奔来，突然，狼猛地转个弯奔向了房的左侧，顿时传来了狼的惨叫声。她把门打开，来到院里，发现几匹狼正围着一个人，她仔细看，那人是苏哈。

苏哈用箭不停地射着，几匹狼已经倒地了。苏哈从马上跳下来，舞起手中的刀与狼拼杀着。萨仁忙举起箭来，从后面射击狼。剩下的几匹狼见不敌，仓皇逃离。萨仁见狼跑了，看看地上躺着的几匹狼，失声痛哭，突然，她身子晃了晃晕倒在地。当萨仁醒来时，天色已暗了，苏哈抱着孟和坐在房里，在墙上留下了硕大的影子。

萨仁爬起来，看看锁着孟和的箱子，已经被劈开了。

苏哈见萨仁醒来，便说："萨仁，你跟孩子住在这里很不安全，还是回娘家去吧。"

萨仁流着泪摇头说："我就是死在这里也不回去。"

苏哈叹口气说："你现在很虚弱，别动，我给你取些肉吃。"

苏哈在萨仁昏迷时已经把打死的几匹狼收拾了，把皮晾上，并把肉进行了处理，还炖了。原来，苏哈想给萨仁送些盐巴与日常用品，没想到正碰到狼群。苏哈知道萨仁的性格非常要强，是不会轻易回娘家的。苏哈等萨仁吃过饭后，说："萨仁，那些狼今天晚上是不会回来了，你跟孩子去休息吧。"

萨仁说："你晚上就走吗？还是等天亮吧。"萨仁还是有些担心。

苏哈点点头，说："我去休息会儿。"

萨仁也点点头："那，你在屋里休息吧。"

苏哈笑笑，说："你安心睡就是，我会听着动静的。"

这次的狼群袭击，不只差点要了萨仁母子的命，还把所有的羊都给咬死了，让萨仁失去了生活来源与安全。第二天苏哈并没有走，而是把木屋重新加固了，还在地上也铺上了树干，以防狼再挖洞。他忙了几天，然后向萨仁告辞，对她说过几天会再过来，让萨仁小心着。

萨仁在苏哈走后，她开始到树林里打猎，然后带到集市上卖掉，换来生活所需。萨仁由一个娇小姐，变成了一个猎手。为了适应生存的需要，一切都在发生着变化。几天后，苏哈赶着群羊来了，让萨仁安心带着孩子，他开始放牧，并承担了家里所有的活计。虽然萨仁知道，苏哈是个绝对可以托付终身的人，但是她心里始终忘不掉马芳。她相信，有一天，马芳肯定会来接她，她从始至终都没有怀疑过。但是，在这种情况下，苏哈付出得越多，她感到越难受。有一天，她对苏哈说："现在孩子好多了，他也听话，你回去吧，你对我们母子的照顾，我不会忘记。将来孩子长大了，我会让他报答你。"

苏哈什么也没说，低下了头，眼里蓄满泪水。

萨仁看着苏哈，心里也特别难过，她说："现在我无以为报，苏哈，要不你今晚就留下来吧。"

苏哈拼命地摇头："不，不！"

苏哈流着泪跑出去了，那天他跑到树林里哭得惊天动地，然后独自躺在那儿，望着被树叶遮蔽得斑驳的天空。长久以来，苏哈已经把为萨仁付出变成了自己的幸福，现在突然要失去这些幸福，他真的不知道如何是好了。由于林旁有个水坑，野兽常在夜里从此经过饮水，有几匹狼从苏哈旁边经过，见苏哈躺在那儿就像横着的木棍，它们竟然躲开他去饮水了。苏哈悲痛欲绝，没有了活下去的希望，也没有了追求，他甚至对生死都置之度外了。当失去对生命的希望之后，他变得无所畏惧。这种心态，反而成了一种异常强大的力量，把那些野兽都给吓着了。苏哈并没有离去，他每天都照样去放羊，照样备草，到了晚上就离开这个地方。萨仁看他这样，非常伤心。一段时间后，她对苏哈说："苏哈，你别走了，留下来吧。"

苏哈就像个孩子一样，脸上露出了笑容，用力地点头。

萨仁望着孩子般的苏哈，对他说："苏哈，你夜里就到木屋里来睡吧。"

苏哈摇头，坚定地说："不，我不能去。"

萨仁看着他说："我知道你喜欢我，为我们母子做了很多事。"

苏哈难为情地说："萨仁，我愿意这么做，因为我这么做很幸福。"

萨仁知道，自己能回报苏哈的，也许只有以身相许了，虽然她多次要求苏哈留在木屋里，但苏哈认为，留下来，自己将失去所有的幸福。因为，自己留下来，只是萨仁对他的补偿。苏哈不想破坏这种美好的东西。苏哈甚至相信，有一天马芳会回来找萨仁的，他作为朋友，是绝不能那么做的。

蒙古商人为了来中原贸易，会想尽办法贿赂中原的官员，但是周尚文从不接受他们的任何东西。当格根哈斯接到周尚文的通知，让他到府上坐坐，他马上准备了很多礼物，然后在夜里去拜访。

格根哈斯拜见了周尚文，两人分宾主落座后，周尚文对他说："东西你带回去，你只需要帮本官办件事情。在草原阿布尔家牧场南方十里处，有片树林，有个小湖，住着一位叫萨仁的女人，她有个儿子名叫孟和。烦请你把他们母子给接过来。"

格根哈斯听周尚文说完，站起来施礼，问道："大人，我多问一句，您说的萨仁，她是？"

周尚文笑笑说："我有个亲戚，十岁被抓到草原，后来在那里成婚，但是他逃回来了，家属却没有过来，我想让你帮这个忙，把他们母子接过来。"

格根哈斯连忙说："大人尽管放心，我在草原认识的人多，只要她还在那里，我会把他们给您安全地带来。如果他们不在那里住了，我会发动我的关系去寻找他们。"

周尚文点点头说："你放心，从今以后，只要我在这里当总兵，无论形势多么严峻，我都会允许你来大同做买卖。再说，互通有无，这有利于两边的百姓，跟军事是无关的。"

格根哈斯觉得，有周尚文的保护，在中原做生意将会非常方便。由于现在两边不能通商，他在中原的生意做得不太好，如果有些通行保障，他就可以把大批的东西带过来，然后再把这边的东西带回去，会从中得到非常高的利润。因此他对周尚文交代的事很是上心。

格根哈斯回到草原后，买了很多礼物，领着一行人专门去寻找萨仁，当他们找到萨仁后，把此行的情况和萨仁做了说明。萨仁听说来人是受总兵之托，把她带到中原，萨仁不由失声痛哭。她知道马芳并没有忘记她，会派人前来的。萨仁问："您知道现在马芳在干什么吗？"

格根哈斯说："马芳现在已经当巡逻队的队长了，领着百骑，保护着边境附近的村民，现在村民都非常崇拜他。再者，周总兵对他非常器重。相信，马芳将来肯定前程似锦的。"

萨仁脸上露出少有的笑容，她对格根哈斯说："我收拾收拾成吗？"

格根哈斯回道："我也得去收些货物带到中原，过三天我再过来，到时候你就装成我的儿媳妇，这样可以顺利通过边境，不会有问题的。"

当格根哈斯告辞后，苏哈高兴地对萨仁说："太好了，我明天就把这些羊赶去卖了，你带着这些钱去找马芳。"

萨仁问道："你真的想让我去吗？"

苏哈用力点头说："我知道你心里装着马芳，就算留下，也不会快乐。你去了能跟马芳一起生活，你就会过得快乐，你快乐了，我想想也感到高兴。"

萨仁望着这个实在的男人，心中有万分的感激，对他说："苏哈，谢谢你对我母子的照顾，我不会忘记你的。"

苏哈低下头说："不，不用记得我，这是我愿意做的。"

萨仁整个晚上都没有合眼，她非常想念马芳，真想立马过去见他，但是她想到自己走后苏哈落寞的身影，心里又隐隐作痛。在长期相互依赖、共同面对困境艰难生存的过程中，他们已经超越了普通的朋友，有珍惜，有亲情，还有些说不清道不明的情分。她知道，自己走后，苏哈不会离开这里，也许会在这里守到老。萨仁又想到自己带着孩子到中原，自己是蒙古人，那么她与儿子同样会受到中原人歧视。再者，马芳娶了个鞑靼媳妇，别人也会瞧不起他，会影响他的前程。萨仁的脑子里闪现出她和孩子被冷落排斥的情景，闪现出马芳受牵连无奈的样子。

经过三天慎重的考虑，萨仁终于拿定了主意。

当格根哈斯再回来接她时，萨仁平静地对他说："麻烦您回去跟马芳说，自他走后，发生了很多事情，苏哈被阿勒坦赶走，他常常过来帮着我们母子，我们已经成婚。"

苏哈在一旁忙辩白道："不要信她说的，我们没有成婚，我们从来没有过，您把她带去吧。"

格根哈斯听说萨仁不想去了，感到带不走人，不好跟周尚文交代，于是说："萨仁小姐，您想想，据说很多人给马芳张罗婚事，他都拒绝了，就是想着把您接过去，您这突然就不去了，马大人会很伤心的。"

萨仁说："我跟苏哈已经住了这么久，我们已经形同夫妻了。你对马芳说，如果他还念着我，就要娶个好姑娘，要过得幸福。"

苏哈急得脸都红了，辩白道："我们从来都没有在一起住过。"

萨仁瞪着苏哈说："苏哈，你出去。"

苏哈继续辩白："我真没有。"

萨仁突然提高声音："听到没有，我让你出去。"

苏哈低下头，嘟囔着，离开毡房，坐在不远处继续嘟囔着。

萨仁对格根哈斯说了，自从马芳走后，自己带着孩子独自生活的情况，并说了苏哈对她的帮助，以及他的诚信。格根哈斯叹口气说："你们都是有情有义的人。马芳到中原后受到了总兵的重视、重用，总兵还帮他找到了父母，让他们得以团聚。总兵想给马芳介绍姑娘成亲时，马芳提起了您，周总兵便把我叫去，跟我商量，让我想办法把您给带过去。要是您不去了，我怎么向总兵交代啊？"

萨仁带着歉意道："马芳能有此心意，我虽然因他离去受了这么多苦，但感到也是值得的。我就不过去了，您回去对马芳说，我现在过得非常快乐，把我忘了吧，找个姑娘好好生活。"

格根哈斯说："我们在这里住一天，还得麻烦您好好给马芳与周总兵写封信。"

萨仁忙说："好的好的，我今天晚上就写。"随后，萨仁让苏哈去把木屋收拾出来，让他去杀几只羊，弄些酒来，招待格根哈斯等人。晚上，萨仁写了两封信，一封对周尚文表达了感谢，并托付他好好照顾马芳。他在给马芳的那封信里，详细写了自他走后发生的事情，以及苏哈的照顾与大义。

第二天，萨仁收拾了很多东西，让格根哈斯带给周尚文，以此表达谢意。她还把自己织了准备卖的毯子拿来，让格根哈斯带给马芳，说是给他的贺婚之礼。

格根哈斯着实是被他们之间的情谊感动了，说："从今以后，你们遇到什么事情就跟我说，只要我能帮上忙的，我一定竭力相助。"

格根哈斯走后，苏哈埋怨萨仁道："你为什么不去？这么好的机会你给浪费了。这样吧，等格根哈斯再回来，你一定要跟他走。"

萨仁回过头来，笑着盯着苏哈说："我已下定决心了，以后和你一起过，你今天就住进木屋。"

苏哈赶忙摇头："不行，绝对不行。"

萨仁不接苏哈的话，继续说："今天我们就成婚。"

苏哈的头摇成了拨浪鼓："不行，真的不行。"

萨仁故意生气道："不同意就赶紧滚蛋！"

苏哈连忙小声说："那这样，明天我再过来。"

萨仁说："你走了，晚上狼再来了怎么办？"

苏哈眨眨眼道："那我，那我就在门外睡。"

萨仁急了，上去扭住他的耳朵叫道："我们今天就成婚！你把木屋得重新收拾一下，我去做几个菜，咱们喝杯酒，从今以后咱们就是夫妻了。"

格根哈斯路过鞑靼边塞驻军时，把给他们带的酒放下，然后直奔大同。他来到大同的边关时，守关的参军并没有对他们进行检查，就直接放行了。格根哈斯明白，周尚文肯定跟他们打招呼了。格根哈斯把货放下，然后乘着马车，拉着萨仁捎来的东西，来到了周尚文府上。周尚文听说萨仁给他捎了很多东西，但人没有来，便问怎么回事。

格根哈斯把捎来的两封信拿出来，周尚文打开信，一看是用蒙古文写的。他多年抗击鞑靼，蒙古文是认得的。他看到萨仁在信中所写，不由眼睛潮湿了。萨仁对他说："马芳能够遇到您，是他的福气，听说您对马芳非常照顾，我在这里感谢您了。马芳虽然有智有勇，但为人太过耿直，您就多操心了……我之所以不去，是担心马芳娶个鞑靼老婆，遭到别人的歧视，影响他的前程……您多操心，多劝他，希望您给他定门亲事，这样我就放心了……"

周尚文打发人把马芳叫来，把萨仁写给他的信递给他。马芳看到萨仁在信里写道："马芳，我知道你不会忘记我，你终有一天会来找我的，你派人来了，我已经很知足很高兴了……你走之后，发生了很多事情，我父亲已经被阿勒坦多次惩罚，父亲也已经与我断绝关系，只有我跟孩子独自住在湖边的小木屋里。由于这里狼群出没，多次遭遇到狼群偷袭，苏哈经常来照顾我们，后来，他就住在了这里，尽心尽力地照顾我们娘儿俩。我无以为报，多次想让他留在我的房里，但他恪守底线，一直拒绝……格根哈斯来后，他非常高兴，张罗着我与孩子去和你团聚。但是，我感到，我与孩子去到中原，会影响你的前程，我决定留下来与苏哈结婚。当你收到这封信时，我已经与他结婚了……如果你还念及我们之间的情分，那就娶个汉人女子，要好好过日子，要平安快乐……还有，我会把孩子养大成人，绝不会让他参军，我要让他学习经商，将来也可以到中原去经商……"

马芳看着萨仁的信笺，眼泪顺着脸颊流下。

周尚文说："马芳，你有情，萨仁也有义。而苏哈作为你的朋友已经做得够义气了。长久以来他们相依为命，并都把对方视作自己生命的一部分，这是人间至情。现在他们过得很好，你就不必再挂心了。你如果还喜欢萨仁就要过得好，生活得快乐，也不辜负萨仁对你的一片苦心……"

格根哈斯把织毯拿出来，递给马芳，说："这是萨仁送给你的结婚礼物。"

马芳抱着织毯，全身颤抖。周尚文轻轻地拍拍他的肩，说："马芳，不要过于悲伤，相信现在萨仁了却了心愿，她是快乐的。虽然你们不能在一起，但是，相信你们心里装着对方，并希望对方过得好，过得快乐。这样吧马芳，你回去准备些东西、书信，可以让格根哈斯回去时捎给萨仁……"

这天夜里，马芳一夜未睡，他给萨仁写了一封很长很长的信，并在信中表达了对苏哈的尊重与感激。接下来，马芳买来了些中原的珍贵丝绸以及土特产，还有自己平时存下来的银子，全部打成包，送到格根哈斯那里，让他给萨仁捎去。格根哈斯指着自己房里那堆东西说："马大人，你看，这些是周总兵让我捎给萨仁的，周总兵还给萨仁写了封信。"

马芳不由得感动，说："上天对我马芳不薄，让我遇到了周总兵。"

格根哈斯说："这几天，我想到你们的事情就感动。从今以后，你们有什么需要捎的，尽管送来就是，我顺便就送去了。还有，我回到草原后，跟萨仁与苏哈说，他们养的羊、他们的手工艺品，我都帮他们代卖。我在草原有几个铺子，肯定能帮他们卖个好价钱，他们以后的生活会好的。"

马芳点头说："在这边如果有什么需要帮忙的，您尽管说，只要我马芳帮得上的，一定竭力帮助您。但原则是，咱们不能牵涉到军事。"

第二天，马芳去拜见周尚文，让他帮忙给定个亲，不求多么漂亮，不求有多少文化，只要人心好就行。周尚文见马芳这么快就调整过来了，非常高兴，说："你放心吧，肯定给你找个最好的姑娘。"由于马芳在大同已经成为名人，成为英雄，并受到周总兵的重用，当城里的富商听说周尚文要给马芳说亲，有几个富商还有闺女未嫁，都托人找周尚文撮合。周尚文考虑多种因素，本着为马芳的前途着想，并没有选择那些商人之女。城内有个姓师的人家，世代饱学，以教书为生，其姑娘未嫁，知书达礼，因遭到豪强逼亲，曾求他解救，周尚文为保护她收其为义女。周尚文向师家提亲时，师家没有问是谁就同意了。周尚文笑道："你们也不问问是谁，就这么痛快地应了。"

师父说："以大人的人品，如果不信任您，还能信任谁呢？"

周尚文问师姑娘："难道你也不问问是谁吗？"

姑娘深深施礼道："但听义父做主，女儿相信义父。"

周尚文看着这父女二人笑着说："我给你提的就是巡逻队的队长马芳。"

姑娘脸露惊喜之色，却说："女儿对马芳的事业略知一二，他这么个大英雄，相信哪家的小姐都愿意嫁与他，女儿，女儿能配得上人家吗？"

周尚文笑道："我的义女，在整个大同府都是最好的，哪能说配不上？"

周尚文安排马芳与师姑娘见面，让他们先谈谈。马芳见姑娘清秀文静，举止谈吐非常得体，便说："小姐，今日你我见面，我希望你不要轻易答复，应该先听听我的情况再做决定。"师姑娘轻轻点头。马芳稍作停顿说："我十岁被抓到草原，在那边生活这么多年，可能养成了一些不好的习惯。再者，我曾在那边有过女人，还有个孩子。还有，我身在疆场，危险重重。希望你考虑这些因素后，再考虑是否同意。"

姑娘羞涩地说："男儿志在四方，为国效力，保卫疆土，就算你，你日后战死疆场，小女子也会为你守节至终。至于你说曾有女人，假如以后能够重聚，我们可以姐妹相称，谁大谁小并无妨碍。另外，你能以实情相告，说明你是真诚之人，足以托付终身。不过，你也别忙着回复，我是贫家之女，容貌平常，年龄又稍大，是比不得人家富家小姐的……"

两个人经过交流后，双方都感到很中意。周尚文去征询马大叔、马大婶的意见，老两口说："我们一百个同意，这事由您做主就好了，错不了。"周尚文领着师姑娘到马家，姑娘落落大方，颇有礼数，马大婶越看越喜欢，脸上就像开了一朵艳丽的花儿。周尚文代为下聘，张罗着要给马芳与义女办理婚事。马芳向周尚文提出没必要大办，就几个熟悉的人，一块儿喝喜酒，举行个仪式就行了。周尚文同意，只请了军中的几个参军，一起参加了马芳与义女的婚礼，并给马芳放了一个月的假。

婚后第三天，鞑靼军又扰乱边境，马芳想去御敌，但不好意思与新婚的妻子提，新媳妇看出马芳有所顾忌，便笑道："大丈夫岂能只顾儿女情长，夫君你就去吧，不过要把自己照顾好了，不要受伤。因为你是我的新婚相公。"马芳深为感动，姑娘有此大义，实在难得。

他正要离去，马大婶把他拦住，气愤道："你才成婚三天就要去战场，怎么对得起你的新婚妻子？今天我做主，你，不能去！"

新媳妇忙说："娘，您别拦着了，是我同意的。"

马大婶点头说："芳儿，以后你是有家口的人了，你要爱护自己。"

马芳点头说："娘，孩儿会的。"

周尚文见马芳成婚三天就来报到，要上战场，他没有同意，说："结婚是人生之大事，不能这么草率。至于与鞑靼作战，这可不是一天两天的事情，以后上战场机会多着呢。"但马芳执意要带兵前去杀敌，周尚文只得同意，并拍着他的肩说："不要凭个人之勇，要组织发挥团队的力量，千万不能给本官受伤啊，要不本官可无法跟你的新媳妇、我那义女交代了……"

十七　子夜鏖战

当时，固日布德因判断错误而撤退，导致二百骑兵被明军歼灭，受到阿勒坦的批评。因此，阿勒坦就派足智多谋的敖敦将军为前沿将领，固日布德降为副将，派他们重新杀回到明朝境内。马芳还在阿勒坦身边时，敖敦曾与马芳并肩作过战，两人极为熟悉，关系处得非常不错，有时候还常在一起喝酒聊天。敖敦带兵到边境军营扎寨后，派人打探马芳的消息，听说他已经成婚，便备了些礼品，写了封信，派人转给马芳。

敖敦在信里写道："回想在草原时，我们是要好的朋友，没想到如今会变成敌人……可汗常念及旧情，说无论你什么时候回来，都会既往不咎，更加重用。如今，听说你娶了新人，看来你已经与草原恩断义绝，我们只有疆场上见了……"

马芳给敖敦回信并赠了回礼，表明心中不忘恩情；但个人之情，与黎民百姓的利益相比，还太小了。马芳还说："我马芳虽然回到汉营，但并没有领兵侵犯草原，而是你们带兵不断侵扰我们的百姓，抢劫百姓的财物，杀害百姓，还把青壮劳力抓去当奴隶。如果你们讲大义，应该与我大明和平相处，不要残害那些无辜的百姓。"

敖敦明白，以前所有的军用物资，都是去明朝村庄里抢来的，现在由于马芳的巡逻队，他们不容易搞到东西了，因此不能在这里打持久战，必须要速战速决，侵入大同府内，以城为守，然后再图长远。敖敦经过慎重考虑，决定兵分两路，由固日布德带领百骑沿着边境线伺机不停地侵扰，牵制马芳，而他亲率大军寻找薄弱防守地带，全面攻击，争取一举打到大同城内，端掉周尚文的老窝。

固日布德感到有些为难，说："将军，一百骑是不是太少了？"

敖敦盯着固日布德，气愤道："你不是想抓住马芳吗？你不是说马芳有百骑吗？你们军力相当，如果你能把他抓住才算你有本事，如果我们千骑去抓马芳，就算把他抓住了，又有何颜面？"

固日布德知道自己不是马芳的对手，又说："能不能再多派些兵？"

敖敦说："那好，我给你派一百五十骑，这样足以与马芳的巡逻队抗衡了吧？不过我可把丑话说在前头，如果你再把这些人给带没了，那么本将就砍你的脑袋。"

固日布德点头说："末将明白了。"

从此，固日布德天天游离于边境，瞅准机会就去洗劫几个村子，看到马芳的巡逻队来了，也不与他们交手，马上逃离。等马芳他们离去，重新又去侵扰。马芳感到这样下去，实在麻烦，他想设计把固日布德给抓住，永绝后患。

这天，马芳刚把固日布德追出去十多里路，回师途中有哨兵来报，说敖敦率大军攻打边境，有些招架不住了，让他马上回防。马芳不由大惊，但他感到，以他的百骑，就算回去也解决不了问题。这时，他看到固日布德，又转个弯奔向明朝边境。马芳认为，敖敦的目的是让固日布德缠住他，然后率大军直攻边境，大本营里不可能留下多少兵。现在，能解决问题的是，直接闯进敌人的大本营，放把火，这样才能解周大人的燃眉之急，也能促使敖敦不敢恋战，为确保老巢不丢只能返回，也许还能解决问题。当他提出要去敌人大本营，副队长赵勇惊道："队长，就咱们这一百人？"

马芳语气坚定："现在固日布德去洗劫村庄，目的是跟咱们玩猫抓耗子。敖敦现在带大军前去攻打大同府，后方必然空虚，也不会有所防备，他也不会想到咱们去偷袭他的大本营。"

赵勇点头："干！"

于是，他们巡逻队直奔草原，跑出十几里路，隐约看到一片毡房，马芳知道这就是敖敦他们的营地。他下令快马加鞭，直接冲到营房前。百余名精骑风驰电掣一般，眨眼间就冲到敌军营帐前，守卫的几个兵还以为是固日布德的马队回来了，等看到是明军，马上吹起了号角。后方的守军还没有集合起来，马芳已经带人冲进了营帐，点着火把，把营房给点了。火借风势，迅速烧起来了。马芳带着巡逻队马上撤退。

敖敦带兵正攻得猛，眼看就要攻破明军的防线了，这时后面的人前来报告，说发现大本营狼烟滚滚，可能受到攻击了。敖敦没有想到马芳会带兵攻他的大本营，而是想到明军可能兵分两路，一路去攻打后营，然后从背后再攻他们。敖敦怕腹背受敌，马上下令停止攻击，带兵急速撤退。让敖敦感到庆幸的是，守卫大同城的明军并没有追击他们。

敖敦带着大部队回到营地，发现整个营地都已经变成一片灰烬，留守大本营的那些兵卒，一个个蔫头耷脑地站在不远处。当他听说，只有马芳的百骑巡逻兵偷袭后方，只是把营帐粮草放火烧后就离开了，气得哇哇大叫。早知道如此，他们就不管后方的事了，现在应该把大同城给攻下来了。军师怕落埋怨，忙说："将军，固日布德去哪儿了？"

敖敦愣了愣说："不会被马芳给消灭掉了吧？"

军师摇头说："从时间上看，马芳不可能把他们消灭掉。不过，如果他们见马芳向我们后方挺进，随后赶来，那么我们回防时正好形成夹击，就会把马芳给消灭掉了。这样，我们还算是打了场漂亮仗，可是他固日布德在关键时候竟不知道躲到哪儿去了。"军师喋喋不休地说着风凉话，这让懊恼的敖敦更加上火。敖敦马上打发人去寻找固日布德，结果发现他们正在一片树林里烧烤东西吃。听说让他们火速回去，他们带着大宗抢来的东西，高高兴兴地回到了营地，却发现营地全部被烧光了。

固日布德心中暗喜，心想你不是老嫌我没用吗？你不同样让人家端了老窝？更何况你的兵比我那时候不知多了多少倍呢。就在这时，敖敦叫道："把固日布德给我拿下。"

固日布德叫道："属下是严格按照您的吩咐做的，还带回来了这么多东西，为何要为难我？再者，大本营被烧，跟属下没有关系啊。"

一旁的军师冷笑说："这是马芳带兵来烧的，我问你马芳带兵进攻大本营时，你在哪里？"

固日布德大声说："我，我们去洗劫村庄了。"

军师又道："怕是让马芳把你们赶得逃出去十多里了吧？"

固日布德梗着脖子说："没有，我们跑了还不足五里。"

敖敦骂道："整个一废物，还跟他废什么话，把他给砍了。"

固日布德一听这话，急忙叫道："将军饶命，属下愿戴罪立功。"

敖敦叫道："就你这种脑子，你还能立什么功！"

固日布德急得满头大汗，急中生智，说："我带着百余人去投靠明军，就说因为此次没有回防，导致大本营被烧，料想是杀头的罪，所以才来投奔他们。这样，我们就可以掌握他们的情况，然后找机会反咬他们一口，说不定就把马芳给俘虏了。"

敖敦回头去看军师，军师摇头说："你以为那周尚文和马芳像你一样啊，他们是不会相信你是去投降的，去也白去。如果再损失百骑精兵，那该如何？将军，我看还不如在此情况下破釜沉舟，攻打大同府。至于固日布德，杀他还要费力气，我们也没有了粮草，不如省点力气。在总攻时，让他带兵冲锋在前，至少还能挡几下明军的箭。如果他能够侥幸不死，我们此次攻打得利，那么也可以抵他的罪了。"

闻听此言，敖敦只得作罢，为防止固日布德私逃，派人把他给看管起来，然后开会部署作战计划。由于他们现在粮草尽失，只有两条路，一是攻进大同，二是退兵回去。回去必然遭到阿勒坦的惩罚，现在只有把大同府给攻下来，才算有个交代。

由于白天经过了残酷的战斗，明军伤亡甚是严重，周尚文命令将士休整，马芳却提出了不同意见。他说："大人，敖敦的大本营与粮草被我们烧掉后，他们只有两条路可走：一是退回后方；再有就是采取速战速决的战术，侵占大同城。以末将对敖敦的了解，他不可能会因失败而退兵，那样回去必然会受到阿勒坦的惩罚，因此，他今夜必定会发动攻击。我们应将计就计，留着薄弱防守地带，然后在两侧埋伏重兵，争取给他们致命的打击。"

几个副将与参军不同意马芳的说法，他们认为此次战斗，伤亡惨重，大家已经没有战斗力了。再说了，敖敦大本营被烧，一天来回奔波几十里，然后晚上偷袭的可能性不大。

马芳却坚持说："如果我们晚上被敖敦把城攻破，那么之前的牺牲就没有任何意义了。就是为了以防万一，今晚也不能掉以轻心。"

经过激烈的争论，最终周尚文还是听取了马芳的建议，组织兵力，进行埋伏，要打个伏击战。在周尚文的理念里，千军易得，一将难求；一匹狼领着一群羊，能够打过一只羊领着一群狼。马芳就是难得的将领，也可以说是天才将领。如果今天不是他带兵烧了敖敦的大本营，大同城可能就丢了。这说明，马芳确实有勇有谋，是有战略眼光的。

入夜，周尚文带领大军，埋伏在边境，故意减少了守城的士兵，佯装大战过后的涣散状态。

他们等到半夜，仍旧不见敌军偷袭，副总兵说："一天的征战，将士们都累了，如今不能休息，他们必有怨言。想必鞑靼军也在休整，今夜不可能来了，不如让将士们休息吧。"

马芳劝道："已经子时，再等几个时辰就天亮了。如果他们下半夜偷袭，我们就白等了半夜。"就这样，大家继续埋伏，到了丑时，大家的忍耐达到极限了，有的士兵趴在地上都睡着了。马芳抬头看看天上稀疏的星星，被一层薄薄的云罩着，月色朦胧。突然马芳看到空中有些鸟在飞。除了猫头鹰外，一般的鸟是不会在夜里乱飞的，他和周尚文说："鞑靼军已经行动了。"

周尚文打个激灵，问："来了？"

马芳说："夜鸟飞行，必定受到惊扰。想必他们已经开始往这儿赶了，我们应让士兵们清醒一下，打起精神来，准备迎敌。"

周尚文传下令去，让大家做好战斗准备。

鞑靼军的马蹄声轰轰隆隆就像沉雷滚来，排山倒海般响着。

马芳说："大人，等放了他们一半兵力过去，我们拦腰打他们，这样，他们必然大乱。"

敖敦认为明军肯定毫无防备，此次战斗胜利在握，突然，从两侧冒出无数的明军士兵，拦腰就把他们的军队给掐断了，刚要带人逃离。明军把掐下来的鞑靼军给圈住，后面的鞑靼军队发现被伏击，仓皇逃离。敖敦发现这种情况，料想突围是不可能了，只有硬拼。但是，由于他们孤立无援，随着明军逐渐收拢伏击圈，他们已经死伤过半，剩下的兵都举手投降了，只有敖敦与固日布德抱着必死的决心，在包围圈里拼杀着。

马芳对周尚文说："大人，敖敦今天是不可能突围了，如能把他抓住，大人，我向您讨个人情，能不能把他放了？"

周尚文问："你为何有这样的想法，难道他曾对你有恩？"

马芳说："杀了他，极有可能会引起阿勒坦的震怒，会带大军前来讨伐。如果把他放回去，敖敦必然为这次的失败寻找理由，理由有可能是我方的人马太多，他们根本就无法与之抗衡，这样也会引起他们的重视，至少最近这段时间，是不会前来侵犯我们的。"

周尚文点头说："打仗是为了和平，并不是为了打仗而打，好吧。"于是，他对围堵着敖敦的将士们打了个手势，让他们让开道，放敖敦逃离。

敖敦与固日布德见明军突然让出条道来，知道是想放他们走。他们没有犹豫，快马加鞭奔去了。路上，敖敦对固日布德说："我们这次回去，难免受责。"

固日布德说："将军，如果让大家知道是明军把咱们给放走的，我们将颜面尽失。回去后，我们就对可汗说，明军现在兵力强大，我们根本不是对手。再者，由马芳带领大军，我们更讨不到便宜。"

敖敦深深叹口气："我们不能老是拿马芳说事，不过，我们可以说明军兵力太多，是我们的几倍，我们根本就无法与他们抗衡，这样也许可汗不会惩罚我们。"

固日布德连连点头："那就听将军的。"

他们撤回后方后，把带兵逃离的军官给砍了几个，然后带领剩余人马一路撤回草原。当他们向阿勒坦汇报时，固日布德说："可汗，敖敦将军的计谋本来非常成功，但是没想到大同的兵力比以前增加了一倍，又有别的防区的兵力支援，我们反遭到敌军的暗算。"

阿勒坦皱眉道："当初你不是说，大同守兵不超过五千吗？"

敖敦忙解释说："可汗，经过我们的调查，大同守兵五千不假，但是打起来时，突然增加了一倍还多，打了我们一个措手不及。属下想，可能正好是有军队转移经过大同，也参加了战斗。再者，也不排除是别的防区前来协防的，这次是我们失算了。"

阿勒坦问："这次马芳参加战斗了吗？"

敖敦低下头说："混战之中，属下没有看到。"

阿勒坦叹了口气："你们先去休息，明天再探讨这件事情。"

这天晚上，阿勒坦久久不能入睡，想想自从马芳逃离之后，他们就没有打过胜仗，连着派去固日布德与敖敦两员大将，最终也是失败而归。虽然敖敦并没有提到是因为马芳，但马芳的逃离，无疑提高了大同明军的战斗力。

第二天，在大帐内议事，阿勒坦说："本王晚上一夜未眠，想了许久，马芳投靠明军之前，咱们每次都是主动的，明军防不胜防，就算他们偶尔有胜，我军也没有这么大的伤亡。可是自马芳去后，情况就发生了变化，我们每次从晋地攻入都是以失败告终，并且伤亡惨重。既然晋地变得如此坚固，我们为何非要以硬碰硬呢？为何不选择其他地带进攻？"

军师说："可汗，汉地有句俗语，'千军易得，一将难求'。马芳在我方时表现就不俗，何况他了解我们的生活习惯以及我们的观念，又在我们军队中历练几年，了解咱们的作战优势与劣势，所以总能够想到克制我们的谋略。将来，马芳是我们的心头大患，我认为我们必须要除掉马芳。"

大家纷纷发言，要求除掉马芳。

阿勒坦气愤道："本王也想除掉他，可我们用嘴能杀死他吗？我们能在梦里杀死他吗？本王要的是办法，不是决心。你们既然意见统一要杀掉马芳，那么你们说怎么杀？"

有人说："听说马芳已经成亲，我们把他妻子与父母抓来，把他们押在手里，他必然前来投奔，那么我们可以握着他的家人让他为咱们出力。"

阿勒坦叫道："这个办法以前不是用过吗？派去的杀手最终让人家给杀了。他的家人在城里，马芳肯定也会想到咱们会对付他的家人，平时会做好防范，我们怎么把他们抓来？那又不是在咱们的地盘里。"

军师说："可汗，我们可以抓个明朝重要的人物，然后要求以马芳来换，相信那昏庸的皇帝肯定会同意交换。这样，我们就可以把马芳握在手里。"

阿勒坦想了想说："那你说，抓住谁，明朝的皇帝才会用马芳来换呢？"

军师想了想道："如果我们抓来朝中重臣，他们的皇帝肯定会牺牲马芳。"

阿勒坦苦笑道："废话，抓住明朝皇帝最好，问题是你能抓来吗？"

军师沉默了许久，又说："抓住个重臣，明朝也不见得就用马芳来换。用抗战英雄去换人，这将伤了将士的心，不利于国防。说到底，明朝弱并不是真的弱，是因为朝内宦官当道，皇帝消沉所致。我们不能给他们凝聚起来攻打咱们的理由。不过如果我们抓来他们众多的百姓，让马芳前来交换，马芳凭一时英雄之气也许会挺身前来交换的。"

阿勒坦点头说："这倒是个办法。"

至于去哪里抓这么多老百姓，大家议论纷纷，军师认为，只能抓大同防区内的百姓，如果抓别的地方的百姓，别的地方的官员将承担责任，还不足以让马芳牺牲自己。可是在大同辖区里，他们几次侵入都失败了，怎么才能抓来那么多的百姓呢？这确实是有难度的。

大家商量来商量去，决定先休整段时间，然后出其不意，兵分两路，一路前去攻打大同府，牵制住周尚文的大部队，再派出一路兵前去抓老百姓。只要把两个村子的老百姓赶到草原就成功了。阿勒坦同意这个办法，以五千骑兵去与大同守军对峙，另派两千骑兵去抓百姓。军师说："用马芳来换人只是其一，其二才是最重要的。我们夜晚把他们集中赶到边境放掉，让明军以为是我们来侵犯，必然分散兵力去应付。当他们发现是逃回来的老百姓时，我们已经从别的地方攻入大同城了，到那时候就把马芳等人的家属控制起来，还怕他们不回来营救吗？"

阿勒坦赞叹道："军师不愧是军师，好的，这件事情就由你具体安排。"

由于打了胜仗，鞑靼军败退，周尚文给马芳放了十天假，让他在家陪陪父母妻子。周尚文明白，在这样的年代，身在军营，今天不知道明天的死活，每次与家人相见，都可能是最后一面。因为马芳的杰出表现，周尚文给了他很多赏赐。

马芳带着赏赐回到家里，马大叔听说周总兵给他放了十天假，便说："我们不如回老家看看。"马大叔的意思是想带着马芳回去，让乡亲们看到自己的儿子出息了，现在变成军官了。

马大婶也说："好啊好啊，我们离开老家许久了，我都想左邻右舍了。芳儿，在你被抓走后，村里的人给了咱们家很多帮助，这次回去要好好地谢谢他们。"

马芳看着满心欢喜的父母，摇摇头说："爹，娘，鞑靼连着两次惨败，他们肯定于心不甘，说不定什么时候就打回来了。您二老想想，如果我们回老家，怕是不能及时赶回来。"

一直没说话的师氏怕公婆难过，忙对马芳说："夫君，爹娘说得是，你难得有这么长的假，就回去看看吧。鞑靼军既然两次惨败，是需要休整一段时间的。再说，他们路途遥远，等他们再来到这里，我们也回来了。"

马芳知道妻子的用意，他看着妻子，依旧摇头说："他们连续被打败，极有可能会做出反常之事。这次时间太短，我还是不能回去。"

在一旁的马大婶抹眼泪道："芳儿，乡亲们看到你回去，肯定特别高兴。你忘了隔壁的二大娘了？你小时候还喝过他的奶呢。你被抓走后，说起你来她就抹眼泪。你忘了小时候的玩伴了？他们都很想你，你就回去住两天也行啊。"

马芳拉着母亲的手说："娘，周总兵这么器重我，在如此关键的时候，如果我回了老家，万一出点什么事儿，我怎么对得起他？娘，我答应您，以后一定陪您回去，再说，我也想他们啊。"

师氏也拉着婆婆的手，说："这样吧娘，我陪您二老回去，让我代马芳回去向乡亲们致谢，您看这样行吗？"

马大叔与马大婶想想人家周总兵这么照顾他们，别马芳回去了，鞑靼军真又来了，那就对不住人家了，于是就同意儿媳妇的主意。马芳想到在阿布尔家，因逃走失败被抓回来的那个奴隶，曾说过回中原后让他到家里说声的。于是，就跟父亲说了说，让他代自己去南安寺塔附近，找到八斤家，跟他们说八斤的事情，让他们立个牌位，把八斤的魂招回去。

马芳找了四个兵，让他们护送着父母妻子回蔚州，并买了很多东西装上马车，让他们回去分给亲朋好友。马大叔他们坐上马车出发了，路上师氏被车一晃吐了好几次。马大婶看着媳妇笑着小声问："你不会有喜了吧？"

师氏的脸腾地就红了，低下头说："娘，可能是被马车给晃得有些晕。"

马大婶看着儿媳妇绯红的脸，说："娘是过来人，不会看错的。那你告诉娘，你的月事多久没来了？娘算算看。"师氏小声说了，马大婶叫道："有了，有了！"

在前面赶车的马大叔吓了一跳，急忙把车吁住，回头问："什么有了？"

马大婶笑着说："女人家的事情，你操什么心？"

马大叔嘟囔了一句："你别咋咋呼呼的行吗？"

一路上，马大婶在给师氏讲怀孕的事情，师氏听得脸都红透了，但心里是幸福的。自嫁给马芳以来，她在家里的地位提升了不少，整个家族都以她为荣，她的身份在家族里成为最显要的。再者，马芳为人处世大方得体，常带着东西去看父母，老人越发喜欢他了。以前父亲并不饮酒，马芳去时，他都会陪着马芳喝几杯，喝得脸红得像窗花似的，然后给马芳说书本上的一些典故，马芳都是耐心地听着，直到老人家尽兴……

村里人看到马大叔、马大婶是坐马车回来的，还跟着四个士兵，便都围上来。马大婶笑呵呵地对大家说："托大家的福，我儿子马芳现在已经成为军官了，这是我的儿媳妇，知书达礼，大家看看漂亮不？"

村里人大多是以种田为生，风吹日晒，个个皮肤黝黑，这师氏是城里人，长得细皮嫩肉的，村里的那些妇人们指指点点，赞叹声不断："这小媳妇，真俊，瞧那脸皮儿真白。"乡亲们围拢着使劲瞅，倒把师氏给看得不好意思了。

他们回到自己的老房子，房上都长了小草和一些小榆树苗，院子里荒草深深。邻居们拿来镰刀、扫帚帮着把院子里里外外打扫得干干净净。马大婶指着院子里那棵树对师氏说："这棵树是芳儿十岁那年栽的，他栽上不久就被鞑靼军抓走了，平时我看着这树就像看到了芳儿，我是把它当儿子看的，常常给它浇水，看它长得多好啊。"师氏点点头，走到那棵树前，用手摸着那棵树的树干，仿佛看到十岁的马芳在栽树的样子，她抿着嘴笑了。

他们安顿下后，马大叔便带着东西，坐着马车去南安寺塔附近打探八斤家，帮助马芳完成承诺。马大叔到了后和附近的人家打听八斤家的情况，时间过得太久了，很多年轻人都不知道八斤是谁家。有个老汉告诉马大叔，很久以前有个叫八斤的，可是被鞑靼军抓走之后，再也没有回来。

马大叔连连点头说："对，我就找他家。"

老汉把马大叔领到一个院子前，对门口前坐着的一位白发老奶奶说："老嫂子，这个人是来找八斤的。"

老太太颤巍巍地站起来，瞪大眼睛，问："八斤，八斤？"

原来，自从儿子被抓走后，老太太几十年了，每天都坐在门前的石头上，嘴里叨叨着"八斤，八斤"。因此，被村里人称为"八斤奶奶"。家里人听说是八斤托信来了，都高兴地围过来，他们开始追着院里的鸡，要杀了招待客人。马大叔看到全家高兴的样子，感到不好把八斤被杀的事说出来了，如果说了，全家都会难过。他把银两拿出来，说："这是八斤老弟孝顺你们的。"

老太太问："八斤呢？八斤呢？他咋没回来？"

马大叔一时有些语塞，他停顿了一下说："这个……八斤现在草原上过得可好了，有很多牛羊需要照看，他脱不开身。专门让我来送些银子，跟你们说，让你们放心。"

老太太听说儿子回不来，便说："他回不来，那，那我去看他行吗？"

马大叔一听就有些慌，忙说："这个，您就别去了，路这么远，下次我让八斤回来看您。这样吧，信我捎到了，你们不用忙了，我还有事，就先走了。"

老太太拉住马大叔说："不能走，可不能走哩，可得留下要吃饭哩。"

马大叔拍着老太太的手，说："大娘，我得走了，还有别的事哩。"

老太太哭道："不能走，不能走哩。"

马大叔实在走不了了，就只能留下吃饭。但是这顿饭吃得着实难受，因为八斤全家人为这个消息高兴，但是八斤已经死了，马大叔又不敢说出来。八斤还交代说，让家里立个牌位，把魂给招回来呢。如果说了，这老人家哪受得了如此噩耗？马大叔想，等下次来时再跟他们说八斤被杀的情况吧，这次还是别把大家的这份高兴给破坏了。

周尚文没想到马芳放假第二天就回来了。听马芳说，家人都回老家了，他就埋怨道："你看你，给你十天假期，去趟老家还是绰绰有余的，再者，时间不够，我可以再给你增加。你这么多年都没回去了，应该借着这个机会回家看看。"

马芳笑了笑，说："谢谢大人，回老家有得是机会，但鞑靼军连续吃败仗，他们肯定不会善罢甘休，还不知道会想出什么点子呢。再者，我知道阿勒坦的性格，吃了这样的亏，他肯定暴跳如雷，说不定会做出什么反常的举动来。"

周尚文叹口气说："马芳，我们的将士，如果都像你这样，他阿勒坦就不敢侵犯中原了。可是，从上到下，有那么多贪生怕死之人，只要能保住他们的前程与利益，根本不把国家安危、百姓生死放在心上。对了，我已经向朝廷报上奏书，为你请功了。"

马芳依旧每天带着巡逻队在边境巡防，他们经过哪个村，哪个村里的村民就给他们送吃的，请他们到家里做客。百姓是最知道感恩的，他们清楚，是马芳的巡逻队保障了他们的安全，保护了他们的财产。在巡逻队成立之前，他们每天都提心吊胆，把粮食与家畜东藏西掖，时刻都没有安全感。养个儿子刚长成，还没有娶媳妇呢，就被鞑靼军抓走了。闺女还不到出嫁的年龄，就被人家给糟蹋了。他们认为马芳就是他们的守护神，就是他们的救星。他们恨不得把自家最好吃的、最好用的拿出来，送给马芳他们，可每次马芳的巡逻队都是千恩万谢，一点东西都不拿走。

这天，马芳在巡逻中，突然发现北方黑压压的一片，派人前去察看，发现是鞑靼大军，不由大吃一惊，他火速回来向周尚文汇报。听说此次鞑靼用兵有一万多人，周尚文一下子感到有压力了，大同满打满算只有五千兵，这怎么能和鞑靼军抗衡呢？看来这次必须得请其他防区前来支援。于是，他马上打发人快马加鞭，去邻近的防区求援。

令周尚文感到心寒的是，周边辖区的总兵们各扫门前雪，都说自己的防守吃紧，抽不出兵来。周尚文气愤道："这就是我大明的将官，他们竟然如此！本官即刻上书奏报朝廷，请求万岁下令让他们派兵增援。"

马芳摇头说："大人，怕是来不及了，等命令再传到其他总兵手里，我们怕是早全军覆没了。"

"对对，本官只顾着生气了，所谓远水解不了近渴，马芳，你有何打算？"

"大人，不如这样，我们发动百姓，让他们共同保卫家乡。虽然他们不会打仗，但是人多力量大。再说，至少看上去队伍壮大些，能够对敌军起到震慑作用。"

随后，马芳带着巡逻队，在城里、村子，召集临时兵丁。大家听说鞑靼大军来犯，要大家齐心协力保护自己的家乡，青壮年纷纷报名，只有短短的一天时间人数就达三千多。让周尚文感到欣慰的是，鞑靼军驻扎在边境地区并没有立即攻打。三天的时间他们招了上万人，虽然他们没有战斗力，把他们放到防线上，让他们的防守显得严密了很多。但是，鞑靼军依旧没有动静，周尚文便感到有些不对劲了。他和部下研究敌军的动机，他说："这样下去不是长计，招集上的临时士兵都有各自的活儿要干，应付几天还行，时间拖得长了，他们可能就会顶不住的。"

大家纷纷猜测着对方的意图，七嘴八舌说着应对之策，只有马芳皱着眉头，一语不发。周尚文看着马芳，轻声叫道："马芳。"马芳似乎没有听到，依旧低头沉思，所有人的目光都盯着他。

马芳突然说："他们不动，那我们可以利用这些时间向朝廷求援。"

周尚文点点头说："只能这样了。"

三天过去，突然拥来大批的老弱病残，他们哭诉，说巡逻队没有去巡逻，鞑靼军洗劫了好几个村子，抓去了大批的劳力与妇人。周尚文感到有些困惑。他们大军压境，难道仅仅是来抓人的吗？他回头去看马芳，马芳说："这伙强盗，他们又在玩什么阴谋？不管怎么样，这次好像他们是有备而来，肯定是有阴谋的。"就在大家分析鞑靼军的用意时，鞑靼使者送来信函，信里说："我们抓来千人准备于三天后将他们处死。如果想让我们放人，只有马芳一人之命可救这千人，他如此爱国爱民，肯定不会袖手旁观。三天不见马芳来换，一千人将为他而死……"

周尚文气得咆哮道："岂有此理！岂有此理！"

现在马芳终于明白了，鞑靼军这次来主要是对付他的。他们花这么大的人力、物力仅仅是想对付他，这让马芳感到哭笑不得。周尚文道："其实也难怪，在你未来之时，我们都是被动防守，自从你来之后，他们几次入侵都遭到重创，因此对你恨之入骨。他们所以不惜人力、物力策划了这次行动，也是感到你太了解他们了，将是他们以后侵略我大明一大阻碍。不过，我们绝不会上他们的当。"

马芳苦笑着，说："那一千人的性命怎么办？"

周尚文说："我们想办法营救。"

马芳摇了摇头："此次他们重兵压境，怕是还有更深的目的。"

周尚文说："如果周边几个总兵及时出手，我们也不至于如此仓皇，他们也不可能抓走这么多人。这样吧，告急奏书估计已经到达朝廷，等附近总兵有响应，咱们再想办法。"

马芳继续摇头道："只有三天的时间，怕是还没等到响应，那一千多个无辜百姓的生命就没了。"

周尚文看着马芳，问道："那你的建议是……"

马芳平静地说："大人，您让我去把人换回来吧。"

周尚文头摇得就像拨浪鼓，说："不行，不行不行，你去，正好中了他们的计，他们把你抓住，还不见得就会放回那些百姓，我们不能上当，要理智，好好想想对策。决不能让你去。"

鞑靼军把一千多老百姓赶到一低洼处，看守的士兵们在打赌，赌马芳会不会牺牲自己前来换取这千人的性命。在指挥帐里，敖敦和部下也在讨论马芳是否真的会前来换人。固日布德咧着嘴说："如果马芳不来换，一千人在这里实在难以看管，如果三天不给他们粮食，他们都饿得走不动了，就无法用他们冒充军队攻击；如果管饭，一千人的消耗也是极大的。"

敖敦用拳头砸着桌子，说："无论马芳来不来换，我们明天晚上都要全面攻击。"

军师捻着胡须说："我们要从俘虏里挑出一百名青壮劳力，给他们换上咱们的军装，到时让他们骑着马，后面的人要用绳子牵着。我们派弓箭手在后面押送，这样势必会吸引明朝守军。与此同时，我们的大部队从薄弱地带攻入，直取大同府，这样就可以把城夺下。然后，我们以城为营，进行防守，再图长远之策。"

早晨，敖敦带兵前去巡视抓来的老百姓，见有个士兵正在沟边撕扯一个抓来女子的衣服，引得百姓们大声谩骂，他摘下弓箭对着那士兵射去，那兵腾地爬起来，看看胸前的箭，眼睛越瞪越大，然后砸在地上不省人事了。敖敦对那守军头目训话道："我们抓来人是有用的，不是让这些女人来消耗你们的体力的，谁要是敢再动这些妇女，格杀勿论。"

队长用力点头："属下明白，属下明白，谁要再敢侵犯妇女，我就砍他的头。"

敖敦回去后，听说大同总兵派来了使者，敖敦便接见了他。使者说："我军马芳为救千人性命，决定后天来换人。"

敖敦怒道："如有诚意，为何明天不来？"

使者说："他知道此来性命堪忧，明天要跟家人告别。"

敖敦夺拉下眼皮，点头说："与家人告别，人之常情。你回去对马芳说，他如此大义，本将军非常钦佩。让他理解本将军用此手段，这也是无奈之举。不过，本将军保证，说到办到。马芳一来，就立马放掉这些百姓，成就他的大义。"

使者回到明军大营，向周尚文汇报，周尚文满脸的痛苦和无奈，对马芳叹口气说："我们得想个办法才行，不能按他们的想法来啊。再者，就是你真去换，他们也未必会把人放了……"

十八　全民皆兵

面对一千多百姓的性命，马芳并不是舍不得牺牲自己。他认为能够用自己的性命，换回一千人的生命，这是对自己个人价值的最高体现。但问题是，他担心牺牲了自己却换不回任何人来。如果不去，别人会认为他贪生怕死，从此臭名远扬，再无威信可言。

夜深了，马芳还是没有丝毫睡意。他起身，倒了碗酒慢慢喝着，在思考怎么处理眼前这复杂的问题，既能够成功地把人救回来，又能一举打退鞑靼大军。突然，他发现放在柜上的酒碗，里面的酒水有轻微地颤动。他屏住呼吸，凑近那碗细细地观察，见酒面的微动是有规律的。他把酒碗端下来，把耳朵贴到柜子上听了听，从而判断出这些震动是大批的人马行动而传过来的，并判断出传来这样的震动得有上千人，且已在三里之内了。

马芳不敢耽误，急匆匆来到周尚文的营帐前，把周尚文叫醒，说了自己的猜测。周尚文不敢怠慢，马上把诸将叫来，让他们带兵进行防守。马芳带了两个骑手迎着敌军奔去，当他们来到一个坡上，看到足有千人的队伍向这里奔来，看他们行动迟缓，并不全是骑兵。马芳想到，他们这支队伍不超过两千人，为什么却奔着明军的主要防守地带挺进，这是什么意思？马芳突然叫道："不好，他们肯定是声东击西。"于是马上回到营地，对周尚文说了自己的判断。

周尚文道："你的意思是，他们的大部队可能会从别处进攻？即便如此，我们的兵力也不够，怕是会顾此失彼啊。"

马芳点点头："大人，他们不到两千人，这样，留一千士兵，由我与副将在此守卫，您带领其他兵力赶到城北，以防他们攻城。如果我们能守住就守在这里，如果失守我们可以退回城里。但如果城被敌人占领，我们想再夺回来就难了。"

周尚文考虑到军中一些将领的家眷都在城里，如果让鞑靼军攻进城去，几乎就等于攥住了他们的命根子，将来就更被动了，于是马上带军防城。马芳与副将留守在关口，准备迎击。当敌军近了，马芳命令放箭，突听来人大叫"不要放箭，不要放箭"。由于人声太吵，将士们没能听清。马芳让大家停止射箭，把耳朵贴到地上，听到有人喊"不要射箭"。马芳顿时想到那千名被抓去的百姓，极有可能是被敌人用来伪装成进攻的样子，然后大军图谋夺城。

等人再近了些，马芳看到果然是被抓去的人，他们冲进明朝边境后，开始四散离去。马芳让副将带二百人守在这里，他带领其他人火速支援周尚文守城。他们赶到城北时，发现鞑靼军正激烈地攻城。马芳带人冲杀出去，由于他们势单力薄，根本不足以影响鞑靼军的进攻。面对这种情况，马芳感到这城是守不住了，他立马派人向周边的防线求援，然后让巡逻队的人去各村号召，就说鞑靼军攻城，把大家发动起来共同抗敌。

周尚文努力守城，由于兵力太少，有些寡不敌众。虽然城里的居民都发动起来守城，但守得非常困难，他明白，他们坚持不到下午，怕是这城就丢了。周尚文想想在这种情况下，周边的总兵闻讯也不赶来救援，心中不由气愤。

副总兵焦急地说："大人，咱们的守军太少，敌人兵力众多，周边防区又不肯救援，我们怕是很难保住城池了，不如把各位将领的家属组织起来，从南门撤离吧。"

周尚文道："一旦打开南门，城中的居民必然都会逃离，此城马上就会丢掉。"

副总兵又说："大人，我们不如放弃大同城吧。"

周尚文摇头："放弃大同，我们就全盘皆输。马上下令，任何人不准逃离，誓死保卫大同城。要稳住老百姓，让他们不要惊慌，继续发动他们协助守城。"

马芳带着巡逻队，到各村去发动群众。大家立马响应，青壮劳力抓住镢头、锹、棍子，跟着巡逻队就走。有些妇人听说要去打鞑靼，她们有很多人也参加了。这种情景，让马芳非常感动，如果明朝的军队都像老百姓这样踊跃，鞑靼就不敢来犯。可是，明军各防区都自扫门前雪，不管别的防区的事情，所以才导致大同现在的困境。

马芳让大家都集合起来，形成了两万人的队伍。他知道，虽然这支队伍没有战斗力，但这么多人，是足以让敖敦重新衡量形势，甚至会放弃攻城的。为了看上去像军队，马芳让他们几百兵在前头，后面的人要排成队，然后向城北拥去。

这时，负责指挥的军师与敖敦，已经看到绝对的优势，他们脸上泛出了笑容。此前几个将领多次在此攻打明朝，都以失败告终，如今他们马上就要把大同城给拿下了，这是非常大的功劳。敖敦明白，以现在这种情况，在天黑之前，一定可以把城给打下来。他对明朝的军队是了解的，在这种时候，别的区域是不会前来救援的，现在的周尚文就是瓮中之鳖。

敖敦大声说："传令下去，加强攻城，我们争取在城里埋锅造饭。"

军师也大声喊："告诉攻城将士，最先攻进城的百名将士，每人奖百两白银。"

所谓重赏之下必有勇夫。攻城的将士听说有赏，他们攻得更猛了。这时，城北门已经被撞开，两军在那里决死拼战。门前的尸体堆得老高，就像小山似的。

敖敦看到北门攻破，明军全部兵力都拥到北门，便对固日布德说："现在明军把全部的兵力调来守北门，南门必定空虚，你马上带一队人马，去攻打南门。"

固日布德刚离去，就有人来向敖敦与军师汇报，说有几万人的队伍向他们逼近。军师与敖敦惊道："什么什么？"

那探子又说："看到他们不像正规队伍，像是老百姓，但他们像滚雪球似的，人越来越多。带领他们的是马芳。"

敖敦叫道："传令，加大攻城力度，在他们未赶到之前，我们就要攻进城里，以城为防。"

站在城墙上的周尚文看到有很多人向城聚拢，以为援军到了，马上传令，援兵已到，一定要坚持住。大家听说援兵到了，顿时精神为之一振，变得勇敢起来。

敖敦见城门都撞开了，就是冲不进去，而且周围的人黑压压地赶来，他感到心急如焚，要亲自带人去攻城门。军师忙说："将军，我们怕是来不及了，不如赶紧撤离。"

敖敦叫道："他们是一些毫无战斗经验的老百姓，又不是军队，只要我们杀他们几个就会逃离，有什么怕的！"

军师忙说："我们不是在草原打仗，这里民房较多，而且都是胡同，我们的骑兵没有任何优势。如果进行巷战，明朝老百姓都会变成兵，我们是打不过他们的。再者，又有马芳带人冲在前头，指挥作战，我们的胜算不大，如果现在不撤，被他们给围起来，将会难以逃离。还有，这么多人，就是不动，站着让我们砍，也会把我们累死的。"

听罢此言，敖敦长叹一声，说："传令，马上撤离。"一声令下，火速向草原方向撤退。

守城的周尚文见此情况不由热泪盈眶。太险了，他们为了守住被撞开的门，伤亡惨重，眼看着城就要被攻破了，没想到这时候援兵到了。当马芳他们来到城下，周尚文见来的都是些老百姓，不由感到吃惊。他们在这么短的时间里发动起这么多民众前来守城，真是太罕见了。马芳在城外对大家说："只要咱们齐心协力，他们鞑靼人是不敢攻打咱们的。从此以后，我们要一方有难，八方支援，守住我们的家门，让鞑靼再无法侵犯祸害我们。"

老百姓齐声欢呼："齐心协力，保卫家园。"声如波涛。

马芳并没有带兵进城，他安顿好部下和这些百姓，只身去见周尚文。

周尚文感叹说："马芳啊，你立了大功，你创造了一个奇迹。"

马芳说："大人，这不是什么奇迹，是百姓相信咱们，肯听咱们的招呼，是因为咱们平时处处为他们着想，保护他们的人身与财产安全。如果我们之前做得不够，他们也不会来的。大人，这就是百姓对咱们的信任啊！"

周尚文连连招手说："马芳，马上带他们进城，让大家歇会儿。"

马芳摆摆手道："大人，我还是先带兵去防线上，那儿留的人不多，如果鞑靼军再侵入那就麻烦了。"

周尚文看着马芳匆匆离去，他已经打算好了，再次上奏朝廷为马芳请功，为他请封千户。千户在明朝是正五品官，统兵千余人。虽然官小，但至少是朝廷命官。现在的马芳，虽然是个队长，但队长这个不是什么官职，只是总兵府私设的一个职位。周尚文越发相信，马芳如此年轻，竟有如此之胆略，将来必成我大明的一员虎将……

面对这么好的形势，大同城唾手可得，仍然不能把城攻下，这让敖敦感到非常沮丧。他们的军师分析道："看现在的情况，大同防区已经全民皆兵，我们很难从这里突破了。不如这样，我们回师向可汗禀报，先不急着进军明朝，应先跟明朝修好，瞅准机会再发兵。"

落寞的鞑靼军再次以失败告终，回到草原，敖敦与军师去向阿勒坦汇报。

阿勒坦听说大同辖区全民皆兵，不由怅然若失。他相信，全民皆兵是他们蒙古的做法，如今大同有这样的变化，肯定是与马芳有关。想想自马芳投顺到大同府后，在这里就打不开缺口了，这让他感到非常愤恨。面对这种情况，阿勒坦只得同意军师的建议，决定派使者去明朝进贡，修两边之好，然后养精蓄锐来日再图明朝。

军师带着使者，拉着珍宝来到京城，首先拜访了严嵩，对他献上了宝物。军师满脸堆笑，说："严大人，我们不惜重金，跟你们就要一个小小的逃兵，你们竟然都没办到，不知是何意？"

严嵩不满地说："不是本官不办事，而是周尚文这人不通情理。再者，由于他资历老，并多有战绩，就算是当朝圣上也得让他三分，本官根本就拿他没办法。"

军师又说："我们可汗本来早想与贵邦交好，愿意每年纳贡，但是，自从马芳归顺大同，时常带兵骚扰我草原边区，使得我牧民多受其害，可汗实在气愤不过，才出兵大同。但是，我们并没有想过要把大同打下来，否则，大同早就不在贵邦辖下了。"

严嵩看着眼前这位颠倒是非曲直的军师，会心一笑，道："军师，这些情况，本官会向圣上禀报。"

第二天，军师带着大批的宝物来到皇宫，献给了嘉靖帝。

嘉靖帝听说蒙古要跟明朝修好，当即点头说好。虽然朝中一些忠臣良将对此有不同看法，怎奈嘉靖迷恋于炼制道家仙丹，没有时间去关心朝中大事，他听说修好，就认为可以天下太平了，于是回赏了阿勒坦很多东西。把使者送走之后，严嵩对嘉靖说："启奏万岁，现有大同总兵周尚文要为一个名叫马芳的普通士兵请封为千户的奏书，您看此事……"

嘉靖满脸不悦，问："此人何德何能，周总兵竟然为他求封？"

严嵩急忙回道："启奏万岁，听说这个人是蒙古那边逃过来的，为了报私仇，他带着兵去侵扰蒙古牧民，因此招惹了阿勒坦出兵。现在，周尚文却要为他求封，说不定，这个蒙古人带来了不少的东西送给周尚文，否则，他周尚文为什么为他求封？"

这时，朝中一些忠臣良将都出来与严嵩争辩，认为周尚文的做法是正确的，而马芳也确实立下了不可磨灭的功劳，严嵩说的是颠倒黑白。

嘉靖看他们争论得互不相让，怒道："都闭嘴，岂有此理，朕大明朝的官岂是随便封的，无德无能无功，竟想讨封。马上回信，对周尚文说：挑衅战争，本来就是大罪，谈何封赏？"由此可见嘉靖有多信任偏袒严嵩。

严嵩得意扬扬，领命后回去针对周尚文的上奏写了封信。信中表明，大明与蒙古已经达成和平协议，如果在这时候封赏主战将领，蒙古知道后会以为我大明并无诚心，和好只是幌子，这样反倒不好，此事以后再议。

周尚文接到这样的回信，感到非常气愤。他明白，现在朝廷奸佞当道，皇上偏听偏信，便后悔直接把信呈给皇上，他为马芳求功心切，竟然忽视了这信必然落入严嵩之手，严嵩肯定会从中阻挠。应该把信传给正义之大臣，然后在侧面向皇上进言，迂回办此事，也许事情就成功了。由于之前就曾与马芳说过，已经为他向上书请封千户，如今见是这种结果，感到很不好与他谈。不过，不好谈也得谈。周尚文把马芳找来，对他说："马芳，接到朝中严大人回信，说考虑到刚与阿勒坦议和，这时候再奖励封赏抗敌英雄，如果让阿勒坦知道，会认为我方没有诚意，先让暂缓封赏。"

马芳笑着说："大人，我个人之事小，国家利益为大，这没有什么。"

周尚文叹口气说："将来，你前途无量，不过，无论走到哪一步，都不要忘了朝中奸佞当道，有些人钩心斗角，你要多加小心。很多官员在这样的争斗中成为牺牲品。今天我之所以跟你说这些话，是希望你要做到心中有数，无论什么时候都不能忽视这种关系。否则，你以后在什么位置上都是危险的。"周尚文停了停，又道："唉，马芳，其实万岁在最初是英明强察、严以驭官、宽以治民、整顿朝纲、减轻赋役、大振国政的。但，现在，万岁崇信道教，宠信严嵩等人，导致朝政腐败。不过，马芳，我大明朝也有诸多的忠臣良将。"

马芳点头说："大人，您不必因为马芳的事忧虑，这个末将能够理解。至于朝中有些事末将也略有耳闻，眼下，咱不想那些事。"马芳稍作停顿，继续道，"现在，虽然阿勒坦的部将看似很有凝聚力，但实际上，手下的将领也是各有各的打算，明争暗斗。大人，您大可放心，我不求高官厚禄，能够跟着您为国效力，能保百姓平安，我已经很知足了。"

周尚文点头道："像你这么大的年轻人，能有如此心胸，实在难得。"周尚文满眼都是爱惜，是那种英雄惜英雄的神情。

朝廷下文恢复两边贸易，互通往来，本来周尚文让马芳负责边关的，还没有提出来，问题就来了，上峰指名道姓要让宋小辉负责边境之事。至于这个宋小辉是谁，周尚文从没有听说过，后来才知道宋小辉原来是赵西富的管家。

赵西富是大同富家，他家的富贵是缘由他姐姐长得美，被皇上选去做了妃子，受到皇帝的宠幸，生了个女儿。在皇帝的后宫中，只要嫔妃生育，不管生的是皇子还是公主，她们地位都会较高。由于赵美人受皇帝宠爱，下面的官员也肯拍她的马屁。当赵西富听说要恢复边关互市，认为边关检查官是个肥缺，便去信让姐姐运作，让自己的管家担任边关检查官一职。

由于事情关系到赵妃，周尚文没有办法，如果自己强行安排，说不定赵妃会向皇帝吹枕边风，到时候自己也会被调到别处，那么事情就更麻烦了。没有办法，周尚文只得派宋小辉前去负责边卡，并给他派了五十人。在宋小辉上任前，周尚文把相关的文件给他，让他好好看看。互市的文件上标明不能买卖的东西，比如兵器、人口等。

宋小辉上任后，仗着有赵妃这个后台，不把这些文件放到眼里，过往的商人在交关税后，如果再给他交些好处，他就不对货物进行开箱检查，于是，很多不法商人通过宋小辉做着非法买卖。他们常把中原的武器私运出去。一次，几个蒙古商人抓了几个美貌女子，用药迷倒，装进箱子里，到了关卡，交了些钱便大摇大摆地出境了。

赵西富因为宋小辉当上边关检查官，得到很多不义之财。虽然有很多举报，但是周尚文苦于找不到证据，没法惩办宋小辉，最终惹出了大事。

这天，马芳的母亲出去买菜，有两个蒙古商人手里拿了块手织毯，打开抖抖，问她要不要。还没等她说不要，结果就昏迷过去。两个蒙古商人用织毯把马大婶卷起来，放进马车，然后封在箱子里想把她运出去。因为阿勒坦曾让部下专门去对一些商人说过，如果谁能把马芳的至亲抓来，赏钱千两。于是，很多人都借着经商之由，到大同来打听马芳的家人。

十九　斩裙割带

那天傍晚，早已过了饭点，马大叔也饿了，但还不见买菜的妻子回来，便四处寻找，找到天黑也没见妻子回来，便感到有些不好。这几天，城里连着丢了好几个女人，马大叔感到事情严重了，马上派家丁去通知马芳。马芳向周尚文汇报后，周尚文也感到事有蹊跷，说："自从互市恢复以来，就不断有人丢失，并且都是女人，这肯定与那些商人有关系。"

马芳心想，两边通商，阿勒坦肯定利用商人之便，图谋他的至亲，借以要挟。于是，带着十几个人来到边关检查处，问有没有见着蒙古人带着五十岁左右的一妇女出去。宋小辉忙摇头说："没有没有，我们检查得可严了，别说是个大人，就是个小孩也带不出去。"马芳并不相信宋小辉的话，带人奔着商道向草原追去。

他们追出十多里路，见有几个商人在马车前休息。马芳要求检查他们带的东西，几个商人不同意，马芳坚决要求检查，那几个商人见阻拦不住，吓得拔腿就跑。马芳把马车打开，发现有个大箱子，把箱子打开，发现母亲正在里面睡着。马芳让手下驾着马车带母亲回去就医，他带着两人骑马去追商人，最终把商人给追上了，经过他审问才知道，阿勒坦要买他家的人，一个就是千两，所以他们才敢涉险去抓他的母亲。

马芳问："你们怎么混过边关卡口的？难道检查的时候就没发现？"

那商人道："只要我们交了银子就不用开箱检查。"

马芳听后心中气愤，押着商人回去跟周尚文汇报。周尚文听说马芳的母亲差点被人给带出关去，感到事态严重。他要马上把宋小辉给拘押起来。马芳摇头说："大人，现在证据还不充分，宋小辉是不会承认的。再者，没有真凭实据，赵西富肯定又会向他那宠妃姐姐打小报告，说您是故意刁难，再反咬一口就不好办了。"

马芳找到格根哈斯，让他帮忙。

自从恢复通商以来，格根哈斯没有了优势，别人通过多种渠道，偷、劫等手段，把中原的东西私运到草原去卖，把市场规矩都给破坏了。当格根哈斯听说让他配合缉拿不法商人，当即同意。格根哈斯按着马芳的要求，把宋小辉的老婆给迷倒装进箱子里，送去边关。在过关时，宋小辉说："开箱检查。"

格根哈斯凑到宋小辉眼前，小声说："大人，通融通融吧！"

宋小辉眼皮耷拉着说："爷们儿也懒得检查，老规矩，不想开箱，交五两银子。"

格根哈斯为难地说："大人，以前不都是三两吗？"

宋小辉斜眼冷笑道："这几天查得紧了，再啰唆就十两。"

格根哈斯见状就交了五两银子，顺利通过了。

就在这时，马芳带人过来，对格根哈斯说："慢着慢着，咋没看到检查就出关了，开箱检查。"

格根哈斯双手作揖道："大人，我刚交了五两银子，是不用开箱的。"

宋小辉叫道："你血口喷人，我们什么时候要你的银子了？什么时候没有开箱检查了？"

格根哈斯道："大人，您不能这么说啊！您还说这几天查得紧，三两银子成五两了。我刚交给您咋就不认账了。您既然说开箱检查过，那您说说我箱子里装的是什么。"

宋小辉狡辩说："负责检查的士兵刚换班了，我没看。"

马芳问宋小辉说："你确认这箱子是检查过的？"

宋小辉梗着脖子说："马队长，你这么问是什么意思？我们每个箱子都会打开检查，对禁运的东西统统查处并没收罚款。不检查，我们也不会放他们走的。"说着还用眼白看着马芳。

马芳看着宋小辉狡辩的样子，说："那好，你不知道，那咱就打开箱子看看到底是什么。"

马芳让士兵打开箱子，把木箱打开的一刹那，宋小辉就看到自己的老婆躺在箱子里，惊得打了个激灵，说："这，这，这不是从我们这边过去的，是私渡的。"

马芳冷笑道："这车是刚刚通过，上面还盖着你们的通行印鉴，你就说不是从你们这里过去的。我问你，车里这个女人你认得吗？"

宋小辉结巴着说："不，不认得，我不知道是谁。马队长你放心，等换班的来了，是谁检查的，我要把他给抓起来，治他的罪。"

旁边有个士兵说："宋队长，这不是你老婆吗？你咋就不认识了？"

宋小辉瞪了一眼那个士兵，骂道："瞎了你的狗眼，这是我的老婆吗？谁，谁知道是哪个王八蛋的老婆。"

那个士兵低下头说："我看错了，这女的是王八蛋的老婆。"

马芳点头说："宋队长，这既然不是你老婆，那好吧，我们就把她带走了。"

马芳把女人带回府衙，用凉水把她泼醒，和女人把发生的情况说了，女人哭道："宋小辉，这个没良心的，肯定是想把我卖了然后再娶个小的。他不让我好过，我也不让他好过。大人，他在边关那儿根本不查过往商车，只要给他银子他就放行。街上那些丢失的女人就是经他那儿被带走的。我也对他说过，如果出事儿了吃不了兜着走，他说反正有赵西富的姐姐在宫里，有人撑腰，即便是天大的事儿，那也不叫事儿。"

周尚文听后大惊，对马芳说："快去，把他抓来，先关进牢里。"

随后，周尚文把赵西富请到府上，寒暄过后，对他说："如今有个案子，还得烦请您旁听一下，给我们做个证。"

赵西富听周尚文这么客气地和自己说话，心里甭提有多高兴了，满口答应，说："好的好的。"

周尚文与副将，还有城里的几个商界元老在堂后听着。马芳在前面提审宋小辉。他把刀架到宋小辉的脖子上，宋小辉哪见过这种架势，哭丧着脸叫道："大人，饶命啊饶命啊，这不关我的事啊，是，是赵西富让我这么做的，跟我没有关系，收上来的银子都如数交给赵西富了。"

在内帐的赵西富听到审的人是宋小辉，不由暴跳如雷，指着周尚文的鼻子叫道："好啊，你竟算计到皇亲国戚头上来了，你给我等着。"

周尚文微微一笑，道："赵国舅，你这皇亲国戚带头与鞑靼勾结私卖人口，论罪当斩，来人啊，把他给本官抓起来。"早已预备好的几个士兵蹿出来把他摁住，把嘴给堵上，像拖死狗一样拖走了。

陪听的几个商界元老见周尚文把赵西富给抓起来了，都吓得缩着脖子，不敢吱声，站起来要告辞。周尚文让马芳把宋小辉的供词拿来，让几个元老都签字画押作为证明，然后放他们走了。事后，周尚文专门给赵美人写了封信，派专人想法送去。他在信中把赵西富与鞑靼勾结，贩卖中原人口，收受贿赂等罪状一一列出，指出此事在当地影响极大，论罪当斩，在民众的请命下，现已经把他收押……

赵美人看完信惊得花容失色，立马派个可靠的太监，带着她的亲笔信还有礼物来到大同。周尚文见赵美人在信中说：小弟年少无知，暂且饶过他，以后如有什么事情，只管言语就是。周尚文让那太监带话说：马芳多次保护大同城，保护百姓立下汗马功劳，本已经奏报吾皇为他封千户，但报上去却没有了动静，还请娘娘给问问。赵美人听那太监转述了周尚文的话后，马上去找严嵩，让他立即封马芳为千户。

严嵩觉得奇怪，便道："娘娘，您怎么也关心起这件事了？"

那赵妃说："严大人，我弟弟现握在周尚文手里，如果不办此事，我弟弟的小命就没了。"

严嵩问道："娘娘，什么事啊，这么严重？"

赵妃叹口气说："唉，一言难尽。我那弟弟非要安排他的人担任大同边关检查官，他们收受贿赂，过往商品不检查，结果有人借机开始贩卖人口……就把我那弟弟给牵涉上了……"

严嵩听完赵妃哀哀怨怨述说完，不情愿地点头说："娘娘请放心，我马上就办。"

于是，严嵩便亲自下了公文，任命马芳为千户。

当马芳得知，周尚文利用赵美人给他换了千户之职，气呼呼地去找周尚文，瞪着周尚文说："大人，这样的千户，马芳才不要呢，我们必须把赵西富绳之以法，否则不足以服众，就没有了天理。"

周尚文心平气和地说："马芳，你先别急，你听我说。你说，什么叫天理？现在朝中的事情极其复杂，如果把赵西富伏法，咱们都不用在这里了，都得离开，那么，谁来保护老百姓？我们只有保住自己的职务才能为老百姓做事，做更多的事。我们保护自己，争取权力，并不是为了我们自己，而是为了老百姓。"

马芳听后叹口气，没有再说什么。

周尚文怕赵西富记马芳的仇，在临放他时说："你能够被放是马芳一再为你说好话，本官看他的面上才放的你，希望你不要记仇，咱们都在一个地方共事，抬头不见低头见，你好，我好，大家都好。"

赵西富拍拍肥胸说："周大人放心，以后，你们有什么需要我赵西富的，只管跟我知会一声。"

周尚文问："那个宋小辉，你，还要吗？"

赵西富皱着眉头叫道："周大人，这样的人留着能做什么，我看只能坏事，该怎么办就怎么办。"

次日，周尚文把宋小辉绑上法场，陈述了他的罪恶，然后当众处以死刑。随后，周尚文重新选派人负责检查边关来往商人，无论大包小包，所有货物，都要检查，凡是查到有违禁品的，全部没收，并没收通行证。

由于两边通贸往来，商人往来频繁，草原上的商人都来大同这边做商贸生意。师氏对马芳说："夫君，现在趁着两边来往自由，你可以给萨仁姐姐家买些东西捎过去，也能减轻她的生活负担。还有，要不让她们来这里住一段时间，我真想见见她。"

马芳苦笑道："恐怕她是不会来的。"

师氏看着马芳无奈的表情，又说："那么就多买些东西，给她带些银两也好。还有，我还给她绣了几件东西，还给她写了封信，你也找人一并给姐姐捎过去。"

马芳听妻子给萨仁写了信，有些好奇，说："写的是什么？让我看看。"

师氏嗔道："才不让你看呢，女人家的悄悄话，哪能让你看？"

马芳笑着说:"你写汉文,她不认得,送去也是白送,要想让她看懂,得让我给你翻译。"

师氏难为情地说:"那,那还是烦请夫君给翻译一下吧。"

马芳看到师氏在信里说:"我们虽然结婚,但马芳一直挂念着你与孩子……你放心,我会帮助你好好地照顾他,让他过得快乐……现在两边通商,方便了,你可带着孩子过来……"马芳看着看着,不由得落下了泪,他紧紧地搂着师氏说:"夫人,谢谢你。"

师氏悄声说:"轻点轻点,别挤着咱们的孩子。"

马芳摸了摸她的肚子,说:"你休息,我这就翻译去。"

马芳翻译了师氏的信,又给苏哈写了封信,在信里赞扬了苏哈的忠义,表达了自己的想念,并说自己现在过得非常好,请他们放心。信里并没有提到萨仁,但信却是写给萨仁的。马芳有千言万语想对萨仁说,但总感到无论怎么说都不能表达心情,就干脆不说了,无言却胜万语。

格根哈斯负责把信和东西给萨仁与苏哈送去,并在萨仁他们那里住了一天。

苏哈看到马芳的信后,眼睛潮湿了,然后默默地去给马芳准备肉干、奶酪,几乎把家里的好东西全部拿出来了。

萨仁看到师氏的信后,感到非常欣慰,因为现在马芳已经成家,有个心疼他的、通情达理的妻子,自己也就放心了。萨仁专门给师氏写了封信,让马芳带着他们去草原做客。

第二天,格根哈斯把萨仁织的东西,还有要买的东西带上,告辞去了。

马芳与师氏接到萨仁捎来的东西与信后,听说要让他们去草原做客。马芳知道,这个有些难度。因为阿勒坦的修好,只不过是形势所迫,并非发自真心。历来,明朝与蒙古就时战时和,形势说变就变,如果他去了就算阿勒坦不抓他,日后形势严峻起来,萨仁家也会被定为私通外敌。

马芳把萨仁捎来的东西,给周尚文带了些去。

周尚文说:"马芳,对于萨仁的事,不要跟别的将领说。还有,也不要把从蒙古捎来的东西送给别人。现在两边修好,没有问题,如果一旦两边打起来，这些事情可能被人利用，反制于你。所以你要做到心中有数。"

马芳点头说："大人放心，属下知道，属下就跟您说说。"

周尚文说："义女马上就要生产了，这段时间你多陪陪她。"

马芳点头道："谢谢大人挂怀。现在，阿勒坦肯定厉兵秣马，我们也不能掉以轻心。这段时间，我想让巡逻队加强训练，另外，加紧训练我们的士兵。别闲得时间长了，到时候阿勒坦打来，我们的手却生了。"

周尚文点点头说："就是就是，和平是战争的暂停，绝不是结束。"

五月份，师氏生了个大胖小子，马芳当爹了。在给儿子起名时，是师氏的父亲给起的。老爷子爱读"四书"、《周易》，他捋着胡子推算一番，说："孩子命里缺木，就给他名马栋吧，以补五行之缺，另外也希望他长大后能成为有用的栋梁之材。"

大家听说马千户家生了贵子，都想送份礼，但马芳对外却说娘儿俩回老家去了。他不想让大家有送礼的机会。虽说喜得贵子，送些礼金送点布是正常的礼节，但他不同，他现在是五品千户，大小是个官了，如果收别人的好处这就是问题。

周尚文与几个副将一起来为马芳祝贺，几个老战友在一起喝了点酒。趁着酒兴，周尚文感叹道："风调雨顺，添丁增福，商贸繁荣，天下太平，值得庆贺啊。"

几个副将纷纷点头："如果从今以后，都是这样该多好啊。"

马芳却叹口气说："以阿勒坦的性格，我认为他用不了多久就会又来进攻。之前，他之所以修好、通商，主要是几次攻打大同失败，便认为时机还不成熟，当前肯定在招兵买马，加强训练，然后再发动进攻。"

周尚文点头说："马芳说得是，这阿勒坦从来就没有消停过。"

事情果然是这样。随着蒙古商队往来越来越频繁，经核查边关记录，马芳发现回去的人却很少。马芳感到这事不正常，每天都过来上百口人，回去没有几个人，那么这些人去哪儿了？马芳找到周尚文提出这个问题，要求限制入境人数。周尚文为难道："这不太好吧，这样，如果鞑靼说我们不遵守和平条约，限制商贸，因此闹事，我们的责任就大了。"

马芳沉思片刻，说："这样的出入不正常，估计一个月内蒙古商人将在大同滞留近两千人，如果这两千人都是商人倒没什么，如果他们是鞑靼兵冒充的，在我们边境受到冲击之后，他们发动起来，内外夹击夺城，我们的城可能就真没了。"

周尚文听后，感到这个问题确实很严重，但又感到为难，限制商人入境有风险，不限制会有隐患，便说："那你的意见又是如何？"

马芳说："必须规定出境时间。"

周尚文问："具体怎么操作？"

马芳想了想说："凡进境经商者，发放证件，分三天与七天两种，超过七天，需要重新领暂住证，否则查到证件超过期限者将没收财物，驱逐出境。"

周尚文还是为难："如果这么做，传到上边去，还是会有扰乱经贸往来规定之嫌。"

马芳说："那么必须把侦察范围扩大，如果鞑靼有进兵迹象要及早发现，然后迅速清城。否则，怕是到时候有难以预测的结果。"

从此，马芳派出十个巡逻队，纵深到草原处进行侦察，在城里，派出士兵加大巡逻力度，遇到可疑的人先抓起来审问。果然，他们的斥候发现有大批的鞑靼军队正向边境挺进。马芳汇报后，周尚文马上召集部众开会，讨论如何应对这次的鞑靼大军。周尚文说："如果鞑靼进兵说是因为我们驱逐商人，违背和平条约，这个责任我们怎么担？"

马芳说："看这种情形，我们城内已经聚集了两千多蒙古商人，其中绝大多数不是真的来经商的，为了防止他们在城里闹事，我们不得不对他们加强管理，如果鞑靼军趁机侵入，这两千伏兵发动起来，我们必将腹背受敌，一败涂地，那样不只是责任问题，也会让老百姓遭殃。"

周尚文说："我即刻上书奏报朝廷，请示一下。"

马芳摇头说："大人，现在鞑靼军离我们就五十余里了，一天的时间就能抵到边境，怕是来不及了。不如这样，我们就说把集市设在城外，把城里所有的商人全部清到外面去，不服从者，我们强制执行，并争取在今天下午，就把所有的商人给清理出去。"

周尚文点头说："这倒也是一个办法。好吧，就依你之见。"

他们随后派兵，把所有的商人往城外赶，不服从者，强行驱逐。首先，真正经商的商户们不管是明朝的还是蒙古商人，他们都顺从地搬出去了，剩下的在城内东躲西藏就是不肯出去的，就派兵缉拿，然后强制押出城外。

二十　贼喊捉贼

这次，阿勒坦派自己的弟弟拉布克台吉为主帅，敖敦为副帅，率三万兵攻打大同。他计划把大同拿下后，固日布德率十万兵攻打明朝，对明朝京城形成包围势态。为能够顺利拿下大同，拉布克台吉与敖敦策划，借着互市的便利，提前在城内安插两千名士兵，等总攻开始后，两千名士兵暴动，里应外合，可一举把大同城给拿下来，然后以此为据点，再图周边城市。

他们带兵来到大同附近，即得到消息，周尚文把城内的贸易市场移到城外，并开始驱逐城内的商人，他们埋伏在城内的兵丁虽然极力抗议，但没有起到任何作用，还因此损失了不少士兵。拉布克台吉听后有些疑惑，问："难道军中出了内奸，把我们的计划透露出去了？"

敖敦摇着头说："王爷，内奸的事情不太可能，最有可能的是，他们发现了端倪。可汗，您想啊，大同城本来就不大，一下拥进两千名商人，入多出少，他们极有可能判断出了我们的意图。再者，有马芳和周尚文，他们是何等聪明的人，岂能看不透这件事情，也是我们疏忽了。"

拉布克台吉眉头皱成了疙瘩，攥着拳头："这样一来，我们的计划就泡汤了，接下来我们怎么办？难道又要无功而返吗？真是气死本王了。"

敖敦想了想说："既然他们有所准备，直接攻入不好判断结果。不如这样，我们就说他们驱逐商人，违反边贸交易条例，约周尚文等人来商谈交易细节，然后把他们给扣起来，趁机攻打。明军群龙无首，我们胜的把握就大了。"

拉布克台吉摇头道："你当那周尚文、马芳是傻子，他们能来谈判吗？"

敖敦继续说："让他们到咱们这边来谈，他肯定不会来的。这样，我们约定在两军之间的边境线处交谈，表明并无犯意，只是接到商人的申诉，说我们的人前来经商，受到了不公平的待遇，是过来协调这些事情的，料想他们也没有理由拒绝。"

拉布克台吉点头说："那我们谈完了以后呢？这么兴师动众，只为了这么个事情？"眼睛瞪着敖敦。

敖敦眯缝着眼说："我们提前在谈判地两侧埋伏重兵，等周尚文他们来后，迅速从两侧把回路给掐断，然后攻打明防地。这样，我们就可以把周尚文给抓住。把周尚文抓住，他们群龙无首，必然慌乱。这样，我们就可以趁机把大同给拿下来。"

拉布克台吉感到这个办法有些不妥，但也没有其他更好的办法，只得同意。于是修书，派使者去大同府。周尚文接到这个约函后，马上召集部众研究如何应对。几个副总兵与参军都说不能去赴约，鞑靼军向来反复无常，去了就真的回不来了，很明显这就是鸿门宴。周尚文看着马芳，马芳想了想说："大人，经过侦察，我们发现阿勒坦此次用兵比以往几次要多，估计有三万多人，并由他的弟弟亲自率领。我们的守兵总共不过万人，而守在重要关口的士兵也只有五千人。从实力上讲，真要两军开战，我们无法与之抗衡。他们没有直接进攻，是考虑到咱们提前驱逐商人离城，认为咱们早就识破他们的计划，已经做好充分的准备了，其实咱们没有任何准备。如果此次去谈，他们极有可能会设计攻城。如果不去，直接攻城，我们肯定守不住，因为三万多兵攻城，我们守不到晚上。再者，就算他们攻城，周边防区知道也不会前来救援，这是最大的问题。"

周尚文说："周边防区是指望不上的，说不定还有人盼着鞑靼军攻陷大同，看我们的热闹呢。我们就不指望他们，只在我们现有的基础上做计划。"

马芳双手抱肩，沉思片刻说："大人，您看这样，我们一边去和谈一边还去发动百姓做好准备。虽说老百姓并不会打仗，但他们能壮声势，首先从人数与气势上，我们也能震慑他们一下。"

周尚文点头说："也只能这样了，就按着这个计划进行。"

接下来，在带谁去赴约的问题上，马芳提出由他去。周尚文感到马芳去并不合适，由于马芳是从他们那边过来的，回来后就一直和他们作战，且屡次将其打败，使其计划一次次落空，他们对马芳早已恨之入骨，如果去了可能会引爆他们的情绪，弄不好当场动起手来，那就不好了。周尚文对马芳说："你负责守城与发动群众，本官带一名副将去就可以了。"

副将说："大人，末将自己去就行了，如果您去，有什么意外，咱们就群龙无首，会挫伤将士们的信心。末将去了，他们不值当对一个副将下手，还有可能安全回来。"

周尚文摇头说："如果只有你去，他们会埋怨咱们并无诚意，说不定恼羞成怒，把你给扣住或当场杀害，这样就起不到坐下来谈的效果了。我们坐下来跟他们谈，是争取时间，发动民兵，共同防守咱们的城池。"

马芳见状，又说："大人，这样吧，末将安排赵勇带巡逻队去发动百姓，由我带领百人，守在能目视到你们交谈的范围之内。再者，边境也要密切关注，以防他们边谈边发动进攻。"

周尚文点头说："好吧，就这样吧。"

夜晚，马芳并未休息，而是带着兵守在边境，怕鞑靼军会趁机攻入。他派出两个士兵，前去暗自观察敌情，两人半夜回来，说发现敌军向两侧移动。马芳又派出几名斥候，让他们分别去观察往两侧移动的敌军的消息。他们寅时回来，说敌军没有进攻迹象。马芳在想：他们为什么在深夜把兵分开移动？突然，马芳意识到，他们可能计划在周总兵前去洽谈时，切断总兵的后路，使其无法撤退，埋伏在两侧的士兵会形成夹击，意在将前去谈判的总兵抓住，原来谈判的目的在于此啊，果然是鸿门宴。

马芳重新部署兵力，埋伏在通往草原必经之路两侧的沟里，让鞑靼军以为他们没有发现，在他们准备切断周尚文后路时，对他们进行打击。早晨，周尚文与副将来到前沿，发现马芳眼睛里布满了血丝，不由心生疼惜，拍着马芳的肩膀说："马芳，如果此去发生意外，你要带领将士们发动群众，一定要把大同守住，丢了大同，会危及京城，会有无数的百姓流离失所、妻离子散啊。"

马芳点点头说："大人放心，一切都已安排妥当，不会有事的。"

周尚文也笑着点点头，但心里是伤感的，是沉重的。这么多年来，他与鞑靼打了无数次仗了，他们的信用就像小孩子脸，说变就变，实在无法让人相信。周尚文扭头看看副将，笑道："昨天怎么跟弟妹说的？"

副将笑道："我哪敢跟她说是去跟鞑靼军谈判，要说了，她肯定用迷药把我迷倒，我就不能跟您一块去了，说不定跟大人去的就是一个女汉子了。"话音刚落，几个人都不由得笑出了声。

周尚文笑着说："放心吧，此去一定会没事的，等回来让弟妹炒几个小菜，咱们一块庆贺。"

拉布克台吉与敖敦已经在那里等了，地上还铺一段毡毯，上面摆了些酒菜。拉布克台吉抬头，见几匹马由远而近向这里奔来，说："没想到这个周尚文还挺有勇气的！"

敖敦说："这个周尚文着实不简单。当初，我们以为马芳投奔过去之后会被当作奸细处死，他非但没有，还重用。我们用多种办法想把马芳给弄回来，但都被周尚文识破。要是换作其他人，咱们早就把马芳除掉了，但周尚文不同，他软硬不吃，是明朝出名的刺头。"

拉布克台吉问："那个与他同来的是马芳吗？"

敖敦摇头说："不是。王爷，马芳是不会来的。这倒不是马芳没有勇气来，而是他们认为，马芳过来可能会引发咱们的抵触情绪，怕发生意想不到的后果，所以周尚文是不会带他来的。"

拉布克台吉点点头说："有时候本王都怀疑，马芳会不会是明朝故意安插到我们草原的一枚棋子，从小把他送到草原，让他熟悉我们的生活、我们的武艺、我们的用兵之道，再带回去用来对付我们。否则，本王想不出更合适的解释。"

敖敦回想到与马芳共同作战的那些日子，摇头说："属下认为马芳是个偶然，不像是刻意安排的。当然，如果马芳真是被明朝派去的，那马芳在那里生活十多年，忍辱负重，暗里学习我们的经验，那他太可怕了。马芳自小就是与众不同的，别的奴隶被抓去，就会老老实实去放牧，但马芳不同，他不只放牧，还刻苦学会了骑射，最后被阿布尔安排，代替他的儿子当了兵。由于可汗看中阿布尔家的萨仁，就没有因为马芳是汉人而拒绝，就这样马芳留在了军队，表现越来越突出，最后成为可汗的侍卫，并多次立功。如果马芳真的是内奸，想要图谋蒙古，那么是极其容易的，但马芳却为可汗几次挡箭，不像是假的。后来马芳离开草原，回到中原，这是他有故乡情结所致，从大理上讲呢，他是没有错误的，应该是受人尊重的。"

拉布克台吉点头："能够舍弃已经得到的荣耀，冒着生命危险逃回中原，从一个小兵做起，这确实是不简单的。就像一句俗语，是金子总会发光啊。马芳从小兵开始，还能够出人头地。相信，随着可汗经略中原计划的推进，将来马芳在明朝会越来越受重用，他将会成为我们实现计划的重大障碍。因此，也怪不得可汗要求，无论付出多么大的代价，也要把马芳除掉。"

说话间，周尚文与副将越来越近。

拉布克台吉与敖敦起身迎接，见他们从马上跳下来，忙给他们施礼。周尚文与副将还礼后，他们坐在毡毯上。敖敦倒上四杯酒，把两杯往周尚文与副将面前挪了挪。周尚文端起酒来一饮而尽。这份勇气让拉布克台吉感到佩服，要是别人，肯定怕酒中有毒，是不敢先饮的。拉布克台吉说："周总兵，今日本王出面约见，想必周总兵也清楚，主要是因为我方商人多次反映你们对他们不公平，限制他们出入，增加税收，如今又把他们赶出城去，这好像违背了我方与你朝协定的商贸条例。如果因为这件事情引发了战争，你朝皇帝知道肯定会追究其责任，也会责罚于周总兵的，你想过这个问题吗？"

周尚文摇头道："事实并非如王爷所说，你们每天进入百人之多，回去的却寥寥无几，小城内有你们两千多商人，实在活动不开。居民多次反映，城里的人太多，都几乎转不开身了，要求把商贸活动放到城外。我们也是没有办法，权衡利弊，只得把集市放到城外。这样大家可以自由商贸，既不影响城里居民的生活，也不耽误两边贸易，其实是扩大贸易市场的良策。"

拉布克台吉听周尚文这么说，又道："周总兵，你们拿着刀枪驱逐，致我方商户多人丧命，这又怎么解释呢？"

周尚文看着眼前这个鞑靼王爷咄咄逼人的样子，淡淡地笑道："王爷，我们对那些故意引起暴乱的叛逆分子，不管是蒙古人还是汉人，一定不会客气，所以请王爷不要误会。"

拉布克台吉见周尚文早已心中有数的谈吐，叹口气说："既然如周总兵所说，看来我们真的有些误会。放心吧，本王回去，会向可汗讲清楚这件事的，然后由我们发布命令，让我方的商户严格遵守互市条例。另外，你们也拿出相关的政策，确保我们商户的利益与合法权益。"

周尚文点头道："这样甚好。"

拉布克台吉说："说实话，我们两边纷争多年，导致双方民不聊生，此和平契机来之不易，我们双方应多做工作，保持这种利国利民的和平态势。"

周尚文脸上始终挂着笑容，一语双关道："是啊，如果真是这样就好了。"

就在这时，传来厮杀呐喊的声音，副将回头见后面已经打起来了，便说："你们口口声声说要和平，为什么却发动兵力攻打我们？"

周尚文回头看了看，冷笑道："这就是王爷说的和平态势吗？"

拉布克台吉没想到明军早有防备，便对敖敦说："敖敦，你马上去看看，是谁擅自做主，主动出击，马上让他们回来。"敖敦带着几个人去了，把正在与马芳混战的队伍拉回来。

拉布克台吉说："周总兵，也许，是将士太在乎咱们这次谈判了，生怕出事，有些冲动。其实咱们是友好商谈，是不会有任何问题的。这样吧，为以防下属们冲动，咱们今天就谈到这里。一切事宜本王都已记下，本王这就收拾打道回府，然后去向可汗汇报周总兵的诚意……"

送走周尚文，回到营地。拉布克台吉非常气恼，精心谋划却被识破，又一次无功而返。他马上与敖敦商量，接下来怎么办。敖敦说："看来我们很难突破周尚文与马芳这关，不如我们声东击西。我们在其他防区进攻，想必周尚文必然前去救援，当他们援兵到了，我们留下的精兵，再迅速攻打大同。"

周尚文与副将回去后，也召集大家议事，商量接下来的行动。他知道鞑靼军是绝不会轻易离去的，他们带着三万多兵马逼近大同，如果仅仅是来问问互市的事情，这代价也太大了。再者，如果不是马芳早有准备，阻击敌军，今天他们就真的回不来了，后果不堪设想。

马芳分析着："大人，他们今天可能就会把军队转移，但肯定不是撤兵，他们还会伺机侵犯。"

周尚文点头："看来他们是不达目的不罢休了。"让人意外的是，鞑靼军退去了。周尚文他们刚松了口气，没过几天，朔州总兵传来消息，说蒙古大军从偏关县附近攻入，他们已经难以招架，如不救援，他们就守不住了。周尚文听到这个消息后对来报信的说："你回去禀报你家总兵说，大同附近也有蒙古重兵伺机攻打，抽不出兵力来支援，还是让你家总兵也发动群众，进行抗敌吧。"其实周尚文是说气话。当初他们面临失去大同城危机时，向他们求援，他们以种种理由不肯出兵，差点导致他们把城丢了，现在他们遇到困难了，却又来求助。

马芳说："大人，唇亡齿寒啊，他们是这样，我们？您看这？"

周尚文见马芳将自己的气话当真，笑着说："我只是说气话罢了，咱们哪能看着鞑靼军侵入而袖手旁观呢？这样吧马芳，你马上带领五千人马火速赶去支援。"

马芳略有沉思道："带走五千兵马，大同守兵所剩无几，如有意外，怕是无法应付。这样吧大人，我只带两千兵马快速前去支援，然后快速赶回。"

周尚文道："马芳，带两千兵，怕是救不了朔州的。"

马芳却说："大人，属下怕敖敦狡猾，他们明打朔州，其实还是想图谋大同。如果他们早有预谋，如果我们带五千兵马去支援朔州，他们趁机攻打大同，这样可就顾此失彼了。"

周尚文想想也是，援助朔州，首先要做到大同不能失守，否则此举就得不偿失。朔州失守，责任在对方；如果大同失守，他就要负起所有的责任。

马芳带着两千兵马走后，周尚文亲自带领留下的兵马进行防守，并派出斥候观察鞑靼军的动向。前去的人发现，蒙古有一万多骑兵正火速挺进。周尚文马上派人前去联络民兵，一边做着迎敌准备。他知道，他们的兵力本来就少，如今马芳带两千骑兵前去救援，大同的实力打了折扣，想要挡住这一万多鞑靼骑兵，并不是件容易的事情。

固日布德率大军到了明军的阵地前，周尚文亲自操刀上马，与固日布德决战，但他们的人数毕竟少于对方，没多久便显出劣势。周尚文只得带兵撤回防区，借着掩体进行还击，但渐渐感到有些吃力，而现在，民兵组织却迟迟没有赶到。

周尚文面对这种情况，知道很难防守，便在固日布德暂停攻打之后，带领军队火速向城里撤退，想固守城池，等马芳回来。固日布德发现周尚文的意图后，在后穷追猛打。周尚文他们进城之后，刚把城门关上，敌人已经攻到城下。城墙上留守的士兵，纷纷射箭。固日布德被逼退兵半里有余，商量攻城计划。

固日布德明白，现在马芳前去支援朔州，今天是拿下大同最好的机会。他马上下令，分别从北门与西门攻城，并说谁能攻下城，赏银千两。于是勇士们跃跃欲试，好像这千两银子就是自己的囊中之物。

马芳带兵来到朔州城外，鞑靼军正在猛烈攻城，他马上下令从后方对他们冲杀。敖敦发现尾部受到援兵的冲击，马上下令，火速撤回大同。于是，他们放弃朔州，火速向大同方向赶去。马芳跟朔州总兵建议，应该出兵追击敌人，以防他们前去攻打大同。那总兵却说："我们刚刚守城损失严重，百废待兴，实在无力去追击敌人了，你还是马上赶回去救援吧。对了，麻烦和周总兵道声谢谢。"马芳看他们这种态度，不由心寒。他们根本就没有协防的诚意。

马芳来不及与他们废话，马上带兵急速回大同。他明白，就算他们能够及时回防，他们的兵力也远远不及鞑靼军，现在固日布德一万余人并未来朔州，这说明他们正在攻打大同城，如果放敖敦他们回去支援，大同城就等于扔了。

两千骑兵来的时候，由于是急行军，到了前线一刻也没停歇，又经过激战，现在真的是人困马乏，但他们还是快马加鞭，拼命往回跑。等马芳他们回到大同时，发现防线已经被突破了，周尚文带兵在城里死守。让马芳感到欣慰的是，无数群众都参与了战斗。马芳明白，只要把老百姓组织好了，就算有消极怠慢的官兵，同样能够把大同守卫好。随后，他马上带领两千兵士投入战斗，并对民兵进行指挥。

鞑靼军攻城不下，老百姓越来越多，又有马芳两千兵加入，一时间老百姓有了指挥官，他们开始有组织有计划地发动攻击，敌军便有些吃不消了。敖敦发现四周无数人向这里游动，知道民兵人数还在增加，他深深地叹口气，对拉布克台吉说："王爷，现在大同全民皆兵，又有马芳指挥，虽然他们的战斗力不强，但人数不断增加，而城内情况也是如此，周尚文誓死守城，我们已是腹背受敌，这种情况下，很难短时间内攻破大同城了。"

拉布克台吉懊恼地说："马上就要成功了，难道本王又要放弃不成？"

敖敦沮丧地说："王爷，如果只是民兵参与，我们倒也不是很在乎，我是怕在这时候附近防区调兵前来救援，那么我们就没有胜算了。再者，我们的兵马经过迅速转移，又加上许久的攻城之劳，战斗力已不强了。我们不如先撤回后方，然后再想办法。"

拉布克台吉无奈马上下令："传本王令，火速撤离，以防被内外夹击。"

拉布克台吉带着兵马逃离边境，发现明军并没有追赶，这才放心了些。

他们回到草原边界，找地方扎营休息，好多将士累得没吃饭便躺在草地上睡着了。拉布克台吉与敖敦坐在指挥帐里，两人计划接下来的行动。敖敦叹口气说："王爷，可汗给我们三万多兵马，虽然比上两次要多，但面对全民皆兵的大同，还是显得少了些。如果我们有十万大军，还怕他周尚文的全民皆兵之计？我们就可以直接踏平大同与朔州，并有可能打到京城。"

拉布克台吉无力地摆摆手，苦笑道："可汗如果派给我们十万大军，后方的防守就会薄弱，如果明朝趁机打过去，怕是我们就无家可归了。再怎么说，明朝的军队比我们要多啊，我们又是主动攻击他们，老百姓都发动起来自保，这种情况，十万大军就算拿下大同，也很难往深里挺进。"

敖敦哭丧着脸，说："王爷，回去我们怎么向可汗汇报？"

拉布克台吉沉思一下，说："回去跟可汗说今非昔比，现在的大同全民皆兵，三万兵马实在是微不足道。"

敖敦明白，如今有拉布克台吉跟可汗说话，自己的责任就小多了。

次日，拉布克台吉带着敖敦和固日布德以及所剩兵马撤回草原，向阿勒坦汇报了此次出兵的情况。阿勒坦有些不高兴，他对敖敦说："上次你失败而归，说如果有两万兵马的话就可以打下大同，本王给你们三万兵马，你还是没有任何战绩。难道，是因为本王的弟弟去了，影响了你的作战计划？"

敖敦忙说："可汗，现在的情况不同以往了。以前我们攻打一个，是没有援兵的，也没有老百姓参与的城池。现在，他们是一方有难，八方支援，并且老百姓自发地拿起武器，前来协助对付我军。三万兵力，很难有大的作为。现在想图谋明朝，时机还不成熟。不如我们养精蓄锐，到时候直接图谋京城。"

阿勒坦虽然心里不高兴，但关系到自己的弟弟，也不好责备什么，于是就让他们好好休整，随后他让军师起草文书责备明朝。文书中说："我们已经订下和平条约、互市条约，可大同周总兵却藐视双方条约，限制我方商人，致使我方商人怨声载道，本王派人前去交涉，又被周总兵攻打，你们实在没有信用，这让双方怎么和平相处？你们必须要给我方一个交代，否则，蒙古将不惜全力与你们拼个鱼死网破……"

嘉靖见到蒙古使者，看了信，交给严嵩，让他去处理这件事情。严嵩早就对周尚文看不顺眼，满朝的文武官员，哪个不来给他烧炷香，独有周尚文不知道眉眼高低，他决定借此机会要把周尚文换掉。过了几日，严嵩在上朝时提出："万岁，经过臣调查，周尚文确实违反边贸条例，导致鞑靼军要撕毁和平条约进犯中原。为了不再引发战争，臣恳请万岁将周尚文革职查办。"

嘉靖点头说："蒙古一直侵扰我朝，两边和平相处，这是利国利民之事。周尚文不能顾全大局，凭自己之勇，挑起事端，确实是恶劣之极。"

首辅张璁奏道："万岁，周大人自十六岁开始便开始抗击鞑靼军，战功赫赫。正是他守在大同附近，才使得鞑靼军多次侵犯未果。如果把周尚文革职，大同危矣。大同失守，鞑靼军可直接危及京城，请陛下慎重决定。"夏言、曾铣等一些忠臣也纷纷附议。

严嵩马上反击道："我大明人才济济，难道没了周尚文，我们就守不住边关了吗？你们这是危言耸听。"

张璁问道："事实表明，自周尚文守大同以来，鞑靼军寸步难入。大同是南北贸易、用兵之主要关口，如失大同，南北切断，大明将危矣。再者，鞑靼何时守信过，他们说和平就和平，他们说打就打，我们不能受制于他们。"朝中大臣都点头附议。张璁又道："万岁，臣等都知晓周总兵是个不可多得的良将啊，老臣和众大人恳请陛下，对周总兵不但不罚，而且要奖，这样也能鼓励我大明朝的将士之心。"

嘉靖说："阿勒坦确实不守信用，自从他爷爷辈上，就多次臣服我朝又多次反悔。这绝不是边贸这么简单。前几天接到朔州上报，说鞑靼军侵入，他们英勇退敌。难道朔州也有边贸问题吗？这件事就不要再提了。"

严嵩又道："万岁，那，我们如何回复蒙古呢？"

嘉靖说："告诉他们，此事不能单听一方之言，等查清事实真相，再作答复。"

　　自从阿勒坦弟弟亲征大同失败后，一段时间没有战事，马芳除了派巡逻队日夜巡查外，制订了训练士兵的方案，日夜操练，现在大同的士兵个个都能以一当十，那些青壮年民兵也都加入训练，包括一些体格好的妇女老人，他们闲暇时也会跟着训练。

　　在这期间，有关于朝廷对周尚文的争论，周尚文知道后，只是平淡地笑笑，并没有说什么。自他十六岁以来，曾多次遭到奸臣排挤，历尽磨难，起起落落，已经习惯了。他感到只要问心无愧，精忠报国，就足够了，至于功过，任由别人评说吧。

　　每当马芳他们不训练，空闲时，周尚文就会约马芳等几个得力助手小坐，谈论些抗击鞑靼军的话题。周尚文对马芳格外照顾，他知道马芳还年轻，他的未来还长，常私下里跟他讲些朝中以及各官员的事情，想让他心中有数，别未能成功，反遭奸人所害，周尚文的这些肺腑之言，对马芳的将来起到了至关重要的作用。

二十一　精准预判

面对鞑靼军多次攻打大同失败，阿勒坦认为，在大同地区的周尚文与马芳太过强悍，这块骨头既然啃不下来，为什么还要去硌自己的牙呢？为什么不换个地方去攻打？军师提议："可汗，怀柔地带系山区，离京城较近，可以尝试从那里攻入。一旦攻入，直逼明朝京城，把明朝皇帝的老窝给占了，那么其他地方的防御就不堪一击了，明朝的整个防备系统将会瘫痪，我蒙古将大功告成。"

敖敦说："军师，你想过没有，我们的军队擅长在平原作战，如果进入山区，我军的优势就没有了。"

军师分析道："正因为明朝也知道这个问题，所以他想不到我们会在怀柔进军，奇兵可胜。"

阿勒坦也认为，乘其不备攻入是可行的，于是调整兵马，下令发兵直逼怀柔。

怀柔遭到突然攻击，没有提前防备，致使明朝守军感到守得吃力，京城危在旦夕，朝廷上下惊慌失措。热衷于求道炼丹、追求长寿的嘉靖突然明白，如果鞑靼军打进京城，吃多少丹药都是没有用的，一旦被鞑靼军抓住，还是要被人家杀死的。他舍弃热衷的炼丹房，召集群臣商定办法。这时候，那些奸佞之臣们开始低调了，不再言语了。他们的作用是在和平年代里蛊惑皇帝，狐假虎威，捞取最大的利益，一旦战争爆发，他们一个个都像遭霜打的茄子一样，蔫头耷脑，平日里那些嚣张气焰早已没了踪影。一个个要多老实有多老实，一点辙都没有。

还是那位力保周尚文的首辅张璁站出奏道："启禀万岁，如要论及守军之能力，当属大同周尚文，万岁应该八百里告急，让他派兵支援京城。听说，他手下有位从鞑靼逃过来的大将，名叫马芳，对鞑靼的用兵之道非常熟悉，曾多次成功克敌，对这几次鞑靼进攻大同，起到了决定性的作用，也让鞑靼军闻风丧胆。"

严嵩忙奏道："臣也曾听说过此人，是千户之职，其智勇双全，确实是不可多得的良才。"

嘉靖道："既然如此，那还等什么？马上通知周尚文，派马芳带兵防卫京城。"

周尚文接到八百里告急后，把马芳叫来，让他看了京城的八百里告急，然后让他带五千士兵前去救援。马芳对周尚文议道："大人，如果末将带走五千士兵，大同防守即形同虚设，如果鞑靼军趁机攻入，得不偿失。京城受到威胁，相信朝廷肯定四方调军前去协防，兵力不是问题，问题在于怎么指挥他们御敌。"

周尚文郑重地说："马芳，这次不同寻常，关系到我大明京城以及圣上安危，一点都马虎不得。再者，这一次对你也是个考验，你要好好把握。"

马芳明白周尚文说的意思，这次是在天子脚下作战，他的表现将直接决定他以后的前程。想想一直以来，周尚文对他如此关照，曾为他的事不惜得罪朝中重臣，心中无比感动，他说："大人，末将走之后，您要带领军民，共同协调，现在咱们的民兵也能冲锋陷阵了，咱们的士兵都可以一敌十，如有鞑靼军趁机侵犯，还是可以应付的。"

马芳点兵直奔怀柔。他率部到了怀柔，并没有直接去指挥部报到，而是让军队在外安营扎寨，他带着百骑在怀柔地区观察地形，亲自绘了图纸，找到了鞑靼军最有可能攻入的地带。

指挥部的将领听说马芳带着两千兵来支援，本来就感到援兵太少，认为这是周尚文应付了事，心中不爽，现在马芳的兵都来一整天了，也没有到指挥部来报到，更是恼怒了。将军气愤道："这马芳也太过狂妄了，到现在也不来报到，如果都这么做，这仗就没法打了。"本来别的将领听说朝廷点名让马芳来，就对他不服，便开始攻击他，说这样的人应该按军法处置，对他进行革职查办。还有人说，他本来就是蒙古过来的，谁知道是不是去给敌军送信去了，这个得按内奸处置。有人还说，等他来了就把他的头砍了，这样的人留不得。一伙人不是商量怎么御敌，而是嚷嚷着怎么对付马芳。

一直到了晚上，马芳来到指挥帐报到，将军阴着脸，不容马芳说话，喊道："来人，拿下。"

马芳不由吃惊，问："将军，这是为何？"

将军冷冷地说："马芳，你还问本将军为何，你部早晨已到守地，你不来报到，一天消失得无影无踪。本将军怀疑你有通敌之嫌，所以要对你进行审问，以防你里应外合，对我军不利。"

马芳苦笑道："将军，我远道而来，如果不去观察熟悉地形，怎么打仗？我自来到这里，就带人前去观察地形，寻找敌军的防御薄弱部位，研究我方防守的重点，以拿出最好的防守之策。现在将军却把我当成内奸，让人心寒。将军如若不信，可以去问同我去的一百将士，您可分别对他们询问，如果有人说我有通敌之嫌，任凭将军处置，属下没有任何怨言。"

那将军道："马芳，既然你说去观察地形了，那么你说说看，你都看到了什么。"

马芳说："据属下观察，此地北面是山区，山坡陡峭；南方开阔，可以行马。属下认为，他们必将从陡峭之处攻入，所以我们要在那里埋伏重兵，对他们进行阻击。"

所有的将军都仰天大笑起来。有人还说："谁能想到朝廷钦点之人，竟然是个内奸，扰乱我等视听，为鞑靼军开大门。"

将军怒道："来人，把马芳押进大牢。"

马芳大声说："慢着，将军倒是说说为什么要把末将关进大牢。"

将军哼了声，说："任何人都知道，蒙古善骑，他们必然会从开阔之地进兵，你却说他们从北方险峭之地攻入。再者，他们肯定是从那缺口进攻，因为他们离了马就没有任何优势了，他们绝不可能通过北面险峭地带进攻，那样的地势人过来都非常困难，更何况马匹，那岂不是笑话。你让本将军把重兵拉到那儿，把平展之地让给他们，他们必然从此处攻入，然后直逼京城，朝廷陷入危险之中，可能会导致大明灭亡。本将军不把你这个奸细给打进牢房，还能让你与敌军接应不成？"

有人喝道："将军，我看，不必关押了，马上把他给砍了得了。"

马芳怒道："你们可以把我砍了，但我要把话说明。请问诸位，既然大家都认为要重兵守平坦的缺口，那么请问，蒙古人就不知道这个道理吗？他们明知道你那儿埋伏重兵，多次进攻都没有成功，他们为什么还从那儿攻入？"

将军说："马芳，不能不说你的分析是有道理的，但问题是，他们放弃马匹，步行攻入，这对一直以马作战的鞑靼军是没有任何优势的。就算他们能过来，我们也可以轻而易举地把他们打败。要是这样，本将军就放他们进来，把他们圈在山谷里打，这样就可大获全胜。"

马芳说："将军，敌军这次也是想迷惑咱们，想出其不意才兵行险招。请将军下令，让属下带领我两千人马，在北面埋伏。"

将军看着马芳说："本将军姑且不拿你当内奸，不跟你计较延误之过，但你必须要服从本将军指挥。你说他们从北面攻入，选择守那儿，这是想避开锋芒保全自己的做法，这是本将军不允许的。本将军命令你带领你的两千人马守在缺口处第一线，你要让本将军看到你到底有多勇敢，有什么奇计退敌。如果你有叛变之心，也是在前方，本将军容易对付。如果把你放在后方，一旦你叛变，本将军就会腹背受敌，这里将会失守。"

马芳力争道："将军，末将从未考虑自己的安全，完全是按战略要求来的，是为了大局啊。"

将军道："你要是不听指挥，那本将军就会以违犯军纪处置你。"

马芳不由深叹了口气，说："既然如此，末将领命。"

晚上，马芳与参军在私下里商量明天的事情。参军是丝毫不怀疑马芳的判断，因为之前马芳对鞑靼军的预判都是正确的，他也相信，鞑靼军肯定从北面攻入。他说："既然他们不相信，那就等鞑靼军攻进来后，让他知道谁是正确的吧。"

马芳叹口气说："如果他们攻入防线之内，要想消灭他们就变得麻烦了。再者，你也看到了，这些将士狂妄自大，是打顺风仗的，有优势都显得英勇无比，如果一旦发现不利，怕是都畏缩不前，自顾不暇了，如若都临阵逃离，必然会导致一败涂地，我们就来得没有意义了。"

事情正像马芳预判的那样，阿勒坦在几次进攻未果后，马上召开部众商量计策。他说："历来我们都是以马上骑术制胜，没有在山中行军打过仗，难道本王的军队只能以马进攻，就没有别的办法了吗？"大家都沉默了，别的地方明军守卫薄弱，是极容易攻进的，但是他们想攻进，必须要放弃马匹。他们没有了马，便没有了自信，知道攻进去也打不赢，所以大家不敢说从别处攻入。

军师说："可汗，我们能否放弃马匹，从别处攻入？"

阿勒坦说："以前本王就提出过，但是几个将军却说，我蒙古的士兵失去了马匹，就像失去了翅膀的雄鹰。本王就不相信，没有了马，本王的将士就不能杀敌了。"

敖敦抱拳说："可汗，属下马上带人前去察看地形，重新寻找攻入点。"

阿勒坦一拍大腿，高声说："好，你马上带人去勘察地形，本王要给明军一个出其不意。"

随后，敖敦带着几百名士兵，察看了几个山头，终于发现，有个地方虽然险陡，但是如果搭些树木，扎上坡桥，还是可以把马运过去的。只要运过去两千兵马，从敌后方攻击，然后大军可夺关而入，将大获全胜。敖敦回到营帐，把自己绘制的地形图拿出来，请示阿勒坦。

阿勒坦说："马上前去搭坡桥，天黑之前把坡桥搭好，天黑后开始运兵。务必在天亮之前，运送一两千人马，估计这些人马还是能够过去的。天亮后发动攻击，必将引起明军慌乱，大军趁机攻入，可大获成功。"

敖敦领着一些将士，来到山前，清理杂树，铺展道路。他们来到那个陡峭的山壁前，首先派几个哨兵上去，观察明军情况，以防被明军发现。然后，大家开始搬石头，堆积在峭壁之下，并埋进柱子，扎栈道……

马芳被派往山口处，感到异常的郁闷。他提出的方案不被采纳不说，还落上了通敌的嫌疑，把他们派到最前沿。马芳带着赵勇等人爬到山谷上方，看着这个偌大的山谷，不由感慨万千。这里历来都是汉地与游牧文明交锋的战场，路边上，还有被风剥雨蚀过的头盔和战马的骨骸散落在草丛，证明着曾经的鏖战。放眼望去，两侧群山连绵，若隐若现。马芳说："我军的主力都守在这里，却放弃最应该重兵把守之地，这是非常危险的。"

赵勇叹口气："那也没办法，他们不听咱的，管那么多干吗？让咱守哪儿就守哪儿，咱们就是来帮忙的。"

马芳让赵勇守着阵地，自己骑马来到指挥帐里找将军，他说："将军，我们应派兵防守北面的陡峭地带，如若发现敌军，可及时补救。否则，敌人于夜晚运兵过来，突然发动袭击，我军必败。此地离京城如此之近，万万不可大意。"

将军咆哮道："在场的各位，哪个不是久经沙场。他们走的桥，比你走的路都多。马芳，不要认为你打了几场胜仗就不得了了。你如果再擅离职守，本将军立马下令把你拿下。"

马芳见指挥帐里的将领们个个都翻白眼，脸拉得老长，爱搭不理的，他只得回去了。马芳蹲在草地上，不停地唉声叹气。天色将晚，敌人没有任何动静，马芳越发感到，敌人从北面陡峭地带攻入的可能性更大了，便叹气说："他们口口声声说都是久经沙场，可为什么都这么固执，就听不进一句劝告呢？"

赵勇安慰马芳道："既然他们不相信咱们，一意孤行，如果有什么事情发生，这跟咱们也没有关系。咱们就守在这里，平平静静的，也落个轻闲。"

虽然赵勇这么说，马芳还是派出了几个斥候，去北面险峭地带察看情况。到了天擦黑时，几个斥候回来报告说，敌人已经扎好栈道，正在往下运兵。马芳听后大惊，又骑上马前去指挥帐汇报，进去发现主将和几个副将正在喝酒，桌上摆满了酒菜。他们见马芳闯进来，都怒视着他。还没等马芳开口，主将就怒斥道："来人，把马芳给本将军关起来。"

马芳叫道："将军，敌人已经开通了北面的山道，晚上必然会进攻。"

主将满嘴酒气，骂道："押下去关起来。"

马芳喊道："将军，至少要三千兵力守住北面。"

把马芳押出去后，一个将军在那里说："从这一点看，他马芳真是阿勒坦的细作，他多次要求我们在北面险要地带布兵，是为了分散我们的兵力，然后让敌人从山口处攻破。"大家边谈论边喝酒，边辱骂马芳，并说战争结束后，一定要上奏朝廷，把他的头给砍下来。

被关在禁闭室里的马芳，感到特别悲哀。回想在阿勒坦手下时，自己每次提出的建议，阿勒坦都会认真地对待。将领对你提出的建议，都会认真研究，也会尊重你。自来到中原，除了周尚文外，到处都是官僚主义，你有本事别人嫉妒你，你没本事别人看不起你，你有力往往也使不上。马芳不由深深地叹口气，他知道将领们会为自己的狂妄而付出代价，但代价将不是教训，可能是无法挽回的败局。

就在马芳胡思乱想之时，突然有人来了，马芳见几个侍卫也将赵勇押来了。

原来，赵勇等了好大工夫也不见马芳回来，就去大帐中寻找，然后就被捆绑了，并马上派人去接管马芳的队伍。赵勇见到马芳气愤地说："等敌人发动袭击，看他们还有什么脸见咱们。"

马芳叹口气说："怕是后方遭到袭击，他们惊慌失措，一味撤兵，将直接威胁到京城。我终于明白，为什么我们中原地广物博、人才济济，却常年被阿勒坦的士兵欺负，是我们的向心力不够，我们的上级妒贤嫉能，狂妄自大，而且遇到问题总是逃避。"

到了寅时，马芳与赵勇听到人声嘈杂，知道阿勒坦已经发动袭击了，不由深深地叹了口气。赵勇得意地说："太好了，就应该让他们知道，他们是猪脑子。"

没多大会儿，主将带着几位副将来，审讯马芳道："马芳，是谁告诉你，阿勒坦会从北面攻入的？"

有个副将喊着马芳："马芳，你是不是与敌人通气？"

赵勇怒道："你们是什么意思？"

那副将说："什么意思，马芳说阿勒坦从北面攻入，他们果然攻入了，这说明什么，这说明他马芳肯定与鞑靼军有联系，否则他是怎么知道的？"

赵勇都被气得哈哈大笑了，道："我们与鞑靼军有联系，也没有把我们的情况告诉他们，我们马千户多次向你们建议，在北面加防，你们却把我们关在这里。现在你们这么问我们，这说明人家真的从北面攻入了，我们马千户的判断是正确的。如果因为他们袭击而导致战败，危及京城，你们就是灭族之罪，到时咱们就换位置了，你们在里面，我们出去。"

将军叫道："大胆。"

那副将说："留着他们干吗？现在就把他们砍了。"

将军迟疑道："这个……"

就在这时，有个参军慌慌张张前来报告，敌人已突破防线，已经向这里挺进，应该马上撤退。主将说："把他们砍了，马上撤退。"

马芳叫道："慢着，我有破敌之法。"

那副将叫道："来人，把他们砍了。"

马芳怒喝道："大敌当前，你们不思己过，还要把我们杀了灭口。一旦敌人攻破防线，直逼京城，你们犯的是砍头株连九族的死罪。我们现在应该同心协力，把敌人打败。"

将军急急地问："那你说说，我们如何破敌？"

马芳说："北面地带险要，他们过来的兵马不会太多。他们的策略是，引起后方混乱，然后大军将从山口处攻入。末将认为，山口处应重兵把守，然后末将带兵前去牵制已经攻入我方的鞑靼军。只有这样，才能保住我们的防线。"

主将有些惭愧，说："既然这样，那你就戴罪立功吧。"

赵勇叫道："我们有什么罪？我们不就是把敌人的伎俩看透了，跟你们说了。"

将军有些强词夺理："这个，如果你们没有通敌，为何知道得这么详细？"

马芳很是气愤，道："将军，咱们别在这里争论谁是谁非了，再不想办法应对，后果就不可收拾了。"将军命人把马芳他们放出来，并派赵勇回去带领带来的两千士兵，然后又给马芳派了三千士兵，让他带领五千人马，前去阻击攻入的敌军。这时，天已经大亮。马芳带兵前去迎敌，发现敌人只有两千多兵马，竟然把明军的万人给打得溃不成军。马芳带兵布防到前线，与敌人形成了对峙状态。这时，马芳突然发现，敌军的两千兵竟是阿勒坦亲自率领的，心想阿勒坦涉险过来，极有可能是要让鞑靼军知道主帅已经冲锋在前，大军必须要从山口处攻入，否则主帅将会陷入危险。

阿勒坦看到马芳后，也不由感到吃惊。这是马芳回到中原后，他们第一次相见。阿勒坦喊话道："马芳，你在草原时，本王哪里对不住你了？你竟然弃本王，还与本王作对。"

马芳喊道："可汗，这不是个人恩怨，从内心讲，在草原时可汗对我的照顾，我一直铭记于心。但是马芳是汉人，我们有句俗话，叫'落叶归根'。马芳是汉人，自然要回到中原。"

阿勒坦说："那好吧，既然这样，那本王就成全你的英雄气节。"

于是，阿勒坦派出了鞑靼军中最擅于作战的巴图迎战马芳。巴图是马芳走后，连续几年比武夺魁，被誉为草原第一勇士。他早听说马芳的事迹，心中不服，今天终于与马芳可以一决高低了，他说："可汗，我去把马芳的头提来给您。"

阿勒坦嘱咐道："巴图，马芳不是等闲之辈，且莫轻敌。"

巴图咧着嘴说："大汗请放心，属下一定认真对付。"

巴图带兵迫近，发现马芳的人多于自己，便喊话道："马芳，你敢不敢与我较量。如果你把我赢了，我们可以退兵，就无须再战，免去伤亡，如果你输了，马上让路。"

将军对马芳说："马芳，此人身材魁梧，远胜于你，你不会临阵胆怯吧？"

马芳看了看将军冷笑道："属下从没有这样的爱好。"说着，策马向前，与巴图来到两军中间的空地里。巴图歪着头，轻蔑地瞅着马芳，没想到阿勒坦等人常提到的马芳，如今相见，也没有看出什么特别之处，也没有想象的那么威武，咋就让军师谈之色变呢？

巴图对马芳说："听说你在草原时，曾拿得比武头名，真不知道你是如何获得的。不过我告诉你，我是最近几年的比武头名，在草原就没有找到对手，本盼着能与你相见，一决胜负，没想到你形体单薄，根本就不是我的对手，这还用得着动手吗？"

马芳笑道："哎，我说那个啥，我们是比武，不是比嘴巴。"

巴图说："不知高低，说得也是，那咱就开始吧。"

两人拨马掉头，开始厮杀，一阵厮杀后，再拨马掉头，又是一阵激战。巴图没想到，马芳还真不可以小觑，其形体虽然看上去不是很强壮，但力道却是很足。两人打了十个回合，仍然分不出胜负，这时，巴图示意两人停下，说："我们没必要在这里硬拼了，百步之处，我们相互射箭，先被射中者算输。"

马芳应道："既然你这么相信自己的箭术，那么我就让你先展示一下。"马芳看见，巴图的箭宽大粗壮，其箭术怕是不比自己差。他想，等射箭之时，他肯定会侧身躲避，那么，照着人射肯定不会中，只有往侧里射，反而可以让他正好躲到箭的飞行路径上。一般是左手执弓、右手拉箭，他必将往马的右侧闪身躲避，直接射往马的右侧，才能把他射中。

马芳刚搭上箭，巴图已经射出来，他马上侧向马的一侧。其实，巴图也曾想过，箭发之后，马芳肯定会向马侧躲，他射的也不是正面，但他并不知道马芳是右手执弓、左手拉箭的，结果射偏了。马芳在往马左侧躲的同时，箭发出去了。巴图慌忙去躲，发现箭奔前胸而来，想躲已经来不及了，一箭正中肩部，人从马上掉下来。

阿勒坦见巴图落马，立刻下令攻击，两军开始混战。

由于马芳的名字在敌军中早已有了震慑力，再加上他在敌军中犹入无人之境，阿勒坦的军心已经涣散，无心恋战，他们开始撤退。马芳正要追赶，将军把他喊住。马芳建议道："将军，如果我们现在乘胜追击，把敌军堵到山脚下，就可以把他们全部消灭。"

将军摇头说："不可不可，别是他们有什么埋伏。"

马芳说："他们运兵之道艰险，一个夜晚，能够运过两千兵已经是奇迹了，不可能再有更多的兵了，我们乘胜追击，有可能活捉阿勒坦。"

将军也知道这个道理，但想想如果马芳把阿勒坦抓住，那么他的功劳就大过自己了。于是说："阿勒坦哪是这么容易抓的，肯定有埋伏，想诱本将军追赶，本将军命令你，马上带兵撤后。"

马芳叹了口气说："末将听令。"

阿勒坦退兵之后，将军要给马芳奖赏。因马芳此次战争损失近三百名兄弟，不由气恼。如果将军能够听他的建议，提前在坡下埋伏重兵，鞑靼军就不可能攻进来，他的兄弟们也不可能丧命。马芳摇头说："三百多名兄弟失去了性命，我还有何颜面受奖？末将告辞了。"

将军看到马芳离去，说："本将军马上向圣上上奏，我们已经成功退敌，大获全胜。"

将军在奏章里写的是，我军经过深入勘察，诱敌深入，重创敌军，敌军
败退……他在奏书里，只字未提马芳的事情。有位副将，看不惯将军的行为，
最终还是把马芳的事向皇上反映了。说马芳几次建议守住北面，但将军就是不
听，把重兵全部放到缺口处，导致敌军前来偷袭，然后带兵逃离。马芳率部赶
到，力挫敌军，并建议乘胜追击直取阿勒坦，但将军却不同意，眼看着他们逃
走了。

嘉靖看了奏报却说："阿勒坦不抓最好，抓住他，肯定会惹得蒙古报复。
再者，马芳智勇双全，险中取胜，如此虎将，必须要封赏……"

虽然阿勒坦经过精心策划，但最终还是失败了，他的失败又是因为马芳。
阿勒坦做梦都没有想到，自马芳回到中原后，他们就没有打过胜仗，以至于他
的部下听到马芳这个名字就胆怯。想这次从险要地带绕到明军后方，如果明军
对他们穷追猛打，他们将被困于山谷中，怕是很难逃脱，但明军并没有这么
做，这实在是万幸。在回去的路上，阿勒坦非常沮丧，不住地说："马芳是不
是上天派来对付本王的？"

军师说："大汗，千万别气馁。一个区区马芳，还不足以影响我们的大计。
他充其量也只是个小小的千户。我们之所以落败，是由于我军长途跋涉，又
是主动攻击，从人员与地理上都不占优势。相信，我们肯定会找到克敌的办
法的。"

回到草原后，阿勒坦一直把马芳的事放在嘴边，突然，他想起萨仁来，
问："你们谁知道萨仁现在去哪儿了，她不会趁两边贸易之际去找马芳了吧？"

敖敦回道："这个倒没听说过，不过臣得到消息，马芳娶了位姓师的姑娘，
现在已经生子。"

阿勒坦问："有何背景？"

敖敦摇头说："好像是普通人家的女子，后被周尚文认作义女。"

阿勒坦若有所思道："以前，本王想以萨仁拴住马芳，现在想想，还真有
些对不住萨仁。你们马上派人去寻找她，把她给本王找来。"

敖敦派人去阿布尔家查找萨仁。阿布尔已经把萨仁视为祸根了，早已与

她断绝关系。他对前去查找的士兵说："老夫已经跟萨仁断绝父女关系，至于她现在何处，老夫也不得而知。无论她是死是活，跟老夫都没有任何关系了。"

前来寻找的士兵并不相信阿布尔的说辞，他们又问了其家族里的其他人，都说自从阿布尔受了可汗的惩罚后，再也没有见过萨仁回来。

士兵们有些为难，因为来之前敖敦对他们说，活要见人，死要见尸，逃要见信。如今没有音信，这不好交代啊。于是，他们就围着阿布尔家周边的牧场开始查找，终于找到萨仁的住处。有个肥胖的男人正在劈柴，有个少年正在搬运劈好的柴。走近了，那士兵感到这胖子有些眼熟，这才认出是苏哈，便上前对苏哈说："可汗有令，带萨仁回去问话。"

苏哈对那些士兵说："你们就告诉可汗，萨仁已经死了。"

士兵笑道："苏哈，也不能说瞎话不是，问题是她没有死。"

士兵们闯进木屋，见一位妇人正坐在那里织毛毡，身边有个小女孩儿。便问："大嫂，我们找萨仁小姐有点事。"

萨仁抬起头来说："我就是萨仁，你们有什么事？"几个士兵不由大惊。现在的萨仁再也不是随着可汗出行的妃子了，她身材胖了很多，眼角已经泛出细密的皱纹，两鬓也已泛出灰白的头发。

虽然萨仁因感恩苏哈而嫁给他，两人还有了女儿，但她内心还是牵挂着马芳的。爱情就是这样，一旦入心之后就很难遗忘。每次两军交战，萨仁都为马芳担心。心事太重，人老得就有些快。

有个士兵说："可汗想念您，要见您。"

萨仁平静地说："请转告可汗，萨仁已经死了。"

这时，苏哈手里拿着弯刀进来，要跟士兵们拼命，喝道："我看谁敢动她！"

萨仁明白，既然可汗找到这里，如果她不出面，这个家将会有灭顶之灾。她对苏哈说："有些事情是应该了了，你在家看护好孩子，我去去就回。"

苏哈眼里潮湿了，说："你要不回来怎么办？"

萨仁笑道："你认为我现在这个样子，可汗还会留下我吗？"

苏哈说："你现在的样子，跟以前一样美。"

萨仁也笑了，她说："这是你眼里的我，跟别人眼里的我不同。"

苏哈拉着萨仁的手说："我跟你一块去。"

萨仁摇摇头，说："你走了孩子们怎么办？家里的牛羊怎么办？没事的，可汗看到我这现在的样子，知道我现在的情况后，他从此就再也不会打扰我们了。否则，他说不定什么时候就想起我来，就会派人来找，我们不是很麻烦吗？"

萨仁跟着士兵们回到阿勒坦的大营，敖敦出来迎接，他几乎都不敢认了。他没想到萨仁会变成这个样子，跟之前美丽的萨仁比起来，根本就对不上号。他问那士兵："这是萨仁吗？"

萨仁说："敖敦将军，岁月不饶人，事情不随意，我经历了很多，再也不是原来的萨仁了。"敖敦想想自马芳去后，她的家族受到马芳的牵连，她的日子并不好过，不由深深地叹了口气。敖敦陪她去阿勒坦的大帐，路上对萨仁说，可汗是个重情重义的人，一直惦记着她。

萨仁平静地说："敖敦将军，是什么事情引发可汗想起我的？"

敖敦脱口而出："那还有什么？当然是因为马芳了。"

萨仁问："马芳是谁？"萨仁的语气像是对于马芳这个人从不认识，如同一个陌生人一样。

敖敦吃惊道："萨仁，你说什么？马芳是谁你不知道？"

萨仁平静地说："哦，想起来了，就是那个叛贼吧。对了，你们把他打败了吗？自从他离开之后，给我们家、我的生活带来了这么大的打击，我恨他入骨。"

敖敦恨恨地说："是啊，可汗也对他恨之入骨。"

萨仁继续走着，她淡淡地问："敖敦将军，现在马芳什么情况，是受到重用了吗？"

敖敦叹口气说："唉，是黄金在哪里都会发光的，把他扔到哪儿都是黄金。马芳在草原时表现就不俗，回到中原后，凭着在我们草原学会的本事，受到了重用，并且多次打败我们的进攻。可汗为此非常恼火，却又没有办法。"

敖敦带着萨仁走进阿勒坦的大帐，阿勒坦听敖敦说，眼前这个粗糙的妇人就是萨仁，他不由大吃一惊。他记忆中的萨仁，是位美丽的、略有些倔强的年轻姑娘。现在的妇人，皮肤被太阳晒得黑红，胖得就像个桶似的，头也有些脏。他惊得站起来，然后慢慢地坐下，说："萨仁，你可还认得本王？"

萨仁行礼道："我还认得出可汗，但可汗已经不认得我了吧。"

阿勒坦依然满目惊色，他想不明白，昔日那个萨仁怎么会是眼前这个妇人呢？他怎么也不会把这两个人联系到一起，他不解地问："萨仁，你，你怎么变成这样了？"

萨仁望着阿勒坦的表情，笑道："可汗，因为马芳叛离的事，我们家受到了牵连，就连我父亲也与我断绝了父女关系，把我赶出了家门，我为了生存只得嫁个粗野的汉子。每天我都得织毡毯以维持生计，不劳动就没得吃，可汗认为我还能不变吗？"

阿勒坦心里很难受，想想萨仁成为现在的样子，生活得如此艰辛，都是他一手造成的。当初自己想把她当作温柔之绳拴住马芳，非但没有拴住，还把萨仁推上了一条艰辛之路。阿勒坦没有再说什么，赏给萨仁很多财物，并给她划了片牧场，然后派马车把她送了回去。

萨仁走后，阿勒坦心里闷闷不乐，他为萨仁现在的遭遇感到沮丧，同时更加痛恨马芳了。如果不是马芳叛离，萨仁何致沦落到如此地步？阿勒坦召集部将商议，他对众部将说："难道我英勇善战的草原将士，就因为一个小小的马芳而影响到进军中原的大计吗？难道我们这支英雄的部落，从此就要像只病羊，终老草原吗？"

军师说："马芳充其量只是个千户，他没有多少能力与我们对抗。问题主要是周尚文，他十六岁就开始从军，这么多年来一直与我们为敌，作战经验丰富。再者，周尚文这人一意孤行，不为利动，不畏权势，这么多年来起起落落，依旧冥顽不化，现在又有马芳相佐，我们想从大同撕个口子确实困难。不如我们从山西威远一带攻入，可能会事半功倍。"

阿勒坦点头说："好吧，你们就做出点成绩来让本王看看。不要被人家给追得就像丧家之犬到处乱窜，再这么下去，我们就把祖宗的脸都给丢尽了。"

二十二　官至二品

由于马芳在怀柔的战功，皇上给他封了个"游击将军"的官职。可以说，马芳一战成名，朝中上下都知道马芳其人了。虽然严嵩等人并不看好马芳，但是面对马芳的神勇，他们也没有理由反对对马芳的提拔。

马芳得胜而归，去向周尚文汇报，谈起朝中一些高级将领们的官僚作风，不由叹气。周尚文说："马芳，这个本官是深有体会的，这也是我们必须要面对的。有时候，不是你想做什么就能做什么的，人心各异，每个人都有私心，聚起来做事，难免有不同的意见。"

马芳说："大人，我马芳一生之幸，就是遇到了您，否则，现在我还不知道是什么样呢？"

周尚文笑着对马芳说："马芳，放心吧，凭你的能力与智勇，无论在哪里都会受到重视。对了马芳，想必阿勒坦此次受到惊吓，短期内不会再开战了，我给你放一个月的假，你回老家看看吧。自你十岁被鞑靼掳去，就没有回过老家。"

马芳的这次回乡，可算是衣锦还乡了。由于马芳已经成为边镇名将，沿途走到哪里，都受到地方官员的热情招待。当蔚州知州杨藁得知马芳回乡的消息后，他带着差役，亲自到马芳经过的官道迎接。但马芳为人低调，他并没有走大路，而是从小路绕道回家了。知州杨藁见马车里没有马芳，于是立马又赶往马芳家所在的小村子。

村里的街坊邻居们听说马芳回来了，全都挤在村巷里看他。马芳边走边向乡亲们频频打招呼，对大家笑着点头。有很多老人，看着面熟，但想不起是谁了。有很多年轻的，他都不认得了。他来到巷里，有个老汉怯怯地在巷口，把马芳堵住。

侍卫立马喝道："闪开！"

马芳把侍卫制止住，笑着问："大叔，您是？"

汉子眼里闪着泪花，说："马芳，你可能忘了，我的诨名叫马蜂窝。"

马芳顿时笑了，说："我当然记得。你爬树去够马蜂，被马蜂蜇得摔下来，蜂窝正好掉在你身上，你抱着马蜂窝大喊救命，结果郎中把你泡在药水里，泡了三天，你才保住命。所以打那以后，咱村里人都喊你马蜂窝了。"

马蜂窝用力点头："是哩是哩，你还记得我。"

马芳伸手拉住马蜂窝的手，说："来，跟我回家，咱们喝点酒，唠唠小时候的事情。"

马芳回头，发现父母不见了，问妻子他们去哪儿了。

师氏笑着说："爹和娘让咱们先回，他们二老说是去通知亲戚了。"

马芳摇头说："我去拜见他们不就行了，还要请人家来，这架子也太大了吧。"

师氏说："你这一活动呀，呼隆大叫的，也给乡亲们添麻烦，不如请他们来的好。"

马蜂窝把马芳领到那个破旧的小院前，马芳脑子里顿时浮现出儿时的光景，他看到院子里那棵树已经长得比房子都高了。那是他十岁那年栽的，当时只是棵小树苗。

师氏笑着说："母亲说，在你走后，她把这棵树当成你，精心地照顾，所以长得这么好。你看看，这树是不是都成精了，娘喊它做芳儿。"说完抿着嘴笑。

马芳有些伤感，说："唉，人生有太多的未知与偶然。想当初，如果我不是被抓，就不可能到草原，不到草原，就不会为了回家而刻苦学习骑射，也就不可能有现在的我了。我可能会弄群羊放着，和父亲种地耕田，就和他们一样，终老于家乡了。"

　　师氏见丈夫伤感，忙说："夫君，人在困难的时候不要失去希望，发达之时不要忘了忧患，只有这样，才可能越来越好，才可以走得平顺不是？"

　　马芳伸手握了握师氏的肩，眼里饱含着深情。想想自从师氏嫁过来，任劳任怨，帮助他孝敬父母，家里的大小之事都张罗得有条不紊，还多亏了她，他才没有后顾之忧，尽心尽力和鞑靼周旋。

　　马蜂窝找来乡亲们帮着收拾，马芳和师氏站在树下，扭头看到门口堆着的人群，墙头外也晃动着人头，便喊道："乡亲们，你们进来坐吧。"墙上的头立马消失了，然后又慢慢地出现了。正在这时，马芳发现围观的人呼隆都不见了，正在纳闷，院外传来响亮的声音："知州大人来了……"

　　马芳皱了皱眉头，心想他来干什么？随后，知州带着差役匆匆进了院子，对马芳施礼道："马将军，在下是蔚州知州杨薰。早闻马将军大名，只恨无缘早见啊。"

　　马芳忙施礼道："大人，您太客气了。"

　　那知州又说："马将军是我蔚州的骄傲，今年咱们县征兵，青年都格外的踊跃，这都是在您的影响下啊。这个，这个……"知州看着马芳家的小院，用手指着，"马将军，咱们也别在这里站着啦，您同下官去城里，下官早已把居所准备好了。"

　　马芳抱拳施礼道："大人，马芳实在太感谢了。只是，我这么多年不回来，想在村里住下，跟发小们好好叙叙旧；再者，村里的长辈邻里街坊都多年未见，我想和大家好好待几日。大人的心意马芳领了，我就不过去了。"

　　知州忙说："那好，那好，明天下官再来接您。"

　　马芳把知州送走后，与几个发小你拥我抱地进了房，先是问候分手后的各种变化，然后又谈论着小时候的事情，他们时而泪流满面，时而开怀大笑。这么多年了，他们谁都没有想到还能见到马芳。突然，马蜂窝扑通跪倒在地，说："马将军，草民有件事相求，犬子正好十八岁了，由于县里当兵的人多，没去成，您能不能把他带上？"

　　马芳忙把他拉起来说："你看你，本来咱们说得好好的你就跪下了，你想折我的寿吗？"

　　马蜂窝忙说："不是不是，现在您是大官，我是草民，应当下跪的。"

马芳拍着他的肩说:"记住了,我们是兄弟,兄弟啊!对了,你说你孩子的事情,一会儿领来我看看。"

马蜂窝说:"好,我现在就去喊他过来。"

马芳对其他几个发小说:"看看,你们看,这么多年过去了,他还是小时候的毛躁脾气,看来,再有马蜂窝他还得爬上去够啊。"

大家听到这里都笑了。就在这时,有人来送礼了。原来,知州给马芳送来了很多的食品、用品。马芳对那几个送东西的衙役说:"麻烦几位回去跟大人说,马芳谢谢他了。就说我这里啥也不缺,既然大人送来了,我就替你家大人做主,送给这里的百姓了。"随后,马芳和几个衙役把那些礼品分发给村里各家。

马蜂窝领着儿子来后,马芳看到这小伙子长得挺结实,便问:"你叫什么名字?"

马蜂窝儿子说:"我叫马竿。"

马芳扭头问马蜂窝,道:"你取的名字?为何起这个名字?"

马竿却说:"我也不知道,大家都说,有了竿子,我爹就不用爬树够马蜂窝了。"

马芳不由笑了,拍拍马蜂窝的肩说:"你真会起名。不过你可想好了,孩子当兵为国家效力是好事,但打仗会流血会死人的,你可舍得?"

马蜂窝说:"没事没事,我有三个儿子哩。"

马竿不高兴了,说:"爹,瞧您这话说的。"

马蜂窝说:"咋说?不这么说,就不让你去哩。"

马芳看马蜂窝对儿子瞪眼,说:"好啦,这个兵我要啦。"

谁能想到收了一个兵,周边村的人都来送兵,三天的时间竟选了一百多名。马芳把他们组织起来,领他们到县衙办了兵役登记,发放了服装。马芳见了亲戚,拜访了村里的老人,然后就匆匆带着一百名新兵回大同去了。因为在家乡应酬太多,就连周边县的县令也来拜访,宴请他去做客。马芳回到大同,带着家乡的特产去见周尚文,周尚文吃惊道:"马芳,不是给你一个月的假吗,怎么这么快就回来了?"

马芳苦着脸说:"大人,我又不擅应酬,在老家太麻烦了。左右和大家该见的都见了，也没啥事就回来了。"

周尚文笑道："是不是有衣锦还乡的感觉啊？"

马芳也笑了："我从没感到自己是个官，可是老家人却不这么看，认为我是多大的官似的。知州大人老远去迎接，到家里拜访，搞得我挺不自在的。对了，老家人知道我带兵打仗，结果纷纷往我这里送兵，我实在推卸不下，就带来一百名新兵。不过，这些都是经过我精挑细选的。"

周尚文指着马芳笑道："你说你这家探的，还顺便征兵。既然征来了，那么你们巡逻队负责训练他们吧。相信阿勒坦不会消停多久，又会闹腾起来。"

果然，没过几个月，鞑靼大军入侵山西威远，攻势很猛，威远守将向周尚文告急，请求马芳带兵前去救援。周尚文说："看吧，你这游击将军都变成抓耗子的猫了，谁家有耗子都来借。"

在农村，如果谁家有只好猫，那可不得了，如果哪家有耗子闹腾，就会借猫去抓。马芳笑道："大人，这说明咱们家的猫还能抓耗子，是好事啊。不过，我带兵走后，咱们的防线有没有问题？"

周尚文说："现在民兵抗敌的热情挺高，一般情况是能应付的，你放心去吧。"

马芳马不停蹄，带兵来到威远，跟当地守军进行沟通后，威远守将让马芳指挥作战，他协作参谋。这对马芳来说，虽然是极大的信任，但同样也是压力。如果仗打赢了，你什么好都有；如果一旦打败，那么你将损名折誉，还会担负责任。但是，事情到了这种地步，马芳无法退缩，他只能接下这个重担。

马芳亲自带人去察看地形，刺探敌情，发现敌军不停地侵扰边境村庄，却不发动大规模的进攻。派人去打他们，他们马上就跑。马芳太熟悉鞑靼军这种挑逗方式了，他们派出少量兵来挑逗，一是刺探军情，二是试你的底线，三是引诱你深入，四是分散你的注意力，然后瞅准机会，再痛打你。马芳看好地形后，他决定把鞑靼军引过来，对他们进行打击。他安排当地的守军，要对小股的鞑靼军追击，要一直追到看到他们的大部队，然后马上撤退，这样，鞑靼军就会乘机追赶。然后，他带领大部队埋伏于沿途，当鞑靼军追过埋伏点后，再反身回击，埋伏的兵形成包围势态，这样可以狠狠地打击敌军一下。

村庄里再次遭遇鞑靼军侵扰时，守将带领千骑，狂追了三十余里，发现敌军的营地后，马上停下来。敌军向他们反扑时，他们拼命地往回跑，并显出惊慌失措的样子。鞑靼军认为，可以把这一千多明军士兵消灭在威远城外，于是分两队快骑，向明军包抄过去。

当鞑靼军追出差不多二十里后，发现上千名明军士兵猛折回头，迎着他们的大军杀来，他们顿时感到不好。就在这时，马芳埋伏的大军，趁机杀出，对他们进行冲杀。鞑靼军没想到中计，又被明军咬得这么紧，边逃边杀出十里后，鞑靼军伤亡惨重。他们逃到三十里处，他们的援军已经赶到。鞑靼军将领听说，他们的先头部队中计被明军伏击，便下令马上掉头，与大部队一起去攻打明军。

明军取胜之后，威远将领认为鞑靼军已经跑远，他们要犒赏马芳的援军，想大摆酒宴让获胜的军士高高兴兴地吃顿饭。但马芳却不同意，他分析道："鞑靼军不可能用这么少的人来进攻边境，这只是他们的先头部队，怕是后面还有大部队。如果他们趁着咱们胜利之际，又反扑回来，我们就会措手不及。今天我们还不能回城，应当埋伏在城外，准备打场伏击战。"

威远守将说："马将军，他们受到如此重创，不可能这么快回来吧。"

马芳摇头说："极有可能，我们绝不能疏忽。"

威远守将见人家救援的军队都这么警惕，虽然觉得鞑靼军不会反扑，但他还是号令大家暂时不要回城，跟随马芳的军队埋伏好，以防备鞑靼军。当地的守兵开始有意见了，议论纷纷，说把鞑靼军打败了，他们不可能再来了，还在这里空守着，这不是存心折腾人吗？威远守将对各队队长说，传下令去："人家马将军远道而来都守在这里，你们还怎么好意思说三道四。谁要是再敢多言，小心我对他不客气。"大家这才不再言语了，简单地吃了口饭，然后抱着兵器昏昏欲睡。他们等到半夜，还不见有敌军来，天又起了风，有些冷，士兵们更不耐烦了，又开始说话，整个埋伏区显得有些聒噪。威远守将看人家马芳带来的兵鸦雀无声，不由感到惭愧，马上下令："你们向人家学学，耐心点，不要打场胜仗就把尾巴翘得老高。"

由于风越来越大，威远守将找到马芳，说："马将军，看来敌军不会再来了。"

马芳看着前方，摇头说："如果没有这么大的风，也许他们不会来，可是这风刮得如此大，他们必然会来。因为有风，树叶与野草皆响，他们的行军声不容易被听到，是偷袭的最佳时机。我们还是要耐心等待，千万不可大意，今夜的风是敌军的掩护啊。"

威远将领说："马将军，敌军大概只有五千骑兵马，被我们杀掉近千骑，恐怕他们是不敢再来了。"

马芳语重心长地说："敌军狡猾，如果他们不停地试探，那说明肯定有大军将至，我们万不可掉以轻心啊！告诉将士们，再坚持坚持。"

天边渐渐地泛起白光，当地的士兵们都卧在埋伏处睡着了，马芳的手下却依然抱着兵器，严阵以待。忽然，马芳把耳朵贴到地上听了一下，马上让威远将军传令，准备战斗。各队长把睡梦中的士兵们喊起来，大家慌忙拾起兵器，就像没头的苍蝇似的转着圈问："在哪里？在哪里？"他们发现并没有敌军，便气愤道："这不是捉弄人吗？"

威远将领问："马将军，您听到敌军的动静了吗？我怎么没听到？"

马芳指着地面，说："你把耳朵贴到地上，从风声中，能分辨出异样的震动声，如果听到有规律的低沉的声音，大约就是行军声。如果声音不稳定，那说明是别的声音。"

威远将领把耳朵贴到地上，闭上了眼睛，听着，果然听到轻微的轰轰声，便说："像马蹄声。"

没多大会儿，鞑靼军的行军声已经慢慢清晰起来，大家不由面面相觑，他们内心不由佩服人家马芳料事如神，鞑靼军真反扑了。敌人越来越近，威远守将顿时呆了，鞑靼军的兵力远远超过他们，他担心地问马芳："马将军，我看敌军的人数好像超过我们一倍也不止啊。再者，鞑靼军骁勇，我们能打赢吗？要不我们退守城里，等待援军？"

马芳摇头说："离得太近了，如果我们这时候往城里赶，他们将追着杀过来，怕是我们还没进城，就被敌军追上了，最终还是保不住城！"

威远守将就像牙疼般嗑着牙，急得直搓手，说："马将军，这可怎么办好呢？"

马芳沉声说："我们只有跟他们决一死战，没有他法。这样，你带领你的军队从侧面攻击，我带领我的人正面攻击。我争取用最短的时间把他们的将领杀掉，只有这样，方可挫伤他们的斗志，在短时间内解决问题。如果两军纠缠过久，我们的劣势会越来越明显，最后必将失败。好了，让将士们准备开始，等我们冲向敌人时，你们马上出击。"

敌人越来越近，马芳带领部下从沟里跃起来，迎着敌军冲过去，顿时刀枪声不绝，血肉横飞。威远守兵从侧面攻击，混战在一起。毕竟明军的人数远远不如鞑靼军，有些招架不住。马芳不顾危险，向指挥旗冲去，想直接面对指挥将领。他单枪匹马硬撕开个口子，冲到指挥旗前，鞑靼军几个副将冲过来挡在主将面前围攻马芳。几支长枪向他扫来，马芳突然从马上跳下来，从副将之间穿过去，用弯刀横扫主将的坐骑。主将没想到马芳竟然弃马直奔他来，从马上摔下来。马芳滚过倒地的马匹，把刀横到主将的脖子上，把他给提了起来，让他马上下令停止攻击，否则就让他的人头落地。

主将见此情形，马上下令："停止攻击。"

鞑靼军的副将们围着马芳好几层，却苦于无法下手。主将下令停止攻击之后，双方各退后相峙。马芳挟持着主将，通过鞑靼军让出的通道慢慢向边缘挪动。他吹了声口哨，战马立即跑过来，跟在他身后的副将们紧紧地盯着他，急得直打转。马芳的坐骑来到跟前，他回头发现弓箭手都对准了他，知道跳上马就变成刺猬了，于是对主将说："马上下令弓箭手退后，让他们原地等待，否则，我就把你的头砍下来。"

那鞑靼军主将被马芳抓着，就像猫抓着老鼠一样。马芳让他下令，他急忙喊道："弓箭手马上撤离，听到没，马上。"

马芳见来到安全的位置，然后把那个主将推到地上，翻身上马。

倒在地上的鞑靼军主将喊道："马上攻击，把马芳给我抓住。"

马芳边撤边搭弓箭，转身向鞑靼军主将射去，鞑靼军主将正挥舞着手喊叫，感到胸口一震，发现有支箭支棱在胸前，眼睛顿时越瞪越大，最后倒地而亡。

鞑靼军见主将已死，几个副将挥手命令停止进军，商量是否继续攻击。有个副将说："咱们主将已死，士气必然受挫。虽说对方人少于我们，但是马芳领导的军队是不能用人数来衡量的。敖敦与固日布德将军都打不过他，我们更不是他的对手，不如我们带兵回营，把主将牺牲之事上报，等待命令。"

　　马芳见他们退兵后，马上带领两支军队冲杀过来，一直把他们追到山西泥河。泥河的明守军虽然少，但也参加了战斗，把敌人彻底打败了。敌军几次突围，最后损失过半，终于逃走。马芳因此名声远扬，周边哪个防区遇到攻击都会借他去帮助破敌。由于马芳的勇猛与智谋，明朝边军打了无数胜仗。各辖区总兵纷纷向上汇报马芳的功绩。皇上考虑到马芳对抗击鞑靼军所做的贡献，尤其还带着三个儿子——长子马栋、次子马椿、三子马林一块儿对抗鞑靼的入侵，真是虎父无犬子，两子英勇无比。如果不给封赏实在说不过去了，于是又破格提升马芳为正二品都督佥事，马栋和马椿为参将，马林年纪尚小，没有加封官职，赐金银。

　　年末又加封马芳为正一品左都督。

二十三　孤独将军

正所谓天下没有不散的筵席，周尚文与马芳这对沙场黄金搭档最终还是分开了。周尚文因在大同担任总兵以来抗敌有功，被调到京城任职。其实，是明升暗降。严嵩多次向皇上进言，把周尚文调离大同，给安排了个闲职，也没有什么实权，就是把他给养起来了。

周尚文调走，主要是赵美人的弟弟赵西富在后面挑唆。因为周尚文六亲不认，根本不把他这个皇亲国戚放到眼里，所以多次给姐姐写信说周尚文的坏话，他那长得好看的姐姐又多次在皇上那儿吹枕边风，嘉靖帝经不住赵美人的软磨，就让严嵩下诏书把周尚文给调走了。周尚文临走前曾力荐由马芳担任总兵，但马芳一心杀敌，不善于拍马溜须，也没什么背景，是无门无派的草根起家，除了周尚文力荐外，朝中几个忠义大臣也为他说好话，但没起到作用。最终朝廷任命张达担任大同总兵，林春担任副总兵，归宣化府大总兵仇鸾领导。

马芳最终连个副总兵也不是，这让周尚文感到有些遗憾。

马芳对周尚文说："大人，您不必在意，属下只要能够为国杀敌，保我大明黎民百姓不再受战乱之苦，就已经心满意足。"

周尚文去后，宣大总兵仇鸾并不重视马芳，有什么军机要事都不会叫他。仇鸾对张达与林春说："你们要把握住机会了，千万不要把功劳都让给马芳，如果什么事都是马芳做的，你们就显得太没有用了。"两位总兵会意，从此开始削弱马芳的兵力，并把马芳创建的巡逻队换了队长，把原来马芳重用的人都变成自己的人。

一段时间内，马芳可以说是无所事事，他变成了一个闲人，包括他的孩子们也受到牵连。

马芳感到异常郁闷，给周尚文写了信，表明了现在的情况是非常不利于防守的，这样下去大同就真的危险了。周尚文给他回信道，有些事情并不是我们能把握得了的，不必为此烦恼，让他不要懈怠，要时时提高警戒，不能让大同沦陷。还安慰他说是金子总会发光，是不会被灰尘掩埋的。如果心情不好时，可以尝试换位思考，要这么想，如果谁都能御敌，谁都能轻易把鞑靼军给打跑，谁都能守住大同，那么，我们的作用就微乎其微了。但事实是，总会有些狂妄自大的人，他们自认为无所不能，但最终还是用他们的失败证明谁才是真正有用的人。不要操之过急，无论遇到什么事都要心平气和……

马芳接到信后，平静下来，每天除了正常去应事外就是四处巡查，再就是在家里陪着家人。这么多年来，他不分日夜地守在边疆，并没有好好陪陪妻子和父母。他作为儿子、作为丈夫，做得远远不够。但马芳心系国家安危，闲暇时虽然在家里陪着妻儿，但他并不快乐。师氏看在眼里，好在有孩子们一块儿习文练武。尤其是马林，总要和父亲研习一些兵书战略，以及史学典故等，马芳这才知道自己离开汉地久了，回来又天天忙着打仗，有很多字竟然都不认得，于是，他和孩子们便成了夫人师氏的"学生"。

马芳在这段难得的空闲时间里，几乎把搜集到的兵法与军事方面的理论全部熟读通记了一遍。这段时间对他以后的戎马生活，以及一些应酬交际等是非常有帮助的。

到了年节里，一些同僚都给仇总兵送年礼，师氏便对马芳说："别人都去了，你也买些礼物去仇大总兵家走走吧。毕竟你是他的手下，把关系搞得好点还是有必要的。"

马芳听后果断地摇头说："我不去，他们走他们的。如果我因为没给他们送礼而得不到重视，或者搞些有的没的，那也没关系，我们可以回蔚州老家置几亩地自种自给，岂不乐哉？"

师氏看着马芳，知道他说的都是言不由衷的话，因为她太了解自己的丈夫了，便说："夫君，其实，你送礼也不是为了自己，是为了老百姓。"

马芳看向妻子，不解地说："送礼，就会与他们同流合污，是老百姓最痛恨的，还谈什么为了老百姓，你也是糊涂了。"

师氏低声说："夫君，你想过没有，你只有保住你的职务，受到重视，才能够保一方平安，你连自己都保护不好，百姓有难，你怎么保护他们？"

马芳想想也是，如果自己没有了权力，那么，就不能调动军队，如果蒙古又来侵犯，就没有办法保护百姓。他想通了这些，于是，就备了些礼品前去送礼。可是，当他来到了仇鸾府前，却又徘徊了，他思来想去，还是回去了。马芳想，我就这么屈服于仇鸾这样的小人，岂不是耻辱，还是像周总兵说的那样，让时间来证明吧。待他回到府里，师氏见状，也没再说什么，她深知马芳的秉性，只是笑着摇了摇头。

由于仇大总兵排斥马芳，张达与林春也与马芳疏远，下面的一些将士也看风使舵，开始与马芳保持距离，并渐渐地与他们家没有了来往，就算在路上遇到他，也是虚情假意地打声招呼，然后匆匆离去。倒是那些平民百姓们，还牢记着马芳为他们做出的贡献，每次到城里来时，会给马芳家捎上自己的一些稀罕物。马芳每次也都会回赠这些百姓们一些东西，而每次回赠的东西价值都会超过送来的。师氏笑道："夫君，看这种情形，百姓们再给你送东西啊，咱们就会家徒四壁了，百姓们可千万别再来送了哦。"

谁都没想到，由于老百姓常带着东西到马芳家来，马芳竟被举报了。仇鸾大总兵开始派人调查马芳，准备把他给彻底拿下。以前，仇鸾就想把马芳给整下去，只是他毕竟有战功在身，没有合适的理由，动了他，怕别人说三道四的，现在他算找到理由了。

仇鸾派人把马芳抓起来，对他进行审讯，问他自从来大同之后究竟收了别人多少贿赂。马芳看着仇鸾那副恶心的嘴脸，说："如果说，收到的蔬菜、鸡蛋这些都算的话，自从我来大同后，城外村子里的百姓每次进城，都给我带东西，还有城里的百姓也送，那我收的东西可是不计其数了。"

仇鸾冷笑道："外面都知道你是英雄，原来，你马芳也是个贪赃枉法之徒。"

马芳哈哈大笑，说："外面都知道我马芳是英雄，你想把我给整倒，必须要有真凭实据，否则，你就会有麻烦的。你找到证据后，可以把我打入大牢，我马芳没有怨言。"

仇鸾阴着脸，狰狞地说："马芳，这个不用你说，证人本官会找的。"

随后，仇鸾派人四处去调查，有一些将士在仇鸾的威逼利诱下，也得罪不起这位新任大总兵，开始诽谤马芳，说他确实收受老百姓很多东西，逢年过节，往他家送东西的人络绎不绝，其数量不可估计。然后调查者又去调查老百姓，老百姓都说：我们送去的东西远没有从马将军那里拿回来的东西多，我们现在都不太敢给马将军送了，我们送得多，他回得更多，他家里现在都快赶不上我们普通老百姓了……

仇大总兵没想到马芳这么深入人心，衡量再三，如果把他给硬拿下，是封不住百姓的嘴的，于是就把马芳给放了。虽然放了，但心里却愤愤不平，为什么他马芳有这么高的声望，为什么我仇鸾就不如他马芳。从此，他更加排斥马芳，把马芳在大同变成了孤独将军，但马芳谨记周尚文的劝说，始终保持着心态平和，没事就看看书、练练武，并不去争辩与计较。他相信时间会证明一切的，他可以等。

阿勒坦得知周尚文调走之后，马芳又受到排挤，现在越来越得不到重用了，兵权名存实亡，便感到机会终于来了，于是召集部众商量进兵的可行办法。敖敦说："可汗，周尚文被调走，马芳受到排挤，而新调来的仇鸾更是草包，现在的大同，已经远不如之前牢固了。如果我们趁这个机会进军大同，是一举攻入中原的大好时机。"

固日布德也说："可汗，守卫大同的张达等人，都是见利忘义、无勇无谋之辈，我们一定会一举击败这些草包，拿下大同。"

军师分析道："可汗，明朝物博地广、人口众多，但并不强大。嘉靖好道，奸佞掌权，真正有才能的人受不到重用，所以我们可以大举进攻了。"

阿勒坦问："那你们说说，本王这次兵进中原，最有利的突破口在哪里？"

军师嘻嘻一笑，道："可汗，大同依然是我们攻入中原的大门，我们必须要把这大门打开，然后占据大同，把握南北，再向纵深挺进。"

阿勒坦点头说："本王也是这么想的，大同这块硬骨头，也是时候拿下了。"

到了七月份，阿勒坦亲率大军进攻大同。他们首先派五千士兵前来挑衅，以试明军反应，如果明军前来攻打，假败引敌。之前假败引敌，是由于伏兵过少，没有起到作用，这次大军在后，不怕他们用什么计谋，一旦把他们引过来就可一举歼灭。

大同总兵张达得到敌情，发现五千骑鞑靼兵气势汹汹来犯，马上召集部下商谈应对之策。他们刻意没有让马芳参加，想着这是一次难得的立功机会，此次的功劳不能让马芳得了。张达说："敌军五千骑，我们有万名士兵；他们远道而来，而我们是以逸待劳，这仗无论怎么打都是我们必胜无疑。"

副总兵林春也得意扬扬地说："都说他马芳是英雄，难道我们大明朝只有他是英雄吗？如果马芳死了，我们大明就不是大明了吗？我们要打场漂亮仗让大家看看，没有马芳我们一样可以打败敌人，可以守住大同。"

大家纷纷点头称是，表示马芳能做到的他们也能做到。

有几个参将心里倒是明白，张达与林春，远远不能跟周尚文与马芳相比，但他们不能说出来，如果这时候说马芳足智多谋，就说明他们弱智。如果说出来，必将引起张达与林春的厌恶，从此他们的日子也不会好过了。

马芳虽然没有参加他们的商讨，但通过听到的情况便判断出，阿勒坦此次进军，五千骑兵只是前锋，后面肯定有大军跟着，而且会比以往入侵的规模要大。如果轻敌，必然惨败。他骑快马前去向仇鸾汇报，见到仇鸾，他不管仇鸾的态度如何，直接说："大人，虽然两位总兵没有让属下开会商量军情，但属下凭着以往的经验，可以判断，阿勒坦此次举兵非同小可，并非大同守兵所能应付的，应该派更多的援军协防，至少要发动百姓自保，否则，我军将是以卵击石。"

仇鸾斜眼瞅着马芳，冷笑道："马芳，他张达也是久经沙场的战将，如果有这样的问题，他能不向本官报告吗？马芳，本官劝你不要自以为是，不要以为大同离了你就不行了，离了你，本官一样可以把大同守住。这次战争，你就在那里等着看我们大获全胜吧。"

马芳急道："大人，下官前来谈的是战事，这个是不容赌气的啊大人。"

仇鸾怒道："你越级汇报，轻视主官，这本来就是罪过，要是你再敢胡言乱语，本官就对你不客气。你马上给本官滚出去。"

马芳回去后，又去拜访张达，把分析的情况也说了，张达用鼻子哼了声说："马芳，本官拥有万人之师，而敌军区区五千余兵，再去向大总兵求援，你是在说本官无能吗？就这么区区五千人马就把你吓成这样，本官真不知道你以前的功劳是怎么来的。"

林春也讥笑道："如果调来十万大军去对付鞑靼军五千人，吃奶的孩子都能打赢了，还要我们这些将士干什么？原来你马芳是被吓大的啊。"

马芳严肃地说："请你们慎重考虑我的建议，否则后果不堪设想啊。"

张达不耐烦地皱眉道："马芳，你把自己看成神了，你应该想想，如果大明没有你马芳，还会亡国不成？这个世界谁离了谁都能存续，不要太把自己当回事了。"

马芳看着两人不屑的样子，怒道："你们想用失败证明你们的无能，那我马芳管不着，但这关系到黎民百姓的生命安全，如果你们草率出击，后果自负。"

张达猛地站起来，用手拍着桌子说："老子要用这场胜仗，证明你马芳是浪得虚名之辈。"

林春也冷笑道："我们要用这场胜仗，证明没有你马芳一样可以打胜仗。本官劝你，不要因为以前侥幸打了几场胜仗，就自以为了不起了。"这二人一唱一和，似乎已经打了胜仗一样。

马芳也不愿再与他们浪费口舌，说："大人，那属下请命，请让我带一队人马做先锋，试探敌军虚实。"

张达断言道："此次用兵不用你去，本官给你留下百名士兵守在营后，等着迎接本官得胜而归。到时候，请你当着全军的面，把你说的'想用失败证明你们的无能'这句话给老子收回去。"

马芳不由仰天长叹，这时候他不只是为大同的安危担心，而且更加怀念周尚文了。以前，他们携手打了很多漂亮仗，让鞑靼军寸步难进，主要在于他们的相互信任。按现在的情况，自己却是有劲用不上了。

张达与林春披甲上阵，信心百倍地去迎敌了。

马芳带着百名士兵守在后方，他看着大部队远了，不由深深地叹了口气。张达给马芳留下的百名士兵，恰恰是马芳从老家带来的人。他们议论纷纷，问马芳为什么不让他们参战。马芳对他们说:"不要吵了,守卫后方也是责任重大。"但他心里明白,这仗在没打的时候,张达与林春已经输了,因为他们除了信心,并不熟悉敌军的实力,也不想去侦察他们的实力,决意走一条不归之路。马芳相信,这支队伍,回来时只会是残兵败将,他深为将士们感到痛心。

张达率领万人来到敌军营前,两军开始对峙。张达回头看看自己的万人之师,再看看对方的五千骑兵,对林春笑道:"本官会不会是以大欺小、以多胜少呢?这确实有点胜之不武啊。"那语气好像已经是十足能胜了。

林春哈哈笑道:"这又如何?马芳就是这样成就自己的英雄之名的。"

当两兵交战之后,一阵混杀,鞑靼军有些损伤,他们开始仓皇逃离。张达下令一定要把他们全部歼灭。当他们追出五里左右,发现前面地形复杂,有些树林,还有沟壑,便想起马芳曾经说过的,敌军极有可能会有埋伏。张达便下令停止追击,对林春说:"我们得此胜利,已经足矣,不可涉险再追了。"

林春却说:"大人,敌军如有援兵,他们早就去支援了,又何必让我们打得落花流水。"

张达摇头说:"不可冒险,不可冒险!"

就在这时,林中、沟里,突然冒出无数的鞑靼军来。张达大惊,下令火速撤退,这时发现他们的退路已经被鞑靼军切断。张达不由暗中叫苦,对林春说:"看来今天在劫难逃了,我们是该听听马芳的建议,唉,由此可见,马芳的事迹并不是虚妄之传啊。"

林春惊恐万分,汗流浃背,说:"大人,鞑靼军突然冒出这么多人,看来这是要把我们包饺子啊,不如,我,我们不如投降吧,以保性命。"

张达大怒道:"胡说!"

林春又说:"大人,这也是权宜之计啊,留得青山在,不怕没柴烧。"

张达断喝道:"谁敢投降,杀无赦!今天,不成功便成仁,本官就算死也不会投降,就是战死疆场,这样还可能给自己的后人留下些荣誉,否则本官的子子孙孙都会蒙受耻辱……"

马芳在林春与张达带兵走后,他跟百名守兵嘱咐好,便火速骑马向仇大总兵求援。虽然他心中气愤张达与林春的狂妄轻敌,但这毕竟关系到国防安危，是赌不得气的。但是，仇鸾并没有见他，只是让侍卫出来告诉他："滚！"

马芳长叹一声，失意而去。马芳骑快马赶回大同，他与百名士兵望着茫茫的草原，知道此仗不仅会惨败，甚至可能会全军覆没。

天色将晚，明军残兵败将回来了，马芳通过逃回来的士兵得知，张达与林春都已战死，万人之师多数战死疆场，还有极少数被俘，只有他们不多的士兵逃了回来。马芳马上带着几个人，去向仇鸾汇报，仇鸾认为是马芳用来羞辱他的，说："他们死了，你为什么还活着？"

马芳说："大人，当初末将想做先锋，可是两位总兵并不同意，留下百人，让属下等着迎接他们得胜而归。"

仇鸾怒道："照你这么说，他们这是去自杀的？"

马芳说："大人，现在不是计较这些的时候，我军已经失败了。现在应该考虑，接下来的战事。请您给属下调派兵马，由属下带领，利用游击之战法牵制敌人，让他们无法往纵深入侵。"

仇鸾哼了声道："本总兵自有退兵之计，无须你多言。"

马芳急问："请问大人是什么退兵之计，可否告诉属下？"

仇鸾怒道："本官有何退兵之计，为何要告诉你？"

马芳闷闷不乐地回去后，他知道靠仇鸾、张达、林春这样的人是无法保证老百姓的安全的，便带着剩下的兵力，四处发动百姓武装起来自保。当仇鸾知道后，传书怒斥马芳，说自己正在与鞑靼军协调和平协议，如果马芳破坏了讲和的气氛，就把马芳给军法处置。

马芳神情黯然，独自坐在桌前给周尚文写信……

仇鸾的退敌办法是用大量的金钱去贿赂阿勒坦，让鞑靼退兵。仇鸾送给了阿勒坦大批的粮食、珍宝，请求鞑靼退兵。阿勒坦接到仇鸾的贿金后不由大笑道："周尚文调走，马芳受到排挤与冷落，真是天助本王。既然仇鸾提出和解，那么本王正好利用这些时间再调来重兵，一举攻入。"

仇鸾见阿勒坦同意退兵后，不由大喜，随后写奏章上报朝廷，他隐瞒了张达、林春失利，说经过他的努力，不损一兵一枪就把阿勒坦十万大军打败了。

马芳听说，阿勒坦接受好处后同意退兵，便知道这是缓兵之计。阿勒坦已经看到大同防区的薄弱，想调整，调兵、备粮，准备深入。于是，马芳再次拜见仇鸾，说了自己的想法，让仇鸾在阿勒坦未及调整时，直接攻打，破坏他们的计划。

仇鸾冷笑道："马芳，你还真是固执啊！你懂不懂兵法？最好的战争就是不战而胜，本总兵已经做到不战而胜了。你还想挑起战争，置民众于水火而不顾，你是何居心？"

马芳急道："大人，阿勒坦同意退兵，只是缓兵之计。相信他们会利用这些时间，调来更多的兵，然后攻打大同。如果我们错失良机，将来肯定会被动挨打啊，大人三思。"马芳急得就像热锅上的蚂蚁，他几乎是在哀求着说。

仇鸾并不在意马芳的肺腑之言，他说："将来的事情谁知道？将来你马芳说不定会从马上摔下来摔死呢。"言语之间充满了不屑与轻视。

马芳说："大人，张达、林春二位大人因为轻敌，战死沙场，您为何还不醒悟呢？"

仇鸾怒道："马芳，你是盼着本官也战死是吗？实话告诉你吧，就算张达、林春死了，就算本官死了，大同也轮不到你来负责。在本官还没有发怒之前，赶紧滚回去，否则，本官就把你关进死牢，先斩后奏，说你带兵投敌。"

马芳失意而归，那天，他回到家里独自喝酒，想想受到的屈辱，不由悲从心起。师氏看着马芳，心疼地劝道："夫君，你已经把你想到的告诉仇大人了，至于他听不听是他的事情，毕竟他是长官，你无法左右他的想法。在这种情况下你可千万不要冲动啊。为妻相信夫君，你肯定会有办法的，只是现在时间还未到，你可与林儿一起多读些书，平时教林儿练练武，以备将来有机会时报效国家……"

仇鸾重金换来了两个月的安宁，让他得到了朝廷的很多奖赏。

严嵩等人还向嘉靖进言，周尚文虽然抗敌有功，但耗费了大量的人力、物力，以致将士多有死伤，而仇鸾不用流血，凭着个人的智慧就可以退敌，这才是明朝最好的将领。

嘉靖一心好道求丹，不太过问朝事，朝中的大小事都是严嵩等人在那里主持。他听到仇鸾不用兵将便可退敌，只说了两个字："重赏！"

　　两个月的平静结束了，因为阿勒坦随后开始攻打宣大防线，仇鸾非常害怕，急得在府里转圈，骂道："阿勒坦，你不守信用，真乃小人也，小人也！"

　　有人提出，应该重用马芳，听听他的建议。

　　仇鸾回想自己以前训斥马芳的话，感到现在再叫来商量，自己将会颜面扫地，于是没有用他，而是调兵三万开始迎击，结果首战失利，损失了大批的人马。仇鸾发现不敌，带军离开宣府躲了起来，宣大防线彻底崩溃。仇鸾逃离后，还没忘了上奏朝廷，说自己利用游击之术多次克敌，最终把敌人给打得四分五裂，有的可能逃往中原，还请其他防区协助消灭。

　　阿勒坦乘胜深入，并分兵大掠怀柔、顺义一带，京城受到威胁，嘉靖异常惊慌。这时候，严嵩又老实了，又不再多言了。张璁对嘉靖进言："万岁，上次阿勒坦侵扰怀柔一带，是大同游击将军马芳带兵退敌，现在怀柔再遭遇攻击，为何不把马芳调来呢？"

　　嘉靖点头道："对啊，调马芳，火速调马芳前来救援。"

　　仇鸾接到圣旨后心里很难受，想想自己处处打击马芳，又以重金贿赂阿勒坦求得和平，敌军攻入时，他带兵四处躲避，如果马芳去后向朝中官员说起，他就会受到指责。但是皇帝的圣旨又不敢违抗，他左思右想没有他法，怀柔告急又不能延误，如果因为自己延误救援，危及京城，那可就是重罪了。于是，他把马芳叫到府上，盛宴招待，并对他和颜悦色地说："马芳，阿勒坦避开我们的防线前去进攻怀柔与顺义地区，已经威胁到朝廷，本官给你派三千兵马，你带兵去协防京城，要确保万岁的安全！"

　　马芳神情淡然，他现在非常厌恶仇鸾这种小人。如果不是仇鸾害怕战斗，向阿勒坦行贿，阿勒坦也不至于侵入怀柔与顺义。仇鸾见马芳不语，知道马芳心里是有情绪的，便拍着他的肩说："马贤弟，此去京城附近开战，这对你来说是个很好的机会，因为朝中重臣都能看到。再者，你此次战罢回来，本官将举荐你为大同总兵。当然，之前的战事失利就不要对其他人说了，说出来你我都没有面子。"

　　马芳听仇鸾这么说，心里更加不快："大人，大敌当前，属下一心抗敌，并不关心其他。"

　　仇鸾点头说："如此甚好。你放心，此次回来，本官定当对你重用。"

马芳带着三千兵马日夜兼程来到怀柔、顺义处，以游击的方式不停地攻打阿勒坦，虽然多有胜利，但由于他的兵力太少，还不足以挽救大局。最后，阿勒坦长驱直入至京城畿，在京城周边地区大肆烧杀抢掠三天，他们派兵掳掠大量人口、牲畜。嘉靖见京城陷入危机之中，人身安全受到了威胁，这才放下丹药之事，召集众臣前来商量办法。

这时，张璁等大臣开始举报仇鸾，说此次阿勒坦兵进，主要原因是仇鸾没有守住宣大防区，虚报功劳，才使得鞑靼军分身有术，攻到京城。

嘉靖大怒："真是可恶，马上查实，对其进行惩罚。"

周尚文见时机已到，便建言道："万岁，臣在大同担任总兵时，多次阻止鞑靼军侵犯，有很大的程度归功于马芳。当初臣举荐马芳为大同总兵，很多人不同意，他们派去自己的幕僚，这些人有名无实，生怕马芳夺取功劳，削弱他的兵权，把他冷落一旁，并不重用。在鞑靼军两次侵犯宣大防区时，马芳多次进言，他们却不听认，反倒斥责他。最终的结果是张达、林春中敌人之计双双阵亡。仇鸾贿赂敌军，以致敌军有时间调拨更多的兵力重新攻入，仇大人首战失利，放弃宣大防线，还为自己邀功，实在可恶至极。"

严嵩等人为了和仇鸾撇清关系，也马上附和说："万岁，周大人所言极是，仇鸾狂妄自大，虚报功劳，确实可恶。"

周尚文接着说："如想退敌，可以委马芳以重任，给他派重兵，让他负责对付阿勒坦，相信他能够克制阿勒坦的攻势，方能夺回失地，免受他们侵扰。"

严嵩等人听周尚文建议皇上重用马芳，马上反驳说："万岁，我们不能否认马芳确实有能力，但现在鞑靼军已在眼皮子底下，怕是再打下去局势越来越坏。不如派使者与阿勒坦谈判，问他有何要求，我们可满足他们的要求，让他们退兵。"

周尚文一听严嵩这么说，不由怒道："严大人，现在京城周边有十几万明军，又有地理优势，完全可以把鞑靼军打败，至少能把鞑靼军赶回草原，为何一味地与鞑靼讲和？那阿勒坦有何诚心实意，每次都是抢劫一番，然后我大明朝再送他们些东西，他们回去休养一段时间又来攻打。"

严嵩看着周尚文，说："周大人，你先莫恼啊！特殊情况特殊对待，现在阿勒坦军已在京城附近，如果危及圣上安全，打胜了有用吗？现在无论用什么办法，先让鞑靼军队回去才是上上策。"

嘉靖考虑到自己的安危，还是同意了严嵩的办法，派人与阿勒坦讲和。阿勒坦一边抢劫，一边与明朝谈判。明军几十万兵马就在那里眼睁睁地瞅着鞑靼军为所欲为，没有任何行动。阿勒坦抢得差不多了，感到他们身处异域，还没有实力把明朝彻底消灭掉，如果见好不收，明朝全力打击他们，他们也没好果子吃，于是提出，明朝要在长城沿线开设马市开展贸易，并承担他们这次进兵的部分费用，他们就考虑退兵。

这本来是最无理的要求，但只顾自身安危的嘉靖与一些贪生怕死的臣子还是同意了阿勒坦的要求，还送给了阿勒坦很多的礼物，把鞑靼军当老爷似的送走了。

至于仇鸾，在严嵩的左右下，对他进行调查的官员假写奏书，说有些大臣说仇鸾不抗敌，虚报功劳是对他的人身攻击。仇鸾在宣大防区的功劳是不容置疑……嘉靖在险情过去后，又开始去宫里炼他的丹了，根本不关心别的事情，仇鸾的事情也就放下了。

当仇鸾得知自己被调查的那段时间，变得非常低调，对下属非常亲和，还常常表扬马芳，说马芳抗敌有功。但在心里，他却认为是马芳此次去怀柔、顺义作战把他的事给捅出去的，心中异常愤恨。当调查过去后，仇鸾又恢复得像以前那样狂妄，他对马芳说："马芳，本官之前所采用的办法是正确的，也是朝廷对虏方略指导的。"他的意思是朝廷都采用这种办法，所以自己采用这种办法，并无不妥。

马芳看着仇鸾那副嘴脸，说："一味地讨好敌人，这样的和平是不会持久的。"

仇鸾又露出那种奸邪的冷笑，道："管那么远干吗？你知道一百年后的事情吗？"

马芳没有再说什么，他知道仇鸾这样的人是小人，跟小人争论下去是没有任何意义的。也就在这样的情况下，马芳对明朝有了更深的认识，明朝虽然有实力，但奸佞当道，面对强敌，不停地采用贿赂手段求和，已经成为又大又软的柿子了，鞑靼军想捏你的时候就发兵，一发兵你明朝就给他们赏赐，已经养成了习惯。面对这样的朝廷，马芳非常痛苦，他给周尚文写信，说了自己心中的困惑与失落。周尚文安抚他、指导他，让他不要灰心，告诉他邪不压正……

明朝一直采用花钱买太平的办法，让贪得无厌的阿勒坦得寸进尺。当马市开设不到一年，阿勒坦召集部众商议，他说："我们在中原只是开市交易马匹，这对我草原有百害而无一利。相反，草原的马匹进入明朝后只会对他们有利。"

军师也附和说："可汗，江山不是靠和平得来的，而是需要用武力争取。虽然我们现在的实力还不足以把明朝消灭掉，但他们乐意花钱买太平，我们应该给他们这个理由。我们用着他们的物资，赚着他们的钱财，这仗越打，我们只会越强大，因此，咱们又何乐而不为呢！"

大家纷纷赞同，要求攻打明朝。

阿勒坦在部众的提议下，撕毁和平协议，发动军队南侵，攻击宣府、大同各州县。就连仇鸾这么无耻的人都气愤地骂道："阿勒坦，流氓，无赖，无耻！"仇鸾知道，再用贿赂这种办法是不好用了，于是调兵迎击。刚开始时他并没有重用马芳，主要是不想再让他夺取功劳了。但军参给他出主意说："大人，马芳既然能打，为何不用他？如果他有战功就是您的功劳，如果他失败了您可以责罚他，这对您来说是左右得利的事情。"仇鸾一想是啊，他马芳是杆枪，本官为什么不用他呢？当初，张达、林春不用马芳，最终连性命都搭上了，自己不能再犯这种错误了。不过，他还是有些担心，自己多次压制马芳，如果马芳造反怎么办？

军参看出了仇鸾的担心，又说："大人，他马芳如果造反早就反了。他现在没有条件造反或投降了。因为他在与鞑靼作战时曾杀了很多鞑靼大将，所以他知道叛变也会受到惩罚。至于造反，凭着马芳的性格是不可能的。以前您与张达、林春合力排挤他，马芳都没有造反，何况如今大敌当前，他就更不会造反了。"

仇鸾虽然相信马芳不会造反，但他给马芳派兵时，还是有所保留。

马芳带着几千人马多次击败鞑靼军侵入，仇鸾每次向上汇报情况都不提马芳的英勇作战，而是夸大在自己的正确指挥下取得了战绩。马芳并没有对此计较，他感到能够打退鞑靼军，给老百姓创造和平安定的生活环境，这已经足够了。

百姓的眼睛是雪亮的，他们知道是马芳带兵保护了他们的和平。一些乡绅富人通过各种渠道，把马芳的战绩传到朝中张璁等大臣手中，张璁和一干大臣一起向嘉靖奏报马芳的功绩。面对这种情况，嘉靖不得不对马芳进行提拔与奖赏。仇鸾感到非常愤怒，他认为是马芳自己偷着向朝廷邀功，于是把马芳叫到府里，阴阳怪气地对他说："你是不是越级上书，为自己邀功了？"

马芳笑道："大人，马芳打仗从来都不是为了邀功，而是为了天下的太平、民众的安宁。"

仇鸾撇嘴道："马芳，你说这话，本官不信，有道是人不为己，天诛地灭。别与本官讲这些大道理，这些大道理本官比你懂。"

马芳着实为仇鸾这种想法感到厌恶，他说："大人，属下每天都在前线打仗，哪有闲情去邀功？再者，有什么功可邀？"

虽然马芳极尽所能，恪尽职守，守卫边疆，但毕竟他个人的力量是有限的，并不能改变大的形势。嘉靖帝每天都沉迷在炼丹房中，把大明江山放到脑后，拍马屁比干工作强的内阁首辅严嵩已然独掌朝纲，形成以贪污腐败为主要业务的严党，祸乱朝纲。对马芳有着知遇之恩的周尚文，因得罪严嵩的大公子严世蕃而屡遭贬斥。若不是严嵩考虑到周尚文功劳大，早就想法把他给处死了。严嵩与仇鸾是同党派的，他们早已把马芳划在周尚文那边了，现在都把周尚文打击了，自然对马芳也变得苛刻。仇鸾想尽办法，创造一切机会责难马芳。一次，马芳带兵伏击敌军，被敌军困住。仇鸾本应派援兵的，但他故意没派，目的是想借蒙古人的手把马芳除掉。后来，马芳突围出去，仇鸾反而减了马芳的俸禄。

这段时间，马芳感到非常苦恼，一面要对付鞑靼军，一面还要承受着仇鸾的报复与打击。但考虑到老百姓需要他，在这种情况下是不能与仇鸾赌气的，因此尽可能地克制着自己的情绪。有时候，真的感到郁闷至极，便给周尚文写信，发发牢骚。周尚文也会回信安慰他，并让他坚持自己的初衷，千万不要与仇鸾同流合污，他仇鸾这样的奸佞小人走运是不会长远的。这一点，周尚文是说对了，因为不久的未来，仇鸾的下场变得很惨。

二十四　醍醐灌顶

朝廷腐败，奸臣当道，忠良之士得不到重用，明军毫无战斗力。当阿勒坦兵犯古北口时，明朝京军久疏于战阵，简直一触即溃。阿勒坦兵围京城时，周边明军因畏惧出战，居然号哭震天。京军溃烂如此，边防军同样糟糕，明朝边镇士兵由于土地兼并等原因逃亡严重，许多军镇卫所缺编竟达一半多，更有军内腐败等因素，作战士气也低落不堪，多年以来已经养成一种恶习，那就是鞑靼军来犯明军就跑，鞑靼军杀人明军就躲，鞑靼军抢掠明军就看热闹。

明军由于防线形同虚设，一攻即破，马芳总结自己的作战经验，认为接连失败的主要原因是一些奸臣滥用幕僚，上梁不正下梁歪，将士贪生怕死，在没有开战之前心气就败了，他们逃跑的能力越来越强，打仗的能力越来越差。

马芳对自己的部队制定了非常严格的纪律，立下军战连坐法，规定临战畏敌不前者，后队斩前队，将领畏敌不前者，士兵斩将领，每战更是模范带头，依旧率先冲杀敌阵，引得属下殊死效命。虽然他治兵有方，战功赫赫，但毕竟他的军力有限，还不能改变大的格局，为此他非常苦恼。一次，马芳面对强于自己数倍的敌军作战，本没有任何胜机，但老百姓自发起来参战，结果取得胜利。马芳发现正规军的无能与不可靠，得让老百姓产生自己保护自己家人与财产的热情，于是马芳向兵部上奏，提出尽遣宣府客兵，以乡人守乡土，可得虎师之策。

兵部反对马芳的建议，在上朝时提出，久不问政、麻木不仁的嘉靖却同意了。其实，现在阿勒坦的手越伸越长，出尔反尔，明朝处处受人限制，让嘉靖感到非常难受。还有就是，取消政府军，以民兵自防，这样可以省下很多军费，这才是他同意的真正原因。

明王朝采纳了马芳的建议后，马芳在山西当地征募青壮从军，更认定兵之优劣，重在选练之效，不但在军中制定严格的赏罚管理训练条例，招募当地拳师以及蒙古降兵为教官，自己更是在训练中亲自指导。同时，马芳对于明朝军中的将官刻薄虐待士兵的陋习进行严厉查处，查到便严刑伺候，一时间军纪大振。

马芳的军队训练好之后，他决定用实战练兵。

马芳与赵勇等人商量，决定偷袭鞑靼军的营地，让不断侵袭中原的鞑靼军知道厉害。赵勇摩拳擦掌，恨恨地说："将军，我们早就应该让鞑靼知道些厉害了，这几年，这些孙子就没有少糟蹋咱们的老百姓。"

马芳说："把体质不太强的士兵留在练兵场里继续训练，以麻痹敌军，然后，我们挑出精兵，全部配置快骑、弓箭，然后绕行至阿勒坦的营地，我们要对他进行袭击。"

赵勇一拍大腿，说："好嘞，我马上去挑选精兵。"

阿勒坦之前得到的情报是，马芳部下将士还在练兵场里练习，并没有任何应战迹象，所以也没有任何准备。当马芳的精锐之骑突然出现时，他们几万之师正在卸甲休息中，一时惊慌失措。马芳的精骑就像一股洪水似的直蹿过阿勒坦的大本营，然后点燃火把，扔到鞑靼军的营帐，乘着火势在阿勒坦的军营之中杀了个痛快，然后扬长而去。待阿勒坦他们反应过来，组织好将士追赶时，马芳的精骑早已消失得无影无踪了。

这场久违的胜利，大大助长了明军的士气。

仇鸾马上写奏书上报朝廷，说在他的精心谋划下，主动出击，偷袭阿勒坦大本营成功，并夸大战果，说杀了敌军上万人。嘉靖已经被阿勒坦给闹得坐立不安，如今听说有此战果，不由龙颜大悦，从此更加宠信仇鸾，并对他进行提拔，官至太子太保；还委派他统率三大营，设立戎政府，总督京军和边兵。

如果说之前仇鸾还倚仗着严嵩的话，现在他掌握着兵权，从此再不把严嵩放在眼里，反而与严嵩争宠，因此被严嵩嫉恨。后来，仇鸾被陆炳揭其私行不轨之事，把他所有的问题都给抖搂出来，嘉靖非常震怒，将其革职，仇鸾每天害怕遭到严嵩报复，最后在恐惧中死去。他死后还被嘉靖以叛逆的罪名开棺戮尸，可谓下场凄惨。

在仇鸾刚被提拔的时候，是由杨顺接任宣大总督之职。杨顺比仇鸾更加混账，每逢鞑靼骑兵侵扰时，他只会闭关求太平，只在敌人退走后假模假样地追上一程，向朝廷上奏时，却说是他们打跑了敌军。马芳没想到这杨顺比仇鸾有过之而无不及，他竟会有如此作为，于是找到他说："大人，鞑靼军侵入后，我们只顾东藏西躲，任他们侵扰老百姓，这是我们的失职。"

杨顺冷笑道："马芳，你懂什么？这叫避其锋芒，保存实力。你是越来越没长进了，这些道理还用本官教你不成？"

马芳说："那么敌人走后，带兵出来耀武扬威又有何用？你这不是狼走了耍扁担吗？"

杨顺说："这是本官的计谋，你不懂。"

马芳懒得再和他较量，自己带着练出来的兵巡逻边境，不断与入侵的鞑靼军作战。一次，马芳带兵经过一个村庄，被村里的老百姓拦住，向他举报，说该村刚刚被鞑靼军袭击，杀了不少老百姓，随后有些明军士兵来到村里，把死者的头割去了。马芳听后，马上骑上快马去追，他带领巡逻队把那些割头的士兵拦住，对他们进行审讯后，不由大惊。原来，杨顺命令他们收集人头，把头发剃去，冒充是被明军杀的鞑靼兵。马芳差点把肺气炸了，他气呼呼地找到杨顺，质问道："杨大人，你干的好事啊！那些百姓就够可怜的了，我们没能保住他们的性命，你却还要残忍地割掉他们的头颅去邀功。如果你再敢割掉老百姓死尸上的头冒充被杀的鞑靼兵，借以向上邀功，我马芳就上奏朝廷。"

杨顺故作吃惊道："什么什么，还有这事？怎么本官不知道啊！马芳，你可别信口胡说啊，这事可不敢瞎说的。"

马芳气愤道："大人，那些士兵已经交代了，他们说是您杨顺大人下的命令。"

杨顺怒道："胡说，本官岂能做这种偷鸡摸狗的事情？"

马芳厉声说："不管有没有，如果以后再有这些事，我定向万岁汇报。"

从此后，杨顺对马芳更加恨之入骨，处处对他刁难。一次，杨顺向大同城内的富商征集财物，要去给严嵩过大寿，由于要求的数目较多，富商都不堪其重，他们纷纷去找马芳，让他给帮着说说，减少数量。马芳去找杨顺，对他说："大人，那些商人们已经向我们交过税收了，如果再向他们索要大批的财物，他们必然会离城而去，说不定会告到朝里。因此我们理应保护这些商贾，不能以任何理由无端增加他们的负担。"

杨顺瞪着眼说："马芳，这件事不属于你管，你不要越权。"

马芳说："大人，我是受人之托，也只是提醒大人。"

杨顺不耐烦地说："本官知道了，你回去吧。"

马芳回去后，对那些等消息的富商抱拳说："对不起诸位了，马芳有负重托。不然这样，你们就把部分财物作假，然后共同献给他。这样，他并不知道是谁作的假，也没法把你们一同治罪。这件事本来名不正言不顺的，他也不敢闹大。"几个富商在一起商量了商量，他们把作了假的金银财宝，送到了杨顺府上。

杨顺正准备把东西运往京城，没想到有个商人来找他，对他说："大人，如果您以后不再向小的征集额外的财物，小的就告诉您一个秘密。"

杨顺一听，便来了兴趣，说："那，你先讲出来让本官听听。"

那商人说："大人，您现在这批东西其实是假的。"

杨顺惊讶道："你说什么，是假的？"

那商人说："是啊大人，这是马芳将军给出的主意。"

杨顺不由得恼怒道："马芳，好啊，你算计到本官头上了。"

他立即下令对这批财物进行验证，这一验，惊出了一身冷汗。他想，如果把这样的东西运去给严嵩祝寿，不但起不到祝寿的作用，怕是自己就遭殃了。杨顺恨极了，把几家富商召集起来，让他们加倍拿出财物，否则就对他们进行查抄。

几家富商实在没有办法，他们又去找马芳。

马芳平静地说："大家别急，这件事我知道，是你们其中有人把事情的真相告诉了杨顺。这样吧，你们几个今晚先到别处躲避，咱们让这告密的人付出代价。"几个富商，在马芳的帮助下，当天夜里便离开了大同城。

杨顺派人去收缴东西，发现几个富商都跑了，不由气愤至极。杨顺对那个向自己告密的商人说："没办法，他们都跑了，你先把钱拿出来，以后他们回来，本官让他们还给你。"

那商人吃惊道："大人，您不能逮不住狗扒人皮啊。"

杨顺怒道："像你这种出卖朋友的人，本官不扒你扒谁？"

那商人哭道："大人，小的跟您一条心错了吗？要不是小的，您真把这些东西派上用场，那严大人不是要扒您的皮了吗？"

杨顺说："你跟本官一条心没错，可是你并不是为了本官，而是你想出卖别人为了自己。至于本官没交上去这批东西，那是本官的运气好啊。"

随后，杨顺派人把这商人的家给抄了，搜刮了不少财物。事后，杨顺对马芳更加痛恨了。他没想到，现在马芳竟然联合商人对抗他，想把他给整下去，但他实在抓不到马芳的过错，而且马芳战功赫赫，没有理由拿下他，于是请求严嵩帮助，免掉马芳的职务。

严嵩的大公子严世蕃倒是明白，马芳精忠报国，战功赫赫，在这种与鞑靼军对峙的关键时期，马芳的作用是不可忽视的，现在谁打下马芳，谁都会受到舆论的谴责。现在马芳的作用不可替代，也没有理由把他打垮。他专门跟杨顺交谈，对杨顺说："现在鞑靼军不断侵入，只有马芳带兵才能与鞑靼军顽强作战，这是人人皆知的事情，现在你有什么理由革他的职？"

杨顺心有不甘，说："他顶撞上司，对本官进行诽谤。"

严世蕃斜楞着眼盯着他，说："不要再说这些没用的话了，如果你有能力，带兵把阿勒坦赶出中原，建功立业，让大家看到你的作用。那么，我们可以把马芳拿掉。问题是，你根本就没有这样的能力。再说了，现在官军中，就马芳活跃在抗击草原骑兵的前沿，就算你弹劾他，朝中很多大臣也都会保他，所以说，你是扳不倒他的。"

杨顺心有些不甘，他说："那也不能任他这么张扬下去。"

严世蕃耐心地说："别看马芳表面上像个大老粗，其实他的心细着呢，何况胸怀韬略。在当前这种情况下，明朝是离不了他的。就算他有些错误，他建有赫赫战功，也不是轻易能把他扳倒的。就像周尚文，虽然又臭又硬，我们想尽办法多次对他贬职，但也不能把他怎么样。何况马芳现在正发挥作用，皇上与朝中很多大臣还对他抱有期望呢。所以你应该与马芳把关系搞好，而不是跟他为仇。"

自从听了严公子的劝告后，杨顺对马芳的态度有些缓和，不再刻意地找马芳的麻烦，但心里却对马芳愈发的痛恨，心中暗想，等机会到了，看老子怎么治你。

虽然马芳有棱有角的，不与奸佞与腐败同流合污，因此有了很多对立者。但也不是没有人支持他，可以说，几任兵部尚书，比如王邦瑞、赵锦等人，都对马芳很看重，并对他进行保护。

杨顺被调走之后，名将王崇古前来担任宣大总督。

王崇古本来就是位杰出的将领，他又深知马芳的作用，当他到任时，没等马芳他们前来拜访，首先带着礼品到了马芳家来看望马芳的父母与妻儿。王崇古到了马芳家院子外，下马敲门。马芳的妻子师氏打开门，问道："请问先生，您是？"

王崇古笑道："我是马芳的老朋友，王崇古。"

师氏说："既然是老朋友，还带什么东西啊。"

王崇古笑着说："我从京城大老远地来，带了点京城的特产，小小心意。"

师氏说："您快请进。"将王崇古让进院里，又将其请进屋里。然后说："您快快请坐，我去准备酒饭，打发人去唤马芳回来。"

王崇古忙摆手说："千万别忙活，我还有事，是顺便到府上的，过后再来讨扰。"

师氏忙着沏茶，王崇古说："马芳英勇抗敌，名震京都，朝中大臣无不夸赞，就连皇上都说，大明朝如果多些马芳，阿勒坦就不敢侵犯了。"

师氏继续沏着茶，说："马芳为人太过耿直，不善言辞，遇事都不会转弯，也就多亏了周尚文大人和你们这些朋友这么多年的力保。"

王崇古说："话可不能这么讲，马芳一心为国为民，所有的荣誉，都是他浴血奋战，战出来的。"

王崇古说完，就要告辞，师氏忙说："先生稍等。"说着从内室里拿出了些东西，非让王崇古拿上。

王崇古发现，这些回赠的物品，虽然不是什么贵重东西，却远远超过自己送的那些东西的价值，便摇头说："我还有事，带着不方便。"

这时，马大叔拉着王崇古说："这样，您既然有事，尽可去办，您告诉我住址，我帮您送过去。"

王崇古连连摆手："真的不用，哎，我真不能带。"

师氏看王崇古这么说，便道："我夫君曾说过，无论谁来送东西，都要回赠。回赠，相互之间就变成了友情；如果只收不赠，就成为受贿了。还有就是要看送的东西是什么，一些贵重物品是断不可收的。当然，来给马芳送东西的，不过就那些百姓，送的也都是百姓家过日子的一些吃食。马芳定下了这规矩，这规矩不能破。所以也请您务必要接受我们的心意，要不，您的东西我们也不能留。"

马大叔也说："我们也没什么值钱的东西，只是些自家的特产，您带到京里给家人们尝尝。"

王崇古实在推辞不下，只得拿上了。

马芳回到家里，听师氏说，有个叫王崇古的老朋友过来拜访，不由吃惊。因为他早听说，万岁派王崇古前来担任宣大总督。师氏听说是马芳的上司，说："夫君，那他来拜访你是什么意思啊？除了周总兵外，几任总兵都没有到咱家，不会有啥事吧？"

马芳问："夫人，你可回赠东西了？"

师氏忙说："回了，他原是不要的，我们硬让他拿走了。"

马芳舒了口气："既然这样，我就不必带礼品了。"

师氏拉着马芳，嗔怪道："你这人真是，这么多年了，还是学不会个回还，把咱家那点还算可以的茶带上吧。"

马芳瞅着师氏，憨笑着说："嗨，那些弯弯绕死都学不来。这茶也没有必要带。"

师氏点点马芳的前额，说："再怎么说，也是人家带着东西先上咱家的。这茶，虽然不算太好，但也算雅礼，跟送别的不同。"

马芳没有再争论什么，于是等师氏把茶拿来，提上去拜访王崇古了。

王崇古见马芳来了，非常客气，把他迎进府里，泡上茶，两人寒暄过后，王崇古说："马芳，咱就不用客套了，就直接讨论问题。那阿勒坦实在不讲信用，万岁震怒，决定从此之后，要让阿勒坦知道，我大明朝不是谁都可以欺负的。"

马芳点头说："如果万岁真有此决心，那就太好不过了。"

王崇古说："马芳，你智勇双全，是有目共睹的。从今以后，在军事上，你尽管放手去干，我会全力支持你的。"

马芳盯着王崇古，问："大人，您真的放手让我领兵？"

王崇古看着马芳那疑惑的样子，笑道："马芳，你听好了，本官可没有仇鸾与杨顺那么傻，有这么好的将领不用，生怕你争了他的功，他自己东藏西躲，最后没落个好下场。放心，本官可要好好地重用你，只要你能够打败阿勒坦，保我大明江山不再受侵扰，百姓不再受战乱之苦，本官这大总督之职都可以让与你，从今以后，你我团结一致，合力抗敌。"

马芳听王崇古的一番话，感动地说："说实话，自周总兵调走后，我一直郁闷。我想不通的是，为何大敌当前，不共同抗敌，而自己人钩心斗角、争权夺利呢？您的到来，让我马芳又有了信心。请大人放心，我马芳不为当官谋利，只为百姓安居乐业，我大明江山永固。您放心，我会竭力抗敌，决不辜负大人的期望。"

自王崇古上任后，重新起用马芳，使得之前疏远马芳的一些人见风使舵，对马芳又变得尊重起来。这让马芳感到非常不适应。回到家里，马芳对师氏说："唉，真没想到他们这些人，竟然会这样，这变脸的本事真是了得，这天阴天晴、日月交替还得有个时间的。"

师氏看着马芳笑道："他们变他们的，咱们就保持咱们的原色。不过夫君，听说朝中依旧是奸臣当道，朝野上下形成了贪腐风、拍马风，那些耿直的官员，都被算计、被排斥。你之所以没有遭到迫害，不是因为你能打仗，而是因为阿勒坦最近比较活跃，需要你这样的人。可是夫君，如果阿勒坦消停了，他们可能兔死狗烹的。"

马芳笑笑："这有何惧，大不了回蔚州种地去。"

师氏说："夫君，种地没有什么不好，但是可惜了你一身的武艺。以为妻看呢，你得改变一下你的态度，以后呢，别再那么较真，活泛些，只要我们心不变不就行了。"

马芳摇摇头："我可做不来那两面人，实在也学不来那拍马屁的本事。"

师氏笑道："这不叫拍马屁，这叫策略。你认为王崇古总督来家里送礼，是拍你的马屁吗？这肯定不是。因为你跟之前的总兵不和，他是让你知道他对你的重视，想跟你合起来把守住防线，打击鞑靼军。说到底，守住防线，打败敌人，是你的功劳，但最终也是王总督用人得当。所以说，王总兵与周总兵是晓大理的人，你应该跟他把关系处好，这样你才可以更好地带兵打仗，保一方平安。"

马芳紧紧地拥住师氏："夫人，放心吧！"

这天，马芳与王崇古商量："大人，这阿勒坦把大军驻扎在咱们大同附近，实在是让人不放心。说不定他们什么时候就会发起进攻，近得咱们都没有准备的时间。如果您不怕挑起战争，属下想把他们打退几十里外，让他们离咱们的城池远些。"

王崇古笑道："马芳，就算咱们不挑事儿，他们也免不了打我们，我们为什么总是被动挨打？你有什么好的办法，可以狠狠地教训他们一下？"

马芳说："大人，这样吧，咱们公开吵一架，您把我给关起来。然后您带兵去巡视边境，那么敖敦与固日布德肯定会想给您一个下马威。属下提前带兵埋伏到沿途。等他们带兵过去，我就从后面打，您从正面打，这样形成对他们的夹击，他们必然慌乱。我们就可以乘胜追击，他们必然舍弃驻扎附近的营帐。然后，我们在他们的营帐埋伏大军，如果他们第二天返回来，我们就可再次对他们打击。"

王崇古笑说："马芳，你是让阿勒坦误认为又派来一个仇鸾啊！"两人都爽朗地笑着。王崇古边笑边继续说："如果他们不发兵怎么办？"

马芳止住笑，说："那就用第二套方案，我带兵去攻打他们的大本营。他们必然认为我们这次可能是有备而来，又可能不敢恋战，舍营而逃。不过，以属下对敖敦与固日布德的了解，就算敖敦不同意派兵，固日布德也会劝他出兵，以造声势。"

王崇古当即拍案同意，说："好，那咱们就试试。"

第二天，王崇古宴请各总兵、各防区战将。在宴席中，王崇古故意说：

"有人向本官汇报，说马芳将军不服从命令，擅自行动，扰乱总体战略，为防他继续犯错，本官今天当着大家的面决定，马芳暂停任何职务，等悔过自新后再前来报到。"

马芳摔杯怒道："你屁股还没有沾座椅，就说我马芳擅自行动，扰乱总体战略，你有什么根据？"

王崇古大声喝道："混账，你听说毒药能毒死人，难道非得自己喝过才能肯定吗？"

马芳说："唉，我就纳闷了，为什么朝廷派了个草包来。"

王崇古把桌子给掀了，叫道："马芳，你真是无法无天了，本官刚来，还没说你两句，你就敢辱骂本官。来人，把他给本官关起来。"

马芳被押下去后，当天夜里，就带着精兵潜伏在鞑靼侵犯大同的必经之路。

鞑靼人安插在宣府周围的探子，得知马芳在宴席上与王崇古掀了桌子，被关押起来，又听说王崇古要到大同防区去视察，于是马上向敖敦汇报。敖敦听说马芳被关押起来了，倒没有怀疑出现这种结果。现在朝廷派的几位总兵，都与马芳不和，不再重用马芳，因此马芳本来就有情绪，如果在宴会上言语不合，吵起来，被关起来也是可能的。

固日布德说："哪个大总兵上任，不都是感到自己智谋双全、不可一世吗？他王崇古明天要去巡视大同防区，我们何不趁机敲打敲打他，给他个下马威。"

敖敦说："他巡视大同，必然有所准备，我们还是小心为好。"

固日布德说："现在马芳被押，正是时候。这段时间，我们没有打胜仗，可汗话语之间颇有微词，说不是他亲自带兵，没有人能够尽心尽力。"

敖敦想想也是，上次阿勒坦在大本营里，他马芳带那么少的兵力就敢从大本营里冲过来。可汗受到惊吓，斥责他们根本没有忧患意识，让人家这么少的兵力就把大本营冲击了。这次，他们应该趁马芳被关押之际，去把惊吓还给他们。还有，如果给王崇古一个下马威，他因此会胆怯，从心理上害怕他们，对以后的战争非常有利。

他们经过周密地计划后，然后在天不亮时，带兵埋伏到大同防线附近，准备等王崇古巡视之后，冲破防线，争取把王崇古给抓住。天渐渐地亮了，他们的探子来报，说王崇古正在巡视边境，于是下令全力进攻，并许诺谁能抓住王崇古，赏银千两。

王崇古看到鞑靼军后，故意显得慌乱，等鞑靼军近了，埋伏在掩体内的伏兵突然跃出来，迅速向明军冲去，两军开始交锋。敖敦发现王崇古的兵力不如他们，更有信心把这仗赢下来了。然而，就当他们渐渐显现优势时，发现身后有队骑兵向他们挺进。

敖敦吃惊道："这些骑兵是什么人？"

固日布德不紧不慢地说："可能是我方的援兵吧。"

敖敦疑惑道："不对劲啊，看此情形，明军是有防备的。"

固日布德说："不管他们有没有防备，我们先把王崇古抓住，不管对方是谁，我们就可以用王崇古要挟他们谈条件了。"

后面的队伍越来越近，听到有人喊："不好了，是马芳，是马芳啊。"

敖敦不由大吃一惊，放眼望去，果然是马芳所部，他马上下令撤退。但前方与后方都有明军，他们只能往西方跑。但两支军队咬得紧，他们根本就逃不脱，于是就边打边退，一直退出去了二十多里时，敖敦的手下已损失了三成的兵力。

敖敦和固日布德带兵一直苦战，他们退了有五十多里，看看马芳他们确实没有再追过来，就下令安营扎寨，敖敦看着残兵败将，他面如死灰，叹口气说："我们最终还是中了马芳的毒计。看来，马芳被关押起来的消息是假的，是他们故意引咱们上当的。"

固日布德说："敖敦将军，开始您要听属下的，就不会有这么大的损失了。"

敖敦瞪眼道："你什么意思？"

固日布德说："属下的意思是把王崇古给抓住，胁迫他们投降。"

敖敦冷笑道："你以为王崇古站在那儿让你去抓啊，他前有守兵，后有援兵，我们被夹在当中，怎么抓？真是扯淡。"

明军获得了胜利，这对王崇古来说，是最好的见面礼。他来没有几天，就打了个大胜仗，这是非常有面子的。他知道，此计是马芳所出，又是马芳一马当先，冲杀在前，带动了将士们的士气。于是，他重新宴请大家，以庆贺此场胜利。

在宴席上，王崇古拍着马芳的肩对诸将说："之前的宴会上，我们吵起来，其实是我与马将军商量好的计策，大家不要当真。马将军英名远扬，朝中上下无不赞扬。本官把防守重任交予马芳，是放心的。以后，大家多协助马芳，我们不只要保住防线，还要痛打鞑靼军，让他们不敢靠近。只有这样，才能扬我大明之威，保我黎民百姓的安全。"

马芳朗声说："自我马芳从草原回到中原，幸运的是首先遇到了周总兵，更幸运的是遇到了王总兵。从今以后，我马芳定当全力以赴，在王总兵的信任和支持下，坚守边防一线，保护民众的安全。"

那天，马芳尽兴而归，给周尚文写了封信，信中大致意思说：王崇古是一位非常难得的领导，自己与王崇古的合作非常愉快，也非常有效率。周尚文给他回信，对他说：王崇古本来就是员猛将，又是耿直忠义之人，你们因才相惜，是大明朝的忠义良将、边境百姓的福气……你现在名声在外，虽然赞扬声不断，但招来的嫉妒也很多。从今以后，你更要恪尽职守，和王总兵以及将士们有商有量，共同守护好我大明疆土，守护好一方百姓……

同时，王崇古闲暇间和马芳聊天时，对他说："马芳，你整日把心都用在了边防上，可能官场上的事情，不是很知晓。以后，应要加强交际，多处朋友，将来如果有什么事，大家才会相互照应合作。就比如，你几次去京城协防，你有没有去看望一下周尚文周总兵呢？更别说其他人了。你要知道，相互来往，不只是收受贿赂，行见不得人的事，更有一些忠臣贤将也是需要相互走访交流的。"

马芳摇头，有些不自在地说："这些倒没想到，周总兵那儿也没去过。"

王崇古笑道："远道而去，给好友、给同级、给上级捎份薄礼，当然不见得是金银珠宝，这些虽然并没有多少价值，但收到的效果是非常好的。以后，要多长个心眼。再者，只有你保住了自身的权力，你才能更好地保护老百姓。如果你不是将军，就算你再勇猛，你的才能也是发挥不出来的。"

马芳点头说："是啊，这方面我是欠缺了些，以后我会尝试着去做。"

从此，马芳真的变了，他每镇守一地，除悉心练兵防御外，便留心搜集当地的一些土特产，用以馈赠各位谈得来的同僚或者朋友，他的这种转变使之结交了很多的忠良贤达，这也意味着马芳比以前更加成熟了。因为他更会处理人际关系了，又有真才实干，顿时他的朋友便多起来，支持他的官员也多起来，他在调整军备、讨要给养与武器时，受到几位实权派人物的支持，他的兵力越来越强大，其部成为明朝最为得力的边军，有效地打击着入寇之敌。

二十五　名将绰号

由于明朝总体都软，虽然有马芳战力坚挺，但他兵力有限，在奸佞的抑制下，还不足以与敌抗衡，阿勒坦开始疯狂地侵扰明朝边境，接连摧毁明朝边镇堡垒无数，让明朝显得处处被动。马芳被召来唤去，让他带兵对付阿勒坦，但他的几千精兵，实在有些力不从心。

战争就这样持续了几年，阿勒坦便跟群臣商量："这么多年以来，本王花费在战争上的人力、物力实在是太多了，虽然多次挫败明朝，但并没有达到本王预期的效果，现在嘉靖比以前更痴迷于道术，不问朝政。而明朝那些贪官又钩心斗角，只顾谋私自肥，现在是举大事的时候了。"

军师说："可汗，您准备从哪儿攻入？"

阿勒坦胸有成竹地说："宣大防线有马芳等人守着，虽然马芳没有实力阻止本王，但怕是也会耽搁本王的进程，本王不如绕开宣大防线，以迅雷不及掩耳之势偷袭明朝京城，只要把嘉靖昏君给拿住，把朝中那些大臣给把握住，这大功就算告成了。"

军师又说："可汗，您可想过，就算把那嘉靖狗皇帝抓住，我们也不容易统领中原。"

阿勒坦大手一挥，道："只要把嘉靖昏君握在手里，本王可以让他割地，让他赔偿本王这些年来战争带来的损失。反正，本王打仗是不会赔本的，一定会有大的收获。"

军师点点头："可汗的想法是正确的，可以进攻。"

于是，阿勒坦亲自率大军，绕过宣大防线，直接挺进怀柔地区。一时间，京城人心惶惶，各路援军畏惧鞑靼骑兵，他们相互推托，守而不攻，防线已经危急。这时候，嘉靖帝又下旨把马芳调来，让他带兵前来援助。

马芳向朝廷提出，由他指挥各路援军，他将把阿勒坦赶出内地，让阿勒坦不敢再侵犯。嘉靖接到奏章，正要表态，严嵩对他挤了挤眼睛。嘉靖忙说："此事等朕议后再作决定。"退朝之后，嘉靖与几个近臣商量，是否把总指挥的权力交予马芳。

严嵩迫不及待地说："万岁，马芳毕竟是从鞑靼过来的，虽然他表现不俗，但一旦权力大了，就可能有别的奢想。如果让他统领各路兵马，他趁机造反，我大明危矣。"

嘉靖点头道："是啊，这确实让朕不放心。"

严嵩见皇上这么说，继续进言道："万岁，马芳正值年富力强，如果把兵权交给他，对那些老将领也不公平，他们必将产生消极心理，如此就不利于战争。"

嘉靖便专门召马芳入宫。马芳入宫面见皇上，行了君臣大礼后，嘉靖说："马爱卿，朕知道你英勇抗敌，战功赫赫，这一点朕是心中有数的。至于兵权之事，毕竟关系到很多资格老的将领，如果放权给你，可能大家都会不服，反倒不利于战事。你看，这事就先这样吧。"

马芳听皇上这么说，也就没有再说什么，嘉靖和他交谈了一会儿后，他便告退回到军营。他每天都带着自己的两千精骑，在保安一带与阿勒坦军血战。一次，马芳见阿勒坦带大军挺进，他明白，如果所有协防京城的军队全部团结起来，是一定能够打赢的，但是他太知道明军的状况了，一旦打起来，他们都会畏缩不前，甚至会逃离。马芳衡量着眼前的态势，是迎战阿勒坦，还是像其他军队那样观望。

马芳明白，就算自己带头冲出去，他们也是看客，是不会帮忙的。那么，以他两千骑去对战几万大军，无论他们多么勇敢，也是拿着鸡蛋去碰石头。但马芳随后想到，如果我带两千骑杀过去，阿勒坦肯定认为有诈，说不定他们会退兵。这么想过后，马芳下令，迎战阿勒坦。于是，马芳亲自带队，冲向阿勒坦的大军。

马芳紧握枪杆，一马当先，冲锋在前。许多将士从他身旁一跃而出，随着他手中的枪上下翻飞，厮杀声、惨叫声、哭喊声响成一片，鲜血洒满了战场。马芳的战袍被鲜血染红了，枪头枪杆也成了红色，土壤早已成了红褐色，鲜血无法凝固，上空的阴霾无法散开，远远望去，早已分不清是夕阳余晖还是鲜血染红了大地……

阿勒坦见马芳只带了两千精骑赶来，就把自己的大军杀了个人仰马翻，他心里有些疑惑，这么多年，他早已领教了马芳的智勇，见马芳带着的人马早已杀红了眼，一点后退的意思也没有，所以他不敢恋战，立刻下令停止进攻。大部队停下后，马芳并没有回去，也没有停下，而是像利箭一样向他们插来。阿勒坦也被激怒了，对敖敦说："他马芳既然想自杀，本王就成全他，马上下本王命令，全力迎击马芳。"两军相交，顿时血肉横飞。阿勒坦见马芳不但没被杀退，反而越战越勇，便感到有些不对劲了。他马芳不是傻子，他能用两千兵来打他们的几万兵吗？这说明什么？这说明马芳肯定有所准备，不知道又有什么诡计，于是下令紧急撤退。

固日布德急忙对阿勒坦进言："可汗，咱们马上就要把马芳围住了，为何撤兵？"

阿勒坦反问："就凭马芳的智慧，你认为他是来送死的吗？"

固日布德语气肯定地说："可汗，他带这么少的人来打咱们，就是来送死的。"

阿勒坦被固日布德的回答气得差点从马上摔下来，骂道："你个蠢货，他马芳足智多谋，在没有把握的情况下，他是不会涉险的。还有，马芳此人行事不顾自己，就是一个疯子，对，就是一个马疯子。本王命令马上撤兵，以防中了马芳的诡计。"让他们没有想到的是，马芳真的就像一个不管不顾的疯子一样，不肯放过他们，紧紧咬着他们打，并且咬了十多里路。阿勒坦更感到有问题了，这更进一步验证了他的想法，马芳如果没有充分的准备，是不敢用这么少的兵咬住他们的，于是下令大军后退五十里。阿勒坦这些年也是被马芳一次次给打怕了，他也不知道马芳用兵的路数，所以一次次挫败，这让他很是恼火。

在这次战斗中，马芳身负五处刀伤，坐骑也被射伤好几处，而周围协防的明军，都没有肯来帮忙的。此战过后，嘉靖帝听说马芳用两千兵打退了阿勒坦亲率的三万大军，不由感叹道："历朝历代，名将甚多，但都勇不过马芳。"随后，打发人把马芳请到宫里，想问他是用什么计策退敌的。马芳来到宫中，行了君臣之礼后，嘉靖便问道："马爱卿，你以区区两千骑，就打退了阿勒坦三万大军，你使用了什么退兵之法，说来让朕听听。"

马芳听嘉靖这么问，平淡地说："万岁，臣没有什么法，只有一点，就是拼命。"

嘉靖摇头道："马爱卿，你谦虚了吧，你肯定知道此战的结果，所以才敢如此拼命。"

马芳抱拳答道："万岁，请恕臣直言。在我大明朝的京城聚集了几十万大军，臣明白，就是臣去拼命，他们也不会前去支援臣。阿勒坦也知道我们虽有很多军队却惧怕打仗，不敢迎战，甚至临阵脱逃，但是，当他发现臣跟他们拼命时，他就会考虑，臣为什么敢拼命，肯定是有啥计谋，肯定是有援兵或者有埋伏，于是他就不敢恋战了。但臣知道，因为没有援军，所以臣只有拼命。也是赌了臣和两千兄弟的性命，如果阿勒坦没有退兵，那臣就赌输了。"

嘉靖听马芳讲述，心里有些难过，他怒道："马爱卿，你说，是何人带的军队，敢畏敌不前？"

马芳赶忙说："万岁，这臣就不知道了，臣只知道，臣在前方浴血奋战时，只有臣带的两千士兵在打仗，却没看到有一个前来援助的。"

嘉靖大声喝道："你们给朕听清楚了，若朕查到是哪支队伍畏敌不战，一定严惩。"

本来，嘉靖想对马芳进行提拔的，那严嵩又站出来奏道："万岁，现在马芳将军已位居二品，如果再加封，怕别人会不服。再说了，这也不利于他抗敌。官大了，他就会骄傲自满，不会亲自带兵打仗了，不如再对他考验考验。"

这嘉靖就是耳朵根子软，听严嵩这么一说，也觉得有理，便说："既然这样，那就加封马爱卿妻子为一品诰命，三个儿子均在原职上再加一级。至于马芳，严爱卿，你说该怎么考验呢？"

严嵩见皇上这么问，心里有了底，便说："臣听说，东边的蒙古土蛮部多有侵扰，不如派他去蓟镇担任副总兵，这样一是对他进行了提拔，二是还能有效地打击土蛮部，岂不是两全其美？"

嘉靖点头说："严爱卿言之有理，那，这件事就由你负责吧！不过，要好好对待朕的马爱卿。"

随后，嘉靖便钻进了炼丹房里，跟那群道士研究怎么制造长生不老丹了。几位道士不停地哄骗着嘉靖出钱，买这买那，炼了很多丹药，并说这些丹药可延年益寿，但还达不到长生不老的地步，如果想要长生不老，必须要万年人参、水龙之须，等等。

马芳在去蓟镇之时，老百姓有几千人在路上为他送行，这让马芳感动至极。回想自来到中原，虽说为了保护大同防区曾受过很多诬陷，遭到过很多排挤，但是他的付出没有白费，老百姓是知道感恩的。当拉着马芳家人的马车走出很远了，马芳回头看去，发现老百姓们还站在那里。马芳对师氏说："夫人，我真是舍不得他们。"

师氏眼含热泪，说："是啊，在这里，我们已经和这些百姓成为一家人了，和他们建立了深厚的亲情，如今突然去到陌生的地方，一切都要重新开始。但这也没有办法，历来铁打的军营流水的兵，万岁让你去哪儿，你就得去哪儿。你去哪儿，我们就跟到哪儿。"

蓟镇又名蓟州镇，后称蓟县，即今天津市蓟州区，为明朝九边重镇之一。蓟镇设置的主要目的是牵制九边其他边镇及京营，起到防备叛乱的作用。同时，明统治者考虑到其余边镇一字拉开，戍守防线长达数千里，兵员分散，因此设置蓟镇以为抵御北方敌人入侵的预备防线，与京营起到相互照应的作用。马芳带兵来到蓟镇城外，他让家人先进城，自己则带着几个部下去巡视防线了。

马芳把蓟镇的防线与地理了解之后，已经傍黑了。他进城时，发现蓟镇的总兵欧阳安领着官员在城门前等着。听说马芳带人去巡查边境了，他们不由肃然起敬。跋山涉水来到蓟镇，也没有歇会儿，连口水都没有喝，就直接去前线了解情况了，这是什么精神？这才是名将之风范。在宴会上，马芳让大家说了说最近的战况，这才开始与大家相互介绍认识，然后和大家喝酒吃饭。

第二天，马芳下令把军队集合起来，对他们进行了检阅，然后让赵勇给他们讲了与鞑靼军作战的一些经验。马芳向欧阳安请求，要对他们的兵进行训练，让他们掌握与鞑靼骑兵作战的能力。欧阳安说："马将军，现大敌当前，怕是没有时间。"

马芳说："大人，这个您且放心，我带来的兵，他们南征北战，多次与鞑靼军对阵，是积累了丰富的经验的，让他们把经验传授给大家，对作战是有用的。"

欧阳安点头道："既然这样，带兵的事就劳烦马将军您了。"

正当马芳对原驻军进行训练时，土蛮部发动十万骑兵南下侵扰。马芳计划让他带来的两千精兵埋伏于路旁，他与总兵欧阳安一道在界岭口迎敌。

土蛮部并不知道马芳已经调来这里，他们以为，像往常那样，只要他们进攻，明军便会躲避，甚至会守而不攻。让他们没想到的是，这次明军迎着他们就冲上来了。明军敢于跟他们拼杀，这让他们不太适应，一番激战之后，不分上下，就在这时，从侧面冲出两千骑兵，把他们的前锋给掐了下来，与后面的军队隔断。

明军把敌军前锋给困起来打，前锋死亡过半，其余的人被俘。

这是许久以来蓟镇明军第一次对阵鞑靼骑兵获胜，欧阳安不由感慨万千，人家马芳确实名不虚传，提前谋划好，临敌时亲自上阵拼杀，这不只激励了士兵的勇气，还有效地抑制了敌人的气焰。他们押着俘虏回去后，马芳亲自对他们进行审讯。

土蛮部有个小队长，看到马芳后突然惊道："你，你是马太师、马疯子？"

马芳听后，哈哈大笑，把帽子摘下，说："本官就是马芳。"

土蛮小队长显得惊恐万状，说："今天能够败在大名鼎鼎的马太师手里，我们心服口服。"

马芳向小队长了解了敌人的情况后，把他给放了。小队长回去后马上向将领汇报，说这次之所以失败，是因为多次重创鞑靼骑兵的马芳来了。将领们听说马芳来了，心里有些胆怯。如今，在草原，谁不知道马芳是他们的天敌，阿勒坦多次跟他打都没赚到便宜，他们自然也没有底气，商议后便撤兵了。

不久，老对手阿勒坦卷土重来，入侵京师以北地区，马芳又被调往前线。

马芳多次给蓟辽总督王忬献计，应从其他防区调集精兵，组织几万强兵，紧紧地咬住阿勒坦，让他们无法活动。但王忬却不同意他的观点，他说："如果把其他防区的精兵召来，那么这些防区兵力必然薄弱，这会给敌人攻打的机会，敌人就会轻易打破我们的整体防线。"

马芳说："大人，如果布置的防线太长，那么，就都薄而不强了。"

王忬摇摇头："但是马芳，我们的防线并没有漏洞啊。"

马芳上前一步，抱拳道："大人，那是之前一直没有战事，这次阿勒坦带来的兵力，已经分成了两股，他们可以声东击西，对我防线进行打击。如果我们组成一支强大的队伍，无论逮住他哪一股兵力，都可以把他们打破。如果分散兵力，各自守着自己的防区，不管别的防区的死活，必将被攻破。我们的问题，不是兵力不够，而是缺乏凝聚力。"

王忬有些不高兴，说："马芳，你可知道，如果把各防区的精兵调来，等于放弃某些地区，这是个错误的主意。"

马芳仍然坚持："大人，这不是放弃，这是有计划有目的，把弱处暴露给对方，然后集中兵力打击他们。否则，各防区难以守住。"

王忬心中气愤了，你个副总兵，跟本大总督在议事时争辩，这也太不给本总督留面子了。他耷拉下眼皮说："马芳，虽说你智勇双全，名声在外，但在座的各位也不是草包，都是久经沙场的将领。本官的用兵之策，也不是凭空妄想，而是结合了大家的想法总结出来的。"

马芳一看王忬的态度，没有再说什么，他知道，再说，王忬就会恼羞成怒，可能会限制他的兵权了。

事情就像马芳说的那样，由于兵力分散，各防区自扫门前雪，不能相互协防，明军全线崩溃，遵化、玉田等重镇相继沦陷。这时，马芳又去找王忬，要求把零散的兵力聚集起来，形成一支强大的队伍，攻击阿勒坦，但王忬仍旧不同意他的观点。王忬的想法是，守不住是一回事，如果放弃几个防区，让敌人攻入，那就是另一种性质了。

马芳没有办法，只能带着自己的队伍，长途奔袭，在金山寺一战中，重创鞑靼骑兵，再次迫使阿勒坦北撤。虽然如此，王忬在向朝廷上奏时，写的却是，此次大败，主要是马芳自认为战无不胜，擅自行动，导致防线薄弱，因而被敌人攻入……

虽然王忬极力推卸责任，但还是被降职。而马芳，因连带责任，以抗敌不力的罪名，被剥夺副总兵一职，贬为都督金事，然后命他移守宣府。

嘉靖四十年（1561 年）八月，阿勒坦决定南下入侵，他对部下感叹说："本王常年战争，多有战胜，但好像对实现我们草原民族的伟业并没有帮助，这是为何？"

那军师说："可汗，因为我军兵力分散，只是对他们的薄弱地带进行了打击，都是些小的胜利。如想取得大的战果，必须重点打击他们，就像利剑那样，直插入明军心脏，控制其重要军事基地，对他们进行控制，然后再蚕食整个中原。"

敖敦也附议："可汗，军师说得对，以往我们的打法是，打完了就走，只是缴获了一些战利品，这对统一中原、扩大我们的疆土没有什么帮助。晋地历来是中原的军事重地，把握住晋地，便可把握明朝的命脉，然后我们以此为大本营，无须奔波，由此出击，吞并中原，指日可待。"

阿勒坦认为这些建议是对的，于是又调整兵马，带领大军向山西挺进。

在宣府的马芳得知阿勒坦挺进山西，马上召集部下，要先发制人，带兵前去，与山西守军协作起来，给阿勒坦重击。副将赵勇担忧此举风险太大，而且山西并非宣府防区，观望可免责，一旦失败却罪不容赦。

马芳慨然道："今敌寇凶猛，避之必败，击之方有胜机，况身为朝廷将士，即有守土之责，又何分彼此。大丈夫身受皇恩多年，正当杀敌报国。纵是此战必败，拼了我等性命，也要叫敌寇知我大明兵威，虽死又何妨？"

赵勇听马芳这么说，急道："将军，属下并非贪生怕死，而是我们守卫宣府，私自调兵去别的防区，这本来就是擅离职守，如果打胜了倒没得说，如果失败，我们的责任就大了，这无诏擅离职守是死罪啊。"

马芳拍拍赵勇的肩："我们明朝的军队，之所以常被阿勒坦打败，主要就是观望可免责的思想导致的。如果一方有难，八方驰援，相信阿勒坦将不敢踏进我大明半步。"

随后，马芳召集军队，对大家说："兄弟们，此去凶险异常，有兄弟同在军中的，弟弟留下，父子同在军中的，儿子留下……"结果众将士群情激昂，争先从之。此情此景，令马芳感慨万千。这么多年来，他以身作则，亲自与将士们浴血战场，已经形成了一种精神。在这种精神的感染下，他们把为国家战死当成了荣誉，他们变得无所畏惧。

马芳率领这支军队，疾行五百里，抵达大同外围，并没有急着与当地的守军联系。因为他想在出其不意的情况下对鞑靼军进行偷袭，如果与当地守军联系，那么敌人也会根据他们的情况改变策略，这样势必又会陷入持久战。如果敌人得知他们把军队拉到了大同，宣府防区防守薄弱，可能会派兵图谋宣府，宣府如果失守，他们的罪过就更大了。

马芳找好有利位置，率部众埋伏好，然后派人去侦察，终于发现了阿勒坦的主力。马芳并没有急着进攻，而是想等夜晚偷袭。如果是白天，你有多少兵力别人一眼就看透，肯定在人数上不占优势，他的计划是，等夜晚先派一队精兵潜入鞑靼军营中放火，然后趁鞑靼军营混乱时拼命高呼"马芳来了"。这样，敌军必然混乱，然后他们再乘机杀入敌营，敌人并不知道情况，必然惊慌失措，如此便可得胜。

赵勇担忧地说："将军，我们开战后，大同守军会不会接应我们？"

马芳摆手道："我们派人去通知大同总兵，让他们接应。不过，我们必须要做好他们不出兵的计划。如果他们出兵，将大获全胜，如果他们坐山观虎斗，我们也必须保证此战不输。"

赵勇有些不服，嘟囔着说："我们赶了五百里的路来协防，他们如果不出兵，这实在说不过去。"

马芳看着赵勇，笑道："这种事情咱们见多了。有多少次战役，只有咱们拼命，围观的大军不肯出手。所以我们不要抱有太多的希望。"

到了傍黑，前去大同府送信的人回来了，说大同防区，将积极配合马芳的战略方针，表达了对马芳的感谢，并表明，如果以后宣府有难，他们必将以行效之，竭力前去支援。虽然这样，马芳还是不敢确定他们一定会来协助。

马芳对赵勇说："至于他们是否协助，这个不能对他们抱有大的希望，如果关键时刻他们不来，我们也要想好应对之策。还有，对将士们不要提起大同防区协助的事情，现在传令下去，就说我们率兵前来，他们并不知道。这样，大家没有懈怠，也不存有侥幸，只有奋勇杀敌。"然后让赵勇传令下去。

夜晚，马芳挑出千名骑兵，让赵勇带领前去偷袭。他们把马蹄包上棉布，缓慢行军，以防惊动敌人。直到他们看到敌军大本营，这才快马加鞭冲进，然后点上火把，急速地冲向敌军营中。敌军发现有突如其来的骑兵冲营而来，手忙脚乱抵御，但由于这千名骑兵来得太突然，当他们把部众集合起来时，千骑已经闯进营中，将火把扔向他们的帐篷，并高声喊："马芳攻营了！"借此给敌人造成惊惶。

早已埋伏在附近的马芳，见敌军营中火光冲天，马上下令冲击，杀进了慌乱中的敌营。阿勒坦得知马芳率军冲进营中，便问道："可看清了，有多少兵马？"

敖敦慌忙答道："看不清楚，至少也有五千骑。"

阿勒坦也慌了，说："什么，他有五千骑就敢来挑衅？"

敖敦就像见到猫的耗子一样，又说："怕这五千兵只是前锋，大同防区的兵力会后续而来。"

阿勒坦说："可恶的马芳马疯子，怎么在哪里都有他。如果本王撤退，他们必然咬着本王不放。"

敖敦献策道："可汗，那我们可边打边退，这样方可全身而退。如果我们惊慌而逃，他们必然咬着咱们的屁股打，那样，就算逃离，我们也会死伤严重。"

阿勒坦叹口气，说："那好，让固日布德带强兵断后，掩护撤退。"

虽然他们做好了部署，但由于马芳的精兵过于勇猛，冲击得厉害，让他们的将士感到惊慌，在撤退时相互踩踏，死伤无数。为了稳定军心，阿勒坦改变主意，亲自断后，掩护大部队撤离，这样才成功地顶住马芳的强攻，抽身北退。

他们退后二十多里后，与马芳形成了相持。

让马芳欣慰的是，大同防区的兵力已经到了。如果他们早到，就可以给阿勒坦重创了，但他并没有埋怨他们，因为毕竟他们来了，这样还有仗打。如果援兵不到，他们不能在此久留，而应该马上撤离。随后，马芳组织人马，乘胜追击，率部持续进逼阿勒坦。

阿勒坦节节败退，感到非常恼火。他下令，要在兔儿岭、饮龙河等地形成防线，不能再继续后退了。但是，马芳的精兵反复拼杀，刀兵、火枪兵、骑射手波浪般来回纵马冲击，火枪与铁骑相互配合冲锋的战术，令这支善骑射的鞑靼军接连受挫。在整齐划一的冲杀与轰鸣呼啸的火枪弹丸下，先前不可一世的鞑靼骑兵纷纷被打落马下，几次接战皆伤亡惨重。

阿勒坦见此情形，马上召集部众商议如何是好。

敖敦说："可汗，在兵力上，我们不相上下，但马芳的斗志高昂，而我军受马芳威名的影响，他们已经产生了恐惧心理，我们很难取胜啊。"

阿勒坦怒道："再退，就退到本王的草原了。"

军师连忙上前奏道："可汗，我们的军队是打顺风仗的，如果我们占了优势，必然更加勇猛；如果处于劣势，大家就会心灰意懒的。"

阿勒坦瞪着大家："本王命令，必须要顶住，否则那马芳趁机杀入草原，反倒给本王的后方带来了危险。"

敖敦带兵与马芳周旋。敖敦知道这么纠缠下去，他们必将损伤严重，就跟阿勒坦商量："可汗，我们在此地与马芳周旋，如果再有援兵，我们就会大败。不如我们且打且退，把马芳引入草原，这样可以一举把他消灭掉。"

阿勒坦咬牙说："看情景，我们只能这样了。"

他们留下小股兵力，诱导马芳深入，然后大军撤退，准备反击。

马芳知道阿勒坦的用意，他提前让重兵绕道埋伏到阿勒坦撤退之路的两侧，然后带领小股兵力迎敌，紧追不舍。阿勒坦见马芳上当，不由惊喜，他们的大部队马上掉过头来，向马芳冲去，想把马芳的军队一举歼灭。就在这时，两侧明军突然冒出，把阿勒坦的大部队一下给掐断了，顿时造成了鞑靼军的惊慌。

原本阿勒坦计划内的伏击战反倒成了明军对他们军队的歼灭战，此战持续昼夜，厮杀甚烈，马芳本人依旧身先士卒冲击敌阵，经一夜恶斗，骄横的鞑靼骑兵终于倒在明军坚韧的精神面前，仓皇地扔下满战场的尸体拨马溃散。

打遍草原无敌手的阿勒坦汗，遭遇了人生最大的失败。他们出塞、奔袭、破敌、追杀、决死恶斗，七战七捷，已经赢习惯了，没想到马芳竟然奔波五百里，突然对他们进行袭击，让他们措手不及，惨败而归。

回到草原，阿勒坦气得一病不起，军医往来营帐，但阿勒坦只是叹气："本王此病不是医药能治的。本王统一草原，本想继承先祖的遗志，吞并中原，可是没想到他马芳成了本王致命的障碍，是本王亲自为自己培养了一个对手啊。传下话去，无论谁家的奴隶，再摸刀枪弓箭，连同主人一同治罪。"

阿勒坦在征兵之际，又去了阿布尔家。

阿布尔家现在已经败落，牧场多卖给别人，而买下牧场的不是别人，恰恰是萨仁。萨仁在十多年的苦心经营下，成了当地最有名望的族长，被周围的各家族推为管事。萨仁在强大的过程中，不断买下阿布尔的牧场，最后她拥有了那一带最大的牧场。

萨仁家里有百名奴隶，其中有蒙古人，也有汉人，但萨仁对汉人与蒙古人一视同仁，从不把他们当奴隶，就像对待自己的家人那样，帮助他们解决个人问题，让他们过上了好的生活。因此，萨仁的名声，在方圆百里内流传。

现在，给萨仁当大管家的，就是恩和。

当初恩和被转卖后，曾来找马芳，得知马芳已经成功逃离，不由感到欣慰。萨仁曾经听马芳说过恩和的事情，于是就花钱把他买回，并四处寻找他的家人，把他们的家人都给找回来，让他们团聚，恩和以丰富的管家才能，精心地掌管着大小事务，让萨仁省了很多心。

萨仁的儿子孟和，已经十八岁了，他跟商人格根哈斯的孙女定亲。格根哈斯以庞大的商业家族，帮萨仁处理着牧场里的所有产品，让萨仁的牧场更加庞大。

现在的萨仁，已经成为阿布尔家族的头领了，原来那些欺负过萨仁的、瞧不起萨仁的家人，现在都向萨仁靠拢，借着她的声誉而经营着、生活着。

萨仁听说，阿勒坦要来征兵，知道自己的儿子孟和就在征兵的范围之内，如果孟和不当兵，周边的各家族都会效仿他。萨仁为此愁眉不展。恩和看出了萨仁的担忧，便说："夫人，如果不想让孟和当兵，那么他必须要受点伤，这样大家就说不出什么来了。"

萨仁忙说："这伤小了，肯定起不到作用；受伤重了，我于心不忍。"

恩和说："您可带着他们去打猎，到时让小姐射中他的腿。"

萨仁担心道："如果失手射中别的地方，岂不是致命？"

恩和却说："苏娅的箭术还是不错的，射中少爷的腿，是没有问题的。"

萨仁实在没有别的办法，现在马芳已经成为边镇将军，与阿勒坦成为劲敌，如果孟和去当兵，免不了要上战场，那么他们必然刀兵相见，这是她死也不想看到的情景。于是，她把与苏哈生的女儿苏娅叫来，跟她商量，让她去打猎时射中哥哥的腿。

苏娅不解："母亲，打猎不射猎物，射我哥的腿干吗？我才不干呢。"

萨仁对苏娅说："你如果不射他的腿，他就得去当兵，如果他当兵，可能就会阵亡，你就会失去你的哥哥。你是不是盼着你哥死了，你好继承家业？"

苏娅瞪大眼睛说："母亲，您说什么呢，我射，明天我就射。"

萨仁笑笑，摸着苏娅的头，说："但不要射中你哥哥的要害部位哦。"

苏娅噘着嘴说："您尽管放心，我肯定射中他的腿。"

萨仁组织家人出去打猎，他们到了林子边上，萨仁对苏娅说："跟着你哥哥去，一定要办到。"

苏娅为难地说："母亲，能不能换别人，我实在下不了这手。"

萨仁冷着脸子说："你说换谁，让别人射你放心吗？"

苏娅为难地说："那，那还是我来吧。"

大家去追猎物了，苏娅跟在孟和身后，把弓摘下来，搭上箭问："哥，要是我不小心射中了你，你不会怪我吧？"

孟和笑道："我怎么会怪你呢？"

苏娅说："那就好。"说着，拉弓对着孟和的腿就是一箭，由于太近，箭从腿上穿过。

孟和疼得"哎呀"一声，惊道："苏娅，你，你这是不小心吗？"

苏娅看着孟和的腿，心疼地哭道："哥，我没办法，我不小心，我怕远了射不准。"她显得有些语无伦次。

孟和疼得咬着牙喊道："苏娅，你为什么射我？"

苏娅满脸委屈："反正就射了，不行你，你就还回来吧。"

孟和被抬回去后，请医生来诊治，由于腿上被穿了个洞，是把箭杆剪去拔出来的。四周各家族都派人带着东西前来探望，也都在私下里议论，说现在可汗征兵了，他就受伤，这伤肯定是假的，还不是不想当兵。

时隔多年，阿勒坦与萨仁再次相见时，两人不由感慨万千。阿勒坦触景生情，对萨仁说："萨仁，看到你现在过上这样的生活，本王也就安心了。"

萨仁微微低头，说："多亏可汗的照顾，我才过上这样的生活。您这次的征兵，我已经号召各家族的青年踊跃参加了。"

在征兵那天，各家族的青壮年都来报到，突然有人提出，萨仁家的孟和也符合征兵的条件，并且骑射皆精，是草原上最好的骑士。

阿勒坦和萨仁坐在大帐前，听有人这么喊，便扭头问萨仁："萨仁，为什么不让你的儿子参军？"

萨仁站起来深施一礼说："可汗，前几天我带着他们去打猎，我那笨儿子一不小心被箭伤了。"

又有人喊道："假的，肯定是假的。"

萨仁让恩和带人把孟和抬出来，然后当着大家的面，把腿上的布解开，让大家去看。人们才发现，这不是假的，而是腿上确实受伤严重。孟和躺在地上，对阿勒坦说："可汗，等我的腿好了，我一定去当兵，为我们大汗尽力。"阿勒坦看着孟和，满意地点点头，然后摆手示意让人把孟和抬下去。那些起哄怀疑的，也不出声了。

由于萨仁积极号召各家族青年参军，阿勒坦临走时，赏了萨仁很多财物，并下令从此方圆百里归萨仁负责。阿勒坦带着新兵走后，孟和埋怨萨仁说："娘，没想到您有这样的心机，能这么做。您让别人家的男儿去当兵，却为了不让自己的儿子当兵冒险，竟然设计把自己的儿子射伤。"

萨仁听到孟和这样的指责，心里很难过，她瞪眼道："休得胡说，你懂什么？"

孟和继续嚷嚷着："娘，我虽然不懂什么，但我知道要做一个顶天立地的男儿，要保护家园。"

萨仁看着委屈的儿子，语重心长地对他说："孟和，你要保护什么家园？不都是去侵略人家吗？你见过人家明朝的人来打过我们吗？再说了，娘不让你去当兵，就有不让你去当兵的道理。我问你，你知道明朝有个将领叫马芳吗？"

　　孟和一听母亲说马芳这个人，便来了精神，说："咋不知道呢，就是大家传说的那个马将军，将来儿子当了兵，一定要会会这马将军。"

　　萨仁看着孟和，苦笑道："儿呀，你知道那马将军是你什么人吗……"

二十六　完美结局

这一年，明朝倒霉透顶，山东、河南、山西地区，相继闹旱灾，老百姓四处逃荒，经济萧条。倭寇持续肆虐浙江、苏南一带，明军多次出击都遭到失败。这一年，嘉靖帝的寝宫万寿宫横遭火灾，偌大的宫殿被熊熊烈火吞没。可以说，朝廷上下，都感到今年是不利之年。就在这倒霉的年景里，马芳打击阿勒坦取得了巨大的胜利，让嘉靖略感欣慰，于是毫不吝啬地下令封马芳为左都督，擢升为宣府总兵。

这一年马芳已年过半百。他从草原回到中原，历经艰辛，身被伤疤，几经生死，最终做到了明代武将所能做到的最高官职，体现了武将的终极价值，这让马芳感慨万千。对于马芳来说，他成为宣府总兵，重要的不是官位高了，俸禄高了，受到了亲朋好友的祝贺，而是成为总兵后，他在用兵上就有了主动权，可以按自己的计划防备、打击鞑靼军，这样，他的指挥才能将得到空前的发挥。

面对阿勒坦的不断侵扰，马芳想找到彻底解决问题的办法。

以往，由于明朝软弱，只守不攻，反而总是守不住。阿勒坦把战线拉到中原，抢着中原的东西，吃着中原的粮食，然后再打中原人，他们越打仗越富，而明朝却越打越没有底气，黎民百姓也饱尝战乱之苦。马芳决定要打破这个怪圈，变被动为主动，要把战场放在草原上，要以其人之道还治其人之身，让阿勒坦尝到侵略的后果。

当大明北疆诸多边将在滚滚胡骑面前纷纷闭关、自守求太平时，马芳毫不犹豫地做出了强者的抉择，开始实施先发制人的战略。为了落实这一战略，马芳派出自己的亲信，让他们化装成普通百姓，被鞑靼军掳走，或主动投奔鞑靼军，趁机混入鞑靼军中卧底，密切地关注阿勒坦的动向。

卧底所产生的作用是非常大的，他们及时把情报通过偷渡的商人传达到马芳这里。当马芳得知，阿勒坦为更快捷地攻打明朝，把大本营挪至距边境几十里处，马芳决定让阿勒坦退回草原。马芳做了严密的部署，下令偷袭阿勒坦的大本营。

由于马芳现在是宣府的最高军事长官，手下人提了些建议，但没有人出来反对。如果放在以前，马芳有什么想法，需要跟上级商量，做大量的解释，多半都商量不通。想想他的那些显赫战绩，都是在周尚文与王崇古时代成就的。

马芳把自己带出来的几千精兵进行编队，每队三十人，把他们排布在北方边境线上，平时呈分散状态，一旦有鞑靼军进犯，小分队化零归整，立刻全线出动，对阿勒坦的后方进行有力反击，或抢夺他们的马匹，或焚烧他们的草场，或袭击阿勒坦的辎重粮草。如果遇到阿勒坦大部队，他们便与马芳的主力部队前后夹击。这样一来，阿勒坦的主力军队每天都提防着明军来攻，根本就没有心思去攻打明朝了。

马芳开始有计划、有目的地深入草原，常常端掉鞑靼军的据点，冲击他们的部落。这让阿勒坦感到非常痛苦。以前都是他带兵入侵中原，让明朝守兵惊慌失措，他们从战争中捞取好处，现在马芳把战线拉到草原，抢他们的财物，端他们的据点，把他们的军队给打得惊慌失措。长此下去，他们不但吞并不了中原，怕是草原也会被明朝给统一了。

阿勒坦和他的部众说："看此情形，明朝有吞并草原的野心。"

军师道："可汗，明朝虽然有这样的实力，但也就马芳比较活跃而已，他们的那个昏君皇帝只为求安，沉迷炼丹，从没吞并草原的野心，这一点可汗大可放心。"

阿勒坦摇头叹息："现在，那马芳带兵把战线拉到了草原，以本王之前对明朝的办法反过来对付本王。以前本王的仗越打越有收获，现在本王却损失慘重，这样打下去本王将穷得养不起兵了。大家集思广益，要想个办法挫伤马芳，否则我们就别打仗了，老老实实回家放羊得了。”

敖敦看着阿勒坦惆怅的样子，说：“现在马芳的策略是，分散精兵，平时就像盘散沙，一旦有风吹草动，他们立马凝聚起来变成巨石，坚不可摧。我们得想办法让马芳继续深入草原，他们后方必然空虚，那么我们就可突袭他们的后方，这样也能让马芳知道我们不是任人宰割的羔羊。”

阿勒坦说：“现在他们就在咱们的地盘上打仗，本王再让他深入，那本王的草原不就没了？”

敖敦笑笑说：“可汗，我们只是假意软弱，让马芳越来越大胆，引至更深处。但这并不说明我们真软弱。明朝只有马芳如此骁勇，还不足以对我们草原构成大的威胁。他现在做到的是限制了我们侵入中原的计划，所以我们必须要铲除他。”

阿勒坦满脸的不爽，说：“反正也没有别的办法，就这么办吧。”

阿勒坦依照敖敦的计划，每当马芳攻打时，他们的军队就会马上逃离，引导着马芳往草原深处追击。一次，马芳亲率大军奔袭四百余里，击败当地的部落后，在当地旧堡垒遗址上登高四望，瞭望一番草原，想起在草原的种种，好久才收兵。

到了嘉靖四十二年（1563年），马芳率主力出击北沙滩，意图重创阿勒坦主力。阿勒坦再也无可忍受了，如果让马芳此次成功，他们将会遭受严重损失，怕是几年内就没有勇气与明朝抗衡了，他准备亲自披甲上阵迎战马芳，来场你死我活的战斗。

敖敦及其部将纷纷劝阿勒坦：“可汗，您不可亲自迎战马芳啊，万一有个闪失，我蒙古岂不危险？”大家的意思很明显，你阿勒坦亲自去战马芳，万一不敌战死，我们就群龙无首、陷入混乱了。

敖敦继续说：“可汗，马芳现在已经深入我草原，忙于四处打击我们，他的后方必然空虚，我们何不出奇兵前去袭击？”

阿勒坦没有其他好办法，便抽调部分兵力，让他们跟马芳进行游击周旋，然后带着主力巧妙地绕开马芳的主力，奇袭马芳辖区宣府，攻破重镇隆庆。当马芳得知隆庆失守，不由省悟到，这段时间太顺了，有些大意。马芳还明白一个道理，那就是物极必反，事情做绝了往往会有不好的结果。虽然马芳也明白胜败乃兵家之常事，偶尔失利是正常的。但是，朝廷中的严嵩一派，他们始终认为马芳不是他们战线上的，如果让他继续掌握着兵权，是非常危险的，于是又在嘉靖面前搬弄是非。严嵩奏道："万岁，据说鞑靼军侵入隆庆，马芳没有任何的举措，这明明是他放任他们进来的，该不会是那马芳与阿勒坦有什么交易吧？"

嘉靖虽然吃了不少丹药，烧得不得了，但脑子还没有糊涂到数不清手指头的地步。他说："严爱卿，马芳与阿勒坦较量几十年，每次都是刀兵相见，他们不可能达成什么交易。听说马芳这段时间把阿勒坦打得够呛，此次失败，也只是马芳一时疏忽所致。胜败乃兵家常事，朕也不能要求马芳只胜不败。这么多年来，马芳已经打出了我大明的精气神，鞑靼军只要一听到马芳、马疯子，就会不战而退，马爱卿已经成为阿勒坦最大的忌惮了。"

严嵩还不死心，坏水又冒出来，他奏道："万岁，有功必奖，有错必罚，有责必究，这是规矩。马芳虽然有功，但万岁您也封赏了要职，身居高位，怕是会骄傲自满，疏于亲躬而行，这样不利于作战。臣认为，适当让他知道规矩，还是有必要的。"

嘉靖对严嵩言听计从，他每天与道士们炼丹，朝中上下之事都是由严嵩张罗的。严嵩的建议，他还是听的。于是，他下旨免去马芳左都督职务，但念及昔日战功，可戴罪立功。当马芳接到圣旨后，隐隐有些后悔，自己这段时间，过于自我了，忽视了某些细节，导致这么严重的后果。鞑靼军现在把侵扰的重点逐渐转向延绥、宁夏、甘肃等地区，而视原来的重灾区山西为禁地，诀不踏进那里半步。

因为马芳屡次以先发制人的策略克敌，明朝边境诸多将领也开始效仿。延绥总兵赵岢、大同总兵姜应熊等，他们不再守而不攻，而是屡次主动出击发动反攻，虽然有胜有败，但忌惮明军反扑的阿勒坦终不敢像以往那样长驱直入。他们开始施行咬一口就跑的策略，与明军打着游击战。

阿勒坦感叹道："现在的明军比以前聪明了，只是我们打游击战，是出力不讨好的。"为了扭转局面，阿勒坦于嘉靖四十五年（1566 年）七月集结十万骑兵，让其长子辛爱统率，发动了对明朝边境重镇万全右卫的大规模攻击。这场战役对于戴罪立功的马芳来说，成为他一生中最险的一战，这就是马莲堡会战。

万全右卫是明朝宣府西路长城的要冲，在明蒙战争中它既是遏制鞑靼军攻势的战略要地，更是一座数次挫败鞑靼军入侵的英雄之城，在嘉靖年间，蒙古各部对万全右卫城发动的中等规模以上的攻击就有二十七次，每次皆碰得头破血流，明朝兵部尚书赵锦曾赞颂此城为铁壁。这一次，阿勒坦一心要把这铁壁啃下来，因此不惜重兵。阿勒坦与明朝都知道，如果万全右卫失守，那么鞑靼军从此南侵将无后顾之忧，不但可以控制交通要道，而且将直接面对京城。此战如果成功，阿勒坦实现吞并中原的计划将会有希望了。

当战事爆发后，明朝迅速做出反应。兵部尚书杨博急命固原、延绥、宣府、大同、蓟镇五大总兵率精锐驰援，马芳率宣府军正面迎击鞑靼军主力，蓟镇援军从侧翼夹击，大同、延绥、固原三镇精兵在山西天成、阳和地区设伏，意图扎起一个聚歼鞑靼军主力的口袋，重创阿勒坦部。担任正面迎击的马芳恰是明军战略中的关键棋子，谁能想到计划赶不上变化，马芳率一万精兵刚赶到万全右卫北面二十里的马莲堡，即与鞑靼军侦骑遭遇，继而鞑靼军主力十万之众火速扑来。

面对敌众我寡的战况，副将赵勇建议道："将军，我们双方的兵力相差甚远，我们应该南撤，与万全右卫守军会合后，再制订出兵方案。虽然我军勇猛，但我们面对的是十万敌军，如果开战，我们将全军覆没。"

马芳点点头说："这个道理本将明白，但是我们面临的问题是，如果退，他们必将全力追杀，那样不但我军不保，怕是他们会直接冲击我们的大本营，危及万全右卫的防线，将会酿成大祸。"

赵勇说："可问题是与其相比我们兵力悬殊，无法挡住敌军。"

马芳沉思了一下，说："我们的军队常年积累下来的声望也许还可用来挡一挡。"

赵勇苦笑道："将军，如果两三万敌军，我们的声望确实可以挡一挡。可现在是阿勒坦的主力，有十万之兵，并且由阿勒坦的儿子亲自率领，怕是挡不住啊。"

马芳道："挡不住我们也得挡，这样可以让后方有个准备的时间。"

由于马芳执意要在此决一死战，下属们没有再说什么，但他们明白，此战无异于送死。

马芳下令全军在马莲堡设防，升起"马"字战旗，与鞑靼军针锋相对。马芳此时心急如焚。大同、延绥、固原三镇的援军相距遥远，蓟镇援军尚在途中，万全右卫守军兵力单薄，打起来，他们是等不到援兵来的。马芳知道这仗没法打赢，他想达到的效果是，就算是战死疆场，也要拖住鞑靼军，让后方有时间布防。马芳站在马莲堡的城门楼上，望着黑压压的敌军，感到无比的悲壮。因为一旦开战，他们可能就要殉国了。马芳让赵勇传下令去，说援军已在途中，以此来安抚军心，防止大家产生畏惧心理。同时，马芳做好了就义的准备。

果然，马芳"马疯子"的威名还是起到了作用。鞑靼军见马莲堡竖起"马"字旗，知道由马芳防守此堡，他们没敢立刻发起强攻，仅是派小股的骑兵连续试探。马芳镇定自若，坦然应对，命令部下大张旗鼓，摆出数万精兵坐镇的假象。不明虚实的鞑靼军不敢近前，仅用硬弩和土铳不断轰击。双方对峙到下午，都没有什么进展，就在这时，年久失修的马莲堡城墙在鞑靼军的攻击下突然坍塌，马芳的部将慌忙修缮城墙，敌人大军迅速挺进，马芳马上下令："不要再修了，偃旗息鼓，不要再理会他们的骚扰，也不要还击。"

副将们有些吃惊，问道："将军，我们这是要准备投降吗？"

马芳摇摇头说："胡说什么，我马芳带出来的将士，宁死也不会投降！"

那副将又问："既然不是投降，那将军您为何下令不修不守？"

马芳笑着说："我们越修，他们越攻。我们越抵抗，他们越攻。不如我们让他们考虑考虑，我们为什么不修不还击，为什么要把城拱手相送。"

副将点头，继而又问："将军，如果被他们识破呢？"

马芳说："如果被他们识破，加强攻击，我们也没必要守，直接打开城门，冲向敌军，能杀多少就杀多少，杀一个够本，杀两个还赚一个不是？"说完哈哈大笑。

副将点头，说："属下明白了。"

鞑靼军见明军城墙倒了也不修，就连城墙上的守兵也给撤下来了，就像座空城似的，他们突然有些犹豫了，担心明军有什么阴谋，马上停止了攻击。

夜晚，他们派出兵力去探马芳虚实，大张旗鼓地摆出全面进攻的架势，甚至点起火把彻夜呐喊叫阵，就是不见马家军有所动静。但是，他们依旧不敢攻城。

马芳听到他们骂得厉害，下令打开马莲堡城门。城门被打开后，防守的兵撤离，马芳在军帐里安然静坐，对鞑靼军的挑衅充耳不闻。赵勇却在焦躁不安地来回走动着，他明白，马芳这是玩的"空城计"，这种计成则是"空城计"，不成就是"自杀计"。但事已至此，他们无计可施。

面对城门大开，守兵撤离，辛爱感到很可疑，于是召见敖敦与固日布德等主将问他们怎么办。固日布德说："王爷，以末将对马芳的了解，如果他有充足的兵力的话，早就冲出来打咱们了。现在的这种做法，说明他兵力少，没有办法，是跟咱们玩'空城计'哪。"

敖敦却说："王爷，像以往，马芳确实是有两千兵敢于对付万兵的勇气，但是现在不同了，上次我们偷袭成功，他因此被降职。像马芳这么聪明的人，肯定会吸取教训的，再面对同样问题时，可能采用更加稳固的战术对付我们。属下认为，我们在不确定的情况下，尽量不要冒险。因为我们面对的是马芳，而不是一个普通的将领。"

固日布德叫道："敖敦，你前怕狼后怕虎的，还能打什么仗？！"

敖敦怒道："你叫什么叫，想想我们以往的作战，我们什么时候从马芳这里赚到便宜了。虽然我们不排除马芳玩'空城计'，但是倘若他真的有准备，我们岂不受损？"

辛爱听两员老将的争论，摆手示意他们停止争吵，意味深长地说："是啊，马芳确实不简单，确实不能小看。这样吧，我们先等等看，等把真实情况摸清之后再派大军攻城。如果贸然进攻，中了他们的计，我等将辜负父王的厚望。"随后，他们叫嚣挑衅，折腾了整夜，见堡内的明军依旧不声不响，他们直到天亮也没有进攻。

险中求胜的"空城计"终为马芳赢得了反击时间。上午，马芳亲临阵前观察，发现鞑靼军有撤离的迹象，于是下令全军追击，先命火器齐轰，然后全军冲杀。早在整夜"空城计"下憋足火的宣府精锐，悍然从马莲堡的废墟里冲出，雪亮的马刀直接砍向阿勒坦的主力军，明军喊杀冲锋，勇不可当。

马芳的三子马林也在营中，见父亲过了和自己约定的时辰未到，恐生意外，便骑上快马寻找父亲，远远便听到喊杀声，他老远就看到敌骑丛中有一员大将身着红袍骑着红马在奋力杀敌，那人正是自己的父亲马芳。

马林大喊一声，带领马家军立即出击，冲了过去与父亲会合。鞑靼军被马芳父子好一阵冲杀，早就胆怯，见明军又如狼似虎杀来，惊慌失措，自相踩踏，乱成一团，这时派出的两支骑兵从后面发起攻击，鞑靼军一时间不知来了多少明军，溃败而逃，十万大军作鸟兽散，马芳取得马莲堡大捷。马林因身披素征袍，英勇陷阵救父，"又雅好文学"，被人称为"锦马林"。

猝不及防的鞑靼军再次大溃，不但被马芳追杀出数十里，更被赶进明军的陷阱，早已设伏良久的大同、延绥两镇精兵乘机出动，一路奋勇追杀，重创敌军，让阿勒坦再次遭遇惨败。此战过后，兵部尚书杨博的奏书中说："此役同仇敌忾，追奔逐北，其酣畅淋漓，为九边罕见也。"并对马芳的"空城计"赞不绝口，说他"以汉李广之智勇，首挫寇之兵锋，当为头功也"。但是，在此次会战中，马芳的副将田世威和参将刘宝因为战败，按律应处斩，马芳主动要求放弃自己的赏赐为二人赎罪，遭到御史的弹劾。马芳本人也被嘉靖帝下诏申斥。因马芳仗义得救的田世威，在年后官复原职，却处处与他作对，这正犹如东郭先生与狼的故事。

万全右卫之战胜利后五个月，在位四十五年的嘉靖帝朱厚熜驾崩，其子朱载垕登基即位，改年号为隆庆。比起数年来沉溺于道教的嘉靖帝，新君隆庆帝朱载垕即位初期颇有作为，对北部边防大力整治，而一直戴罪立功的马芳也得到重用，恢复原本被剥夺的左都督职位。朱载垕更于隆庆元年（1567年）二月遣使抚慰封赏宣府、大同、蓟镇诸边将，诏曰："愿诸将协力，早破北虏。"求胜之心，可谓急迫。虽然隆庆帝期待着早破北虏，但隆庆元年，不服输的阿勒坦立刻给他来了个下马威。隆庆元年正月至四月，阿勒坦连续对明朝蓟镇、宣府、大同、固原诸重镇发动七次侵扰，明军严防死守，皆迫使阿勒坦无功而返。

受挫之下，阿勒坦决定要对马芳进行重点打击，因为马芳不仅仅是马芳一人，他还引导与激发了明朝军队的抗敌热情，并给他们树立了榜样，分享了作战经验，这些对他们草原的威胁是极大的。有在中原卧底的探子向阿勒坦建议道，蔚州是马芳的故乡，如果对蔚州发动攻击，马芳必然不会袖手旁观，等他带兵救援，我们可以攻破宣府。

阿勒坦认为这个建议非常好，于是命其子辛爱于隆庆二年（1568年）十一月，率五万骑兵佯攻蔚州。当得知阿勒坦非常高调地去攻打蔚州时，马芳开始冷静地思考，阿勒坦为什么要攻打蔚州。他很容易便想到，阿勒坦认为他是蔚州人，必然带兵去救援，可能会趁机重演嘉靖四十二年（1563年）闪击宣府的计策。马芳没有派兵援助蔚州，而是命令宣府重镇严阵以待，并派人砍伐周边树木，在城墙周边环列成栅栏，组成一道遏制鞑靼骑兵突击的防线。

机关算尽的阿勒坦见马芳没有上当，立马拨马北返。

马芳也不甘就这么让阿勒坦走，立刻率部，追杀二百多里，终于在长水海大破阿勒坦主力。

阿勒坦偷鸡不成蚀把米，气急败坏，马上集合大军，杀气腾腾地再次奔来。那天，马芳正在吃饭，听说阿勒坦大军逼近，当即把盘子扔到地上，对众将大呼道："跟本将去夺他们的饭吃。"随后，立刻率兵出战，在鞍子山与阿勒坦军硬碰硬血战，再次打得阿勒坦狼狈北逃。战后，马芳命人烹制美食，与此战中阵亡将士的尸骨一起下葬。这件事情，被任宣大总督的陈其学知道后，感叹道："马芳爱兵如此，方有虎师也。"

阿勒坦在宣府遇挫后，即掉转马头，此后转而对邻近宣府的大同地区进行重点侵扰。自隆庆年间开始，大同成为鞑靼攻击的主要对象。宣大总督陈其学判断失误，命大同总兵赵岢将重兵屯守在紫荆关，虽一度击退敌军，却反被阿勒坦避实击虚，绕开紫荆关攻入怀仁、山阴等地区。盛怒之下，陈其学干脆命宣府总兵马芳与大同总兵赵岢换防，让马芳调任大同总兵防备阿勒坦。陈其学明白，现在鞑靼军对马芳已经产生畏惧，仗没打他们就输了三分气。马芳克敌有方，招招都能掐中阿勒坦的要害，这是别的将领所不能的。

果然，马芳调任大同后，阿勒坦停止进攻大同，再次掉转马头对宣府管辖的威远地区发起强攻。当马芳率军前去援助，阿勒坦又立刻北逃。面对阿勒坦的游击之战，马芳感到厌烦。他跟宣大总督陈其学商量，采取先发制人的策略，针对大同邻近草原地区易受攻击的局面，主动出击，让他们忙于防守，无暇再来攻打明朝。陈其学对马芳是非常器重的，也是非常信任的，他说："马将军，你对付鞑靼军是有经验的，你考虑好的事情就去做，我会全力支持。"

马芳说："大人，我带兵深入草原打击他们，您得协调后方防守，否则就像以前那样，属下带兵前往，后方空虚，被敌人偷袭，就得不偿失了。"

陈其学对马芳道："马将军，你放心就行了，现在不比以往。以前，大家协防的意识不强，一方有难，四方观望。现在是一呼百应，形成了很好的御敌氛围。当然，这与你多年来征战南北、四方克敌的引导是分不开的。你放心去吧，本官定会把家门守好的。"

在隆庆四年（1570年）六月，马芳派出去的探子送回情报，阿勒坦将主力屯于威宁海子地区。马芳集结全部主力，并在战前下令军队弃掉辎重，每人仅带三日口粮，进行破釜沉舟之战，激发将士们的勇气。在四月七日那天，他们秘密行军，一路上人衔枚，马裹蹄，悄无声息地急行军。到四月八日，他们抵达威宁海子外围，于夜晚埋伏好。

阿勒坦正在计划给明军重创，但他做梦都没想到马芳已经近在眼前。四月九日凌晨，阿勒坦还在睡梦中，突听到惊天动地如雷般的呐喊声，方知马芳已经发起围攻，不由大吃一惊，他没想到马芳会从天而降。

马芳先以火器攻击，他的精兵从阿勒坦大营两翼奇袭，他率主力正面突击，另有一支精骑在阿勒坦逃路上截杀。这次他们已经对阿勒坦形成了四面包围。阿勒坦在马芳的围杀下，虽然奋勇抗击，但终是不敌明军，只得下令撤退，顿时，踩踏砍杀殒命者众。阿勒坦仓皇逃离，明军紧紧追杀，从威宁海子一路向西追杀出数十里。

此战让阿勒坦部伤亡惨重，被擒的部落首领就有十数人，被缴获战马辎重无数。连续几个月阿勒坦没有任何举动，大同也进入安全期。

四个月后，草原发生了一件事，令形势发生了逆转。九月，阿勒坦见他孙子把汉那吉的未婚妻诺延楚天姿国色，实在贪恋她的美貌，失去理智，要娶诺延楚为妻。虽然诸多重臣进行劝阻，但阿勒坦还是无法割舍，决意要娶诺延楚。把汉那吉一怒之下竟带部下家人数十人至大同投奔明朝。阿勒坦听说把汉那吉投奔明朝，不由震怒，立刻率领十余万骑兵杀至大同外围，企图用武力逼迫明朝交人。但是，他挑衅了几日，因马芳严防死守，丝毫未占到便宜。这时，王崇古一面妥善安置把汉那吉，一面向明朝提议趁机招抚阿勒坦。此时执掌明朝国政的高拱、张居正两位大学士皆对此全力支持。

　　阿勒坦虽然胆识过人，但他毕竟也是人，在面对美色时，还是没法克制，竟然利用权力把手伸到孙媳妇身上，导致了严重的后果。阿勒坦在权力方面，一人把持，从不放权，从没想急流勇退，这让他的长子辛爱感到失望。辛爱明白，照此下去，他父王阿勒坦肯定到死也不肯让权，自己成为可汗那还是很遥远的事情，他实在等不及了。

　　当阿勒坦带兵攻打明朝时，辛爱假意发兵前去支援，其实是按兵不动，企图借阿勒坦与明朝火并的机会夺取他父王阿勒坦的权力。当阿勒坦发现这一情况后不由感到难过。现在家丑外扬，家族分裂，而面对马芳的边防之军，他又寸步难行。阿勒坦一时感到迷茫了。他不知道接下来该怎么办，继续侵犯明朝，得不到丝毫便宜；退兵回草原，颜面尽失。

　　此时，军师对阿勒坦说："可汗，现在这种情况，我们内外有敌，实在难有作为啊。"

　　阿勒坦还是不死心，几次想把大同夺下来，但每次行动都被马芳准确打击，连连受挫。当王崇古派百户鲍崇德为使约他会谈时，阿勒坦恼羞成怒，想立马把鲍崇德砍了。军师忙说："可汗，不可，现在这种情况，您听听明朝使者的说法，可汗再做打算不迟。"于是阿勒坦赴约。在方的宴会上，阿勒坦与王崇古开始了舌战。

　　双方在约定的时间地点见面后，各怀心思，寒暄过后，王崇古开门见山，说："可汗，你想过没有，这么多年来我们明朝一心修好，想要老百姓过平安生活。而你们年年侵扰，不只劳民伤财，还让老百姓饱受战乱之苦。可你静下心来想想，战争给你带来了什么？如果再坚持下去，草原的老百姓将家无男丁，都会畏惧战争，不敢当兵。时间一久你将失去威信，失去你的子民，长此以往，这对于您是大大不利的。"

　　阿勒坦说："征服中原是我先辈的遗愿，本王不可不努力。"

　　王崇古问："这么多年，你努力得到了什么？是连年的战乱，连连的失败！难道是令孙的投顺，难道是你爱子的叛离？"

　　经过了一番唇舌较量，阿勒坦终于服软，他说："如果大明天子封我为王，统辖北方诸部，我当约令称臣，永不复叛。"得到阿勒坦承诺后，双方达成协议：阿勒坦向明朝交还之前叛逃至草原的赵全等十余名汉奸头目，明朝册封其孙把汉那吉为指挥使，礼送回阿勒坦处。十二月初四那天，双方正式交换，阿勒坦将赵全、李自馨、王廷辅、赵龙、张彦文、刘天麟、马西川、吕西川、吕小老九名汉奸头目绑送至明朝，明朝也如约将把汉那吉送归草原，为防阿勒坦打击报复，明朝使臣警告阿勒坦说："您的孙子今为朝廷命官，不可以对他进行报复或羞辱。"

那天，阿勒坦与把汉那吉祖孙俩相拥而泣，连连南向叩头。

从此阿勒坦主动向明朝示好，下令昆都力哈、吉能等所领部落停止对明朝边境的侵扰。王崇古也向明朝廷上奏，建议明朝以先朝忠顺王故事册封阿勒坦，许贡入京，且在边境开放互市，从而实现明蒙双方的长期和平。

隆庆五年（1571年）三月二十八日，明王朝终于下诏册封阿勒坦为顺义王，其兄弟子侄部下皆受封都督、同知、千户等官职，在延绥、红山堡、宁夏清水营等地开设互市，恢复边民贸易。五月七日，阿勒坦在大同北面的晾马台正式举行顺义王受封宣誓仪式，歃血盟誓道，世世代代，永不复叛。此誓果然成真，之后不但蒙古其他部落有样学样，以至河套各部皆求归附，且边鄙又安，蓟宣以抵甘固，六十余年边民生息，遂长不识兵革也。

这件事情令明蒙双方彻底结束了大规模的战争局面，成为让人乐道的"隆庆和议"。"隆庆和议"的成功，虽然由把汉那吉的叛逃事件引发，但也是与高拱、张居正、王崇古等政治家的缜密筹谋分不开的。马芳之功也不容忽视，正是由于马芳的严密防守，阿勒坦实在无法撼动明朝边关。再者，马芳已经把战火烧至草原，大有攻入草原之势，为双方营造了谈判环境。和议成功后，王崇古在奏书里大赞马芳说："和议之成，马芳实有功也。"

二十七　名将无悔

阿勒坦之所以屈服，并非只是把汉那吉叛逃事件的作用，更主要的是常年战争，明朝对草原实行经济封锁，以及马芳等边将的防御反攻，让他损失惨重，他委实不能够从战争中获利，他难以承受自己发动战争的后果，正处于进退两难的境地中，这时明朝的招安委实给了自己一个大大的台阶。

阿勒坦归附明朝之后，草原形势一片大好，民众安居乐业。马芳想去草原看看萨仁，但考虑到自己身为明朝将领，如果为私事而去草原，实有不妥。再者，虽然阿勒坦臣服，但他在草原树敌太多，而两方的关系多变，说不定被别有用心之人所图。于是，他只能把去探望萨仁的冲动抑制住。

萨仁经过一段时间的观望，确定阿勒坦归顺明朝后，带着很多自家产的东西，以贸易为名，领着儿子孟和与儿媳来到大同。萨仁问到马芳的府邸后，带着儿子孟和与儿媳前去拜访，并以格根哈斯孙辈的名义送上礼品。那天，萨仁带着孩子来到马芳府前的巷子里，对孟和说："你们进去吧，记住，千万不要提及我。"

孟和说道："母亲，既然我们已经来了，为何不进去一见呢？"

萨仁叹口气说："儿啊，娘我就不进去了，你们去吧。"

孟和与媳妇带着东西，来到了马芳府上，看着这位在草原上被传成神的马芳，孟和不由感慨万千。因为母亲已跟他说过马芳与他的关系。虽然马芳家人极力挽留他们在家吃饭，但是孟和想到母亲就在外面的巷子里等着，他不想让母亲等得过久。临走时，师氏给孟和准备了很多礼物让他带着，还专门备了份礼物，让他捎给萨仁。

孟和说："马将军，晚辈能否请您送到门外，晚辈有话对您讲。"

马芳点点头，送孟和到门外。

孟和看了眼巷子，问："马将军，草原有个人始终都没有忘记您，您还记得她吗？"

马芳知道孟和说的是萨仁，不由神情黯然，说："回去跟你祖父说，萨仁是我一生最大的遗憾，我本想在阿勒坦归顺明朝后去草原看她，但是我现在身为朝廷命官，私自出入草原，是件比较敏感的事情，如果这么长久和平下去倒没什么，可一旦两边关系恶化，我前去探望她，怕给她日后带去不必要的麻烦。"

孟和说："只要您没有忘记就足够了。"

马芳拍着孟和的肩，说："孩子，我怎么能忘记呢？"

孟和在门口与马芳没话找话，逗留良久，是想让母亲看到马芳。当他辞别马芳来到巷里，见母亲已泪流满面。萨仁说："孩子，你有心了，为娘谢谢你。"

孟和叹口气说："母亲，他并没有忘记您，他本想去草原看望您，但身不由己；再者，他也怕两边再发生战争，对咱们不利。母亲，他是个极好的人，您值得。"

萨仁突然笑了，说："瞧你这口气，这是向着他啊。放心吧，道理母亲懂。"

儿媳说："娘，都到家门口了，为何不进去见见呢？"

萨仁摇摇头说："有些美好的东西是需要留在心里的，不必见了。我已经见到他了，娘心满意足了。对了，你们以后可与他往来，因为有你爷爷的情面是很方便的。"后来，格根哈斯带着孟和与孙女再次来到中原，想给马芳讲个故事，告诉他真相，但来得不是时候，因为马芳被贬还乡了，没能见上。

在回去的时候，格根哈斯对孟和与孙女说："回去不要跟你娘说这件事，就说他很好。要是让你娘知道马将军遭逢贬谪，肯定又要为他揪心了。"

　　马芳被贬官的事是这样的。"隆庆和议"成功后，马芳作为大同总兵，每年五月皆受命率精兵护送王崇古到大同北面的弘赐堡接见蒙古各部首领，宣扬明朝的威德。然而，到了万历元年（1573年），隆庆皇帝过世，其子万历皇帝朱翊钧即位，在万历初期的政治斗争中，原内阁首辅高拱失势被驱逐，大学士张居正取而代之，随后进行了政治清算。曾是高拱亲信的王崇古，被御史陈堂弹劾"弛防徇敌"，逼迫他引咎辞职，马芳一些所谓老账也被翻了出来。

　　这些所谓的旧账就是，在战争年代，马芳曾为得到朝中高官们支持，用战利品贿赂过要臣，为了鼓励下属勇敢，也曾把战利品私分给下属。这件事情被巡阅侍郎吴百鹏揭发，虽然有兵部尚书杨博说情，但明朝廷依然免去马芳职务，勒令马芳归家闲住。

　　所谓马芳当初行贿是朝廷的不良风气所致，如果他与重臣搞不好关系，他就得不到兵权，就无法保护边境地带百姓的安全，也没法守住边关。当时，他是出于保官为民的想法去贿赂的，其实，那些所谓的贿赂品是一些极其普通的地方特产，而且这些也不是送给朝中各大臣，而是去看望周尚文等忠臣良将不便空手拿的一些吃食罢了。但是，现在是和平年代，大家不再考虑马芳以前的功绩、拿的东西是什么、出于什么目的，却开始对他议论纷纷。

　　虽然遭到了贬官，但马芳心态是平和的。很多和自己并肩作战的部众都在战争中死去了，夜里常在梦里与他相聚，自己还活着，已经算是上天的恩惠了，他并不沮丧。唯让他感到遗憾的是，自己最终却背了个骂名，这对一生都在维护自己名节的马芳来说，是悲凉的。虽然马芳淡出了官场，但是他并不寂寞，很多边境的百姓常到家里来坐坐。有关于马芳抗击鞑靼军的传奇故事，已经在百姓中流传，并被排进了戏里……

　　到了万历五年（1577年），做了七年王爷的阿勒坦听到草原上有流言，说他投降明朝以求自保，是远远不能与先祖们相比的。还有人说，阿勒坦丢了草原民族的脸。阿勒坦感到很惭愧，便想与明朝决裂，重塑自己的声望。于是，他重新树立起了吞并中原的理想，虽然他知道自己没有把握，但是他想在临终前重塑自己的美名。于是，他开始向明朝讨封赏，索要大量的财物与封地，并扬言如果不同意就兵戎相见。

　　明朝面对这种情况感到紧张。因为明朝曾被阿勒坦所部长期侵扰，导致战争不断。这时候，大家又想到了马芳。朝廷有人提出，之前阿勒坦投顺，心甘情愿为顺义王，是由于马芳筑起了血肉长城，他们无法攻破，因此才委曲求全。皇帝于是立刻起用居闲的马芳，恢复他宣府总兵的官职，让他重新挂帅，严阵以待。

马芳到任后，马上集合军队，率军在宣府郊外进行数次游猎，"马"字战旗在草原骑兵眼前猎猎招展，草原骑兵闻讯大惊道："马太师回来了！"阿勒坦回想与马芳以前的较量，不由感到胆怯。再者，他年事已高，精力大不如前，已没有精力与马芳大战了。为防止把事情闹大，变得不可收拾，他马上向明王朝奉表谢罪，痛悔前过。

阿勒坦没有想到，自己最终又败给了马芳。阿勒坦感到很是沮丧。如果马芳一直被勒令在家，他回想自己以前的失败，还能感到心理平衡。马芳戎马大半生，最终被贬在家，但自己这一折腾，给了马芳恢复名誉的机会，让马芳重新变成了英雄，所以说，阿勒坦感到自己是彻底失败了。他的这次野心勃发，无异于给了马芳一个完美的结局。

马芳恢复原职后，精心训兵，并总结作战经验培训将领。由于他早年在战争中多次受伤，旧伤复发，身体状况越来越差，只得请求解甲归田了。到了万历七年（1579 年），六十二岁的马芳因病告老回乡，万历九年（1581 年）二月，马芳这位从奴隶到将军的铁血名将，终于因一生征战，积劳成疾，在老家蔚州闭上了眼睛，享年六十四岁。他过世前的遗嘱是把他葬在大同北面的新平堡，也就是当时他从草原回归中原的那个地方。

马芳去世后，生前的很多同僚、部属参加了他的葬礼。大同附近的很多老人自发地前来为他吊唁。草原的有些朋友也赶来吊唁。其中，就有格根哈斯的儿子、女儿、孙女婿孟和。还有个女人就是萨仁。萨仁以格根哈斯家人的身份瞻仰了马芳的遗容后，与师氏聊了几句。师氏没想到这就是马芳一生都没有忘记的那个女人。师氏曾通过多种方式，让商人捎东西去草原，借以补偿马芳亏欠的女人。萨仁看到这位贤惠的、陪着马芳生活的女人，心情虽然激动，但她并没有透露自己的身份。她相信，自己虽然不在马芳身边，但这个女人，能让马芳的生活幸福，她感到很知足。

当阿勒坦听到马芳去世的消息后，突然仰天大笑。因为他感到自己终于有一点可以胜过马芳了，那就是马芳现在死去了，自己还活着。但大笑过后，随即泪流满面。虽然他与马芳斗了大半辈子，但平心而论，两人因才相惜，产生了复杂而又特别的情感。

万历九年十二月十九日（1582 年 1 月 13 日），顺义王阿勒坦在黄河岸边的寺庙美岱召溘然长逝，享年七十五岁，距马芳离世不过十个月。这两人的故事不只成就了英雄的传奇，也阐释了人生之短暂，足以让人们感悟到和平之于人类的重要。